붉게 흐드러진 란꽃송이

붉게 흐드러진 단꽃송이 2

초판 1쇄 펴낸 날 │ 2017년 7월 13일

지은이 │ 이미은
펴낸이 │ 서경석

편집책임 │ 조윤희 편집 │ 이은주, 이예진 디자인 │ 신현아
마케팅 │ 서기원 경영지원 │ 서지혜, 이문영

임프린트 │ (MUSE)
주소 │ 경기도 부천시 부일로 483번길 40 서경B/D 3F (우) 14640
전화 │ 032-656-4452 팩스 │ 032-656-4453
이메일 │ roramce@naver.com 블로그 │ bolg.naver.com/roramce
홈페이지 │ http://www.chungeoram.com

발 행 처 │ 도서출판 청어람
출판등록 │ 1999년 5월 31일 제387-1999-000006호
어람번호 │ 제11-0059호

ⓒ 이미은, 2017

ISBN 979-11-04-91364-8 04810
ISBN 979-11-04-91362-4 (SET)

뮤즈는 도서출판 청어람 단행본사업본부의 임프린트입니다.

도서출판 청어람은 언제나 여러분의 소중한 작품 투고와 도서 출간 기획 등 다양한 제안을 기다리고 있습니다. chungeorambook@daum.net

2

이미은 장편소설

붉게 흐드러진 란꽃송이

MUSE

목차

1. 도약 ✦ 007

2. 폭풍전야 ✦ 067

3. 백여우 ✦ 109

4. 필연(必然) ✦ 131

5. 모든 일의 시작 ✦ 179

6. 정명대비 ✦ 233

7. 굴레 ✦ 281

8. 붉게 흐드러진 란꽃송이 ✦ 361

외전 ✦ 425

1. 도약

"뭘 어떻게 한 거예요?"

저택으로 돌아오는 가마 안에서 설란은 참았던 질문을 뱉었다. 그녀의 물음에 생각에 잠겨 있던 린이 고개를 들었다. 하나로 내려 묶은 탓에 삐져나온 잔머리가 고개를 따라 사륵 흘러내렸다.

"하다니요?"

"대무녀요. 나는 위험해서 손댈 수 없다 하지 않았나요. 한데 대무녀는 어찌……."

제 신력을 직접 깨우는 것은 위험하다며 뒤로 물러선 린이다. 조심해서 하면 되지 않느냐는 말에 기겁하던 린의 모습이 아직도 선연했다. 그런데 대무녀에게는 아무렇지도 않게 힘을 쓰던 린을 이해하기 힘들었다. 말끝을 흐리는 설란의 표정이 심상치 않았다. 린은 그녀가 삼킨 뒷말을 어렵지 않게 읽어냈다. 그리고 고민했다. 어떻게 해야 저 오해를 풀 수 있을지에 대해서.

"예를 들어…… 대무녀를 천적 없는 평화로운 곳에서 평안에 젖어 있던 초식동물이라 한다면 저는 그 초식동물을 한입에 집어 삼킬 수 있는 포식자랍니다. 그러니 제가 신력을 내보였을 때, 대무녀로서는 목숨의 위협을 받은 것과 동일한 공포를 느꼈을 겁니다. 본능이죠. 아, 전혀 해롭진 않으니 걱정 마세요. 어쨌든 위협을 느낀 대무녀의 신력이 펄쩍 뛰며 날을 세운 것일 뿐이랍니다. 그러니 굳이 따지자면 저는 특별히 한 일이 없답니다. 단지 위협을 했을 뿐."

"그러니까, 위협을 느낀 신력이 극도로 예민하게 반응해서 그런 거란 말인가요?"

"그렇죠."

말하던 린의 등 뒤에서 갑작스레 꼬리 아홉이 사르르 나타났다. 손을 뻗어 설란의 팔을 잡은 린은, 설란이 멀뚱히 저를 바라보자 어깨를 으쓱이며 말을 이었다.

"이렇게 마마는 제가 위협을 해도 반응을 안 한답니다. 비유를 하자면, 대무녀가 호랑이가 달려들면 도망가는 사슴이라면, 마마님은 굳이 도망갈 필요가 없어 자던 겨울잠을 마저 자는 커다란 곰이라고나 할까요."

조곤조곤한 목소리와는 달리 그 내용은 그다지 조곤조곤하지 않아서, 설란은 속으로나마 대무녀에게 심심한 위로를 보냈다. 결국 일평생 위험할 일 없는 성도청에서 평안히 살아가던 대무녀가, 생명의 위협을 느끼자 살아남기 위해 본능적으로 제 잠재력을 전부 발휘했다는 소리였다.

"뭐 그렇게 된 거죠. 아, 그리고 그 대무녀라는 여자, 이번 일로 수명이 적어도 십 년은 늘었을걸요. 신력이 몸 안을 팽팽 돌고 있을 테니."

안 그래도 오래 산 것처럼 보이던데, 더 오래 살 것이라며 린은 후후 웃었다. 그러니 이보다 더 남는 장사가 어디 있냐는 말에 설란은 슬쩍 시선을 피했다. 지금쯤 놀란 심장을 쓸어내리고 있을 대무녀에게 다시금 소리 없는 위로를 보내며.

밖에서 가마꾼이 저택에 도착했다고 알려온 것은 바로 그때였다.

"부인!"

가마가 저택에 도착하기 전부터 대문 앞에 나와 있던 지환은, 가마 문이 열리기가 무섭게 설란을 반겼다.

고작 두 시진-약 4시간-이 지났을 뿐이건만 손을 뻗어 설란이 가마에서 내리는 것을 돕는 지환에겐 영겁이 흐른 것만 같았다. 그이유 중 하나인 무명은 대문에 기대어 서서 누가 보면 몇 년은 못만난 줄 알겠다며 투덜거렸지만 말이다.

닫혀 있던 가마 문이 열리자 설란을 맞이하려 앞으로 나섰던 지환이 순간적으로 멈칫했다.

무언가 달랐다. 전과는 다른 충동이 저를 휘감아, 지환의 손끝이 움찔거렸다. 이제껏 그가 그녀를 볼 때마다 느꼈던 것이 안도감이었다면 지금 그가 느끼는 것은 갈망이었다. 몸속 깊은 곳에서부터 끓어오르는 갈증에 제가 놀라, 지환은 눈살을 찌푸렸다.

그러나 가마 문이 열리자 갈망도, 갈증도 눌러 버리는 반가움에 그는 다시 걸음을 옮겨 반쯤 열린 가마 문을 받쳤다.

"부인, 갔던 일은 잘 풀렸습니까?"

그는 한 손으로는 중간 부근에 경첩으로 연결되어 있어 접히며 열리는 문을 위로 젖히고, 남은 손은 설란에게 뻗어 그녀가 쉬이 나올 수 있게 도왔다. 온기 가득한 손을 잡고 밖으로 나온 설란은, 그러나 지환의 물음에 대답하지 못했다.

성도청에서, 그녀는 린과 대무녀의 도움을 받아 아주 약간 심장께에 얽혀 봉인되어 있는 신력을 흔들어봤다. 생각보다 고통이 상당해 고작 두어 번 시도하고 나중으로 미룬 채 저택으로 돌아오는 길 위에서, 그녀는 아무런 변화도 느끼지 못해 약간은 실망한 상태였다.

그런데.

"……부인?"

"아, 네?"

"왜 그러십니까. 안색이 안 좋은데, 무슨 일이라도 있었던 겁니까?"

"아뇨, 아뇨. 음, 아니에요. 그냥 좀…….”

말끝을 흐리는 설란의 시선은, 지환의 등 뒤에 박혀 움직일 생각을 안 했다. 지환에게 붙잡힌 손이 가늘게 떨렸다.

'저게 뭐지.'

지환이 제 의지로 꺼내 보여줬던 검은 꼬리나, 망울망울한 새까만 덩어리들과는 느낌부터가 달랐다. 지금 이 순간 그녀가 보고 있는 것은 그것들보다 좀 더 끈적거리는…….

'마치 새까만 핏덩어리 같아.'

뚝, 뚝, 지환의 몸에 들러붙어 땅으로 떨어지는 그것들에 시선을 빼앗겼던 설란은, 제 앞에서 좌우로 움직이는 커다란 손에 퍼뜩 정신을 차렸다. 시선을 돌리자 지환이 얼굴 한가득 걱정을 가득 담고 있는 것이 눈에 들어왔다.

"부인? 몸이 안 좋은 겁니까."

"아…… 음. 그게…… 조금, 피곤한가 봐요."

설란은 너무 걱정하지 말라 말하며 웃었다. 그러나 이미 그녀의 얼굴은 누가 보더라도 희게 질려 있어서, 무명과 린이 의미심장한 시선을 교환했다.

걱정 가득한 지환의 낯빛에 설란은 제가 괜찮다는 것을 보여주기 위해 부러 땅 위에 발을 탕탕 굴렀다. 그러나 실상 괜찮지 않은 그녀의 몸은 그 작은 충격에도 중심을 잡지 못하고 휘청였다.

다리가 꺾이는 모습에 지환은 화드득 놀라며 그녀를 부축했다. 혹여 열이라도 나는 건 아닌가 싶어 지환은 설란의 이마를 짚었다.

아니, 짚으려 했으나 갈 길을 잃은 손은 허공에 홀로 붕 떴다. 지환이 제 이마에 손을 갖다 대려는 순간 화들짝 놀라며 고개를 뒤로 젖힌 설란은 놀란 그의 시선을 본 뒤에야 제 행동을 깨달았다. 둘 사이에 묘한 기류가 흘렀다.

"이건, 어, 그러니까……."

무슨 말이라도 해야 했다.

그러나 생각과는 달리 설란은 그 자리에 그대로 굳은 채 아무런 말도 하지 못했다. 그녀는 경직되어 움직이지 않는 자신의 몸을, 속에서부터 느껴지는 공포감을 이해할 수가 없었다.

'어째서.'

도무지 이유를 알 수가 없었다. 지환의 저주를 처음 보는 것도 아니었다. 먹물을 엉망으로 흩뿌린 듯한 새까만 꼬리도, 불유쾌한 검은 덩어리도 이미 익숙하다 생각한 것들이었다.

그러나 지금 눈앞에 아른거리는 것은 허물을 벗어 던진, 좀더 날것의 것이었다. 미미하게 허공에 맴도는 살 썩은 냄새와 어찌 보면 금방이라도 지환을 덮칠 것처럼, 또 어찌 보면 지환에게서 떨어지는 것처럼 보이는 진득한 검은 덩어리들은 쉼 없이 일렁이며 제 존재를 여실히 알리고 있었다.

손끝이 떨려왔다. 본능적으로 고개를 치켜드는 공포는 의지로 제어할 수 있는 것이 아니었다. 인식하기도 전에, 공포로 얼룩진 생각이 머릿속을 가득 채웠다.

저게 대체 뭐야.

지환이 제 의지로 보여줬던 것이 대략적으로나마 여우의 형체를 띠고 있었다면 지금은 그저 악과 고통만 남은 저주의 찌꺼기나 다름없었다.

설란의 뒷걸음질에 지환도 무언가 이상하다는 것을 깨달았다.

"……부인?"

지환은 설란을 부르면서도 이 모든 일의 원인이 자신임을 어렴풋하게나마 직감했다. 그녀를 부르는 목소리가 마치 겁에 질린 아이를 달래듯 조심스러웠다. 그렇게 그녀를 부르면서도 두 발은 다가가지 않고 그 자리에 멈춰 선 채였다. 가늘게 떨리는 손끝과 경악에 찬 그녀의 표정이 그래야만 한다 말하고 있었기에.

한 걸음.

가례를 치르기 전에도 없었던 그 자그마한 거리가 둘 사이를 가로질렀다. 어쩔 줄 몰라 하던 설란이 들어가 쉬어야겠다며 어물어물 말한 채 도망치듯 대문 안으로 사라진 것은 순식간에 벌어진 일이었다. 품 안에 넣어둔, 두 시진 가까이 걸려 완성시킨 연서를 꺼내보지도 못한 지환은 대문 쪽을 한없이 바라보다 천천히 고개를 돌렸다.

"대체, 무슨 일이 있었던 건지 전부 설명해야 할 겁니다."

린에게 향하는 목소리가 스산했다.

지환은 린에게 대답을 요구했지만 앞으로 나선 것은 무명이었다. 악역이라고는 없는 이 무대 위에서 모든 이들의 속사정을 조금이나마 짐작하고 있는 유일한 존재인 그는 재빠르게 린의 앞을 막아섰다.

갈 길 잃은 지환의 날 선 시선이 무명에게 쏟아져 내렸다. 무명은 금방이라도 날뛸 것 같은 지환의 상태를 살피며 조심스레 말했다.

"거, 도령. 그게…… 지금 마마님 신력이 어중간하게 깨어날락 말락 한 상태인 것 같거든. 그래서 볼 수 있게 된 거야."

"뭘 본단 거지."

"그, 음…… 도령이 처음 봤을 때 '괴물'이라고 한 거 있잖아. 어, 내가 도령이 충격 받을까 봐 말을 안 해줬는데…… 그게 저주 실체거든? 그러니까…… 음…… 신력이라는 게 본질을 보는 힘이 있어서……."

주변만 슬쩍슬쩍 건드리는 무명의 모습에 린이 속으로 혀를 차며 제 동생을 옆으로 밀어냈다. 고작 인간의 눈치를 보고 있는 꼴에 한숨이 나올 지경이었다.

그녀가 말할 때를 놓친 이유는 별게 아니었다. 갑작스레 저를 노려보는 지환의 시선에 겁먹은 것도, 그의 등 뒤에서 고삐 풀린 망아지처럼 들썩이기 시작하는 저주의 잔해에 공포를 느낀 것도 아니었다.

단지 구미호는, 그저 조금, 아주 조금 놀란 상태였다.

"미마께서 본 거죠. 당신에게 들러붙어 있는 저주의 실체를. 한데 이상하군요. 단내가 나지 않았나요? 충동이 일거나, 눈앞이 빨갛게 점멸되는 기분이 들지 않았어요?"

진정 궁금하다는 표정으로 묻는 린에, 무명이 아이고 앓는 소리를 하며 제 이마를 짚었다. 날것 그대로의 표현이 무례하다 비난받을 정도였으나 애당초 무명은 구미호인 그녀가 친절하게 대하는 이는 오직 설란뿐임을 알고 있었다.

어찌 모르겠는가. 가계도를 따지고 들어가자면 어찌 되었건 봉황의 피를 이은 설란은 신의 자손이라 할 수 있으나 지환은 전혀 다른 범주에 속해 있었다. 백여우의 저주를 받았건, 명망 깊은 최가의 차남이건, 결국 그는 인간이었다.

구미호인 린이 굳이 친절해야 할 필요도, 자비를 베풀 이유도 없는 존재. 봉황의 피를 이은 존귀한 이에게 들러붙어 있는, 제거해야 마땅할 불순물.

린은 어긋나 버린 제 계획이 참으로 아쉽다는 표정으로 혀를 차며 중얼거렸다.

"이런…… 피를 탐하려 덤벼든다면 그 숨을 끊어놓을 생각이었거늘……."

"무슨 뜻이지."

아득, 이 가는 소리를 들으며 린의 눈이 휘둥그레졌다.

"어머. 설마하니 봉황의 피를 고작 인간의 저주를 푸는 데 사용하도록, 내가 순순히 도울 것이라 그리 착각한 건 아니겠지요."

지환은 무슨 소리냐 굳이 묻지 않았다. 의문을 표할 필요도 없이 곧장 알아들은 것이다. 그녀가 의도한 모든 것들이 무엇을 위한 것인지를. 이 모든 것이 설란의 곁에서 저를 떼어놓기 위한 안배였다. 악문 턱에 힘이 바짝 들어갔다. 어째서 더 빨리 깨닫지 못했을까. 스스로에 대한 비난이 목을 조르는 것만 같았다.

"화가 머리끝까지 치고 올라오나요."

그래. 화가 났다.

"나를 죽이고 싶나요."

그러나 그 화는 스스로에게 내는 것이었다. 괜찮을 것이라 생각했던, 온화함에 취해 있던 얼마 전의 자신에게 분노가 치밀었다. 같은 족속인 무명에게 당한 것이 구 년이다. 구 년 동안 충분히 당하지 않았나. 그렇게 고통받고 죽음을 바래왔으면서 또 비슷한 수에 넘어가다니.

나는 그렇게 절박했었나. 린의 낯에서 자애로움이 걷혔다. 그 자리를 대신한 것은 냉정한 신의 그것이다.

"그 모든 감정이 지금 청월, 당신이랍니다. 죄의 대가인 저주를 뒤집어쓰고, 그 저주를 탐하는 인간. 언제고 어느 때고 조금의 틈만 보인다면 마마의 피를 갈망하겠죠."

그런 험한 꼴을 보지 않게 제 선에서 처리하려 한 것일 뿐이랍니다.

지환은 제자리에 못 박힌 듯 서 있었다. 린의 말에 불편하다는 표정으로 슬쩍 고개를 돌린 무명이 보였다. 스스로를 신이라 칭

하는 이들의 말에 반박하고 싶었으나 닫힌 입은 움직일 생각을
안 했다. 무슨 말을 한단 말인가. 자신 역시 설란에게 처절하게
외치지 않았던가. 나는 괴물이니 도망치라고. 그 말이 현실이 된
것일 뿐이다.

간절히 원하던 것은 이뤄졌다.

설란은 제 손을 잡는 대신 하얗게 질린 얼굴로 고개를 돌리고
는 도망쳤다. 얼마나 멀리 떨어졌는지 다시 심장께가 아리기 시작
했다. 이건 저주로 인한 고통인가, 그 공포감 가득했던 시선이 가
져오는 고통인가. 예리한 날붙이로 심장을 베어내는 감각이 어찌
나 선연한지, 지환은 고통을 조금이라도 누르기 위해 숨을 멈췄
다.

그 와중에도 린의 목소리는 똑똑히 들려 저를 비참하게 했다.

"오랜 세월 동안 사라졌다 여겨진 봉황의 후예입니다. 그리 허
망하게 잃을 수는 없죠."

"방금 전, 내게 단내가 나지 않느냐 물었지. ……단내라니. 그
건, 무슨 말이지."

"천신의 피가 가진 힘을 탐하고자 하는 이들은 하나같이 입을
모아 얘기하더군요. 단내가 코를 찔러 어쩔 수 없었노라고. 약하
고 약해진 것들이 그런 식으로 향에 취해 천신을 탐하고자 손을
뻗는답니다."

"부인의 신력은 봉인되어 있다고……."

멍하니 중얼거리던 지환의 입이 딱 닫혔다. 설란과 린이 어디를
다녀왔는지 떠올린 탓이었다.

성도청.

제 아비가 그리 밀어내려 애를 쓴 곳. 기억이 순간 널뛰었다. 성도청 무녀들의 궁 출입을 엄격하게 제한하는 법령이 공표되던 날 밤, 아버지는 높게 뜬 달을 벗 삼아 제 방에 왔었다. 흔치 않은 부친의 방문이었기에 똑똑히 기억하고 있다. 그날 그는 보기 드물게 술에 취해 혀가 잔뜩 꼬인 채 중얼거렸다.

이젠 됐다고. 다 되었으니, 너는 글을 가까이하기만 하면 된다고.

그저 흘려들었던 말이 발목을 붙잡았다. 그것은 저를 위한 것이었나, 아니면 가문을 위한 것이었나. 어느 쪽이든 하나만은 확실했다. 제 아비는 이 모든 사실을 알고 있었다.

"대무녀의 힘을 빌어 봉인을 뒤흔들어 놓았답니다. 신력이 움직이기 시작한 거죠. 그러니 단내가 코를 찔렀을 텐데……."

청월, 그대는 그걸 견뎌내는군요. 참으로 끈질기게.

린의 눈이 차갑게 식었다. 방금 전까지 풍부했던 표정이 일순간 자취를 감췄다. 서늘한 시선은 지환의 등 뒤에서 날을 세우고 있는 저주를 응시할 뿐이었다. 금방이라도 무너질 것처럼 아슬아슬하게 형체를 유지하고 있으면서도, 언제든 제게 달려들 준비가 되어 있는 그것을 바라보는 구미호의 눈가가 가늘어졌다.

"천신(天神)의 피는 지신(地神)에게 영생을 준다 알려져 있죠. 사실이기도 하고. 하지만 마마님처럼 수백 년 동안 희석되어 옅어진 하늘신의 피는 우리에겐 아무런 영향도 미치지 못한답니다. 기껏해야 당신처럼 저주받아 바닥의 바닥까지 떨어진 이들이나 탐할까."

"그래서 지금, 다른 누구도 아닌 자하국의 공주를 미끼로 썼다, 이리 말하는 것인가."

"어머. 무슨 그런 말을. 미끼는 고기를 낚기 위해 희생되는 것인데 그리 표현하면 앞뒤가 맞지 않죠. 마마는 아무런 피해도 입지 않았을 거랍니다. 단지 청월, 당신이 얼마나 위험하고 무가치한 존재인지 마마께 알려드리기 위한 방법이었을 뿐."

그녀가 설란의 부탁을 들어주기로 한 이유는 여러 가지였다. 그러나 '자설란'과 몇 번이고 얘기를 나눈 그녀가 이번 일을 계획한 이유는 문득 든 생각 때문이었다. 가례를 축하하는 연회에서, 모두가 선남선녀라 칭찬을 아끼지 않는 와중에 저도 모르게 입 밖으로 냈던 생각.

공주가 너무도 아까운 혼사.

봉황의 피를 희생시켜야만 겨우 시작할 수 있는 관계.

한쪽으로 기울어진 추가 그제야 눈에 들어왔다. 고작 인간을 위해 설란이 희생해야 하는 것이 너무도 많았다.

구태여 입에 올리진 않았으나 지신(地神)인 그녀가 보기엔 작금의 상황은 참으로 말도 안 되는 것이었다. 아무것도 모르는 어린아이가 저를 잡아먹을 존재인지도 모르고 짐승의 입에 머리를 들이밀고 있는 것처럼 보였다면 그 표현이 적절할까.

그 정도로 아슬아슬한 관계였다.

언제고 설란의 신력이 움직이기 시작한다면, 언제고 저주에 잠식당한 지환이 그 피를 탐할 수 있는 관계.

그렇기에 그녀는 미래에 벌어질 수 있는 비극적인 사태를 막기 위해선 지금이 적기라 생각했다. 헤아릴 수 없을 정도로 오랜 세월을 살아온 그녀는 그리 확신했다. 갓 가례를 올려 아직 서로에 대해 제대로 아는 것 하나 없는 지금이 제가 무엇을 갖고 있는지도 모르는 푸른(靑) 달(月)을 저 혼자서도 충분히 화려하게 타오를 수 있는 여인에게서 쫓아낼 적기라고.

지금이 아니면 안 된다고.

태초부터 인간은 인간끼리, 신은 신끼리 돕는 법.

그리하여 린은 이번 일에 끼어들었고, 그렇기에 이 실패를 진정으로 아쉬워했다.

그 모든 얘기를 들은 지환은 속에서 무언가가 울컥 일어나는 것을 느꼈다. 눈이 뒤집어질 정도의 기분은 그 이유를 명확히 알 수 없었으나 머릿속이 순간 희게 질릴 정도로 강렬했다.

당장에라도 목 끝까지 차오른 감정을 쏟아내고 싶었으나, 그 전에 확인해야만 하는 것이 있었다. 그래서 그는 덜덜 떨리는 주먹을 꾹 움켜쥔 채 고개를 젖혀 깊게 숨을 내뱉었다. 속에서 우글거리는 것을 잠재우기 위해 이를 악물었다.

"……그렇다면. 부인은 왜 날 피한 거지. 내가, 정말, 언제고, 피에 미쳐 그녀를 죽일 수 있기 때문인가. 진정 나는, 원치 않음에도 그 피를 탐하게 되는 괴물인 건가."

그 물음에 구미호는 두 번째로 놀랐다. 썰물처럼 모든 표정이 빠져나가고 그저 무심했던 린의 얼굴에 흥미로움이 스며들었다. 시선을 옆으로 돌리자 저는 이번 일에서 빠지고 싶다는 티를 온몸으로 뿜어내는 동생이, 눈이 마주침과 동시에 양손을 들어 보였다. 그러면서 곁눈질로는 계속해 지환을 살피는 것이, 어금니가 딱딱 맞물릴 때까지 인내하는 그의 모습에 놀란 기색이 역력했다.

그렇다면 그의 인내는 그리 흔한 일이 아니란 소리였다. 린의 눈이 가늘어졌다. 애초에 지환을 잡아먹은 저주는 고상한 종류는 아니었다. 하기야 저주에 고상이 어디 있겠느냐만, 개중에서도 제일 악독했다. 죽임당하는 순간 처절하게 뱉어낸 저주다. 백여우의 저주에 잡아먹히고 일 년 이상 살아남은 이가 없을 정도로 고통스러워 미치게 만드는 저주였다.

그래서일까.

린은 지환이 가마 문이 열리자마자 설란에게 덤벼들 것이라 생각했다. 그에 대한 대비도 하고 있었다. 조금이라도 봉황의 피를 탐하려 한다면, 저주에 걸린 사내를 그대로 걷어차 줄 생각이었다. 놀란 설란을 달랜 뒤 천랑국이나 요마의 숲에 거처를 마련해 줄 계획도 세워져 있었다. 공주는 목숨을 부지하고 봉황의 피는 존속되니 린이 생각하기에 가장 이상적인 결말임에 분명했다.

그리고 예상이 빗나간 지금, 린은 모든 것을 들은 지환이 제게 분노해 덤벼들 것이라 생각했다. 너무 당연하게 생각해서 만약 그가 제 목을 노리고 달려들었어도 화나지 않았을 것이다. 그의 입장에서는 배신이나 다름없었으니 한두 대쯤은 맞아줄 용의도 있었다. 대화를 하는 내내 지환의 등 뒤에서 날을 세우고 있는 저것들이 언제쯤 제게 덤빌까 꽤나 흥미로운 시선으로 바라본 이유였다.

그러나.

"대답해. 내가, 나도 모르는 사이 부인을 죽이려 달려들 수 있는 것인지."

화가 났으나 화내지 않는, 그 모든 감정에 앞서 설란의 안전을 염려하는 남자를 보며, 린은 처음으로 생각했다.

제 생각이 잘못된 것일 수도 있다는 생각을.

✻

아직도 손이 떨린다. 죽을 수 있다는 공포감이 온몸을 사로잡아서 그녀는 제가 뛰고 있다는 것도 자각하지 못했다. 거추장스러운 긴 치맛자락을 바짝 잡아 올린 손은 뼈마디가 도드라질 정도로 힘이 바짝 들어가 있었다. 빠르게 저택을 가로지르는 설란을 발견한 시비 몇이 놀란 눈을 했으나 그것조차 보이지 않을 정도로 설란의 심장은 널을 뛰었다.

이게 뭐지. 아니, 저건 뭐였지.

이보다 더 강한 충동을 느낀 적이 없었다. 삽시간에 머릿속을 잠식해 가는 공포는 이성을 잡아먹고도 부족하다며 입을 쩍 벌린 채 저를 향해 다가왔다. 의식하기도 전에 몸을 틀었다. 뒤쫓아 오는 것은 아닌가 싶어 뒤돌아보지도 못한 채 내달리는 걸음이 가빴다.

"헉, 헉……."

설란은 안채에 도착하고서야 뜀박질을 멈췄다. 목 끝까지 차오른 숨에 쿵쾅거리는 심장 소리가 더해져, 그녀는 한동안 아무것도 하지 못하고 반쯤 몸을 숙인 채로 그저 숨쉬기만 반복했다. 호흡이 조금 안정되자 가까스로 고개를 들 수 있었다. 그 작은 움직임에도 긴장 상태에서 헤어 나오지 못한 근육들이 경직되어 욱신거리는 게 느껴졌다.

마침 안채에서 일을 하던 시비 하나가 괜찮으시냐며 걱정 어린 물음을 던졌으나 대답해 줄 기운도 남아 있지 않은 설란은 그저 고개만 끄덕여 주곤 섬돌 위로 올라섰다.

대충 신을 벗어 던진 채 쓰러지듯 장지문을 밀어 연 그녀는, 방 안에서 화들짝 놀라며 일어나는 익숙한 얼굴에 그 전까지 간신히 붙들고 있던 감정의 둑이 와르르 무너져 내리는 것을 느꼈다.

"어마, 마마! 안색이 왜 그러셔요!"

"도아야⋯⋯!"

도아는 제 주인의 희게 질린 얼굴에 어찌할 줄을 모르고 발을 동동 굴렀다.

"어디 아프세요? 마마, 의원을 부를까요? 아니지, 제가 얼른 궁으로 가서 궁의를 끌고 올 테니 잠시만 기다리⋯⋯."

당장에라도 궁으로 내달리려는 도아를, 설란이 붙들었다.

"아냐. 몸이 아픈 게 아니야."

"⋯⋯예?"

"그 시선이⋯⋯."

힘겹게 이어 나가던 말이 뚝 끊어졌다. 울컥 치미는 감정에 아무런 말도 할 수 없었다. 고개를 뒤로 젖히자 저를 보는 두 눈에 어리던 당혹감이 다시금 떠올랐다.

제 행동에 그가 상처받았음이 너무도 명백했다. 뒷걸음질 쳤을 땐 왜 그러냐며 붙잡을 법도 하건만 그는 도망치는 제 팔을 붙잡는 대신 아무런 말도 하지 못한 채 그저 서 있었다.

허공에 멈춰 있던 손이 생각난다. 금방이라도 자신을 붙잡을 것처럼 뻗어왔던 팔이 제가 뒷걸음질 치자 그대로 움찔거렸던 것이 기억났다. 그걸 전부 봤음에도 가슴속 깊은 곳에서부터 들끓는 공포를 견디지 못해 도망쳐 버린 스스로가 믿기지 않았다.

무서웠다, 그가.

무섭다니.

'대체 어째서?'

그렇게 생각한 이유를 알 길이 없었다. 갑자기 왜 그런 기괴한 게 보이기 시작한 것일까. 저를 해칠 리 없다는 것을 알면서도 그 뻗어진 손에 공포를 느낀 이유는 대체 무얼까. 잠시나마 제게 닿는 체온이 끔찍할 정도로 무섭다 생각한 이유를 알 수가 없어서 설란은 도아의 어깨에 얼굴을 파묻었다.

사랑하느냐고 누가 묻는다면 글쎄, 고개를 갸웃하겠지만 호감 정도는 충분히 갖고 있다 생각했던 남자다. 오늘 아침까지만 해도 서로에 대해 좀 더 알아가자며 서신을 보냈었는데, 고작 반나절 만에 그를 보는 것만으로도 몸이 바들바들 떨렸다. 이보다 더 선연한 공포는 없으리라.

이러다간 제 머릿속이 너무 복잡해 터져 버릴지도 모른다 생각하며, 그녀는 도아의 팔을 좀 더 힘줘 잡았다.

"내가…… 너무 미안해서 그래. 그렇게 자신 있게 말했는데. 생각보다 그리 약하지 않으니 걱정 말라며 큰소리로 떵떵거려 놨는데."

그렇게 말해놓고 내 발로 도망치고 말았어.

"무어라 말을 해야 하지. 사과해야 하는데. 다시 마주치면 또 도망가게 될까 그 생각이 머릿속에서 떠나질 않아서……."

발이 떨어지질 않는다. 같은 방법으로 두 번 상처를 주게 될까 봐. 이번에는 도망가지 않겠다는 확신이 들지 않아서.

차마 그 앞에서는 하지 못한, 그리고 앞으로도 하지 못할 애끓는 고백을 뱉어내는 설란의 등을 도아가 가만가만 쓸어내렸다. 전후 사정을 알 도리는 없으나 뼈마디가 도드라지는 등을 도닥이는 손길이 익숙했다.

"괜찮아요, 마마. 모든 게 괜찮아질 거예요."

언제고, 어느 때고, 설란이 이해 못 할 소리를 하며 저를 붙들 때면 도아는 항상 이런 식으로 그녀를 위로해 왔었다.

아무것도 묻지 않고, 아무 말도 하지 않은 채로.

전후 사정을 모르는 이에게 받는 무조건적인 위로는 때로 이토록 사무치게 위안이 된다. 맞닿아오는 온기를 느끼며 설란은 이를 악물었다. 검을 쥐다 손이 부르틀 때면, 활시위를 당기다 손안이 상처로 가득해질 때면 항상 받았던 위로는 이번에도 널뛰던 그녀의 감정을 차분히 내리눌러 주었다.

가쁘던 호흡이 점차 제 박자를 찾아가자, 그제야 도아의 손이 멈췄다. 도아는 아무 일도 없었다는 듯 슬쩍 말을 돌렸다.

"아. 그러고 보니 마마, 제가 궁에서 마마께서 즐겨 드시던 청차를 받아왔사온데, 내올까요?"

"그래."

"서역에서 온 다과도 있답니다."

설란이 고개를 끄덕이자 활짝 웃은 도아는 어서 내오겠다 말하며 밖으로 나갔다. 조심히 문이 닫히고, 방 안에 혼자 남게 된 설란은 그제야 상황을 냉정하게 바라보기 시작했다.

'몸이 멋대로 움직이는 느낌이었지.'

당시 상황은 그렇게밖에는 표현할 수 없었다. 무언가 생각을 하

붉게 흐드러진 란꽃송이

고 감정이 움직이는 게 아니라, 저를 잡아먹으려 달려오는 커다란 짐승을 봤을 때 본능적으로 공포를 느끼는 것과 비슷했다.

'본능?'

설란의 미간에 주름이 졌다.

톡톡, 무릎을 두드리는 검지의 속도가 점차 빨라졌다. 좌우에서 밀어닥친 생각들이 날실과 씨실처럼 서로 엮이며 수많은 것들을 툭툭 떨어뜨렸다. 그 생각들에 잠식될 것만 같아, 설란은 양손으로 바닥을 짚은 채 깊게 숨을 들이마셨다. 천천히 내려앉는 눈꺼풀 사이로 일렁이는 눈동자가 자취를 감췄다.

하나, 둘, 셋.

빠르게 쿵쾅거리던 심장박동이 서서히 제 박자를 찾아가는 게 느껴졌다. 그녀가 다시 눈을 떴을 땐, 일렁이던 눈이 차분하게 가라앉은 뒤였다. 굽혔던 상체를 일으킨 설란은 복잡하던 생각들을 정리하기 시작했다.

'뭐가 달랐지.'

어떤 일이 벌어졌을 때 그 이유를 알기 위해 가장 먼저 살펴야 하는 것은 대개 '평소와 다른 무언가가 있었는가'이다.

그런 식으로 생각을 되짚어가는 것은 설란에게 있어선 그리 유별난 일이 아니었다. 하루하루를 날카롭게 벼려진 칼날 위에서 걷듯 살아온 그녀는, 빠르게 제 머릿속에서 불필요한 생각들을 쳐냈다.

'성도청. 린이 힘을 썼고. 대무녀가 더 강해졌지. 그리고……'

아.

벼락이 갑자기 내리치듯 갑작스러운 깨달음이었다. 이걸 왜 이리 늦게 알았나 싶을 정도로 너무도 명백한 이유에, 미간이 찌푸려졌다. 설란은 무엇이 이 모든 사달의 원인인지 깨달았다.

"내 신력."

희고 가는 손이 심장께를 붙들었다. 처음을 잡자 그다음은 더 쉬웠다.

'무명이 그랬었지. 내 피를, 청월이 탐할 수도 있다고. 그래……신력을 건드려서 그렇게 된 것이로구나.'

이유를 찾아낸 설란의 얼굴에 허탈함이 가득 들어찼다. 양립할 수 없는 두 가지가 제 양손에 들려 있음을 깨달았기 때문이었다.

지환을 저주에서 구해내기 위해서는 신력을 깨워야 한다. 그러나 신력을 깨우면, 그녀는 그의 옆에 서지 못할 정도로 공포감을 느끼게 된다. 있는 힘껏 당김과 동시에 밀어내게 되어버린 상황에, 설란의 눈가가 찌푸려졌다.

"어찌한다."

이건 의지로 이겨내겠노라 두 주먹을 불끈 쥘 수 있는 문제가 아니었다. 방금 전 제 생각과는 달리 몸이 움직이는 상황을 경험한 설란에겐 더더욱 그렇게 느껴졌다.

고민에 빠져 있던 그녀를 현실로 끌어 올린 이는 얼굴에 홍조를 띤 도아였다.

"마마, 마마!"

"……무슨 일이 있었기에 그리 신이 났어?"

"어마. 제가 그리 신이 나 보였어요? 아유, 제가 주책을 떨었네요. 신이 나야 할 것은 제가 아니옵고……."

도아는 말끝을 흐리며 배시시 웃었다. 그런 그녀의 모습에 의아함을 감추지 않던 설란은, 도아가 비단으로 감싼 무언가를 제게 내밀자 얼결에 받아 들었다.

"이건 왜?"

"어머, 마마도 차암. 다 아시면서. 부마께서 마마께 전달해 달라 부탁하셨다고 무명이라는 사내가 다아 말해주었답니다."

"으응……?"

도아는 언제 설란을 위로해 줬냐는 듯 흥흥, 신이 나 웃으며 차와 다과를 올린 소반을 내려놓곤 두근두근한 얼굴로 설란의 손에 들린 비단 봉투를 바라봤다. 빤히 바라보는 그 시선에 기대감이 가득 차 있었다. 설란이 머뭇거리자 도아가 옆에서 답답하다며 제 가슴을 콩콩 쳤다.

"아유, 마마, 무엇하시어요! 어서어서 끌러보시지 않고!"

도아의 재촉에 제대로 된 설명이라고는 한 줄도 듣지 못한 설란은 고개를 갸웃하며 봉투를 끌렀다. 그 안에 들어 있는 것은 손에 쥐면 바스락거리는 종이 한 장이었다.

가로로 네 번, 세로로 한 번 접힌 그것을 펼칠 때까지 설란은 아침에 제가 한 일을 까맣게 잊고 있었다. 이미 깔끔하게 정리되어 보이지 않지만, 아침에 눈을 떴을 때까지만 해도 이 방 안에는 서책이 한가득이었다. 그중 한 서책에서 나오던 것을 따라 하느라 야심한 시간에 초를 밝히고 붓을 잡았더랬다.

아아. 그래, 이건 그 답서였다.

-지금쯤 가마는 성도청으로 가는 길 위일 테지요.

성도청에 도착하기 전까지만 해도 두근거리는 마음으로 과연 답서를 받게 될 것인가 그토록 기대했었는데 그사이에 까맣게 잊어버리고 있었다.

도아는 설란이 편지를 집중해서 읽기 시작하자 속으로 어머어머, 연신 감탄을 뱉어내며 양 볼을 감쌌다. 그런 도아의 옆에서 획 하나하나를 짚어가는 설란의 손길이 바빴다.

-가마꾼들에겐 참으로 미안한 일이나, 지금 이 순간에도 저는 그들이 조금이라도 재게 걸어 한시라도 빨리 부인이 돌아왔으면 하는 마음뿐입니다.

편지는 길지 않았다.

"마마, 무어라 적혀 있사와요?"

도아의 물음도 미처 듣지 못한 채 설란은 한 번, 두 번, 같은 글을 몇 번이고 반복해 읽었다. 편지에 쓰인 장면들이 너무 생생해, 잊지도 못할 그와의 몇 안 되는 만남이 눈앞에서 다시금 펼쳐지고 있는 것만 같았다. 한 손엔 편지를 움켜쥔 채 아직 채 김도 식지 않은 찻잔과 알록달록한 색을 자랑하는 다과를 훑는 설란의 시선이 바빴다.

바닥에 팽개쳤던 비단 봉투를 다시금 집어 든 설란은, 미처 보지 못했던 종잇조각을 발견하고는 바삐 펼쳤다.

-얘기를 하고 싶습니다.

획 하나도 심혈을 기울여 썼음을 알 수 있던 편지와는 달리, 바쁘게 휘갈긴 아홉 글자에 설란이 자리를 박차고 일어났다.

"마마?"

등 뒤에서 저를 부르는 목소리에도 설란은 멈추지 않았다. 방금 전까지 공포로 얼어붙었던 손이 다급히 둥근 문고리를 움켜쥐곤 그대로 바깥으로 밀었다. 문을 열자 어스름하게 지고 있는 석양이 갑자기 그녀의 세상을 그대로 집어삼켰다. 그 붉은빛에 떠밀리듯, 그녀는 다급히 발을 신에 밀어 넣고 경중경중 뛰기 시작했다.

-이리 붓을 잡으니 새삼 부인과 처음 만났던 날이 떠오릅니다. 돌이켜 생각해 보면 그날, 부인께 참으로 못난 모습만 보여주었던 것 같습니다. 그때의 못난 행동이 부인께 크게 가 닿았는지 부인께선 제게 외사랑을 하느냐 물었지요. 아니라 답하였으나 이제 와 보니 그때 저는 외사랑을 하고 있었던 모양입니다.

단 한 번도 들춰 보여준 적 없는 마음은 처음엔 무척 담담하면서도 또 얄미워서, 설란은 작은 주먹을 알차게 움켜쥐었다. 연서를 쓰라 했더니 외사랑이라니. 제 입으로 뱉어냈던 그 단어가 이리도 사무칠 줄은 꿈에도 몰랐다.

당장에라도 지환에게 달려가 멱살을 붙들고 이건 얘기가 다르지 않느냐며 자하국 공주의 무서움을 보여주어야겠다는 생각이 불쑥 고개를 들었다가, 곧이어 이어지는 다음 줄에 푸스스 가라앉았다.

한 손엔 치맛자락을, 다른 손엔 연서를 움켜쥐고 내달리는 안

주인의 모습에 시비 몇이 화들짝 놀라 옆으로 비켜섰다. 그네들은 지엄하신 공주마마께옵서 체통 없이 뛰어가는 뒷모습을 멀거니 바라보다 다시 서로 마주 봤다. 순식간에 벌어진 일에, 소쿠리를 들고 있던 시비가 중얼거렸다.

"꽃순아…… 내 방금 서서 꿈을 꾼 모양이야."

그에 빨랫감을 한 아름 안고 있던 시비도 고개를 끄덕이며 맞장구쳤다.

"응. 나도 그런 것 같아."

순식간에 고고하고도 아름다운 공주님에 대한 환상을 지켜낸 시비 둘은 다시 아무 일도 없었다는 양 재잘거리며 제 갈 길을 가기 시작했다.

물론 자신이 시비들을 지나쳤다는 것도 깨닫지 못한 설란은 한창 달리던 걸음을 멈춰 선 채였다. 치맛자락을 한가득 움켜쥔 손이 다급했다. 좌로, 우로 돌아가는 고개는 그의 모습을 찾아 안달이 난 여인의 그것이었다.

'어디, 어디에 있지.'

사랑채? 그것도 아니면 저번처럼 뒷문에 있을까?

다시 발걸음을 돌릴 시간조차 아까웠다. 그러나 주변을 둘러봐도 지환이 어디에 있는지 물어볼 만한 이도 보이지 않아 발을 동동 구르던 설란의 눈에 막 모퉁이를 돌아오는 린이 보였다. 린을 발견한 설란의 낯빛이 밝아졌다.

린 역시 설란을 발견하자마자 얼굴에 화색을 띠며 말했다.

"어머, 마마, 어딜 그리 급하게 가시어요? 마침 할 말이 있어 찾아가던 길인데……."

"리인-! 청월이 어디에 있는지 알아요?!"

"……네?"

"청월, 그러니까 서방님이요! 어디에 있는지 아냐고요!"

"아…… 그러면 아마 말을 타고 잠시 바람을…… 저, 마마, 할 말이 있……."

"고마워요!"

린은 제 말이 끝나기도 전에 마구간으로 내달리는 설란의 뒷모습을 멍하니 바라보았다. 린을 스쳐 간 설란의 발자국을 따라 점점이 서신 위를 채워 넣은 글자들이 새겨졌다.

-때로 마음은 머리가 따라가지 못할 정도로 빨리 달린다 합니다. 제 마음이 그러했습니다. 그러나 제게 거주가 사라지고, 부인의 신력도 사라져 아무것도 남지 않았을 때에도 지금과 마음이 같을 수 있음을 확신하느냐 묻는다면 섣불리 그렇다 답하진 못할 것입니다. 그리 무책임한 말을 할 수는 없습니다.

황소처럼 앞만 보고 달려가며 설란은 이를 악물었다. 제가 했던 말들이 귓가에 웅웅거리는 것만 같았다.

'내가 그런 말을 입에 담았다니. 희생이라니. 고귀한 희생? 이런 멍청이!'

가례를 올리기 전 지환이 제게 '정녕 괜찮으냐' 물었을 때 웃으며 했던 대답을 떠올리며 설란은 아랫입술을 물어뜯었다. 그런 말도 했었다. 그 괴물이 저를 잡아먹게 놔둘 것이냐는. 그보다 더 잔인한 말이 또 어디에 있단 말인가. 아, 생각하면 할수록 눈가가 붉어져서, 설란은 입안 여린 살을 꽉 깨물었다.

생각이라는 것이 한번 물꼬가 터지면 막을 새도 없이 와르르 쏟아지는 법이다.

설란도 마찬가지라, 기억 하나를 떠올렸더니 저를 밀어내던 사내의 행동과 목소리와 시선에 녹아 있던 걱정들이 잇달아 떠올랐다. 직접 공포를 겪은 뒤에야 그녀는 그가 어째서 이토록 자신을 밀어내려 했는지 알 수 있었다. 혹여나 자신도 모르는 사이 사람을 해칠까 자그마한 방 안에서 구 년이라는 세월을 흘려보낸 남자다.

그는 알고 있었던 것이다. 제 몸 안에 들어앉은 저주를 완벽하게 제어할 수 없다는 것을. 언제고 어느 때고 저주가 날뛰어 주변 사람들을 다치게 할 수 있다는 절망스러운 현실을. 마치 오늘 그녀가 본능적인 공포를 스스로의 의지로 제어하지 못한 것처럼.

-그러나 여전히, 하나만큼은 확신드릴 수 있습니다. 모든 것이 사라지더라도, 다시 또 한 번, 나는 내가 가진 모든 허물마저도 괜찮다 말해준 그대를 마음에 두게 될 것이라고.

그렇기에 설란은 이를 악물고 달렸다.

-사모합니다.

툭, 결국 참지 못한 눈물이 옷자락을 적셨다.

-얘기를 하고 싶습니다.

다급하게 휘갈겨진 그 아홉 글자를 본 순간 말로 표현할 수 없는 확신이 그녀를 움직이게 했다. 당장 그를 만나야 한다.

마구간에 도착한 설란은 설호가 선물로 보내왔던 말 위에 올라탔다. 만약 치마를 입은 채 말을 몰아 뒷문으로 향하는 설란을 누군가 보았더라면 그 비장함을 이리 표현했을 터다.

'우리 공주마마께서 누구 하나 잡으러 가신다'고.

그러나 겉보기엔 어떻든 속내만큼은 그 배 이상의 비장함으로 무장한 설란은, 치맛단이 겅중 올라가 다리가 보이고 있다는 것마저 눈치채지 못하고 있었다.

다행인지 불행인지 다리를 훤히 보인 채 말을 몰아 나가는 설란을 발견한 것은 오직 한 명, 무명뿐이었다. 지환과의 대화를 마치고 생각에 잠겨 있다 설란을 만나야겠다며 나선 제 누이의 뒤를 따라 밖으로 나온 무명은, 예상치도 못한 광경에 얼어붙고 말았다.

'저 여잔 대체 뭐 하는 거야?!'

좌에서 우로, 말이 재빠르게 달려 나가는 방향을 따라 무명의 고개가 움직였다. 믿기지 않는 장면을 본 그의 얼굴은 경악, 그 자체였다. 말꼬리마저 보이지 않게 된 뒤에야 무명은 지끈거리는 이마를 부여잡은 채 혼잣말로 중얼거렸다.

"헛것을 본거야. 헛것을. 내가 오늘 좀 무리하긴 했지. 아암. 좀 쉬어야겠어."

다리를 드러내고 머리는 산발이 된 채로 말고삐를 움켜쥔 설란이 실재한다는 것과 그저 제가 헛것을 본 것이라는 선택지 중 후자를 고른 무명의 표정은 확고했다. 그렇게 고개를 저은 그는 왔던 발걸음을 다시 되돌렸다. 좀 쉬어야겠다고 중얼거리면서.

여러 사람에게 헛것이 되어버린 설란은 뒷문이 보이자 그대로 열려 있는 문 밖으로 돌진했다.

"푸르르……."

그리고 말 타러 간다던 사람이 또다시 문 옆 벽에 기대어 있는 것을 발견하자마자 다급하게 고삐를 잡아당겼다. 그 거친 손놀림에 말이 푸룽, 푸르룽 불만을 표하며 멈춰 섰다. 말이 짜증을 내건 말건 지환만 눈에 들어오는 상태인 설란이 말에서 뛰어내렸다.

그 일련의 과정을 멍하니 바라보던 지환은 설란이 제 쪽으로 달려오다 보이지 않는 벽에 가로막힌 것처럼 눈살을 찌푸리며 멈춰 선 뒤에야 제가 보고 있는 것이 현실이라는 것을 깨달았다.

"부인……?"

"잠시만 거기에 좀 서 있어봐요. 이게, 내가, 원하는 대로 되는 게 아니라……."

덜덜 떨리는 손을 반대쪽 손으로 움켜쥔 채 설란은 욕을 내뱉었다.

"아, 진짜! 일단, 이 상태로 얘기해요. 이 이상 가면 또 도망쳐 버릴 것 같…… 아니 아니, 내가 도망가고 싶어서가 아니라! 몸이! 몸이 멋대로 움직이니까……!"

횡설수설하는 설란을 바라보던 지환은, 순간 어찌하지 못할 정도로 뱃속이 간질거려서, 저도 모르게 웃어버렸다.

"괜찮습니다."

붉게 흐드러진 란꽃송이

"……내 의지가 아니에요."

입꼬리가 위쪽으로 들썩이는 지환을 흘기며 설란이 항변했다.

"알고 있습니다."

"그런데 얘기하자는 사람이 여기엔 왜 온 거예요?"

"부인이 오지 않으면 스스로에게 할 변명거리가 필요해서……."

지환은 머쓱하게 웃으며 말끝을 흐렸다.

"와주어, 고맙습니다."

그 조심스러운 말에 설란은 고개를 저었다.

"답서(答書)는 못 썼지만, 할 말이 있어서 왔어요."

설란은 손안에서 꼬깃해진 편지를 슬쩍 등 뒤로 숨기며 말을 이었다.

"역시 난, 그 저주를 풀 생각이에요. 한 번 하겠다 입 밖으로 뱉은 말을 중간에 저버리고 떠날 생각은 조금도 없어요."

"어째서입니까."

아. 그런 질문을 받을 것이라고는 생각도 못 했다. 아랫입술을 꾹 무는 낯이 흐렸다. 무언가를 떠올린 것 같은 그녀에게 답하지 않아도 된다 말하려던 지환은 갑자기 번쩍 들리는 고개에 시기를 놓쳐 버리고 말았다.

"알고 있으니까."

언젠가 저를 끌어안았던 품의 따스함이 아직도 남아 있는데, 매섭게 비난받을 때의 고통을. 모후가 그러했다. 까마득한 어릴 적에는 저를 안은 채 미안하다 속닥이던 모후가 어느 날부터 저를 밀치던 때의 기분이란. 그러니 자신만큼은 한 번 끌어안았던 그를 내칠 수 없었다. 그녀는 덜덜 떨리는 몸을 어떻게든 해보려

이를 악물었다.

"하겠다 한 말을 지키지 않았을 때 얼마나 아플지 아니까. 그러니 혹 당신이 내게 하려는 말이 모든 걸 그만두자는 말이라면 아무 말도 하지 말아요. 헛소리하면 묶어놓고서라도 그 저주, 풀 생각이니까."

숨도 쉬지 않고 와다다다 쏟아지는 말은 길었으나 결국 그녀가 하고자 하는 말은 단순했다. 더 이상 도망가는 것은 꿈도 꾸지 말라며 설란은 양 허리에 손을 떡하니 얹었다. 허리춤에 올린 손끝은 여전히 떨리고 있었으나 곧추선 채 시선을 피하지 않는 그녀의 모습은 그 누구도 공포를 느끼고 있다 생각지 못할 만큼 당당했다.

"그러니 지금부터 내 말 잘 들어요. 나 몰래 밤중에 도망가면 쫓아가서 잡아올 겁니다. 그 색끈 끊어버리면 이번엔 내가 밧줄이라도 가져다가 어디 묶어버릴 줄 알아요."

"그만두자는 말을 하려던 게 아니었습니다."

"……아니에요?"

수많은 전적을 알고 있는 설란이 눈을 가늘게 뜨자, 지환이 작게 웃으며 대답했다.

"예. 그저 부인께 물으려 했을 뿐입니다."

"묻는다면, 무엇을?"

"구미호가 제게 말하더군요. 전 부인께 해가 되는 존재라고. 그래서 이번 일을 벌였다고. 그때 저는 구미호에게 화가 났습니다. 제게 아무런 말도 하지 않은 채 멋대로 일을 벌인 것에. 그리고 깨달았습니다. 만약 구미호가 제게 떠나라 했으면, 저 역시 부인께 아무런 설명도 하지 않고 떠났을 것이라는 걸. 하여 물으려 했을 뿐입니다. 부인께선 어떻게 하고 싶은지. 그리고 알려드리려 했습니다. 혹 부인께서 여기에서 멈추고 싶다는 생각을 갖고 있다면, 언제든 그만할 수 있다는 것을."

설란은 천천히 고개를 들었다.

그녀는 저보다 조금 위에 위치해 있는 지환의 시선을 똑바로 마주 보았다. 한 걸음, 그리고 또 한 걸음. 공포로 짓눌릴 것 같은 발을 억지로 움직여 그에게 다가가는 길은 길고도 또 멀었으나 그녀는 포기하지 않았다.

고개를 들면 걱정 가득한 얼굴을 하고 있으면서 혹여나 제가 놀랄까 꼼짝도 못하는 그가 보인다. 어깨가 움찔하면 저도 같이 놀라는 사내를 어찌 미워할 수 있을까. 아무리 생각해도 이건 처음부터 이렇게 될 수밖에 없었던 일이라는 생각이 들었다.

그리하여 손을 뻗으면 곧장 닿을 수 있을 정도로 그와 가까워졌을 때, 그녀는 손을 뻗어 뻣뻣하게 경직되어 있는 그의 얼굴을 그 안에 담았다.

"나는, 멈추지 않을 겁니다. 그러니 청월, 당신도 멈추지 말아요."

가늘게 떨리는 목소리는, 그러나 그 어느 때보다 단호했다.

✻

신들의 세계에는 요마(妖魔)의 숲이라는 것이 존재한다. 인간들이 마을을 이루고 살 듯 땅에 사는 신, 즉 지신(地神)들이 모여 사는 곳이 바로 요마의 숲이었다.

그곳으로 가는 길은 여러 곳에 존재한다. 인간은 평생을 찾아도 찾을 수 없는, 오로지 신을 위해 안배된 공간.

달이 하늘 높이 걸린 시각, 린이 향하고 있는 곳이 바로 그 요마의 숲으로 가는 수많은 길들 중 하나였다. 다짜고짜 요마의 숲에 갔다 오겠다 말하는 린의 표정은 심각했다. 무언가 결심한 것처럼 보이는 그녀를 차마 혼자 보내지 못한 무명이 뒤를 졸졸 쫓았다.

"저기, 누이. 진짜 그 저주를 풀게 도와줄 셈이야?"

"어쩌겠니. 이렇게 된 이상 그대로 놔둘 수도 없는 노릇이니 저주라도 풀어놓아야지. 그래야 안심이 될 것 같으니 말이야."

저대로 놔두는 것은 고양이에게 생선을 맡기는 것과 진배없었다. 지환이 언제 어떻게 봉황의 피에 현혹되어 이를 드러낼지 린, 그녀마저도 확신할 수가 없었다.

"……백여우도 그리 놔둘 수는 없는 노릇이고."

한 번 뒤흔든 신력은 굳이 대무녀의 힘을 빌리지 않아도 점점 강해질 터.

지환이 피에 미쳐 버리기 전 저주를 끝내 버리겠다 말하는 린의 뒷모습을 바라보며 무명이 어깨를 으쓱였다. 제가 하지 말라고 말릴 땐 어딜 감히 신의 후손을 인간에 갖다 붙이려 하냐며 화를 내던 누이의 얼굴이 당장 손에 잡힐 것처럼 생생했기 때문이었다.

그러나 따져 물어봤자 본전도 찾지 못할 일이라, 무명은 제 손으로 수명을 깎아 먹는 어리석은 짓을 하는 대신 슬쩍 말머리를 돌렸다.

붉게 흐드러진 란꽃송이

"······거, 그건 그렇다 치고. 누이, 진짜 소하 형님이랑 무엇 때문에 싸운 건진 말 안 해줄 생각이오? 저번에 싸웠던 건 잘 해결됐다고 신들 사이에서 소문이 돌고 있으니 그 문제는 아닌 것 같고."

슬쩍 제 누이를 떠보려던 무명은, 위로 치켜 올라가는 눈꼬리에 깨갱하며 꼬리를 말았다.

"그치 얘기는 꺼내지 말라 했지."

"아, 그래도 혼사를 치른 지 벌써 그렇게 오래 된 데다가 아예 갈라설 것도 아니고······."

"그것도 진지하게 고민 중이니 그만 말해."

생각하니 다시 열이 받는지, 꼬리 아홉이 일순 날카롭게 일어나며 허공을 겨눴다. 어느 정도 화가 나도 웃는 낯인 린이 아득, 이를 물 정도면 말 다했다. 무명은 그 즉시 납득했다. 그리고 생각했다.

"······아아."

소하 형님이 잘못을 한 것이 틀림없다고. 그것도 아주아주 큰 잘못을. 못 본 지 백 년쯤 된 매부의 안부를 속으로나마 빌어준 무명은, 단숨에 소하에 대한 생각을 털어냈다. 애당초 살가운 처남, 매부 사이도 아니었으니 그리 어려운 일은 아니었다.

무명은 얼굴 쪽으로 길게 드리우는 나뭇가지를 치웠다. 커다란 나무둥치에서 펄쩍펄쩍 뛰며 노니는 도깨비불이 이곳이 바로 요마의 숲이라 말하는 것만 같았다. 무명은 다신 오고 싶지 않았던 곳에 결국 발을 들였다는 것을 새삼스레 깨달으며 눈살을 찌푸렸다. 발이 세 개인 까마귀, 집을 잃은 성주, 잠시 마실 나온 산신들이 온 데 뒤섞여 있었다. 신이 되기 싫다며 도망친 것이 수십 번인 그에게 있어 지신(地神)이 도처에 널린 요마의 숲은, 수백 번을 와도 좋아지지 않는 곳이었다.

"그런데 누이, 여기에 무엇이 있는데?"

"검(劍)."

"⋯⋯응?"

까아악―

외눈박이 새의 불길한 울부짖음에 움찔한 무명은 팔을 쓸어내리며 다시 물었다.

"갑자기 검은 왜?"

그리 묻는 무명의 얼굴에 걱정이 한가득이다. 묵묵히 앞으로 걸어가던 린은 대체 왜 검을 찾으러 가냐며 끈질기게 물어오는 무명을 휙 돌아봤다. 안절부절못하는 표정이 한눈에 들어왔다. 정말이지. 끝까지 책임지지도 못할 일에 발을 들여놓은 걸로도 모자라 인간을 걱정하는 반신(半神)이라니. 린은 어떻게 해야 제 동생을 완연한 신의 반열에 올려놓을 수 있을까 고민하다 한숨을 내쉬었다.

"안 죽인다 하지 않았느냐."

"아니 뭐⋯⋯ 그래서 그런 건 아니고⋯⋯ 아직 올해 봉급을 못 받았거든."

"⋯⋯일단 그 물욕을 좀 죽여야 할 텐데."

하나뿐인 피붙이를 걱정 가득한 시선으로 바라보며 중얼거린 린은 이내 고개를 저었다. 불가능하다는 생각이 먼저 들었기 때문이다.

실상 물욕을 없애는 방법은 그리 어렵지 않다. 욕심낼 것이 없

붉게 흐드러진 란꽃송이

는 곳에 던져두면 그만이니 말이다. 그러나 무명을 높다란 선산에서부터 홀로 외떨어진 섬까지, 고립된 곳이라면 빼놓지 않고 던져 본 경험이 있는 린은 뼈저리게 알고 있었다.

제 동생은 평생을 바쳐도 그 물욕을 버리진 못할 것임을.

"봉황의 신력이 아무리 약해졌다 한들 인간의 몸으로 사용할 수 있을 리 만무하지. 그러니 검을 통하려는 것이다."

"그 검이 여기에 있다는 거야?"

"정확히는 이곳에 보관을 해두었지. 이백년 쯤 전에."

"누이가?"

"그래."

무엇 때문에 그런 번거로운 짓을 했냐 물으려던 무명은 입을 닫았다. 그럴 수밖에 없었다. 순순히 긍정하는 린의 얼굴이 마치 생살이 찢겨 나가는 듯 고통스러워 보였으니. 자신이 누이의 손안에서 벗어나겠다며 뛰쳐나간 게 벌써 햇수로만 이백하고도 오십 년이 넘었다. 길다면 긴 세월인 것이다. 피붙이라는 끈끈한 관계에 질려 먼저 도망친 것은 자신이다. 그러니 제겐 린이 그 사이에 무슨 일을 겪었든, 고통스러운 기억을 곱씹게 할 자격이 없었다.

조개처럼 다물린 입은 그 뒤로도 열리지 않았다.

✳

익숙해진다.

사람의 생존 욕구는 생각보다 더 대단해서, 한계에 다다른 고통도 시간이 흐르면 익숙해지기 마련이었다. 그녀는 그것을 경험으로 알고 있었다. 여러 경험 중에서도 검술을 예로 들자면, 검을 쥔 처음 몇 달간은 손에서 진물이 나고 까진 살갗은 따가움을 넘어 눈물이 찔끔 날 정도로 아프다. 거기에서 더는 못 하겠다 물러서면 손은 아물겠지만 아무것도 남지 않는다. 상처가 아물고 살갗이 두꺼워지길 기다려야 하는 것이다. 그러다 보면 언젠가 도래하기 마련이었다. 검이 손에 익어, 더는 아프지 않게 되는 순간이.

"저, 부인, 무리하지 않는 것이……."

"가만히 있어봐요! 괜찮아지는 것 같다니까!"

설란은 슬금슬금 뒤로 물러나려는 지환을 향해 뾰족하게 눈을 세웠다. 그 기세가 어찌나 매서운지 지환은 얌전히 꼬리를 말고는 그 자리에 멈춰 섰다. 멀어봤자 대여섯 걸음쯤 떨어져 있을까. 고작 그 짧은 거리를 사이에 둔 채 머뭇거리던 설란은, 얼마 지나지 않아 결심이 선 눈으로 단숨에 내달려 지환을 코앞에 두고 멈춰 섰다.

"덜한 것 같기도 하고."

설란은 세상 진지한 표정으로 지환의 어깻죽지를 쿡 찌르며 중얼거렸다. 준비가 필요하다는 린의 말에 어중간하게 신력이 풀린 채 흘려보낸 시간만 벌써 사흘이었다. 그동안 멀리 떨어져 있자는 지환의 제안이 있었으나 그것을 받아들일 설란이 아니다. 꿈도 꾸지 말라며 그의 제안을 일언지하에 거절한 그녀는 요새 적응 훈련 중이었다.

"둘이 어떻게 보이는 줄 알아?"

무명은 먼발치에 쪼그리고 앉아 턱을 괸 채 웅얼거리며 둘을 바라봤다. 아무 말 하지 말라는 지환의 눈초리에도 무명은 그저 어깨를 으쓱일 뿐이었다.

"아니. 그렇잖아. 지금 딱 그거라고."

혹여나 실수로 그녀가 다칠까 어쩔 줄 몰라 하는 커다란 개와, 우쭈쭈 하면서 사나운 개를 길들이려는 여주인.

이건 말하면 정말 난리가 나겠지. 이미 지환도 그렇게 생각하고 있는지 미묘하게 웃고 있는 입꼬리가 파들파들 떨리고 있었지만 생각하는 것과 남의 입을 빌어 듣는 건 또 다른 느낌일 터다.

"응. 괜찮은 것 같아요."

쿡쿡. 지환의 어깨를, 볼을, 그리고 손끝을 연신 찔러대던 설란의 얼굴이 화사하게 피었다. 방금 전 무명의 말에는 신경조차 쓰지 않았는지, 그녀는 그저 기쁜 표정으로 지환의 손을 맞잡았다.

"이제 아무렇지도 않아요."

본인도 느끼지 못할 만큼 미세하게 떨리는 손끝이, 지환에게는 느껴졌다. 그러나 그는 그것을 지적하는 대신 설란의 웃음에 화답하듯 눈을 접어 보였다.

굳이 그녀가 알 필요 없는 일이다. 제가 린의 도움을 받아 보다 강하게 저주를 묶어놓았다는 사실도, 그럼에도 그녀의 몸은 공포를 느끼고 있다는 것도.

저주를 봉하고 있는 색끈 위에 새로운 봉인을 더하던 밤,

"위험한가."

밖에 나갔다 돌아오는 린에게 자신은 그렇게 물었다. 죽음을 각오해야 하느냐 묻고 있다는 것을, 자신도 린도 알고 있었다. 말

이 끝나자마자 저를 훑어보는 붉은 동공이 묘했다. 마치 이해할 수 없는 이를 보는 것 같은 시선이었다. 린의 붉은 입술이 열렸다.

"위험하다면, 하지 않을 건가요?"

그녀는 말을 이었다. 이미 한계에 달한 저주라고. 그런 그녀의 말에 자신은 무어라 답했던가. 무명에게 했던 것처럼, 오래전 한계였다 그리 답했던가. 상관없는 일이었다. 죽지 않을 방법을 묻기 위해 한 질문이 아니었으니 말이다.

"아니."
"그럼 왜 묻는 거죠."
"……꽃놀이를."

솨아—

때마침 들려오는 바람 소리에 지환의 고개가 사선 위를 향했다. 혜조가 하나뿐인 딸을 위해 직접 공을 들인 저택은 그야말로 거대하고 또 아름다워, 흙벽 근처에는 갖가지 꽃나무가 심어져 있었다. 바람이 불자 막 피어나기 시작한 봄꽃들이 나풀나풀 흩날렸다.

"다녀오는 것이 좋을까 싶어서."

그 담담한 말에 린은 무어라 답했던가. 멍하니 기억을 되짚던 지환을, 설란이 현실로 끌고 왔다.

"청월!"

"……아."

"이젠 정말 아무렇지도 않다니까요?"

그제야 뚝 떨어진 시선이 조금의 틈도 없이 있는 힘껏 맞잡은 손을 응시했다. 맞닿은 곳에서 불길이라도 일어나는 것 같다. 온기라기에는 너무 뜨거워서 숨이 턱 막혔다.

"부인."

지환은 속삭이듯 그녀를 부르며 천천히 맞잡은 손을 손가락 하나하나 얽어매기 시작했다. 처음 저주에 걸렸을 때, 한 삼 년 정도 그는 바닥을 긁으며 신께 빌었다. 단 한 번도 믿어본 적 없는 신을 간절히 찾으며 기원했다. 무엇을 가져가도 좋으니 살려만 달라고. 살려만 준다면 이후의 삶은 모두 신을 위해 바치겠노라 그렇게 빌었다.

응답 없는 부르짖음에 지쳤을 때, 그는 죽음을 바랐다. 차라리 죽여달라며 제 손목을 긋고 심장을 쥐어뜯었다.

그리고 지금 이 순간, 그는 다시 빌었다.

"봄꽃이 한창입니다."

저는 어찌 되도 좋다. 죄를 지었다면 그 값을 받을 것이고, 짓지 않았더라도 죗값을 치르겠다. 그러니 부디.

"꽃놀이를 가지 않겠습니까."

그녀만은 고통받지 않길.

자하국의 공주마마께서 가례를 치르신 뒤 머물고 있는 거처는

규모에 맞게 일하는 사람들도 한둘이 아니었다. 그중 혜조와 효연왕후의 사람들은 설란이 저택에 들어온 첫날 전부 내보냈고, 남은 이들은 아무 연줄이 없는 이들뿐이었다.

반빗간 사정도 그리 다르진 않았다. 설란은 팔을 걷어붙이고 직접 사람들을 뽑았고, 충분한 보수와 대우를 약속했기에 반빗간 아낙들은 이 일에 무척이나 만족하고 있었다.

그러니까…….

"아이고― 마마, 귀하신 분께서! 다치시기라도 하시면 어찌하시려고!"

그녀가 직접 요리를 하겠다며 팔을 걷어붙이지만 않았다면 말이다. 도아는 발을 동동 구르는 아낙들을 향해 조용히 고개를 저었다. 저도 말리려 애를 썼지만 두 손 두 발 다 들었다. 자고로 꽃놀이에는 찬합이 있어야지 않겠느냐며 눈을 빛내는 설란을 막을 수 있는 이가 있을 리 만무했다.

"괜찮으니 물러나게. 마마께서도 실력이 좋으시니."

도아의 말대로 계란을 깨는 설란의 손놀림이 능숙했다. 지단을 부치고, 쌀을 안쳐 고슬고슬한 밥을 지어내는 것은 순식간이었다. 아무렇지도 않게 주걱을 집어 밥을 뒤섞는 설란의 모습에, 아낙들이 입을 떡 벌렸다.

삽시간에 간단히 요기할 수 있는 주먹밥과 계란말이를 완성한 설란은 그것을 곱게 싸며 연신 터지는 웃음을 감추지 않았다. 왕실에 있을 때 배우면서도 이걸 왜 배우나 싶었던 것이 바로 요리였다. 왕녀사부 가라사대, 그래도 밥은 하실 수 있어야 한다며 애원을 하기에 배워둔 것이 이리 요긴하게 쓰일 줄은 몰랐다.

두 식경이 겨우 지났을까. 이리저리 오가며 준비를 마친 설란이 푸른 보자기에 싼 것을 달랑 들고는 재빠르게 반빗간을 빠져나갔다.

저들이 꿈이라도 꾼 건가 멍해진 아낙들을 뒤로한 채, 설란은 도아를 재촉해 옷을 갈아입고는 세상 심각한 고민에 빠져 있었다.

"……옥색? 아냐. 아냐 아냐. 흰색이 나은가?"

비녀는 고민할 필요도 없다. 지환이 선물해 준 것이 있으니 볼 것도 없이 그것을 선택했다. 그러나 노리개는 아니었다. 푸른 저고리에 흰 치마를 입었으니 조금 색이 진한 것이 예쁠 것도 같고, 아예 하얀 노리개가 어울릴 것 같기도 해서, 설란은 깊은 고민에 빠진 채였다.

눈가를 좁힌 채 이것저것 면경에 대보는 설란의 모습을 도아가 무척이나 흐뭇하게 바라보고 있다 슬쩍 한마디 던졌다.

"마마, 새하얀 노리개가 무척 고운 것이, 푸른 저고리에 더 어울리는 것 같사와요."

흰 노리개를 만지작거리는 시간이 조금 더 길다는 것을 눈치채고는 슬쩍 등을 밀어준 것이다. 도아의 조언에, 설란은 '역시 그렇지?'라며 흰 노리개를 선택했다. 노리개까지 달자 모든 준비가 끝났다. 도아는 조금이라도 빨리 나가고자 발을 동동 구르는 설란의 어깨에 아직 조금 쌀쌀하다며 털이 달린 장옷을 챙겨주었다.

"다녀올게."

그 말을 끝으로 설란은 장지문을 박차고 나갔다. 고작 마루에 발을 디뎠을 뿐인데 미리 나와 저를 기다리는 지환이 보였다. 푸른색으로 장식된 흰 도포를 걸치고 섬돌 아래에 서 있던 그는 설란을 발견하자마자 성큼성큼 다가왔다.

"늦었죠?"

"아닙니다. 부인께선 딱 맞춰 나왔습니다."

그저 자신이 조금 빨리 나온 것뿐이라며 그는 손을 뻗었다. 제 손을 잡고 내려오라는 의도가 다분했다. 언제부터인지 모르겠다. 가랑비가 내리는 길을 그저 걷다 정신을 차리고 보니 홀딱 젖어 있는 것처럼, 눈앞에 뻗어진 손이 낯설지 않았다. 그의 손에 제 것을 얹었다. 이젠 손만 보고도 그인지 아닌지 구분할 자신이 있었다. 어디에 굳은살이 박여 있는지, 어떤 식으로 제 손가락을 간질이는지 익숙해서, 설란은 작게 웃었다.

"뒷문으로 나가 말을 조금 달리면 커다란 벚나무가 있습니다. 매년 탐스러운 꽃이 핀다더군요."

"그건 또 어떻게 알았어요?"

"그 아래에 정자를 만들면 좋을 것 같아 이것저것 알아보면서 주워들었습니다."

언제고 어느 때고 날이 따뜻해지면 설란이 그 아래에 앉아 쉬면 좋을 것 같았다. 처음에는 단순한 생각이었다. 비녀에 장식된 새하얀 꽃을 좋아하는 것 같아 봄꽃도 좋아하겠거니 싶었다. 언젠가 말을 달려 나갔을 때 발견한 커다란 벚나무의 가지마다 매달린 꽃봉오리가 눈에 들어온 것은 당연한 수순일 것이다.

"어제 확인해 보니 꽃이 아주 화사하게 피었습니다."

미리 준비된 말에 올라 내밀어지는 손을, 설란은 머뭇거림 없이 잡았다. 그리고 생각했다.

'승마는 대체 언제 배웠담.'

말 좀 탄다 생각했는데, 그의 앞에서는 마술(馬術)로 명함도 못 내밀 판이다. 치마를 입은 탓에 지환의 앞에 안긴 설란은 빼꼼 고개를 들었다. 첫 만남 때 전각 아래에서 본 모습도 충격적이었지만, 이렇게 바로 밑에서 올려다보는데도 못난 곳이 하나도 없는 건 사기가 아닌가 싶다.

아무리 그래도 그렇지, 어떻게 사람이 콧구멍마저 잘생길 수 있냔 말이다. 기방에 발만 들여도 기녀들이 먼저 달려올 게 분명하다며 투덜거리는 설란을, 지환이 왜 그러냐며 바라봤다.

"아무것도 아니……."

사실대로 말하기도 창피한 일이라, 대충 얼버무리려던 설란은 말을 채 다 마치지 못하고 나풀나풀 내려앉는 꽃잎에 시선을 빼앗겼다. 손톱보다도 더 작은, 새하얀 꽃잎은 바람을 견디지 못하고 주변을 온통 희게 물들였다.

솨아아—

바람 소리를 따라 고개를 들자 거대한 고목이 눈에 들어왔다. 저 자리에서 몇 년을 지낸 것일까. 백 년? 이백 년? 사내 다섯이 서로 손에 손을 맞잡고 빙 둘러도 모자랄 것이다. 그 정도로 커다란 벚나무가 하늘을 향해 웅장하게 뻗어 있었다.

"마치 눈이 내리는 것 같아……."

말을 멈춘 지환이 이내 땅에 내려섰다. 그는 어렵지 않게 설란을 반쯤 들어 내려주며 말을 이었다.

"부인이 생각났습니다."

설란.

소복이 쌓인 눈 위에 핀 꽃.

"봄에 내리는 첫눈 같지 않습니까."

이 아름다운 광경을 부인과 함께 보고 싶었다는 그의 말에, 설란이 웃었다. 무척이나 행복해 보이는 미소였다.

부드럽게 휘어지는 입술을 보며 설란은 생각했다. 입맞춤을 한다면, 그건 바로 지금이라고. 무의식적으로 뻗어 나간 팔이 가늘게 떨렸다. 극복했다 말은 하고 있었지만 본능을 누르는 것이 그리 쉽게 가능할 리 없다. 여전히 그녀의 몸은 최지환의 곁에 있는 것을 거부했다.

그러나 뻗어낸 손은 멈추지 않고 그대로 지환의 양 볼을 감쌌다. 그의 얼굴을 아래로 끌어 내리는 것은 부드러운 강제였다. 키 차이 때문에 발꿈치를 있는 힘껏 들어도 지환이 몸을 숙여주어야만 했다.

의아한 표정을 하고 있으면서도, 당초 거절은 생각도 하지 않았다는 듯 제가 이끄는 대로 따라오는 사내의 두 눈이 맑았다. 무슨 일이 벌어질지 아무것도 모른다는 낯이었다. 그것이 못내 얄미워, 설란은 두 눈을 가늘게 뜨며 속닥였다.

"눈, 안 감아요?"

"……예?"

"후회할 텐데."

그 경고를 마지막으로 설란이 지환의 입술을 집어삼켰다. 예고도, 경고도 했건만 이런 식의 전개는 전혀 생각하지 못했다는 표정으로 지환의 몸이 가늘게 떨렸다.

'그러게 눈 감으라니까.'

설란은 속으로 흥흥 웃으며 그의 아랫입술을 핥았다. 살짝 벌어진 틈을 놓치지 않고 안으로 파고드는 혀가 부드러웠다. 그대로 치열을 훑어 내린 설란은 뻣뻣하게 굳어버린 그의 혀에게 인사라도 하듯 톡, 톡, 두드렸다. 그러자 여전히 놀란 기색이 역력한 지환의 시선이 제 쪽으로 향했다.

'눈. 감아요.'

설란은 한 손으로 제 눈을 가리키고는 감는 시늉을 해 보였다. 찰나였다. 그저 맑았던 그의 두 눈이 깊게 가라앉은 것은. 갈 길을 잃고 헤매던 팔이 그대로 설란의 허리를 감아 당겼다. 그녀의 목을 받치는 손이 설란의 것처럼 가늘게 떨리고 있었다. 혹여나 힘을 줄까 닿을 듯 말 듯 근처에서 어른거리는 감각에 설란은 가는 신음을 흘렸다.

긴 입맞춤이었다. 벚꽃잎이 흩날리는 나무 아래에서 서로의 온기를 나누기를 한참. 겨우 떨어진 뒤에야 설란은 참았던 숨을 한 번에 들이마셨다.

"후……! 하!"

그러나 한 번 피어오른 열기가 그리 쉽게 가라앉을 리 없었다. 지환은 그녀의 입가에 몇 번이고 입을 맞추며 서서히 아래로 내려갔다. 턱 끝에서 목으로 내려가는 입술이 뜨거워, 설란은 저도 모르게 몸을 비틀었다. 분명 끝난 줄 알았는데 여전히 열기가 가득한 그의 시선에 델 것만 같았다.

"아니, 잠ㄲ……!"

쪽, 쪽, 희고 가는 목덜미에 계속해서 쏟아지는 입맞춤에는 설란으로서도 어찌할 재간이 없었다. 등을 쓸어내리는 손이 뜨거운지, 그의 입술이 뜨거운지 모를 정도였다. 자신감이야 하늘에 닿을 듯 충만했으나 경험은 없었던 설란은 진지하게 생각했다. 이러다 녹아버릴지도 모르겠다고.

"청월!"

다급한 외침에 퍼뜩 정신이 돌아온 지환이 뒤로 물러선 것은 순간이었다. 어찌나 괴롭혀 댔는지 여전히 목 근처가 간질거려서, 설란은 양손으로 목덜미를 감싼 채 지환을 밀지 않게 흘겼다.

그녀의 부름에 그제야 멍하니 눈을 깜빡이던 그의 얼굴이 서서히 달아오르기 시작했다. 설란의 곁에서 안절부절못하는 지환의 얼굴이 붉었다.

한참 동안이나 숨을 정리한 설란은 부산스럽게 자리를 펴고 짐을 내리는 지환의 뒤를 종종걸음으로 쫓으며 의심의 시선을 던졌다.

"정말이지. 처음 맞아요?"

"……?"

"왜 이렇게 잘해요. 어디 가서 연습한 거 아닌가 의심스럽게!"

연습이라니!

의아해하던 지환의 낯이 당혹감으로 물들었다. 이런 걸 대체 어디 가서 연습한단 말인가.

"단연코 처음입니다!"

"정말요?"

"그야 당연히……!"

어찌나 억울했는지 불끈 쥐어진 주먹이 옹골졌다. 입맞춤 경험이 없다는 것을 주장하려 애를 쓰는, 덩치 큰 사내의 모습이 어찌나 귀여운지 설란은 터지려는 웃음을 막기 위해 애를 썼다. 슬슬 저 입술을 한 번 더 덮칠까, 라는 생각을 하던 그녀는, 결국 웃음을 터뜨리고야 말았다.

즐거운 웃음이 벚꽃을 타고 팔랑 팔랑 내려앉는 미시(未時)였다.

✽

봄바람에는 차별이 없어, 설란과 지환을 감싼 바람은 왕궁에도 날아들었다. 언제고 어느 때고 자객이 침입할 수 있는 곳인지라 거대한 벚나무는 심지 못하나 그래도 나지막한 꽃나무들은 왕실에도 한가득이다.

설란이 머물렀던 백란궁이 온갖 꽃들로 가득했다면, 설호가 머무는 동궁은 고즈넉한 분위기가 일품인 곳이다. 그 동궁에서 서쪽으로 쭉 따라가다 보면 나오는 궁이 하나 더 있다. 명판이 붙은 다른 궁들과는 달리 아무것도 붙어 있지 않아 궁인들 사이에서 그저 이름 없는 궁이라 불리는 곳. 먼 옛날 왕에게 버림받은 비가 숨죽여 살던 곳이라던가, 왕위 다툼에서 밀려난 어린 왕자가 홀로 외로이 죽어간 곳이라는 소문이 끊임없이 도는 궁 안에는 지금 이 순간 자하국에서 귀하기로는 한 손 안에 들 이가 이를 악문 채 고통을 삼키고 있었다.

"그만 포기하세요."

금빛 보료를 찢어발길 듯 움켜쥐는 손을 바라보는 시선은 마치 무기질을 닮아 있었다. 까맣게 죽은 눈이 그저 좌에서 우로 움직인다. 그리 훑어 내리는 시선 끝에는 이미 엉망으로 찢겨진 이불

보가 닿아 있을 뿐이었다. 괜찮냐는 걱정도, 대신 아팠으면 좋겠다는 울음도 없다. 그저 피로함이 가득 담긴 얼굴엔 반복되는 일에 대한 지긋지긋함만이 남아 있을 뿐이었다.

"세자의 의지를 모르는 바 아니에요. 그러나 결국엔 이 어미이 말을 들어야 할 겁니다."

"절대…… 안, 됩니다."

맞물리는 잇소리가 단어 하나를 뱉을 때마다 딱, 딱 소리를 내며 허공을 메웠다. 고칠 수 없는 병. 선천적으로 타고나 어의는 물론이거니와 대무녀마저도 고개를 저었던 병에 잠식되어 가는 아들을 바라보는 것은 효연왕후에겐 이미 익숙한 일이었다. 처음 품에 안았을 때부터 숨소리가 약했던 세자였다. 울기는커녕 쌕쌕, 바람 빠지는 소리를 내며 그저 안으면 안기고 눕히면 눕는 세자를 돌보기를 며칠. 효연왕후는 무의식적으로 생각했다.

아— 이 아이는 오래지 않아 죽겠구나.

필요하다 생각한 적 없는 아이가 이 귀한 아이의 것을 빼앗아, 내 아이는 이토록 처참하게 죽어가겠구나.

처음 그 생각을 했던 것도 벌써 십팔 년 전이다.

"세자."

처음 그리 생각했을 적에는 비통하게 울부짖었다. 속을 죄다 뜯기는 것 같은 고통에 피를 토해내기도 했다. 그때마다 궁녀들이 무어라 했더라. 모성이 깊으시다며 눈물을 닦았었나.

그러나 그녀가 그리 생각했던 세자는 끈질기게 살아남았다. 마치 제 어미가 마음속 깊은 곳에서는 저를 포기했다는 것을 알고 있다는 듯이.

효연왕후의 부름에 설호의 이가 다물렸다. 어금니에 바짝 들어간 힘에 맞물림이 어긋난 잇새로 까득 소리가 들릴 정도였다. 잊을 만하면 제 몸을 가득 채우는 고통을 비명 없이 참는 것만으로도 이미 한계였다. 대낮에, 그것도 왕실의 궁 한편에서 비명 소리가 들린다면 죽어 나갈 이들이 수십임을 알기에 참는 고통이다. 이미 지키지 못한 목숨이 그리 많았으니, 당장 할 수 있는 것이라도 해야지 않겠는가. 그런 생각을 하며 속으로 비명을 삼키는 설호를 바라보는 효연왕후의 두 눈은 잔잔하게 가라앉아 있었다.

"세자께서도 억울할 겁니다. 본디 받았어야 할 것들을 빼앗겨 이리 몸이 아프니. 그것을 낳지 않았더라면 더 좋았을 것을."

"그만하십시오. 더는……."

"아닙니다. 아무래도, 공주를 불러야겠어요. 주상께서도 참…… 공주는 내보내선 아니 된다, 내 그리 말씀을 드렸거늘……."

아. 또다.

태어나는 그 순간부터 들었던, 이제는 지긋지긋한 목소리에 절로 이가 악물렸다. 힘이 바짝 들어간 눈에 돋아나 있는 핏줄이 선연했다. 고통을 죽이기 위해 물어뜯기 시작한 아랫입술은 이미 살갗이 터져 핏방울이 맺히고 있었다. 입안에 비릿하게 번지는 피 맛을 모르지 않으면서, 속을 긁어내리는 고통에 다시 피투성이인 입술을 물어뜯는다. 제가 대답할 수 없는 상황임을 알면서도 효연왕후는 말을 멈추지 않았다.

"이 어미의 몸이 약하니 병문안을 오라 해야겠어요. 그 정도라면 말 많은 고관대작들도 아무 소리 못 하겠지요."

"……어마마마."

"그래요, 세자. 어미 예 있습니다."

모후는 또다시 저렇게 아무렇지도 않은 목소리로 세상을 속이자 얘기한다. 피를 뚝뚝 흘리는 자신에게는 조금의 걱정도 내비치지 않으면서. 아니, 아니다. 처음부터 저리 무심했던 것은 분명 아니었다.

설호는 이제는 흐릿해진 옛 기억이 눈앞에서 아른거리는 것 같다 생각하며 가쁜 숨을 뱉었다. 사람의 머리란 참으로 간사해서, 어릴 적 기억들은 강렬한 것들만 남겨놓곤 한다. 그의 어린 시절은 강렬한 것투성이라 불행히도 꽤 많은 것들을 기억하고 있었다.

그중 가장 강렬했던 것은 다섯 살 적의 기억이다. 꽤 오랜만에 제 옷을 입은 날이었다. 기뻐하는 모친의 손을 잡고 산보를 하다 그대로 고꾸라졌었다. 바닥에 그대로 고꾸라졌는지, 코끝을 찌르던 풀 냄새를 기억한다. 듣는 것만으로도 아프던 효연왕후의 비명이, 그 비명을 내지르자마자 억지로 집어삼키던 처절함이 귓가를 그대로 스치고 지나갔다.

어떻게 되었더라.

몰래 외딴 궁으로 안겨갔던 것 같다. 연신 괜찮을 것이라는 울음 섞인 말을 들었으니 저를 안은 것은 효연왕후였을 것이다. 분 냄새와, 저를 쓰다듬는 손끝의 떨림이 어찌나 강했던지 차마 울지도 못하고 그 긴 옷자락을 붙든 채 같은 말만을 반복했었다.

죄송하다, 고.

아파서, 죄송하다고.

그러나 평소 병약했던 제 어미는 끝없이 제가 죽을까 걱정해야 하는 그 긴장을 견뎌내질 못했다. 눈가가 지나치게 뜨겁다는 생각

붉게 흐드러진 란꽃송이

을 하며, 설호는 낮게 읊조렸다.

"하지……."

일순 숨이 쉬어지지 않아 설호는 고개를 뒤로 젖혔다. 허공을 향해 홉떠진 눈이 일견 기괴하기까지 했다. 놀랄 법도 하건만, 처음 보는 것이 아닌지 효연왕후는 그저 서 내관을 향해 손짓할 뿐이었다. 왕후의 손짓에 심각한 표정의 서 내관이 설호에게 다가가 그의 호흡을 도왔다. 기도가 확보되자 그제야 폐를 가득 채우는 공기에 설호는 마른기침을 연달아 뱉어냈다.

"이것 보세요. 세자는 아직 많이 아픕니다."

"쿨럭-! 쿨럭쿨럭! 아니, 소자는, 괜찮습니다."

"내 잘못 들은 게지요? 세자께서 당장 내일 있을 강연에 나갈 수 있다 말한 건 아닐 테고."

"……나가겠습니다. 나갈 수 있습니다."

그러니, 설란은 그대로 놔두세요.

그리 말하는 설호의 두 눈은 금방이라도 피를 쏟을 것처럼 붉었다. 붉게 충혈된 눈을 피하지 않은 채 효연왕후는 고개를 끄덕였다.

"세자가 그렇게까지 말을 하니…… 좋습니다. 좀 더 두고 보지요."

탁. 찻잔을 내려놓은 뒤에야 효연왕후는 작게 한숨지었다. 그러나 그것이 무엇에 기인한 한숨인지는 그녀만이 알 일이었다.

✻

며칠간 방 안에서 두문불출하던 린은 다짜고짜 검 연습이 필요하다며 나무로 만든 목검을 가지고 왔다. 무척 오랜만에 보는 목검을 응시하는 설란의 눈에 복잡 미묘한 감정이 한가득 어렸다. 어렸을 때나 보던 이것을, 여기서 다시 보게 될 줄이야.

"……검을요?"

"예. 마마께서는 한 번도 쥐어본 적이 없으실 테지요. 그러니 연습을 좀 하셔야 합니다. 하루 이틀 사이에 되는 것이 아니라는 건 알고 있지만, 적어도 손에서 놓쳐선 안 되니까요."

린의 설명은 이러했다. 저주를 풀기 위해 단검을 통해 신력을 끌어낼 것이라고. 그렇다 할지라도 날이 바짝 선 진검이다. 자칫 잘못했다간 어디를 베거나 놓칠 수 있어 위험하다는 린의 말은 일견 타당했다. 공주가 갖춰야 하는 소양을 죽 적어놓은 목록에 검술은 눈을 씻고 찾아봐도 없을 테니 린의 걱정도 이해하는 바다. 설란은 잠시 눈앞에 놓인 목검을 바라보며 고민했다. 제가 검을 배웠다는 것은 엄연히 비밀이었다. 그러나 일이 이렇게 된 마당에 검을 처음 보는 연기를 할 생각은 조금도 없었다.

'검에 대한 얘기만. 그것만.'

그런 생각을 하며, 설란은 꽤 상품(上品)으로 보이는 목검을 다시 린 쪽으로 밀었다.

"음……. 린, 이런 말 하기는 뭐하지만…… 검이라면 굳이 배우지 않아도 괜찮아요."

"마마. 검이란 것은 날이 짧더라도 충분히 위험할 수 있습니다. 아니, 오히려 더 위험할 수 있죠. 그러니 번거롭더라도……."

"아. 그런 의미가 아니었어요. 검은 이미 다룰 줄 아니 다시 배우지 않아도 된다는 뜻이었답니다."

"검을요?"

린의 눈에 의아함이 떠올랐다. 그도 그럴 것이, 공주인 설란이 검을 어디에서 배운단 말인가. 왕녀사부가 있다 하나 그녀가 가르치는 것은 자수와 글, 시문과 활쏘기 정도였다. 심지어 활쏘기는 체력을 위해 흉내 내는 수준에 불과했다. 그것들 중 어디에도 검 쓰는 법을 가르치는 시간이 있을 리 만무했다.

"검을 언제 배우셨습니까?"

"그건 말해줄 수 없어요. 왕실의 일이니. 그저 내 검술이 어설프진 않다는 것만 말해두죠."

무언가 놓쳤다.

어설프게 배웠다면 나올 수 없는 자신감이 설란의 얼굴에 잔잔하게 녹아 있는 것을 본 순간, 린은 그렇게 생각했다. 자신이 무언가 놓치고 있다고. 일전에도 한 번 했던 생각이었다.

사람을 써 자하국 왕실에 대해 알아보기 시작한 것이 대략 열흘쯤 되었나. 그녀는 그사이에 꽤 많은 것들을 손에 쥘 수 있었다.

불운의 상징으로 여겨지는 쌍생아가 하필이면 왕실에서 태어났다는 것이 모든 이야기의 시작이었다. 몸이 약했던 왕비는 아이들을 낳자마자 혼절했고, 등청한 이들의 절반은 당장 몸이 약한 공주를 저 먼 곳으로 보내라는 상소문을 끝없이 올려댔다. 글 읽는 선비들마저 불운의 씨를 잘라내라며 상소를 올리기 시작했을 때 앞으로 나선 것이 정명대비였다.

왕실 최고 어른이자 든든한 외척을 등에 업은 여인. 대비는 모두가 불운의 상징이라 비난하는 공주를 버리는 대신 품 안에 끌어안았다. 불운이 닥치면 모두 제가 책임일 터이니 썩 물러가라며 호통치는 대비의 불호령에 보호받으며 설란은 살아났다.

몸이 약해 왕실 어른들의 걱정을 한 몸에 사며 곱게 길러진 그녀가 검을 배웠다니.

"마마의 말을 의심하는 것이 아니랍니다. 그저 무척이나 중요한 일이니 확인을 해보고 싶은데, 가벼운 대련을 해보실 수 있으신지요?"

무엇이건 예상에서 벗어나는 일이 생기는 건 썩 유쾌하지 않았다. 손안에서 매끄럽게 미끄러지던 비단이 순간적으로 끊어지는 기분에, 린의 눈이 가늘어졌다.

무엇을 놓쳤을까.

"물론이죠. 단, 검을 쓸 줄 안다는 걸 다른 이들에게 들켜선 안되니 해가 지고 시비들이 전부 잠자리에 든 뒤에 했으면 해요."

"예, 마마. 청월에겐 제가 말을 해놓겠습니다."

나는, 대체 무엇을 놓친 것일까.

지금부터 그것을 찾아야 할 것이다. 린의 직감이 말하고 있었다. 설란이 감추는 비밀 속에 이 모든 일의 시작점이 있다고.

대화를 마친 뒤 안채에서 나온 린은 곧장 무명이 머무는 방으로 향했다. 린을 알아본 시비 몇이 반가운 낯으로 인사를 건넸으나 생각에 잠긴 그녀에겐 아무것도 보이지 않았다.

'무엇을 놓쳤기에.'

대체 어디에서 아귀가 어긋나기 시작한 것일까. 처음에는 린도 가볍게 생각했다. 지환이 백여우에게 활을 거누지 않았다는 명확한 사실 하나에 살을 덧붙여 가다 보면 단순한 얘기였다. 지환이 아니니 그 아비인 재원이 활을 당겼을 것이라는.

　그러나 미묘하게 어긋나는 조각들이 신경을 툭툭 건드렸다. 제가 잘못 생각하고 있다 말하는 것처럼. 굳이 신경 쓸 필요가 없다는 것 정도는 알고 있다. 저주를 풀어준 뒤 설란을 위협할 이가 없다는 것을 확인한 다음 제 갈 길을 가버리면 그만이었다.

　린은 무명이 머물고 있는 방 문고리를 잡으며 작게 한숨지었다. 그러니 이렇게 신경 쓰는 것은 뭐든 흘려보내지 못하는 제 천성 탓일 것이라 생각하며.

　"……누이?"

　갑작스럽게 열린 방문에 고개를 쭉 빼고 있던 무명은, 예상치 못한 인물이 문을 열고 들어오자 놀란 기색을 감추지 않았다. 자신이 말을 안 들으면 엄하게 변했지만 평소 린은 사생활을 잘 지켜주는 편이었다. 그러니 혼자 수련하고 싶다는 허술한 거짓말에 그러라 대답해 주었던 것이다. 그런 린이 심각한 표정으로 방문을 벌컥 열고 들어오니 놀라지 않는 것이 더 어려울 터다. 무명은 무거운 엉덩이를 엉거주춤 일으켰다.

　"무슨 일이라도 생긴 거야?"

　"너."

　"응?"

　"청월에게 저주가 들이닥친 것이 구 년 전이라 했지."

　"그랬지."

　"몇 가지 알아보니, 최가는 자하국이 건국되던 때부터 존재했던 명문가이자 대대로 충심이 깊은 가문이라더구나. 대체로 그런 가문들은 인간들에게서 잊힌 것들을 알고 있는 경우가 많지."

"무슨 말을 하는 거야, 누이?"

"알아가는 중이니 네게 무엇 하나 물으러 왔단다. 오래전 안주인이 병사해 아름다운 털가죽이 하등 쓸모가 없는 가문에서, 숨을 끊어놓는 것만으로도 저주받는다 알려진 백여우를 사냥한 이유가 대체 무엇일까?"

"……어…… 누이, 누이가 무언가 착각하는 것 같은데……."

무명은 슬쩍 린의 눈치를 보며 다시 자리에 앉았다. 팡팡, 방석을 손으로 두드리자 린의 한쪽 눈썹이 활처럼 휘었다. 그러나 린이 별말 없이 자리에 앉자 무명은 한쪽 가슴을 쓸어내리며 말을 이었다.

"그날 도령이 광에 갇힌 건 그리 드문 일이 아니었어. 장난치는 게 일이라 하루걸러 하루는 거기에서 반성하라고 벌을 받았다더라고. 그리고 백여우의 육신은…… 사냥철에 대비해 미리 육포를 구해놓은 것이라 어디의 누구에게서 산 것인지 아무도 모를 정도로 대충 보자기에 담겨 있던 걸 내 눈으로 똑똑히 봤어. 그러니 도령이 저주받은 건……."

"우연이라?"

"우연이지."

한 치의 의심도 없이 말간 무명의 낯빛에 린은 한숨지었다. 희고 가는 손이 앞으로 뻗어 나갔다. 어리석은 아우의 얼굴을 감싼 채 시선을 맞추려는 듯 천천히 위로 움직이는 린의 손을 따라, 무명은 별다른 저항 없이 고개를 들었다. 어느새 붉게 변한 시선과 마주치자 무명의 목젖이 저도 모르게 위에서 아래로 움직였다.

이렇게 직설적으로 뱉어야만 알아듣는 무명의 어리석음에 린은 수백 년간 그러했듯, 제 아우에 대한 걱정을 한숨처럼 뱉어냈다.

"아우야. 얼마나 더 심신을 갈고닦아야 깨달을 생각이니."

"응? 무얼?"

"신의 저주가 그리 녹록지 않다는 것을."

2. 폭풍전야

하늘에 빽빽이 박힌 별들이 아름다웠다. 환한 달빛에 의지해 저택 구석에 마련된 연무장을 밟은 설란은 가슴이 벅차오르는 것을 느꼈다. 이렇게 둥근 연무장에서 그녀는 셀 수 없을 만큼 많은 날을 보냈다. 그러나 그것은 자설호의 이름 아래에 이뤄진 것들이었다. 스승들은 하나같이 자신을 세자라 칭했고, 자신 역시 세자의 복식을 하고 있었다.

지금은 어떠한가. 바지를 입었으나 그녀의 상징과도 같은 난꽃이 새겨져 있고, 머리칼을 하나로 동여매고 있는 것 역시 난이 새겨진 흰 천이었다. 자설란으로서 이곳에 서 있는 것이다.

검을 손에 쥔 채 온몸으로 기뻐하는 설란과는 달리 지환은 난색을 표했다. 이것만 확인하면 바로 다음 날 저주를 풀 수 있다는 린의 호언장담에 드디어 준비가 끝났나 했더니만 밑도 끝도 없이 야밤에 불러내선 설란과 대련을 하란다. 보는 것만으로도 그저 좋은 사람이다. 혹여나 잘못하면 다칠까 손을 뻗을 때도 고민하고 또 조심하는 사람이었다. 그런데 그런 설란을 향해 대련이라한들 검을 겨누다니. 지환은 무명이 제게 건네준 검을 세상 끝난 표정으로 내려다보다 조심스레 항변했다.

"……꼭 내가 해야 하는 건 아니지 않나."

물론 그 말을 설란이 듣지 못할 리 없다. 지환의 코앞까지 큰 보폭으로 다가온 설란은 검을 쥐고 있지 않은 손을 뻗었다.

"잡아봐요."

"부인……"

"무엇을 걱정하는지 다 알고 있으니, 일단 잡아보래도요."

몇 번이고 잡은 손이다. 이미 익숙할 터인데 눈앞에 내밀어진 것을 보니 또 머뭇거려진다. 그런 지환의 모습에 연무장 끄트머리에 앉아 있던 무명은 생각했다. 저거 다 가식이라고. 그리고 동시에 일이 있다며 제게 모든 것을 떠넘긴 린을 원망했다.

그가 아는 최지환은 삶을 사는 데 있어 거침이 없었다. 이미 바닥을 봤기 때문에 그런지, 천성인지는 모르겠으나 그 거침없음에 무명이 혀를 내두를 정도였다. 죽고 싶다는 생각을 하자마자 제 목에 검을 꽂아버리는 인간이 세상에 어디 있단 말인가.

그랬던 남자가 고작 손잡는 문제로 세상 진지하게 고민하는 모습은 정말이지 낯설기 그지없었다. 그리고 그 모습을 전부 보고 있으면서 옆에서 용기를 북돋아주는 설란도 어지간하다 싶었다.

'저걸 감춘다고 감추는 건지, 나 원.'

이렇게 멀리 떨어져 있음에도 훤히 보였다. 말을 하면서도, 먼저 다가서면서도 미처 감추지 못한 공포심이.

무명은 가늘게 떨리는 설란의 손끝을 바라보며 한숨지었다. 봉황의 후손이라 그런지는 모르겠으나 적어도 설란이 다른 여인들보다 배짱이 두둑하다는 것만큼은 확실했다.

가식적인 남자와 만만찮은 여자가 만났으니 그것도 나름 천생연분이라며 혼자 결론 내리고 있는 무명의 생각을 알 리 없는 설란은 막 닿은 체온에 눈을 접으며 웃었다. 사르르 접히는 눈가가 마치 반달 같았다.

"자, 봐요. 집중하면 느껴지지 않아요?"

설란은 잡힌 손을 휙 뒤집었다. 설란은 다른 한쪽 손으로 제 손 위에 놓인 지환의 손을 잡아끌었다. 그리곤 천천히 제 손바닥 위 굳은살이 박인 부분을 짚어주었다.

"여기랑, 여기…… 아, 그리고 여기도."

손가락 끝으로 스쳐 가는 곳마다 딱딱하게 굳은살이 박여 있었다. 어찌나 관리를 잘 받았는지 손끝으로 매만지지 않으면 눈치채지 못했을 터였다. 지환이 놀란 표정을 짓자, 설란은 그럴 줄 알았다고 중얼거렸다.

"잊었어요?"

그녀의 입에서 나온 물음은 고작 그것이었다. 그러나 지환은 어렵지 않게 그녀가 무엇을 말하는 것인지 알아차렸다.

홍봉포를 입은 채 자설호인 양 궁을 활보하던 설란을 발견한 것을 말하려 한 것이겠지.

그날따라 무척이나 지쳐 보였던 설란은 세자의 복식을 한 채였다. 사그라지는 고통과는 별개로 설호를 꼭 닮은 이가 설란이라는 것을 한눈에 알아봤더랬다. 들킬 줄 몰랐다는 표정이 얼굴에

만연한 채 희게 질리는 설란을 보며 그는 그렇게 생각했다.

어째서 아무도 못 알아차리지, 라고.

설란과 설호는 같았으나 달랐다. 한배에서 난 쌍생아라 한들 떨어져 자란 것이 벌써 열여덟 해다. 다른 것이 당연했다. 그런데 그 사실을 아무도 알아차리지 못했다. 혹은 보지 않으려 한 것인지도 모른다. 자설란과 자설호의 다른 점을.

"청월, 그대가 보지 못하였다 대답했던 그날을."

보지 못한 것이라, 그리 생각하라는 목소리가 고통을 억지로 참는 것 같아 그러겠노라 답했었다. 그 뒤로 한 번도 화두에 오르지 않았던 날을 입에 담는 설란의 표정은 담백했다.

"잊지, 않았습니다."

그녀의 목소리가 한층 낮아졌다.

"아주 어릴 적에는 하루에도 몇 번은 그 홍봉포를 입어야 했어요. 익선관은 무겁고 답답해서 어찌하여 공주인 내가 이것들을 입어야 하느냐 물으면 어마마마께서는 무척이나 엄한 표정을 하며 제게 말하셨죠. 그것들을 걸치고 있을 때의 나는 자설란이 아니라 세자, 자설호라고."

아주 극소수만 알고 있는 왕실의 어두운 이면을 입에 담는 설란의 표정에는, 그러나 긴장감은 없었다. 왕실 안에서 벗어날 수 없는 벽에 둘러싸여 있을 땐 그것들이 삶의 모든 것이었다. 세자의 역할과 공주의 역할, 그 둘을 완벽하게 해내는 것만이 목표였고 혜조와 효연왕후의 칭찬을 듣는 것이 삶의 목적이었다.

"왕족으로 태어난 의무라 생각했어요. 해야만 하는 일이고, 그래야 마땅한 일이라고. 오라버니를 도울 수 있고, 왕실의 위엄을 바로 세울 수 있는 일이니 피해서는 안 된다, 그렇게 생각했죠. 검을 배울 때도, 활시위를 당길 때도, 말을 몰고 사냥을 나갈 때도 그 생각은 변함없었어요."

자설호와 자설란의 외양이 점점 달라지기 전까지는 말이다. 아무리 얘기해도 들어주는 이가 없었다. 세자로 사는 것이 위험하다는 그녀의 탄원에 효연왕후는 화를 냈고 혜조는 아무런 답도 들려주질 않았다.

그러니 만약 출가외인이 되어 출가하지 않았다면, 그녀는 도망쳤을 것이다.

"청월. 나는 약하지 않아요."

설란은 맞잡았던 손에서 힘을 풀었다. 꼭두각시 인형처럼 설란의 손에 의지하던 지환의 손이 툭, 떨어졌다. 바닥에 나뒹굴던 검을 집어 든 설란은 그것을 앞으로 쭉 뻗으며 다시 말했다.

"그러니 피할 생각이라면……."

잘 다져 놓은 흙 위로 검 집이 떨어졌다. 한 손만으로 검을 뽑아 드는 일련의 과정이 물 흐르듯 자연스러웠다. 한두 번 해본 것이 아닌 모습에 저 멀리서 지켜보던 무명이 휙, 휘파람을 불었다.

"죽을힘을 다해 피해야 할 거예요."

말을 끝냄과 동시에 거리가 벌어졌다. 검을 쥐는 자세가 너무 익숙해 보여서, 항변할 마음도 사라져 버렸다. 지환은 준비 자세를 취한 채 제가 검을 뽑길 기다리고 있는 설란을 복잡한 마음으로 바라보다, 바람 빠지듯 웃어버렸다.

"청월! 내 말을 듣고 웃은 거면 정말 베어버릴 거예요!"

"아, 아닙니다."

스릉–

지환은 제 몫의 검을 천천히 뽑으며 대답했다. 달빛을 비추니 날카롭게 서 있는 검 날이 새삼 서늘해 보였다. 어릴 적에는 당연히 배워야 하는 것이라 하기에 배웠던 검이다. 그땐 재미도 없었고 왜 배워야 하는지 모르겠다며 볼을 빵빵하게 부풀리곤 스승에게 투덜거리기도 했었다.

그랬던 검은, 저주에 잡아먹힌 뒤 잠들기 위한 수단이 되었다. 저를 괴롭히는 해가 서산 너머로 사라지면 무언가에 홀린 듯 검을 집어 들고 뒷마당으로 향했었다. 스승도 없었고, 자세를 봐주던 형도 사라졌지만 홀로 그렇게 미친 듯 허공에 검을 휘두르던 세월이 길었다.

그리고 지금.

"그저, 내 부인께서는 한결같다는 생각이 들어 그랬습니다."

카앙–!

지환이 자세를 잡기가 무섭게 설란이 달려들었다. 길게 베어오는 것을 옆으로 비스듬히 막아내는 모습에 무명은 저도 모르게 자리에서 일어났다. 적당히 하는 흉내만 내는 줄 알았더니 진짜 죽자고 덤비는 공주마마를 어찌해야 할지 모르겠다는 표정이 만면에 드러난 채로.

그런 무명의 생각을 알 리 없는 설란은, 두 개의 검 날을 사이에 둔 채 물었다.

"무슨 소리예요?"

"처음을 기억합니까? 제가 저주에 걸렸다 했던 날, 가례를 물러달라 청했던 날에 부인께서 무어라 답했는지요."

그제야 지환이 하는 말을 이해한 설란의 입가에 호선이 그려졌다.

"부인께선 그때도, 지금도, 도망만 치려는 제 앞을 막아서고, 피하려는 시선을 잡아내고는 말합니다."

"도망치지 말라고?"

지환이 설란을 따라 웃었다.

"도망치지 말라고."

기기긱—

옆으로 서서히 밀려나던 검을 뒤로 빼며 설란 역시 물러섰다.

정말이지 저 남자는 사람 마음 약하게 하는 덴 일가견이 있었다. 방금 전까지만 해도 있는 힘껏 몰아붙여 주겠다며 불타오르던 경쟁심은 어느새 파스스 숨이 죽어버린 지 오래였다.

역시 이 검은 날이 잘 들어 너무 위험하다는 말을 하는 지환을 믿지 않게 흘긴 설란은 구경꾼을 호명했다.

"무명! 이 정도면 되었을 것 같은데?"

그때였다.

모든 것은 순간이었다.

저 멀리서 양손으로 머리 위에 동그라미를 그리던 무명의 표정이 일그러지고, 피하라는 지환의 목소리가 허공을 때린 것은.

정말이지, 순식간에 벌어진 일이었다.

"부인—!"

설란은 그 목소리를 따라 옆으로 몸을 틀었다. 몸 안에서 흐르던 무언가가 한쪽으로 쏠리는 감각에 절로 눈살이 찌푸려졌다. 한 손으로 검을 휘두르면서 동시에, 빠른 속도로 나아가는 검을 남은 손이 지탱했다. 무언가 있었다. 그것이 무엇인지는 알 수 없었으나, 끈적하게 들러붙는 감각이 너무도 선연해, 설란은 있는 힘껏 그것을 베었다.

[아아. 달큰해라. 무엇이 이리 달큰할까.]

상체를 반쯤 튼 상태로 시선을 돌린 설란은, 제게 덤비려던 존재를 똑똑히 볼 수 있었다. 하나부터 열까지 그저 새까만 덩어리인 그것은 대여섯 살 아이의 크기였다. 베어 내린 검이 심장 부근에 박힌 것이 보였다. 급박한 상황에서도 수없이 같은 동작을 반복한 몸은 착실히 움직인 모양이었다.

저것이 무엇이건 되었다는 생각을 하던 설란은 이를 악물었다. 분명 검이 박힌 곳은 심장이다. 인간이건, 짐승이건 죽음을 면하기 힘든 위치였건만 천천히 제 쪽으로 움직이는 고개는 죽기 직전의 그것은 아니었다.

검 날을 그대로 붙잡아오는 힘이 강했다. 베기는커녕 중간에서 턱, 막혀 버린 감각에 설란이 눈살을 찌푸렸다. 무명이 검을 건네주며 신신당부했던 것이 떠오른 탓이다.

뭐가 명인이 만들고 날이 잘 드니 조심하라는 걸까. 이 새까만 것도 베어내지 못하는 것을.

그리 투덜거리는 것과는 달리 입술을 물어뜯는 설란의 두 눈은 무겁게 가라앉아 있었다. 당장 비명을 지르지 않은 것은 그래도 그가 살고 있다 말한 위험한 세상에 어느 정도 익숙해진 덕이었다. 위험한 세상을 알기 전이었다면 대응은커녕 얼굴이 희게 질린 채 속으로 욕만 내뱉었겠지. 힘을 줘 검을 뽑아내려던 설란은, 꼼짝도 하지 않자 빠르게 포기하고는 뒤로 물러섰다.

그런 설란을 끌어당긴 것은 지환이었다.

"무명–!"

지환은 놀라 저를 올려다보는 시선에 화답하듯 그녀를 제 등 뒤로 밀어냈다. 그런 지환의 외침에 무명이 저 멀리서 온갖 욕은 다 하며 달려왔다.

"제기랄. 아니, 뭐 이런 거지 같은 일이 다 있지. 누이가 알게 되면 분명 내 목을 조를 텐데. 도령! 저건 그슨대-아이의 모습을 하고 있으며 어둠을 상징하는 요괴- 중에서도 완전히 맛이 가버린 놈이야! 나타난 게 더 신기하네, 젠장!"

그슨대라고? 지환은 어렵지 않게 그 이름을 알아들었다. 저주에 걸리고 첫 일 년간 자하국에서 구할 수 있는 모든 잡서를 구해 요괴며 신이며 저주에 대한 것들을 머릿속에 집어넣은 덕이었다. 그 뒤로 직접 본적이 없어 잊고 산 탓에, 어둠 속에서 살아간다는 요괴가 눈앞에 나타났다는 것이 믿기지가 않았다.

그러한 와중에도 그슨대는 얼굴이라 생각되는 부근을 위로 치켜들었다. 윤곽이 있어야 할 곳은 그저 검게 덩어리져 목과 몸을 구분하기도 어려웠다. 뚝, 뚝, 발치로 떨어지는 그것들은 땅에 녹아들며 썩은 내를 풍기기 시작했다.

[피, 피를. 달큰한 피를.]

"무슨 말인지 제대로 설명해."

검을 치켜든 채 낮게 읊조리는 목소리는 충분히 위협적이었다. 시선은 반쯤 어둠에 녹아든 채 방향조차 잡지 못하고 이리저리 팔만 휘두르는 그슨대에게 고정되어 있었으나 날 선 짜증은 분명 무명에게 향해 있었다.

"그게, 마마의 신력이 조금이나마 돌기 시작했잖아?"

"그게 왜."

"말했잖아. 봉황의 피는 세월이 흐름에 옅어져 그 피에 현혹되는 것은 도령처럼 저주를 받거나……."

"……저런 것들이란 소리군."

"그렇지."

고개를 끄덕인 무명은 깊게 한숨을 내뱉었다. 당장 눈앞에서 방향조차 잡지 못한 채 허공을 허우적거리고 있는 그슨대를 없애는 건 그리 어려운 일이 아니었다. 심지어 제 몸에 검이 박혔다는 것조차 알아차리지 못할 정도로 자아가 부서진 상태이니 눈 감고도 할 수 있을 일이다. 문제가 있다면 누가 부부 아니랄까 봐 저를 죽일 듯이 노려보는 설란과 지환이었다. 그러는 둘 중 누구도 저기서 꾸물거리는 그슨대를 무서워하는 기색은 없어서, 되레 무명이 질린 기색을 보였다.

아니 뭔 인간들이 무서워하는 게 없담.

보아하니 이런 사태가 일어날 수 있다는 언질조차 없던 것에 화를 내는 것 같았다. 그러나 무명은 억울했다.

"지금 마마의 신력은 진짜 개미 눈물만큼이라 이런 일이 일어나는 게 더 신기하거든? 저렇게까지 맛이 간 그슨대는 나도 몇 백 년 만에 처음 본다고! 진짜 웬만한 지신(地神)은 지금 마마의 피는 느끼지도 못해!"

그럼에도 여전히 의심 가득한 두 쌍의 시선에 무명이 발을 굴렀다. 그는 직접 보여주겠다면서 앞으로 나섰다. 질척이는 그슨대의 모습에도 두려워하기는커녕 귀찮아하는 기색이 역력했다. 손을 뻗어 그슨대의 목으로 추정되는 부근을 잡아챈 무명은, 그대로 그것을 잡아 올리고는 말을 이었다.

"이것 봐. 여길 잡아채니 말도 못 하네. 누누이 말하지만, 지금 마마의 피로 현혹할 수 있는 건, 기껏해야 도령 안에서 똬리를 틀고 있는 저주나, 이렇게 완전히 맛이 가버린 것들뿐이라니까?"

[끄으-]

그러니 생각해 봐. 마마가 도령의 등 뒤에 몸을 숨기고 있는 게 얼마나 이상한 일인지. 지금 마마는 제일 위험한 놈 뒤에 숨어 있는 거라니까? 정말이지, 나는 아무런 잘못도 없거든?

무명의 말에 설란은 저를 잡고 있던 손에서 힘이 빠지는 것을 느꼈다. 고개를 돌리자 일그러진 얼굴을 한 지환이 눈에 가득 들어왔다.

그녀에게 있어 제일 위험한 것이 자신이라는 건, 아무리 험한 세상을 헤쳐 온 지환이라 할지라도 멈칫할 말이었다. 설란은 손을 뻗었다. 잠시나마 떨어졌던 그의 손을 더욱 힘줘 잡으며 지환의 뒤에서 속삭였다.

내가 말했잖아요. 당신이 사는 그 무서운 세상, 내가 부숴 버리겠다고.

그 속삭임과 함께 움켜쥔 손에 힘이 들어갔다. 방금 전 무의식 중에 떨리던 것마저 사라진 뒤였다. 사람은 공포를 이길 수 있는가? 지환은 그 물음에 언제나 부정적인 답만을 내어놓았다. 인간은 약하다. 손바닥을 뒤집는 것보다 더 쉽게 죽는 것이 인간이다.

지난 구 년간 수없이 죽음을 바라며 깨달은 것이 바로 그 사실이었다. 그리도 약하니 무서워할 수밖에 없고, 죽음에 대한 공포는 천륜마저 꺾어놓는 것이라고. 눈앞에서 무심히 닫히는 문을 바라보며 그는 그렇게 아비의 냉대를 이해하려 했다.

'그랬는데.'

등 돌리지 않는다. 도망가지도 않는다.

무섭다 말하면서도 맞잡아오는 손은 따스함을 넘어 뜨거웠다. 이해 못 할 무언가가 속에서 들끓기 시작했다. 그것은 서서히 위로 타고 올라와, 그는 악문 이에 힘을 바짝 줬다. 맞물린 어금니가 아플 정도였지만, 그렇게라도 하지 않으면 정말이지 울 것 같았기에.

무명 앞에서 울 수는 없는 노릇이었다.

※

"그런 일이 있었군요."

해가 밝은 뒤에야 돌아온 린은 무명에게서 전후 사정을 전부 들을 수 있었다. 그녀는 설란이 안전한가를 가장 먼저 확인하고는 가슴께를 쓸었다.

"역시 미리 드렸어야 했는데. 이제라도 항시 갖고 다니시면 어제와 같은 일은 없을 겁니다."

린은 제가 손에 들고 있던 상자를 앞으로 내밀었다. 짙은 고동빛을 띠는 나무 상자는 복잡한 무늬가 양각으로 새겨져 있었다. 늑대를 상징화한 문양을, 길고 가느다란 손가락이 찬찬히 쓸어내렸다.

설란은 린이 제 쪽으로 밀어준 나무 상자를 열었다. 상자 안엔 붉은 비단에 감싸인 단도 한 자루가 들어 있었다. 손잡이 부근에도 아로새겨진 늑대 문양을 바라보던 설란이 고개를 들었다.

"이게 뭐죠?"

"마마의 신력을 보다 쉽게 사용하도록 도와줄 도구입니다. 동시에 잡신과 잡귀들로부터 마마를 지켜줄 부적이지요."

"신력을 쉽게 사용한다는 말이, 무슨 의미인지 모르겠네요. 청월의 저주를 풀 때 도움이 된다는 뜻인가요?"

"예. 알고 계시겠지만, 저주를 푼다는 건 그리 쉬운 일이 아닙니다. 원한이 섞인 저주라면 더더욱 그렇지요. 마마께서 하실 일은, 이 단도로 청월의 등 뒤에서 일렁이고 있는 저주를 베어내는 것입니다."

"음…… 그러니까, 저주를, 이 검으로……?"

본디 저주라는 것은 형체가 없었다. 형체가 없는 것을 베어낸다니. 쉽게 이해가 되지 않는 말이었다. 설란은 미간을 좁힌 채 검 날을 조심스럽게 매만졌다. 살갗에 닿아오는 날붙이의 서늘함이 선연하기 그지없었다.

그런 설란의 모습을 빠짐없이 바라보던 린이 생긋 웃었다. 무명에게 모든 얘기를 전해 들었을 때, 린은 그슨대가 나타났다는 것보다 설란이 무척이나 능숙하게 검을 다루더라는 말에 더 놀랐다. 지환은 아무리 못해도 최가의 차남이었다. 그런 그와 합을 겨룰 정도라면 설란의 실력은 좀 더 높게 쳐 줘야 할 터. 린은 밤새 자리를 비우면서까지 알아본 것들을 다시금 하나하나 맞춰보며 대답했다.

"청월과 저주를 연결하는 고리를 베어낸다 생각하시면 된답니다. 마마께서 검을 잘 다룬다 하시니 걱정을 덜었네요. 당장 내일 대무녀를 불러들이지요."

"내일?"

동그래진 설란의 두 눈이 '그렇게 빨리?'라 말하고 있었다. 좀 더 알아야 할 것들이 많았다. 어떻게 저주를 푸는지, 저주가 풀리면 어떻게 되는지 따위들을.

그러나.

"족쇄를 좀 더 강하게 만들어야 할 것 같습니다."

귓가를 간질이는 목소리에는 미처 감추지 못한 불안이 가득했었다. 그렇게 말하고는 저를 안채에 데려다주고 훌쩍 가버린 지환을 잡지 못했다. 무슨 말로 잡는단 말인가. 당신은 그럴 리 없으니 가지 말라고? 아무 일 없을 테니 걱정하지 말라고?

이제는 안다. 그 말들이 그를 더 고통스럽게 할 뿐이라는 것을. 손을 펴 그 안을 들여다보면 여전히 아무것도 보이지 않았다. 자신을 구미호라 밝힌 린이 제게는 봉황의 피가 짙게 흐르고 있다 하지만 붉디붉은 피는 다른 이의 것과 다르지 않았고, 신력이라 하는 것도 전혀 느껴지지 않는다.

그저 짐작만 할 뿐이다. 지환에게 가까이 다가갈 때면 저도 모르게 어깨가 움츠러든다던가 숨이 닿을 만큼 거리가 좁혀지면 지환의 턱에 힘이 바짝 들어간다던가 하는 것들로.

"좋아요. 대무녀에게 연통을 넣을 테니, 린은 필요한 것들을 준비해 줘요."

손만 잡아도 괜찮다는 생각을 했던 때도 있었다. 그저 한 걸음 뒤로 물러선 채 바라만 봐도 나쁘지 않다는 생각을 하며 웃은 적도 있었다. 그러나 어젯밤, 깨달을 수밖에 없었다.

제 앞을 막아선 저 너른 등이 자신을 지킬 것임을 머릿속으로는 알고 있으면서도 반사적으로 경직되어 버리는 몸을 느끼며 뼈저리게 깨달아야 했던 사실.

"무엇이 되었건, 저주를 풀어야겠어요."

그와 저 사이를 가로막은 저주라는 것을 깨부수지 않으면 더는 다가갈 수 없다.

복잡 미묘한 표정을 하고 있는 린을 돌려보낸 설란은 자리에서 일어났다. 막 다과를 들고 오던 도아가 그런 설란을 보고는 놀란 눈을 했다.

"마마, 어디 가셔요?"

"청월을 보러. 다과는 반상 위에 두렴."

지금 당장 달려가 이 기쁜 소식을 알려줘야 했다.

"어머! 마마! 아니 되어요!"

"······응?"

"어서 들어오셔요. 소녀가 분을 다시 칠해 드릴 터이니."

"요 앞에 청월을 보러 간대도."

"그러니 분을 다시 칠하셔야지요! 부마께서 마마께 멋진 모습만 보여 드리려 어찌나 노력하시는지 시비들 사이에 소문이 자자하다니까요! 물론 마마님은 월궁항아(月宮姮娥)님처럼 아름다우시지만 연지도 바르셔야 하고, 분도 칠하셔야 하고······."

멍하니 도아의 말을 들으며 다시 안채로 들어가던 설란의 귀를 쫑긋하게 한 말이 있었으니.

"청월이, 무얼 한다고?"

아차. 도아의 얼굴에 당혹감이 스쳐 갔다. 다른 사람들은 눈치채지 못할 찰나였으나, 도아와 동고동락한 세월이 한두 해가 아닌 설란이 그것을 놓칠 리 없다.

"예? 소녀가 무어라 했나요?"

절대 말할 수 없다는 비장함이 탁, 튀는 목소리에 있었다. 슬쩍 시선을 돌리는 도아의 옆모습을 가만히 바라보던 설란은 문지방을 넘기가 무섭게 한숨을 내쉬었다.

"그렇구나."

앞뒤 말은 전부 자른 채 그저 한숨과 의미심장한 말 한마디면 충분하다. 도아가 어떨 때 가장 안절부절못하는지 가장 잘 아는 이는 바로 자신이었다. 어깨를 약간 늘어뜨린 채 면경 앞으로 가는 걸음을 죽죽 끌어주자 역시나, 도아는 금세 어쩔 줄 몰라 하며 발을 동동 굴렀다.

"마마, 마마, 그것이 아니고……."

"아니야. 괜찮단다. 나는 너를 친우라 여기고 있으니……."

살짝 고개를 돌리자 보이는 미소가 처연하기 그지없다.

"친우의 비밀이라면 캐묻지 말아야겠지."

양손을 꼭 잡은 도아의 얼굴에 감동이 밀려오기 시작했다. 양반가의 여식이라 하나 가세가 기운 지 오래인 가문은 한미하고 또 한미해, 백란궁에 배정되기 전까지 도아는 상전 복이 그리 좋은 편이 아니었다. 눈 뜨면 코 베어간다는 궁 생활에서 설란을 만난 것은 그녀에겐 가장 큰 행운이며 삶의 전환점이었던 것이다.

그 정도로 큰 자리를 차지하고 있으니 아래로 축 처진 눈꼬리에 처연한 목소리가 심금을 울리는 것은 당연한 일이었다. 귓가에서 절대 비밀로 해달라는 지환의 목소리가 맴도는 것 같았으나 눈 한 번 꾹 감으니 저 어딘가로 날아가 버렸다.

도아는 종종걸음으로 설란에게 다가가 비장한 표정으로 말했다.

"마마께 비밀이라니요. 그런 말씀 마셔요! 소녀는 무엇이 되었건 마마께 숨기지 않을 터이니 슬퍼 마셔요! 부마께서 일전에 소녀를 부르셔서 마마께서 무엇을 좋아하시는지 물으신 적이 있답니다."

"청월이?"

"예."

"그래서 무어라 말했는데?"

"마마께서 좋아하시는 시문이 무엇인지 말씀드렸고, 꽃놀이를 무척이나 좋아하신다고 말씀드렸답니다."

그렇게 말하며 도아는 능숙한 손길로 설란의 얼굴에 분을 펴 바르고 연지를 곱게 발라주었다. 연지 탓인지, 일전에 갔던 꽃놀이 탓인지는 몰라도, 설란의 양 볼은 점차 붉어졌다. 치장을 다 끝낸 도아가 어머! 소리를 내며 놀랄 정도였다. 제가 잘못한 것 같다며 발을 동동 구르는 도아에게 되었다 말한 설란은 재빨리 안채에서 도망쳤다. 저 안에 더 있다간 청월이 흩날리는 벚꽃 잎을 보며 무슨 말을 해주었는지 주저리주저리 자랑을 늘어놓고야 말 것 같았기 때문이었다.

"아, 정말이지."

이 남자 때문에 마음이 편할 날이 없다. 왜 이리 사람 마음을 들었다 났다 하는 건지. 만나면 한 소리 해줘야겠다 투덜거리며 사랑채로 향하는 설란의 발걸음이 유난히 가벼웠다.

사랑채까지 온 건 좋았다. 호기롭게 볼일이 있으니 잠시 얘기 좀 하자 한 것도 좋았다. 들어오라는 말에 말이라도 타러 가자 청할까 하며 두근거린 것도 좋았다.

다 좋았다.

"……저기, 마마?"

"왜 부르느냐."

무명만 없었다면.

쓸데 있는 말이 아니라면 부르지도 말라 말하는 설란의 몸에서 냉기가 풀풀 풍겼다. 이유도 모른 채 그 냉기를 온몸으로 맞는 무명은 억울해 죽을 지경이었다. 먼저 사랑채에 있던 것은 자신이었다. 당장 내일 대무녀를 불러 저주를 풀어버리겠다는 린의 표정이 확고하기 그지없어서, 일이 어떻게 진행될지 언질이라도 주러 왔다 된서리를 맞은 기분이었다.

그도 그럴 것이, 갑자기 찾아온 설란은 문지방을 막 넘기 전까지 무척이나 화사한 표정이었다. 꽃이 만개한 것 같던 웃음은 무명을 발견하자 빠르게 져 버렸다. 만물이 태어나는 봄에서, 천지가 얼어붙는 겨울로 순식간에 탈바꿈한 설란은 무명 쪽으로는 시선조차 주지 않은 채 지환의 옆에 앉았다.

"아니, 내가 어제 제대로 설명을 못 하긴 했는데 그래도 나름 일등 공신인 반신(半神)을 이렇게 냉대해도 되는 거야?"

설란은 물론이거니와 지환 역시 무뢰배를 보는 듯한 시선으로 자신을 바라보자, 무명은 제가 말을 잘못한 것 같다 생각하며 슬쩍 고개를 돌렸다. 물론 자신이 금을 좀 받긴 했다. 아니, 좀 많이 받긴 했다. 그래도 목숨값이라 생각하면 그리 비싼 것도 아니지 않은가!

그렇게 스스로를 변호하던 무명은 할 말이 무척 많아 보이는 두 쌍의 시선에 재빨리 노선을 변경했다.

"아! 어쨌든! 당장 내일 대무녀가 온다며! 마저 얘기해야 할 것 아냐!"

그 말에 설란이 지환에게 물었다.

"무슨 얘기를 하고 있었죠?"

"대무녀가 온다는 말을 막 하고 있을 때 부인이 들어왔습니다."

그리 말하는 둘 사이에는 온화함이 넘쳤다.

방금 전과는 천지 차이인 온도에, 무명은 속으로 가슴께를 쿵쿵 쳤다. 세상 혼자 있으니 억울하고 분하기 그지없다고. 그렇다고 당장 반려가 생기는 것도 아니니 남은 방법은 단 하나.

최대한 빨리 볼일을 끝내고 이 방을 벗어나는 것뿐.

"도령, 그리고 공주마마, 한 번만 얘기할 테니 잘 들어. 내일 안채와 사랑채, 그리고 둘을 잇는 길목엔 개미 새끼 한 마리 없을 거야. 내 누이가 결계를 칠 거거든. 마마는 안채에서 신력을 해방할 거고, 도령은 사랑채에서 대기하고 있을 거야. 여기가 좀 골치 아픈데, 누이가 단검을 하나 줬지?"

설란은 대답 대신 품에서 단검을 꺼내 보였다.

"어어. 그 단검으로 '저주'를 잘라내야 해."

이번에 반응한 것은 지환이었다. 저주를 잘라낸다는 말을 듣기

가 무섭게 눈살을 찌푸린 지환이 단검을 바라봤다. 설란이 꺼내
든 단검은 물론 무척 아름다웠다. 손잡이를 채우고 있는 세공은
한눈에 보더라도 솜씨 좋은 장인의 것이었고 날도 관리가 잘 되
어 있었다. 그러나 아무리 좋게 봐줘도 단검은 단검이다. 고작해
야 제 손바닥 크기밖에는 되지 않는 날로 저주를 잘라낸다니.

"농이 심하군."

"······어, 도령. 농이 아니야."

"지금, 고작 단검으로 저주를 끝낸다 말하는 걸 믿으라는 소리
인가?"

"저건 그저 통로에 불과해. 필요한 건 마마의 신력이고. 그런데
문제는, 신력을 견뎌내는 날붙이가 그리 많지 않다는 거지. 약해
졌다 한들 봉황의 피야. 저 정도의 물건이 아니면 이겨내질 못해.
저렇게 보여도 저게 현재 가장 강한 지신(地神)의 것이거든. 그러
니 저주를 끝내는 건 마마의 신력이고, 도령이 해야 할 일은······."

톡톡. 무명은 검지로 제 관자놀이를 두드렸다.

"정신을 잃지 않는 거야."

고작 그 말 하나에, 지환은 내일 벌어질 일을 짐작할 수 있었
다. 끊임없이 몰아치는 일들에 밀려 생각지도 못했던 것이었다.

의식하기도 전에 먼저 고개가 돌아갔다. 설란을 보는 시선에
무슨 감정이 담겨 있는 것인지 미처 생각하기도 전이었다. 그러
니까만 두 눈에 비친 감정이 갈무리되었을 리 만무하다. 그제야 이
해할 수 있었다. 린이 자신을 치워 버리려 한 이유를.

저주를 풀기 위해서는 신력을 해방해야 한다. 그 신력을 느끼
자마자 제 몸속에 똬리를 튼 저주는 환호성을 뱉어낼 것이다. 입

을 쩍 벌려 설란을 집어삼키려 하겠지. 그때 자신은 과연 의식이 남아 있을까. 머릿속을 새하얗게 만들어 버리는 충동에서 그녀를 지켜낼 수 있을 것인가.

얼마 전까지만 해도 자신 있었다. 자설란을, 홀로 무언가를 가득 짊어진 그녀를 지켜주겠노라 자신 있어 했다.

그녀의 피를 탐하는 그슨대를 보기 전까지는.

어째서 생각하지 못한 것일까. 제 속에서 똬리를 튼 괴물을.

"다시 생각을, 해봐야 할 것 같⋯⋯."

"청월."

내리치듯 뱉어내는 말은, 그러나 단호했다.

"이미 각오한 일이에요."

"그슨대를, 자아도 없이 그저 부인의 피를 탐하던 지신(地神)을 벌써 잊은 겁니까. 부인, 나 역시⋯⋯."

"무명이 있잖아요."

나?

갑자기 호명된 무명의 눈이 동그래졌다. 검지로 저를 가리키는 무명을 바라보며 설란이 해사하게 웃었다. 난생처음 보는 호의 가득한 미소에, 무명은 저도 모르게 화답하며 웃어버렸다.

"무명이 제 한 몸 바쳐 청월을 지킬 거랍니다. 그렇죠, 무명?"

"그럼. 내 한 몸⋯⋯ 응?"

"봐요. 설마하니 금괴를 한 수레나 받고 입을 씻겠어요? 그렇죠, 무명?"

"어⋯⋯ 어어⋯⋯ 그렇⋯⋯ 지?"

순식간에 한 몸 바쳐 지환의 폭주를 막게 생긴 무명은 여전히 얼떨떨한 표정이었다. 그러나 이미 설란은 지환 쪽으로 몸을 튼 채였다. 그녀는 손을 뻗어 무릎 위에 얹힌 지환의 손을 감쌌다.

"그리고."

그녀의 두 눈이 번뜩였다.

"물론 알고 있겠지만, 공주는 재가가 허가되지 않는답니다. 나를 과부 만들 생각이라면 그 생각 고이 접어둬요."

그리 말하는 설란의 두 눈이 화르르 불타는 것 같아서, 지환은 조용히 고개를 끄덕였다. 여기에서 안 된다 말했다간 정말로 설란의 미움을 살 것만 같다는 불길한 예감을 느끼며.

✳

다음 날, 설란은 깨우는 이가 없음에도 이른 시간에 눈을 떴다. 반쯤 잠을 설쳤음에도 몸은 가뿐했다. 혹은 극도로 긴장하고 있는 탓에 그렇게 느껴지는 것일지도 모른다. 가볍게 팔을 휘두르며 몸 상태를 점검한 설란은 단검을 잊지 않고 품에 챙겼다. 장지문을 넘어서는 설란을 반긴 것은 린이었다.

그러나 웃어 보이는 린보다 먼저 눈에 들어온 것은 횅한 마당이었다. 평소라면 시비들이 아침을 맞아 바삐 움직이고 있을 곳이 텅 비니 기분이 묘했다. 묘목들이 줄지어 있는 왼편에서, 각종 꽃들이 한가득 심겨 있는 오른편으로 움직이는 시선이 차분히 가라앉은 채였다.

"……조용하네."

"시비들은 물론이거니와 미물들도 들어오지 못하게 결계를 쳐

놓았으니까요."

"어릴 적에는 항상 주위가 조용하길 바랐었는데, 이렇게 조용해진 걸 직접 보니 썩 좋지만은 않네요."

시끌벅적한 것에 익숙해져서 그런가?

웃으며 고개를 돌리자 입술을 달싹이던 린은 이내 마음을 고쳐먹었는지 입을 다물고는 그저 고개를 끄덕여 줬다. 마지막으로 묻고 싶었을 터다. 굳이 위험한 일을 해야겠느냐고. 붉게 변한 그녀의 두 눈은 여전히 말하고 있었다. 지금이라도 그만하겠다 말하라고. 설란은 슬쩍 비낀 시선 틈으로 높게 뻗은 하늘을 눈에 담으며 린의 경고를 되새겼다.

신력이 사라진다 했던가.

봉황의 후손이니, 그 피를 짙게 타고났다느니 여러 말들을 들었으나 여전히 와 닿지는 않았다. 너무 익숙한 탓이었다. 옛날부터 자하국 왕실의 일원들은 전부 봉황의 후손으로 여겨져 왔다. 왕족이 태어나면 속싸개로 붉은 천을 쓰는 것도 그러한 연유에서였다. 날 때부터 마치 세뇌라도 당하듯 들은 것이 '봉황'에 대한 얘기였다. 그러나 단 한 번도 그 말에 가슴 떨린 적이 없었다.

봉황의 후손이라고? 그래서?

옛 신화에 취해 있기엔 그녀가 처한 상황들이 너무도 현실적이었다.

그래서일까. 지신(地神)을 두 눈으로 보고 있음에도 무던히 넘어가는 것이. 그다지 필요성을 느껴본 적 없는 신력을 희생하는 것만으로 지환을 구할 수 있다면 오히려 싸게 먹히는 것 아닐까, 그런 생각을 하며 설란은 고개를 돌렸다.

"대무녀는 언제 도착한다 했죠?"

"도착한 지 일각-약 15분-쯤 되었답니다. 데려올까요?"

"부탁해요."

그리고 다시 방 안으로 들어갔다. 봉인을 풀기 위해서는 시간이 필요할 것이라 생각했기에 한 선택이었다. 장지문이 열리고 안으로 들어온 이의 모습은 정말이지 예상 범주 밖의 것이라, 설란은 잠시 할 말을 잃고 말았다.

"마마를 뵈옵니다."

"……대무녀."

"예."

"시간이 흐를수록 나이를 먹기 마련인데…… 대무녀의 시간은 거꾸로 흐르나 봅니다."

"……예?"

제 말뜻을 모르겠다는 표정마저 전보다 더 앳되어 보였다. 설란은 방금 전 했던 생각을 취소해야 하나 진지하게 고민했다. 남녀를 불문하고 인간의 가장 큰 적은 시간이다. 아무리 건강해도 시간이 흐르면 노쇠해지기 마련이며, 언젠가는 죽음을 맞이할 수밖에 없는 것이다. 그런데 지금 대무녀의 모습은…….

설란은 이건 사기라 중얼거렸다. 궁녀들은 매일 밤낮을 가리지 않고 매끈하고 주름 없는 피부를 유지하기 위해 갖은 노력을 들인다던 도아의 말이 떠올랐다. 만약 이 자리에 궁녀들이 있었다면 속울음을 삼켰을 정도로 대무녀는 제 나이를 잊은 모습이었다. 평소 성도청에서 봐왔던 그녀가 짙은 화장을 하고 화려한 무녀복을 입고 있어 쉬이 넘볼 수 없는 위엄을 풍겼다면, 무녀복을 벗은 대무녀는 배는 어려 보였다.

화장기 없는 얼굴에 평범한 푸른 저고리와 녹빛 치마를 입은 그녀는, 그러나 수수하기에 더 젊어 보였고 더 아름다워 보였다. 의아해하는 대무녀에게 아무것도 아니라며 고개를 저은 설란은 조용히 속으로 좌절했다.

올해로 예순이 넘은 대무녀의 미모에.

꽃다운 청춘이 예순 넘은 대무녀의 미모에 좌절하는 모습은 참으로 진귀한 광경이었으나 그 장면을 보는 이 중 하나는 올해로 수백 살은 먹은 구미호요, 하나는 그 대상인 대무녀였으니 설란의 기분에 동조해 줄 이 없었다.

홀로 좌절하고 있는 설란을 일깨운 것은 린이었다. 쉼 없이 휙휙 바뀌는 설란의 표정을 흥미진진하게 구경하던 린은 창가를 힐끔 보고는 짝, 소리가 나게 박수를 쳤다.

"하면 대무녀도 도착하였으니 빠르게 진행하지요. 이런 일은 질질 끌면 끌수록 지저분한 것들이 꼬이기 쉬우니까요."

그녀의 재촉에 설란이 고개를 끄덕였다.

"말씀드린 것처럼 어젯밤 저와 무명이 결계를 쳐 놓았으니, 마마의 신력이 해방되더라도 다른 잡귀가 꼬일 염려는 하지 않으셔도 됩니다."

"고마워요."

"어머, 아니에요. 제 작은 사죄랍니다."

린이 무엇을 사죄함인지 알아차리는 것은 어렵지 않았다. 만난 그 순간부터 자신을 존중하는 태도를 버리지 않았던 린이 제 의견을 묻지 않았던 것은 단 한 번뿐이었으니 말이다. 다시 그날이 떠올라, 설란의 눈썹이 비죽이 올라갔다.

성도청에 방문해 어설프게 봉인을 뒤흔들었던 그날, 린은 달도 어둠에 잠길 정도로 깊은 밤이 되어서야 저를 찾아왔었다. 밤 그 늘을 닮은 목소리로 이리 말을 했었다.

"마마의 의견을 묻지 않고 독단으로 결정한 것은 백번 사죄드려 도 부족하다는 것, 잘 알고 있어요. 그럼에도, 여전히 제 생각은 변함없답니다."

그녀의 말에 틀린 점은 없었다. 오랜 세월 세자이자 공주로서 수많은 것들을 배워온 설란은 린보다도 더 손익을 따져 좀 더 유 리한 것이 무엇인지 가려내는 안목을 갖고 있었다. 그런 제가 보 기에도 최지환은 아니었다.

반신(半神)의 저주에 집어삼켜져 언제고 어느 때고 폭주하게 될지 모르는 남자. 저주만 아니었다면 얘기는 달라졌을 것이다. 학식이 깊으니 과거에서 장원은 따 놓은 당상이었을 것이며 등청 을 했다면 수많은 고관대작들과 연을 만들어놓았을 터다. 그러나 정계에 진출하지도, 가문을 물려받지도 못하는 그였기에 얻을 수 있는 것은 적었고 잃을 것은 많았다.

왕실과 거리를 두려는 본디 목적을 생각해 본다면 최지환은 그 리 좋지 못한 패였다. 거기에 그가 저주받았다는 사실이 더해지 자 최지환은 버리는 패여야 마땅했다.

그러니 린의 말도 이해하지 못할 것은 아니었다.

그러나, 그럼에도, 그 모든 불이익과 손해를 감수하면서도 놓고 싶지 않았다. 언제부터였는지는 모른다. 언제인가부터 그녀에게 있어 최지환은 그런 존재가 되어버렸다.

지금 이 자리에 앉아 위험을 감수할 생각을 하고 있는 이유이기도 할 테지. 사람 일은 어찌 될지 모른다 중얼거리며, 설란은 비식 웃었다.

그 웃음을 어떻게 해석했는지, 린의 표정이 진지해졌다.

"단, 이것만큼은 명심하셔야 합니다. 위험하다 느껴진다면, 모든 계획을 중단하고 도망치세요. 마마의 신력을 전부 깨웠을 때 청월이 느낄 충동은 차원이 다를 테니까요. 마마에게 얼마나 많은 신력이 잠들어 있는지는 저 역시 확신할 수 없으니……."

최악을 염두에 두셔야 할 겁니다.

최악. 세 여인 중 누구도 그것이 무엇일지 구체적으로 얘기하진 않았으나 세 여인 모두 같은 생각을 하고 있었다.

그러나 단도를 향해 뻗는 손에 머뭇거림은 없었다. 손안에 감겨들어 오는 단도를 조용히 내려다보던 설란은 이내 시선을 돌려 대무녀를 바라봤다.

"시작하죠."

비장함이 가득한 공주마마의 모습에 대무녀의 낯빛이 어두워졌다.

"마마, 일전에 시도했을 적에 마마께서 심한 고통을 느끼시었던 것이 걸립니다."

걱정 가득한 대무녀의 말에 린이 어색하게 웃었다.

"아, 그거. 음…… 그건 걱정하지 않아도 될 겁니다."

"예?"

어찌 그럴 수 있냐는 대무녀의 호통에 설란이 폭 한숨을 내쉬었다. 어찌 말하겠는가. 봉인에 적당한 균열만 주기 위해 린이 손을 쓴 것이라는 사실을.

대무녀는 떨떠름한 표정으로 설란의 심장 부근에 제 손을 얹었다. 일전에는 꽁꽁 매어 있는 신력을 풀어내기 위해 등이 땀으로 흠뻑 젖을 때까지 애를 써야만 했었다. 그러나 이번엔 달랐다. 그녀는 오히려, 설란 쪽으로 제 신력이 마구잡이로 흘러들어 가는 것을 억제하고자 노력해야만 했다.

'이게 대체……!'

경악에 찬 대무녀와는 달리 정작 설란은 평온한 상태였다. 고통은 없었다. 고통은커녕 무언가 변했다는 느낌조차 없어서, 두 눈을 꼭 감고 있던 설란이 끝났다는 대무녀의 말에 이유 모를 배신감마저 느꼈을 정도였다.

"……끝? 정말 이게 끝이라고?"

어안이 벙벙했다. 양손을 쥐었다 펴며 고개를 든 설란은, 그러나 창백해진 린의 낯을 보자마자 생각을 고쳐야 했다. 언제나 얼굴에 잔잔히 퍼지는 미소와 여유로운 태도를 보여주던 것과는 정반대로 아랫입술을 물어뜯고 있는 린의 모습은 무척이나 낯설었다. 표정을 갈무리할 여유도 없다는 티가 역력했다.

"……린?"

신력을 꽤나 빼앗긴 대무녀는 탈진해 가쁜 숨을 몰아쉬고 있었으니 무슨 일이 생긴다면 설란은 자신은 물론이거니와 대무녀까지 지켜야 하는 상황이었다. 그런데 왜 하필 이럴 때 전에 들었던 말이 떠오른 건지.

"걱정 마세요. 마마의 피는 오랜 세월을 지나며 옅어지고 또 옅어져, 웬만한 지신(地神)은 홀릴 일이 없으니."

그러할진대.

어째서 제 부름에 고개 돌린 구미호의 두 눈은 노을보다도 더 붉게 물들어 있는 것일까.

몸을 일으키는 것 하나하나 조심스러웠다. 단검을 쥔 손에 힘을 준 채, 자연스럽게 대무녀 앞으로 자리를 옮겼다. 여차하면 린을 찌를 각오까지 하고 있는 설란의 눈가에 긴장이 감돌았다.

"아."

붉게 칠한 린의 입술이 열리고, 한숨과도 같은 탄성이 터진 것은 그때였다. 바싹 마른 혀가 입술을 핥았다. 혹은 공기를 핥는 것도 같았다.

"하아."

그렇게 한참. 붉었던 동공이 차차 제 색을 찾았다.

"이런. 잠시 놀랐네요."

놀랐다는 말이 거짓은 아닌지, 들뜬 목소리가 그녀의 고조된 감정을 보여주고 있었다. 그런 린을 살피는 설란은 경계를 늦추지 않았다.

"괜찮은 거죠, 린?"

"물론이죠. 아, 이런. 걱정 마세요, 마마. 제가 마마의 피를 탐할 일은 없을 테니."

"정말, 괜찮은 거죠?"

"그럼요. 별일 아니랍니다. 그저…… 마마의 신력이 생각했던 것보다 더 강해, 조금 놀랐을 뿐이니."

"강하다고요?"

그 사실조차 모르는가. 린의 눈꼬리가 휘었다. 자신도 미처 생각하지 못했을 정도로, 설란의 신력은 짙었다. 결국 그녀가 타고난 봉황의 피가 그만큼 짙다는 뜻이니 아마 그녀가 신력만 사용할 줄 알았더라면 자하국 최초의 여왕이 탄생했을지도 모를 일이다. 그리고 자하국은 전에 없던 번영을 누렸을 터. 아깝고 또 아쉽기 그지없는 일이다. 그러나 어쩌겠는가. 이제 린은 알 수 있었다. 설란에게 여왕이 될 것이냐, 지환을 구할 것이냐 묻는다면 그녀가 고민도 하지 않고 후자를 선택할 것임을.

"예. 일이, 조금 어려울 수도 있겠네요. 조금 도와드릴까요?"

최악의 상황이 되어버렸다며 웃는 린의 얼굴에, 옅게 서려 있는 아쉬움을 읽어낸 설란은 고개를 젓고는 자리에서 일어났다. 처음부터 최악을 가정한 일이었다. 아무런 상처도 없이 끝날 것이라는 기대는 한 적도 없었다.

"괜찮아요."

그리 말하며 설란은 문을 열었다.

설란이 막 봉인을 풀기 전, 최지환은 사랑채에서 무명과 함께 둘만 있는 것이 얼마나 괴로운 일인지 체감하는 중이었다.

"뭐야 뭐야, 그래서 마마를 사모한다고?"

"……."

"사랑한다고?"

"……."

"막막 눈앞에 있으면 끌어안고 싶고 입 맞추고 싶어서 어쩔 줄 모르는 사이가 되어버렸다고?"

설란과 지환이 찰싹 붙어 다니는 걸 보는 것도 하루 이틀이다. 쌓이고 쌓이던 무명의 불만은, 지환의 폭주를 책임지라는 설란의 말에 펑 하고 폭발했다. 아예 작정을 한 무명의 두 눈이 위험하리만치 번뜩였다.

"도령, 나한테는 다 얘기해도 돼. 내 이래 봬도 도령과 구 년이나 붙어살지 않았나. 그 정도면 속 얘기를 탁 터놓고 하는 친우라 해도 될 정도지. 암."

아무 대답도 돌아오지 않건만, 무명은 이미 혼자서 북 치고 장구 치는 걸로도 모자라 꽹과리까지 까강까강 치고 있었다. 긴장이 극에 달해 홀로 경직되어 있던 지환은 제 눈앞에서 손을 흔들어대기 시작하는 무명의 행태에 긴 한숨을 뱉어냈다.

"가만히 좀 있을 수 없나."

"입 다물고 있나, 얘기하나, 어쨌든 죽여야 하는 시간이니까 말이나 좀 해봐. 원래 이것저것 떠들다 보면 긴장이 풀리기 마련이 잖아? 그래서, 대체 어떻게 할 생각인 거야? 저주를 푼 뒤에도 마음이 변하지 않을 거라 생각하는 거야?"

눈을 세모꼴로 뜨며 묻는 말에, 얼마 전 무명이 제게 했던 경고가 떠올랐다. 이 모든 감정이 그녀의 피를 탐하는 괴물의 것이라는 섬찟한 경고가. 어쩌면 그럴지도 모른다. 설란에게 처음 관심을 갖게 된 것도 저주 탓이었으니 그녀를 향해 뛰고 있는 박동도 결국 그 피를 원하기 때문일지도 모른다.

그러나 그것만으로는 설명할 수 없는 것들이 있었다. 저주가 만들어낸 거짓된 충동과는 비교도 할 수 없을, 생각하는 것만으로도 뱃속이 간질거리는 감각들이. 이제는 저잣거리에서 장신구를 보면 자연스럽게 설란이 떠올랐다. 이번에는 어떤 머리꽂이를 사다 줄까, 노리개는 무엇이 어울릴까, 고민하다 보면 저도 모르게 실없는 웃음을 흘리곤 했다.

예전에는 있는 줄도 몰랐던, 아이들이나 즐겨 먹는 당과 꼬치가 계속해서 눈에 밟히는 것도 비슷한 이유일 것이다. 머루와 딸기가 죽 꽂혀 있는 것을 하나하나 빼먹으며 배시시 웃던 설란은, 아마 평생 잊히지 않을 터였다.

"그래."

"다치게 할 수도 있는데? 지금이라도 도망가는 건 어때?"

"내가 도망치면, 잡으러 오거든."

"······그 공주라면 그럴 것 같긴 하네."

무명은 웅얼거리며 슬쩍 곁눈질로 지환의 얼굴을 살폈다. 방금 전까지만 해도 딱딱하게 굳어 바늘 하나 안 들어갈 것 같던 사내는 봄볕에 얼음이 녹는 것처럼 흐물흐물해진 얼굴이었다. 그 얼굴이 영 낯설어서, 무명은 저도 모르게 중얼거렸다.

"······두렵지 않아, 도령?"

"무엇이."

"도령이 피에 미쳐 마마를 해칠 수도 있어."

그 말에 지환은 제 손을 내려다봤다. 날것 그대로 저주를 드러낸 그의 모습은 처참하다 못해 공포스러웠다. 꺼멓게 물든 손끝과 가닥가닥 찢어져 겨우 형체를 유지하고 있는 아홉 가닥의 꼬리, 그리고 새빨갛게 변해 버린 동공까지. 구 년. 숨이 막힐 정도로 긴 시간 동안 저주는 점점 더 그의 몸을, 정신을 갉아먹으며 거대해지고 있었다. 매년 색끈과 몸 상태를 확인하던 무명이 이 년 전쯤, 제게 단명할 것이라 짐짓 심각한 목소리로 말했을 정도로 저주가 잠식해 가는 속도는 빨라지고 있었다.

그 저주가 설란을 해칠 수도 있다. 두렵지 않다면 거짓이다.

그러나.

"이미 약조했거든. 도망치지 않기로."

"고작 그것 때문에?"

"……함께할 수 있는 가능성이 조금이라도 있다면, 걸어봐야지."

곧게 앞을 바라보는 지환의 모습에, 무어라 더 말하려던 무명이 순간 입을 다문 채 신경을 곤두세웠다. 갑자기 말이 끊긴 이유는 단순했다. 봉인이 깨졌다. 안채와 사랑채의 거리는 그리 멀지 않았으나 그렇다고 가까운 편도 아니었다. 그럼에도 불구하고 일순간 덮쳐 오는, 코끝이 아릴 정도로 달큰한 향에 지환의 고개가 뒤로 젖혀졌다.

수천 송이의 꽃을 푹 우려낸 듯한, 코가 아릿할 정도의 단내.

그 향이 뇌리로 전달되기가 무섭게 커다란 쇠망치가 머리를 후려치는 것 같은 충격이 그를 덮쳤다. 순간적으로 울컥 솟아오르는 충동이 상상 이상으로 강해 입안 살점을 물어뜯어야 할 정도였다.

"큭……."

몸이 뜨거워지기 시작했다. 어떻게든 일어나는 충동을 잠재우기 위해 지환은 이를 악물었다. 까득, 까드득, 바짝 힘이 들어간 턱에 뼈가 도드라졌다.

설란, 그녀다.

모르고 싶어도 모를 수 없었다. 어제만 하더라도 존재조차 알아차리기 힘들었던 단내가, 어느 순간 터져 버린 향주머니처럼 공기 중에 가득 차 있는데 어찌 모를 수 있단 말인가. 설란이 곁에 있으면 고요하던 목소리가 다시금 머릿속에서 웅웅 울리기 시작했다.

[피다. 신력을 가진…… 봉황의…… 이 고통을 지워벌……!]

"도…… 령……?"

다급히 저를 부르는 무명의 목소리가 귓바퀴에서 어른거렸다. 익숙한 목소리였으나, 그것은 그저 무수히 많은 소리 중 하나에 불과했다. 무엇을 말하는지 전혀 알아들을 수 없는 단어가 조각나 그저 허공에서 사라졌다.

이전과는 차원이 다른 충동이 그의 전신을 두드려 댔다. 그제야 지환은 린이 한 말을 이해할 수 있었다. 어째서 제가 위험한지. 어째서 이 모든 충동이 시작되기 전 저를 죽여야만 했는지를.

그는 예감했다. 버티지 못할 것이다.

설란이 코앞에 다가온다면 자신은 분명 이를 바짝 세워 그녀를 물어뜯으리라. 남은 한 방울까지 피를 전부 마신 뒤에야 현실을 깨닫고 절망하겠지. 그러니 그 전에, 어떻게 해서든 이 괴물을 죽여 버리자.

마지막 이성이 끊어지기 전, 그는 비통함이 가득 담긴 표정으로 제 목을 움켜쥐었다. 날이 바짝 세워진 손톱에 살갗에서 피가 뚝, 뚝 떨어졌다. 그래도 살아 있다고 아팠다. 그러나 아픈 정도로 끝나면 안 된다는 것을 알았다.

[어리석은 것.]

어리석은가? 그러나 어쩌겠나. 안 될 것임을 알면서 헛된 시도라도 할 수밖에 없는 것을.

처음으로 목소리에 대고 화답 아닌 화답을 한 지환은 질끈 눈을 감았다. 힘이 바짝 들어간 손으로 목을 잡아 뜯었다. 잡아 뜯어낸 살점이 손안에서 너덜거렸다. 의도한 대로 혈관을 건드리는 데 성공한 것인지 일순 피가 사방으로 튀었다. 막았던 둑이 터지는 것처럼 허공에 흩뿌려지는 피에, 무명의 낯이 처음으로 희게 질렸다.

"도령!"

순식간에 피가 빠져나가자 다리가 휘청였다.

죽으려나.

이미 답을 알고 있는 물음이었다. 지환은 허망함을 느끼며 비식 웃었다.

죽지 못할 것이다.

그의 말에 답하듯 서서히 상처가 사라지기 시작했다. 잡아 뜯긴 혈관이 제자리를 찾고 그 위를 살갖이 덮었다. 멀쩡하게 돌아오는 데까지 걸린 시간은 고작 몇 초에 불과했다. 빠져나간 피까지 전부 원상태로 돌아오자, 너무 멀쩡해져서 제가 다 억울할 정도였다.

"아아……."

인정하고 싶지 않으나 인정할 수밖에 없었다. 린은 실수했다.

그녀는 계획이 실패한 그 순간 자비 없이 제 목을 베었어야만 했다. 수많은 현자들의 글을 읽으면 무엇하나. 결국 이성이라는 것은 이리도 쉽게 무너지는 것을.

쿵!

그녀가 다가오는 것이 느껴진다. 그녀? 그녀가 누구더라. 제게 다가오는 것은 그저 꽃이었다. 붉디붉어 단숨에 집어삼켜 버리고 싶은 꽃.

머릿속이 희게 질릴 정도의 단내가 점점 짙어지기 시작하자 마지막 남은 이성이 불타 버렸다. 사람을 죽이지 않겠노라 되새기던 다짐들은 너무도 쉽게 가루가 되어 부서졌다. 눈앞이 빨갛게 점멸되었다. 저 피를 탐하고 싶다는 맹렬한 욕구가 저라는 존재를 그대로 집어삼켰다.

"하⋯⋯."

공기마저 달아, 그는 혀를 내밀어 허공을 훑었다.

붉은 혀가 다디단 설탕 덩어리를 핥아 내리듯 아무것도 없는 허공을 음미했다. 언제나 주변을 경계하듯 바짝 서 있던 아홉 가닥의 꼬리가 그런 그의 기분을 대변하듯 느긋하게 허공을 부유하기 시작했다.

"어, 저기, 도령?"

마치 먹잇감을 기다리는 듯한 지환의 모습에 무명의 낯빛이 흐려졌다.

무명 역시 설란의 신력을 느꼈다. 예상했던 것보다 더 강한 신력에, 그 짙은 피에 놀라기도 했다. 그러나 썩어도 준치라고, 아무리 수련을 게을리 했어도 그는 꽤 순도 높은 피를 타고난 반신(半

神)이었다. 잠시 놀라기는 할지언정 설란의 신력에 정신을 잃을 리 만무했다.

"아니 뭐 이리 신력이 짙대. 그 오랜 세월 다 뭐에 썼기에. 이거 좀 심각한데."

바로 앞에서 시끄럽게 떠들고 있건만, 지환에게는 아무것도 들리지 않는 것 같았다. 마치 짐승같이 눈을 번들거리며 장지문을 뚫어져라 응시하기 시작한 지환의 모습을 본다면 설란이 비명을 지를지도 모른다는 생각이 들자 두통이 일었다.

"……무작정 붙들어두라니, 말이야 쉽지."

그러나 앓는 소리와는 달리 무명은 꽤나 태평한 표정으로 허공에 손을 몇 번 휘저었다.

"내가 얼마나 귀한 인력인데 말이야. 미래에 구미호가 될 몸인데. 어휴. 금괴에 눈이 뒤집어진 게 죄지, 죄야."

휙, 휙, 유려하게 허공을 휘젓는 무명의 손에는 한 줌의 신경도 쓰지 않던 지환의 미간이 일순 찌푸려졌다.

"잠시만 얌전히 있어달라고, 도령."

아무것도 보이지 않았으나 사지를 결박하는 감각은 진짜였다. 보이지 않는 손에 온몸이 붙들린, 유쾌하지 않은 기분에 지환의 얼굴이 구겨졌다.

"음. 도령? 내 말이 들릴지는 모르겠는데, 곧 마마가 올 거거든? 아니 그러니……!"

무명은 정확히 저를 겨냥하고 날아드는 새까만 꼬리에 말도 채 끝마치지 못하고 뒤로 겅중 물러났다. 아홉 가닥의 꼬리가 날카로운 칼날처럼 바짝 일어서 저를 겨누는 광경이 썩 아름다워 보이진 않았다.

'이거, 예상과는 좀 다른 것 같은데……'

무명은 아무런 말도 하지 않은 채, 그저 서를 숙일 듯이 노려보는 지환을 향해 사람 좋게 웃어주며 고민에 빠졌다. 저주에 다치거나 죽을까 걱정하는 건 아니었다. 고작 백여우의 저주에 당하기엔 그의 위치가 지나치게 높았고, 가진 힘이 너무도 강했다.

그가 걱정하는 것은,

'……너무 세게 때리면 도령이 죽는다. 강도를 조절해서…… 아니 아니, 일단 안 때리는 쪽으로…… 그래 잘못해서 뼈라도 나가 버리면 어째. 그랬다간 마마께 두드려 맞지. 암. 그렇고말고.'

다른 범주에 있었다.

무명은 사방에서 날아드는 새까만 꼬리를 이리저리 피하느라 정신이 없는 상태에서도 고민을 이어 나갔다. 지환을 기절시키는 것과, 사지를 결박하는 것 중 어느 쪽이 더 효율적일 것인가에 대해서.

그가 갑작스레 열리는 사랑채 문을 미처 막지 못한 이유라면 이유였다.

그래서 문은, 예고도 없이 열렸다.

3. 백여우

별다른 난관 없이 사랑채까지 도달한 설란은 제 신력을 하도 쉽게 풀어 지환의 저주도 꽤나 쉽게 풀리지 않을까, 하는 기대를 갖고 있었다. 그리고 그 기대는 사랑채 문을 여는 것과 동시에 와 장창 부서졌다.

'이게, 무슨 상황……'

문을 열기 전까지만 해도 밝았던 설란의 낯빛이 단숨에 뒤바뀌었다. 그리고 지환은, 문이 열리기가 무섭게 설란을 향해 고개를 돌렸다. 그 기세가 매섭기 그지없었다. 핏발 선 두 눈과 이를 드러낸 지환의 얼굴엔 이성이라곤 한 줌도 남아 있지 않았다.

그렇기에 무명도, 린도, 심지어는 문을 연 설란마저도 지환이 머뭇거림 없이 공격할 것이라, 그리 확신했다.

아홉 가닥의 꼬리가 바짝 일어서며 설란을 겨누고, 새까만 핏덩어리들이 금방이라도 그녀를 덮칠 듯 꿈틀거렸다. 칼날보다도 날카로워 자칫 잘못했다간 그대로 온몸이 꿰일 수 있는 꼬리가 일순 그녀를 향해 날아들 준비를 마쳤다.

무명이 무어라 소리치려던 때였다. 설란의 눈빛이 뒤바뀐 것은.

단검을 고쳐 쥔 그녀의 손이 단숨에 치렁치렁한 치맛자락을 뜯어냈다. 순식간에 무릎까지 짤막해진 치마 쪽으로는 눈길 한 번 주지 않은 그녀는 곧장 사랑채 안으로 뛰어들었다.

"어, 저기, 마마, 아니 왜 갑자기 뛰어드냐고−!"

대체 이게 어떻게 돌아가는 판이냐며 머리를 쥐어뜯는 무명 쪽으로는 시선 한 줌 던지지 않은 채 설란은 쇄도하는 꼬리를 검으로 쳐 냈다. 날붙이가 서로 부딪치는 것 같은 날카로운 소리에 정신을 차린 무명이 재빨리 손을 휘둘렀다. 몸은 물론이거니와 아홉 가닥의 꼬리까지 옴짝달싹 못하게 되어버렸건만 지환은 별다른 저항 대신 그저 나른한 눈을 하고 있을 뿐이었다.

[천신의 피로구나.]

"저주가, 말도 해요?"

이 무던한 공주님을 어째야 할까. 무명은 조금 질린 얼굴로 고개를 끄덕였다.

"아니 뭐…… 일단은 반신(半神)이니까."

설란은 눈살을 찌푸리며 현 상황을 정리했다.

"린은 저주를 베어내면 된다고 하긴 했는데…… 꼬리가 아홉이라."

무명이 반쯤 막아놓은 상태라 꼬리가 움직일 수 있는 범위를 특정 짓는 것이 가능해졌다. 설란은 끊임없이 제게 달려들기 위해 애를 쓰는 꼬리들을 바라보며 거리를 쟀다. 그런 그녀의 속내를 알 리 없는 무명은 저 홀로 놀란 가슴을 쓸어내리며 설란을 설득했다.

"그치? 지금 예상했던 것보다 마마가 갖고 있는 신력이 많아서 문제가 커졌거든. 그러니 잠시 후퇴를……."

설란은 저를 막아서려는 무명을 그대로 지나쳤다. 한 걸음, 두 걸음. 딱 여기까지의 거리. 제 발치까지밖에 다가오질 못하는 꼬리들을 무심히 바라보던 설란이 그대로 고개를 들었다.

"청월."

참으로 해사한 웃음이다. 머릿속이 온통 새빨갛게 물든 와중에도 그는 그렇게 생각했다.

그래서일 것이다.

[끼에엑-!]

그는 머릿속이 차차 맑아지는 와중에도 이게 무슨 상황인지 명확히 파악하지 못했다. 설란이 그대로 단검을 치켜드는 모습이, 그 단검을 꼬리 하나에 그대로 박아 넣는 장면이 너무도 비현실적이었다. 그 와중에 군더더기 없이 깔끔한 동작에 저도 모르게 감탄을 터뜨렸다면 믿어지는가.

"안 아프죠?"

두 사람의 얼굴은 금방이라도 맞닿을 정도로 가까워졌다. 옆얼굴을 스치듯 다가온 설란의 손이 두 눈을 덮는 게 느껴졌다. 그런 시선으로는 보지 말라는, 말에 정신이 퍼뜩 깨어났다.

"……부인?"

[천벌을 받을…… 버 가만두지…….]

"정신이 좀 들어요?"

"이게 대체……."

"생각을 좀 해봤죠. 그 꼬리며, 간간이 새까맣게 물들은 곳이며. 그것들이 저주 때문이라면, 저주가 당신의 머릿속을 어지럽히는 것이라면, 저주를 한 대 후려치면 정신이 돌아오지 않을까 했거든요."

무명은 신력으로 인해 붉어진 단검을 멍하니 바라보며 생각했다. 자설란은 제가 생각했던 것보다 더 대단한 인간일지도 모르겠다고.

잠시간의 효과는 있었다. 문제는 신력으로 베어버린 꼬리가 요동을 치기 시작했다는 것에 있었다. 설란은 단검을 뽑아내며 뒤로 성큼 물러섰다.

콰앙-!

방금 전까지 제가 서 있던 자리에 커다란 구멍이 생겼다. 끼기긱- 바닥을 박살 낸 꼬리가 기괴한 소리를 내며 다시 설란을 향해 날을 세웠다. 금방이라도 그녀를 이 꼴로 만들 수 있다 말이라도 하는 듯이.

"그래봤자…… 그리 오래 지속되는 건 아닌 것 같지만."

설란은 이내 다시 저주에 집어삼켜진 것 같은 지환을 꽤나 씁쓸한 표정으로 바라봤다. 양손에 얼굴을 파묻은 채 속으로 비명을 집어삼키고 있는 그는, 무척이나 아파 보였다. 처음 문을 열어젖혔을 때 마주쳤던 시선이 아직도 머릿속에 선명하다. 자신을 맞이한 것은 지환이 아니었다. 처절할 정도로 날것 그대로인 저주의 낯.

이 일에 뛰어든 것이 얼마나 어리석었는지 알겠느냐는 린의 목소리가 떠오르는 듯하다.

헛소리 집어치우라지. 쉽게 포기할 생각이었다면 여기까지 오지도 않았다. 저도 모르게 움켜쥐는 주먹에 힘이 바짝 들어갔다.

"무명."

"어…… 네?"

어울리지 않은 존대를 미처 알아차리지 못할 정도로 그녀는 온 신경을 그에게만 집중하고 있었다.

"꼬리, 전부 붙잡아둘 수 있겠어요? 아예 못 움직이게, 매듭 같은 느낌으로. 아무래도 단숨에 잘라내는 것밖에는 도리가 없어 보여서."

"……음. 그러면 도령을 못 잡는데. 차라리 누이에게……."

"무명."

"어…… 어?"

"괜찮으니 해요."

자칫 잘못하면 위험한 일이었다. 도박이나 다름없는 확률이었음에도 무명은 말릴 생각도 못 했다. 머뭇거림은커녕 두려움이라고는 찾아볼 수 없는 두 눈은 앞만 응시하고 있는데, 무슨 수로 말린단 말인가. 지금은 자신이 무슨 말을 하건 들리지 않을 게 분명했다.

정말이지. 이게 뭐람. 고집불통인 공주님과, 그런 공주님이 구해낼 괴물 같지 않나. 동화 속에서 오래오래 행복하게 살았습니다, 라고 말하기 직전을 보고 있는 기분이었다.

'그럼 나는 뭐, 옆에서 뾰로롱 하고 기적을 일으켜 주는 산신령인가. 아아- 정말이지. 이렇게 일이 커지기 전에 챙길 것만 챙기

고 튀었어야 했던 건데.'

그는 작게 투덜거리며 손을 휘저었다. 지환의 팔과, 다리와, 목 둘레를 옭아매고 있던 보이지 않는 실들이 뚜둑 소리를 내며 끊어졌다.

아.

지환은 갑자기 온몸을 옥죄고 있던 뜻 모를 힘이 사라지는 감각을 놓치지 않았다. 숙였던 얼굴을 서서히 들자, 바들바들 떨리는 양손이 눈에 들어왔다.

이게 뭐지.

순수한 의문과,

[천신의 피를. 이 원통함을······!]

동시에 들끓는 저주의 악다구니에 지환의 얼굴이 일그러졌다. 이 와중에도 혀가 녹아버릴 것처럼 단 공기가 짜증스러웠다. 제 감각이건만 무엇 하나 제 의지대로 움직이는 것이 없었다. 머릿속에 뜨거운 물을 부은 것 같았다. 무언가 생각하려 하면 깨질 듯한 두통이 시작돼, 할 수 있는 것이라고는 그저 이를 악무는 것뿐이었다.

쿵-쿵-. 심장 박동이 온몸으로 전해졌다. 그 와중에 불쑥 고개를 드는 생각은 하나였다.

이건 뭐지.

이 달고 단 향은, 입에 물면 금방이라도 녹아내릴 것 같은 단내는 대체 무슨······.

"거기서."

그런 와중에 들린 목소리는,

"기다려요."

정말이지 어쩔 도리가 없게 만들어, 그는 고개를 들었다.

발끝만 바라보고 있던 눈 안에 잡아 뜯겨 너저분한 치마 끝이, 얼마나 힘을 줬는지 희게 질린 주먹이, 시선이 마주치자 휘어지는 두 눈이 한가득 들어찼다.

아아.

그녀였다.

"이제, 곧이니."

설란은 발을 박찼다. 바짝 세워진 날은 단숨에 꼬리를 베어낼 터였다.

"……도령?"

열기가 사라진, 오히려 당황한 듯한 무명의 목소리가 아니었다면 그리했을 것이다. 방금 전까지만 해도 매섭게 치켜 올라갔던 설란의 눈꼬리는 언제 그랬냐는 듯 본래대로 되돌아왔다.

"청월–!"

찢어질 듯한 목소리가 사랑채를 가득 울렸다. 무명에게 다리를 결박당한 채인 지환의 손엔 설란이 든 것과 비슷한 길이의 단검이 들려 있었다.

아니, 저게 어디서 났지?!

검의 출처를 찾기 위해 좌우를 두리번대던 무명은 사랑채 한편에 고이 모셔져 있던 검이 지환의 손에 들려 있다는 것을 깨달았다.

다른 점이 있다면, 그녀가 들고 있는 단검이 허공을 겨누고 있었다면 그가 쥔 것은 살을 찢어 내리고 있다는 점이었다. 단순히 찌르는 게 아니었다.

옆구리에 단검을 찔러 넣은 그는, 한 치의 머뭇거림도 없이 그대로 손잡이를 아래로 강하게 잡아당겼다. 그의 손을 따라 피가 흐르는 것이 아니라 마치 사방에서 터지듯 단어 그대로 쏟아져 내렸다.

비릿한 쇠 냄새에 머리가 어지러워질 정도였다. 삽시간에 비명이 나올 정도의 고통이 덮쳐 와 어금니를 무는 턱에 힘이 바짝 들어갔다. 지환은 그러나, 순간적으로 돌아오는 정신에 이를 악물었다.

머리가 맑아졌다. 전혀 웃을 상황이 아니었으나 지환은 저도 모르게 입술을 휘어 올렸다. 무심결에, 그는 중얼거렸다.

이걸 기다렸다고.

'예상, 대로라 다행이군.'

목덜미를 잡아 뜯었을 때 솟구치는 피와 함께 순간적으로 머리가 맑아졌었다. 그 찰나의 순간 그는 몰려드는 충동 사이에서 희망을 엿보았다. 품 안에 미리 검을 준비해 둔 것이 그가 생각해 낸 몇 안 되는 보험이었다.

구 년. 무려 구 년이다.

원하건 원치 않건 그가 저주와 공생한 세월이 그토록 길었다. 그는 제가 피를 지칠 만큼 토해낸 뒤엔, 잠시나마 저주의 고통이 자취를 감춘다는 것을 그 긴 세월을 통해 체득해 왔다.

처음 단내가 머릿속을 가득 채웠을 땐 이 방법이 먹히지 않을까 두려웠으나 목덜미를 잡아 뜯음으로 인해 다시 확신할 수 있었다.

붉게 흐드러진 란꽃숲아

찰나를 벌 수 있다고.

눈앞이 새빨갛게 점멸하는 충동을 느끼면서도 찰나는 가능하다고.

그 찰나를 놓치지 않았기에 살갗을 찢어 내리는 검 날에 머뭇거림은 없었다. 이게 무슨 미친 짓이냐며 악 소리를 내는 무명과는 달리, 처음 지환을 부르짖었던 것이 그만인 설란은 그 이상 비명을 지르지도, 당황해 지환에게 달려가지도 않았다.

빠르게 상처가 아물어가는 그 찰나, 그녀는 지환의 두 눈에 순간적으로 초점이 돌아오는 것을 보았다.

수없이 마주친 시선이 하고자 하는 말은 오직 하나였다.

'지금.'

지금이구나. 미리 말을 맞춘 것도 아니었고, 예상한 상황도 아니었다. 그러나 그녀는 단검을 쥔 손에 힘을 주며 그대로 새까만 저주를 향해 달려들었다.

늑대 무늬가 새겨진 단검은 아홉 가닥의 꼬리를 그대로 베어내며 곧장 바닥에 박혔다. 일평생 느껴본 적 없던 신력이건만, 그 순간만큼은 알 수 있었다. 발끝에서부터 빠르게 무언가가 빠져나가는 이 감각이 바로 신력이라는 것을. 검이 통로 역할을 한다는 말은 사실이었는지 손을 타고 신력이 흘러가는 것이 느껴졌다.

갑작스럽게 몰려드는 신력에 불만이라도 내뱉듯이, 단검이 크게 진동했다.

"크윽……."

안 그래도 힘이 빠져 죽겠는데 웅웅거리며 저를 밀어내려는 단검을, 이제는 거의 오기로 붙잡았다. 몇 걸음 뒤에서 무명이 무어라 소리치는 게 보였지만 그 목소리까지 와 닿지는 않았다. 마치 보이지 않는 장벽이 쳐진 것만 같았다. 어쩔 줄 몰라 하던 꼬리들은, 늑대 문양에 붉은빛이 일자 우뚝 멈춰 섰다.

[……으…… 아아……!]

순식간이었다.

검 날에는 있는 줄도 몰랐던 문양이 복잡하게 새겨져 있었다. 손잡이에서 시작한 붉은빛은 검 날로 번져 갔다.

그리하여 그것이 저주와 맞닿았을 때,

[끄아…… 아아악……!]

허공에서 뒤틀리던 검은 덩어리들이 일순 단검으로 빨려 들어가기 시작했다. 그 속도가 너무 빨라, 설란은 반쯤 바닥에 주저앉은 채 점차 웅웅거리는 단검을 멍하니 바라봤다. 온몸이 누군가에게 두드려 맞은 것처럼 아팠다. 모르긴 몰라도 며칠은 꼬박 앓을 것이 분명했다. 팔 하나조차 제대로 들지 못하는 와중에도 그녀는 생각했다.

끝났다.

드디어 저주를 풀었구나.

서서히 번져 가는 환호가 그녀의 얼굴을 가득 채웠다. 그렇게 마지막 꼬리마저 자취를 감췄을 때,

"뀨?"

새까만 여우 한 마리가 흠뻑 젖은 몸을 좌우로 푸르르 떨어내며 모습을 드러냈다.

❋

"내가 그랬어요, 안 그랬어요! 스스로 상처 내면 때릴 거라고!"

한차례 폭풍우가 지나간 뒤, 그리하여 두 부부는 행복하게 깨를 볶으며 살았습니다, 로 끝나야만 할 것 같았으나 현실은 그리 녹록치 않았다. 깨를 볶긴 볶았다. 고소한 냄새가 나는 게 아니라 말 그대로 '들들' 볶는다는 게 문제였지만 말이다.

제대로 몸을 가누지 못하는 설란을, 부축하는 것은 지환의 몫이었다. 그 말인즉, 도망치고 싶어도 도망칠 수가 없다는 소리였다. 그러나 들들 볶아지고 있는 지환을 안쓰러워하는 이는 없었다.

"도령은 많이 맞아야 돼. 암. 그렇고말고. 거참, 거기서 제 배때기를 찢는 인간이 대체 어딨어?"

씩씩거리며 화를 내는 설란의 옆에서 '더 해, 더'라며 장단을 맞추는 무명을, 지환이 노려봤다. 자고로 말리는 시누이가 더 얄미운 법이랬다. 그러나 설란의 등 뒤에 숨은 무명은 지환의 시선에도 아랑곳하지 않고 계속해 입을 놀렸다.

"와, 나 기겁했다니까. 그 피 쏟아지는 거 보고. 내가 진짜 지긋지긋할 정도로 오래 살았는데, 배를 찢으면 피가 그렇게 미친 듯이 콸콸 쏟아져 나오는 건 처음 알았어. 거 도령이 새로운 걸 참 많이도 알려주는……."

"……무명."

신나서 깐족거리던 무명은, 착 가라앉은 설란의 목소리에 눈을 끔뻑였다. 분명 자신은 설란과 한편이었다. 같이 의기투합하여 상의도 없이 제 배를 난도질한 지환을 몰아붙이고 있지 않았던가.

그런데 어째서 혼나는 기분이 드는 거지?

아무것도 모른다는 표정으로 눈만 끔뻑이고 있는 무명을 향해 설란이 일침을 날렸다.

"맞기 전에 그 입, 다물어요."

"……넵."

순식간에 꼬리를 만 무명을 뒤로한 채 설란은 다시 시선을 돌렸다. 돌릴 필요도 없는 것이, 안겨 있는 곳이 바로 지환의 품이니 그저 옆으로 조금 움직이기만 하면 그만이었다.

아, 말하다 보니 다시 생각난다. 급박하게 돌아가는 상황에 떠밀려 아무 말도 못 했으나 어찌나 놀랐던가.

아직도 생생했다. 처음 문을 열자마자 마주친, 초점이 사라진 채 저를 바라보던 지환의 시선은 그저 탐욕 그 이상도 이하도 아니었다. 그랬던 두 눈에 빛이 돌아온 것은 정말이지 찰나였다. 눈이 마주친 순간 휘어 올라가는 입술은 분명 호선을 그리고 있었다. 마주 웃으려던 것은 고작 몇 초 사이에 손바닥을 뒤집듯 비명으로 바뀌었다. 품 안에서 불쑥 솟아난 단검을 보자마자 그때까지 인지조차 못하고 있던 피 냄새가 코를 파고들었다. 비릿한 쇠 냄새에 이게 뭐지, 라는 생각을 했을 땐 이미 지환이 단검을 휘두른 뒤였다.

아, 생각하니 다시 눈앞이 아찔해지며 분노가 차올랐다.

"그리고 내가! 어디 가서! 피 흘리지 말라 그랬어요, 안 그랬어요!"

"그게…… 부인, 방법이 그것뿐일 것 같아……."

"하려면 말을 하고 했어야지!"

"……허락을 안 해줄 것 같아서……."

"당연히 안 해주지, 그럼 그걸 하라고 해줘요! 피가 그렇게 많이 났는데! 정말이지 죽는 줄 알았다고요!"

버럭버럭 소리치던 설란은 순간 낯빛을 바꾸며 상체를 아래로 숙였다. 갑자기 기우는 중심을 가까스로 잡은 지환이 당황해하건 말건 그의 옷자락을 잡아채는 손길은 매섭기 그지없었다.

"부, 부인?"

"상처! 상처 남았어요? 속상해 죽겠네! 상처 남으면 어쩌려고!"

이미 검에 베어 길게 찢어진 옷자락을 훌렁 들치며 옆구리를 샅샅이 살피는 설란의 손길에 얼굴을 붉히는 지환을 보며 무명은 좋다고 실실거렸다.

살갗을 더듬는 손길이 너무 생생하게 느껴졌다. 설란의 손이 닿는 곳마다 열꽃이 피어나는 기분이다. 어떻게든 접촉을 피해보려 허리를 뒤틀었으나 설란을 안고 있는 상황에서 벌릴 수 있는 거리엔 한계가 있었다. 결국 얌전히 설란에게 몸을 맡긴 지환은, 고개를 푹 숙인 채 목메는 소리로 중얼거렸다.

"부인…… 그, 대낮…… 아직 해가 중천인데……."

"그게 중요해요, 지금!"

중요한 것 같아 하는 말입니다…….

이젠 얼굴이 시뻘겋다 못해 터지려는 지환을 구해준 것은 모순적이게도 때마침 린이 품에 안아 데려온 새까만 여우였다.

"뀨우!"

갸웃, 옆으로 고개를 기울이는 모양새가 귀여운 새끼 여우였다. 한눈에 보더라도 태어난 지 얼마 안 된 것 같은 여우는 설란이 보이기가 무섭게 린의 품 안에서 훌쩍 뛰어내려 껑충껑충 뛰어 설란에게 달려들었다.

"어머!"

"캉!"

기껏해야 제 주먹만 할까. 자그마한 여우가 처음 품에 달려들었을 땐 저도 모르게 흠칫했다. 썩어 문드러지던 아홉 가닥의 꼬리에서 모습을 드러낸 것이 바로 이 여우라는 것을 알고 있기 때문이었다. 시간이 많이 흐른 것도 아니다. 걸을 힘도 없는 몸이 바로 그 증거였다. 그렇다고 제게 달려든 새끼 여우를 쳐 낼 수도 없는 노릇이라, 설란은 어찌하질 못한 채 안절부절못하다 지환을 바라봤다.

사람은 불안을 느끼면 안도할 수 있는 존재를 찾는다더니, 언제인가부터 제게 그런 사람은 지환이 되어버렸다. 의도하지도 않았는데 눈은 먼저 그를 찾는다. 옷자락을 붙든 손도 그제야 눈치챘다.

의식하자 그건 또 낯부끄러운 것 같아, 재빨리 손을 떨어뜨리려 했으나 그걸 또 어떻게 알았는지 붙잡아오는 온기가 기분 좋았다. 고개를 들자 꽤나 미묘한 표정으로 여우를 응시하는 지환이 보였다.

생각해 보면 여우의 등장에 가장 혼란스러울 사람이 바로 그였다. 지환이 언제나 제게 말하던 저주는 하나같이 엉망으로 뒤틀려 풀 수조차 없어 잘라내야 할 실타래 같았다. 그저 인간의 죽음만 바라고 피를 탐하는 괴물 같은 존재.

그런데 정작 저주를 푸니 괴물이 나타나기는커녕 주먹만 한 새끼 여우가 툭 튀어나왔으니 어찌나 당황스러울까. 설란의 손을 잡은 채로 지환은 여우를 한참 동안이나 바라봤다. 그렇게 얼마나 지났을까.

"……괜찮을 것 같습니다."

"괜찮다니. 이 여우는……."

"느낌이 전혀 다릅니다. 저를 집어삼켰던 저주에서 안 좋은 것들만 빠져 버린 것 같군요. 안 그런가."

마지막 말은 린에게 하는 것이었다. 그리 곱지 않은 목소리에 무명은 혹여나 또다시 싸움판이 벌어질까 눈을 굴렸다. 그러나 둘 다 이 문제로 날을 세울 생각은 없었다.

"청월의 말대로, 아무런 해도 안 되니 걱정하지 않아도 된답니다. 비록 인간의 손에 목숨을 잃었다고는 하나 본질은 백여우니까요. 봉황의 피를 이은 마마께는 무척이나 우호적일 터이고, 청월 역시 실질적으로 백여우에게는 해를 입히지 않았으니 큰 문제는 없을 겁니다."

해를 입히다니. 지환은 속으로 코웃음을 쳤다. 애당초 그는 백여우의 꼬리털 하나도 구경해 본 적 없었다. 그러나 동시에, 구 년간 저를 좀먹던 저주의 근본적인 이유는 신이 되고자 수련하던 백여우를 노린 이에게 있다는 것도 알고 있었다. 사람 마음이라는 것이 칼로 자르듯 그렇게 딱 나눠지는 것은 아니라지만 방향을 잃은 분노에 충분히 고통스러워 봤던 그는 여우가 그리 밉게 보이지만은 않았다. 죄를 지은 것은 결국 백여우를 겨눈 이였으니 말이다.

둘의 말에도 고민하던 설란의 마음을 돌린 것은 모순적이게도 여우였다. 설란이 제 털을 쓰다듬어 주기는커녕 시선마저 외면하자, 여우의 두 눈이 아롱거리기 시작했다.

"끼우우, 끼우우."

새끼가 어미를 찾듯 구슬피 울며 제 품 안으로 파고드는 여우의 애교에 설란은 저도 모르게 움찔 떨었다. 설란에게 잘 보여야 한다는 것을 알고 있는 것처럼, 여우는 온 힘을 다해 재롱을 피웠다. 종국에는 제 꼬리를 잡겠다고 빙빙 돌기 시작하는 여우의 모습에 설란의 입술도 결국에는 호선을 그리고야 말았다.

"왜 이렇게 귀엽니."

그 한마디가 설란의 입에서 떨어지자 여우의 눈이 반짝였다. 아니. 아닐 것이다. 지환은 애써 제가 본 것을 부정했다. 그래봤자 새끼 여우이지 않은가. 그러나 그 새끼 여우가 귀를 쫑긋거리다 사륵 고개를 돌리는 순간 지환은 본능적으로 직감했다.

저 여우 새끼가 제게 전혀 도움이 안 될 것이라는 걸.

뛰어들긴 설란의 품에 뛰어들었다지만, 그 설란을 자신이 안고 있는 탓에 흑여우의 재롱을 바로 눈앞에서 봐야 하는 지환의 표정이 썩 좋지는 않았다. 설란 역시 지환의 가슴팍에 반쯤 몸을 기댄 채 여우의 등을 계속해 쓸어주기는 어려워 보였다. 결국 지환은 그녀를 마루에 앉혀주었지만, 묘한 소외감에 눈살이 찌푸려졌다.

린은 설란이 쓸어주는 손길에 어쩔 줄 몰라 하는 흑여우를 애정 어린 시선으로 바라보며 말했다.

"역시. 마마를 잘 따르는군요."

"나를?"

손안에 와 닿는 감촉이 보드라웠다. 얇은 털 아래로 느껴지는 온기와 위아래로 움직이는 박동에, 제 안의 여우가 살아 있음을 다시금 느끼던 설란은 이내 여우가 팔에 파묻히듯 박았던 코를 찡긋거리며 들어 올리자 다시 감탄을 터뜨렸다.

처음 얼핏 봤을 땐 전신이 먹물처럼 새까만 줄로만 알았더니, 이제 와 다시 보니 여우는 꼬리 끝부분만 눈처럼 하얀 색이었다. 그것이 못내 신기해 꼬리털을 검지로 톡톡 두드리던 설란이 가까스로 여우에게서 시선을 떼곤 린을 바라봤다.

"미워하는 게 아니라?"

"어머! 그럴 리가요. 마마를 좋아하는 이유가 두 가지나 있다고 자랑하던걸요."

"……자랑이라니. 말을 한단 말입니까."

린은 지환의 물음에 의미심장한 미소를 지었다.

"신이 되고자 수련을 하던 반신이, 말을 할 수 있느냐 묻는 건가요, 지금?"

올해 들어본 질문 중 가장 어리석은 질문이라며 웃는 구미호를 잠시 할 말 많은 시선으로 바라보던 지환은 이내 고개를 돌렸다.

조막만 한 새끼 여우는 이제 설란의 소맷자락을 앙 물며 그것이 제 장난감이라도 되는 양 좌우로 흔들고 있었다. 값비싼 옷감이 여우의 장난에 엉망이 되어가고 있었건만, 정작 옷 주인은 싫어하기는커녕 걸음마를 걷기 시작하는 아이를 보는 어미처럼 신나서 무는 힘 좋은 것 좀 보라며 팔을 들며 여우와 놀아주고 있었다. 와르르 쏟아지는 웃음이 무척이나 행복해 보였다.

방금 전까지만 해도 걱정으로 가득하던 그녀가 즐거이 웃는 모습에 지환은 재빠르게 생각을 바꿨다.

지금 당장 설란에게 그 여우, 갖다 버리자 해도 받아들여지지 않을 것임을 직감한 그는 그 대신 진지하게 팔을 뻗었다.

설란이 아닌 여우에게.

갑작스러운 지환의 행동에 시선이 집중됐다. 세 쌍의 시선을 받으며, 그러나 지환의 신경은 오로지 여우에게만 꽂혀 있었다.

설란이 과감히 '미의 화신 같았다'고 표현한 남자의 얼굴에 진 중함이 감돌았다. 방금 전 피를 많이 흘려서인지, 하기로 마음먹 은 일에 질려서인지는 확실치 않으나 어찌 되었든 조금 질린 낯으 로 그는 몸을 숙였다. 그리고 동그랗게 눈을 뜬 채 고개를 갸웃거 리는 여우를 향해 말했다.

"……이리 온."

정확히는 여우를 꼬시기 위해 노력했다.

설란의 품에 뛰어들 땐 예상치 못한 상황이라 미처 막지 못했 지만, 그는 제가 아직 제대로 잡아보지도 못한 그녀를 팔이 마치 제집인 양 뒹구는 여우가 무척이나 마음에 들지 않았다.

그런 여우라 할지라도 설란의 팔에 안겨 있는 걸 보느니 차라 리 제가 안는 게 몇 배는 나았다. 앞뒤도 없는 '이리 온'이 그의 입 에서 튀어나오게 된 연유였다. 그는 강아지를 유혹하듯 손가락 끝을 까딱이는 세심함도 보여줬다. 여우를 꼬시기 위한, 그 나름 의 야심찬 한 방이었다.

그러나 밑도 끝도 없는 유혹에, 지환을 제외한 셋 모두 그대로 굳어버렸다. 여우가 지환의 손으로 뛰어들었으면 그래도 그림이 되었을 테지만, 여우는 힐끗 지환을 한번 바라보고는 코웃음을 치며 고개를 돌렸다. 무척이나 매정한, 그러나 재고의 여지도 없을 만큼 단호한 거절이었다.

개중 가장 빨리 정신을 차린 것은 무명이었다.

"……도령이 미친 것 같은데."

"캉!"

그럴 리 없겠지만, 타이밍 좋게 목청 높이는 여우의 모습에 가까스로 참고 있던 설란의 웃음보가 빵 하고 터져 버렸다.

"끄흑, 아니, 그게, 웃으려는 게 아니라…… 푸흐하핫! 아, 이리, 이리 온…… 이리 온이라니. 어떻게 거기서, 푸흐흐……!"

제 쪽으로는 고개도 돌리지 않는 여우를 꼭, 아주 꼬옥 끌어안은 채 박장대소하는 설란의 모습에 얼굴이 새빨개진 지환이 팔을 내렸다.

그리고 생각했다. 여우란 여우는 전부 제 눈앞에서 사라져 줬음 좋겠다고.

4. 필연(必然)

도아는 오늘 하루를 회상했다. 별달리 바빴던 것 같지도 않은데 어째서 안채에 한 번도 들르지 않은 것인지 이해가 가질 않았다. 무언가에 홀린 것만 같았다. 삶의 중심이 자설란이 된 지 벌써 거의 십년이다. 잠들기 전 마지막으로 하는 생각도, 일어나자마자 가장 먼저 하는 생각도 설란에 대한 것이었기에 반나절간의 공백을 더더욱 이해하기 어려웠다.

생각해 보면 아침에 세숫물도 들이지 못했다. 미친 게지. 미친 게 아니면 여우에게라도 홀린 건가. 도아는 스스로를 자책하며 안채로 냅다 내달렸다. 한시라도 빨리 설란에게 사죄해야 놀라 들썩이는 심장이 잠잠해질 것 같았기 때문이었다.

도아가 막 안채로 향하는 중문을 넘었을 때, 캉—! 하고 짐승이 울부짖는 날카로운 소리가 허공을 찢었다. 그 소리에 놀라 우뚝 멈춰 선 도아의 두 눈이 휘둥그레졌다. 아무리 뒤편에 너른 동산이 있다 한들 이곳은 혜조의 적장녀인 자설란이 머무는 곳이다. 들짐승이 쉬이 들어올 수 있을 정도로 허술하게 지어진 곳이 아니란 소리다.

그렇다면 이 소리는 대체 무어란 말인가?

도아의 얼굴이 서서히 창백해지기 시작했다. 설란을 어제 해시(亥時) 때부터 보지 못했던 것이 마음에 걸렸다. 지금이 신시(申時) 끄트머리였으니 반나절 넘게 설란의 안전을 확인하지 못한 것이나 다름없었다.

마마-!

저도 모르게 비명이 터져 나오려는 입을 손으로 꽉 틀어막은 채, 도아는 그대로 내달렸다. 혹 무슨 문제라도 생긴 것인가 싶어 안쪽으로 향하는 걸음이 다급했다. 그러나 그녀의 의문은 생각보다 쉽게 풀렸다.

"잡아! 한쪽으로 몰아서…… 꺄악!"

"아냐, 거기가 아니라! 왼쪽, 왼쪽으로……!"

"놓치면 안 돼!"

한창 저녁 준비로 바빠야 할 시비들이 치맛자락마저 걷어붙인 채 무언가를 쫓고 있었다. 개중 팔을 걷어붙인 시비는 얼굴이 벌겋게 달아올라 씩씩거렸다. 다 같이 무언가를 몰아넣기 위해 애쓰는 그곳에 있는 것은 다른 무엇도 아닌 조그마한 여우였다.

'여우? 여우가 맞나?'

얼마나 작은지 고작 제 주먹 두 개를 합친 정도일까. 살아 있는 동물이라기보다는 새까만 털 뭉치라 생각하는 게 더 맞을 녀석은, 기운도 좋은지 이리 펄쩍, 저리 펄쩍 뛰느라 정신이 없어 보였다.

도아는 이제껏 저렇게 새까만 여우는 본 적이 없었다. 그녀가 아는 한 여우란 자고로 갈색 털이 보통이었다. 고작해야 백여우에 대한 얘기를 들었을까. 그러나 눈앞에 있는 여우는 어떠한가.

태어난 지 얼마 되지 않은 것 같은 조그마한 크기에, 꼬리 끝을 제외하고는 귀도, 발도 온통 새까맸다.

얼핏 보면 그랬다. 그냥 새까만 여우.

그런데 조금만 애정을 갖고 보면 윤기가 좌르르 흐르는 털과, 유연하게 허공으로 날아오르는 맵시가 여간 눈길을 끄는 것이 아니라 도아는 멍하니 네 명의 시비 사이를 요리조리 빠져나가는 여우를 바라봤다.

저를 잡으려는 시비들의 손을 비웃듯, 허공에서 허리를 뒤틀어 피한 여우는 이내 소리도 없이 도아의 어깨에 착지한 후 그대로 겅중 뛰어 안채를 빠져나갔다.

제 어깨에 여우의, 아니, 여우님의 자그마한 네 발이 닿았다는 것도 눈치채지 못한 도아는 무언가에 홀린 듯 좌우로 살랑살랑 흔들리는 꼬리를 애타게 눈으로 좇았다. 궁녀 인생 십구 년. 도아가 여우에게 홀라당 빠지는 순간이었다.

정작 이 사달의 원인이자 여우를 시비들에게 잘 돌보아주라 맡긴 설란은 린의 방에 있었다. 여우의 처분을 결정하는 자리였다. 그녀는 무척이나 진지한 표정으로 제 옆에 앉은 지환을 한 번, 늘어지게 하품하는 무명을 한 번 보고는 천천히 입을 열었다.

"저 여우가…… 억울하게 죽임을 당한 백여우란 말인가요?"

쉽게 이해되지 않았다. 백여우는 분명 죽었다. 그 털가죽은 벗겨지고 육신은 갈가리 찢겨 여기저기 퍼졌으니 죽지 않을 수가 없었다. 그것을 입에 대 저주받은 이가 바로 눈앞에 있으니 잘못 안 것 아니냐는 팔자 좋은 소리가 나올 수도 없었다.

분명 죽었어야 할 여우가 다시 살아났다. 그것도 설란이 제가 가진 모든 신력을 쏟아 부어 봉인한 저주에서.

"또다시, 나를 속였다면, 린. 이번에는 그냥 넘어가진 않을 겁니다."

"그럴 리가요. 마마, 제가 했던 말을 기억해 보셔요. 저는 분명 마마께 이리 말했습니다. 그 단검이, 저주를 베어낼 것이라고."

린이 주었던 것은 그녀가 다시 가져갔지만, 지환이 제 것을 대신 건네주었다. 그가 준 단검은 제 품 안에 있었다.

짧은 시간 동안 버릇이라도 든 것인지 단검이 있을 법한 곳을 짚는 설란의 손을, 린은 고요히 바라봤다. 그 시선은 이내 지독하리만치 저와 무명에 대한 경계를 늦추지 않는 지환에게 향했다. 저주는 달리 말하자면 피로 더럽혀진 신력 덩어리다. 원했건, 원치 않았건, 그것을 구 년간 품에 품고 있었으니 가랑비에 몸 젖는 줄 모른다는 말마따나 서서히 몸속에 쌓인 신력이 상당했다. 그 몸을 감싸고 있는 새까만 신력들. 린은 멈추지 않고 끊임없이 움직이는 그것을 바라보며 생각했다.

어두운 밤에 가장 밝게 보이는 것이 달이라 했던가. 그렇다면 까맣게 물든 신력을 품고 있으면서도 그것에 잡아먹히지 않는 저 자는, 마치 푸르른 달 같다고.

"저주라 할지라도 그 본질은 신이 되고자 수련하던 반신(半神)입니다. 쉬이 죽일 수 있을 리 만무하죠. 이성을 잃은 채 수많은 인간들을 학살했다면 제 손에서 처리할 수 있었겠으나……."

그 뒤의 말을 짐작하는 것은 어렵지 않았다. 지환이 지금껏 정신을 놓지 않은 채 살 수 있었던 가장 큰 이유는 그 누구도 죽이지 않았다는 사실이었으니 말이다. 린은 이미 답을 짐작하고 있는 설란을 향해 웃어 보이고는, 말을 이었다.

"아시다시피 청월은 그 누구도 죽이지 않았고, 저주가 청월을 죽인 것도 아니니 백여우는 그저 죽임을 당했을 뿐 아무런 죄도 짓지 않았답니다. 죄를 짓지 않은 반신은 죽일 수 있을 리 만무하니…… 청월, 당신은 앞으로 그 여우가 다시 신이 되기 위한 수련을 이어 나가도록 도와줘야 할 겁니다."

"거절하지."

거절의 말을 뱉기까지 찰나의 고민도 없었다.

"내 생각을 말해볼까? 그 여우에게 죄가 없다는 말에 반박할 것들이 수없이 많지만, 그래, 동의하지. 어째서 나여야 했는지 그 책임도 묻지 않겠다. 그러니 반신(半神)이건 귀신이건, 요괴건 상관하지 않을 테니 그 여우를 데리고 이 집에서 나가라."

머리로는 이해했다. 실제로 나타난 여우가 얼마나 작은지 눈으로 보니 이해하기는 더 쉬웠다. 새끼 여우에 할 줄 아는 것은 '뀨'나 '캉!'밖에 없으니 누가 저를 죽였는지 모를 만도 하다 싶었다.

그러나 순간적으로 속에서 울컥 터져 나오는 분노는 그로서도 어찌할 수 없는 범주의 것이었다. 고통받은 세월이 길었다. 심지어 그 이유조차 명확하게 알지 못했다. 그렇게 하루하루 견뎌온 시간들은 마치 상흔처럼 남아 사라지지 않고 있었다. 아마 평생을 그 상흔을 바라보며 살아야겠지.

"거래는 끝났다."

그리 말하는 지환의 시선이 차가웠다. 명백한 축객령에 린은 그다지 불쾌해하지 않았다. 말을 하면서 멱살을 잡히지 않을까, 라는 생각까지 했기에 꽤나 유하게 나온다는 생각마저 들 정도였다. 린은 당장에라도 이 자리에서 벗어나고 싶어 안달이 난 제 동생의 무릎에 손을 얹었다. 아래로 꾹 눌리는 힘이 상당해, 당장 도망칠 작정이었던 무명은 울상을 지으며 도주를 포기했다.

"상관없죠. 처음부터 잠시 머물기로 했을 뿐이니."

"그렇다면 지금 당장……."

"그런데."

구미호의 고개가 슬쩍 들렸다. 길게 늘여 뺀 눈꼬리가 사륵 접히며 부드러운 호선을 그렸다. 붉게 칠한 입술은 한쪽으로 비뚜름히 기울었다.

"정녕 그리 생각하는 건가요. 청월, 그대는 이 거대한 죄의 굴레에서 무관하다고?"

"몇 번을 말하는지 모르겠지만, 나는 백여우는 본 적도……."

"물론 그렇겠죠. 아, 그런데 그건 알아야 할 겁니다. 이대로 여우를 쫓아내면 그 여우는 다시 그대에게 달라붙어 전과 같은 상황이 될 것이라는 사실을."

"무슨 뜻이지."

"글쎄요."

톡톡. 굳은살이라고는 찾아볼 수 없는, 길고 가는 손이 아랫입술을 가볍게 두드렸다. 마치 시간을 재는 것처럼.

"저주가 여전히 유효하단 뜻이라고 한다면, 이해가 쉬울까요?"

이게 대체 무슨 소리람! 설란이 상체를 앞으로 기울였다. 바닥을 짚은 손이 다급했다.

"그게 무슨 소리예요, 린! 저주가 아직 유효하다니!"

"예. 지금은 그저 둘을 떼어놓았을 뿐이니까요. 백여우건만, 그 털이 새까맣다는 것이 바로 그 증거지요."

"결국……."

"마마. 그리 쉽게 풀리는 저주는, 세상에 없답니다."

결국 린이 하고자 하는 말은 하나였다. 여전히 저주는 유효하다. 그 저주를 깨기 위해서는 까마득한 시간과 노력이 필요하다는 말에 설란은 털썩, 들었던 몸을 그대로 주저앉혔다.

이래서 이 자리에 있고 싶지 않았다며 투덜거리는 무명의 말도 들리지 않았다. 아직 저주는 풀리지 않은 건가. 그 생각만이 머릿속을 가득 채울 뿐이었다.

"풀렸습니다."

황망해하는 설란의 귓가에 나붓이 내려앉은 목소리는 전과 달리 애정이 가득했다.

"저는 느낄 수 있습니다. 부인, 저주는 이미 풀렸습니다."

그러니 괜찮습니다.

그의 눈이 호선을 그리며 휘어졌다. 낮은 목소리엔 온기가 가득했다. 거짓은 아니었다. 처음 설란을 만났을 때, 흔들리는 바람을 따라 고개를 돌리던 그 순간, 거짓말처럼 사라지던 고통보다도 지금이 더 선연하게 느껴진다. 저주는 더 이상 제 안에 없다는 것이.

지환의 설명에 그제야 설란은 안도했다. 그런 그녀의 손 위에 제 것을 얹은 채, 지환은 유일무이한 방법을 입에 올렸다.

"그 수련, 어떻게 도와주면 되는 거지."

"잘 먹이고 잘 놀아주고 잘 재워주세요."

그리고 곧장 돌아오는 대답에 제 귀를 의심했다.

"뭐라고?"

"맛있는 걸 잔뜩 먹여주고, 매일매일 심심해하지 않도록 옆에서 놀아주고, 밤에는 토닥이며 재워주라 하였는데, 못 들었나요? 아! 참고로 그 아이는 무척이나 섬세하니 칭찬받을 일을 하면 잘했다며 머리를 쓰다듬어 주는 것도 잊지 마세요."

불행히도 그의 귀는 어디 망가지거나 잘못 듣지 않았다. 지환은 왜 그러냐며 눈을 접는 구미호를 한 번, 슬쩍 제 시선을 피하면서도 비죽 올라간 입꼬리는 미처 감추지 못한 무명을 한 번 보고는 으득 이를 갈았다.

"수련이라 하지 않았나."

"수련이지요. 본디 어린아이는 잘 먹고 잘 자라는 게 일이랍니다. 다시 백여우가 되면 그때 제가 거둬갈 테니, 그때까지 자알 키우세요."

결국 애 보기란 소리에 지환은 무어라 형용할 수 없는 기분을 느끼며 마른세수를 했다.

"······좋아. 하지. 대신 부인에게는 못 달려들게 해봐. 애당초 신력은 전부 사라진 게 아닌가. 대체 왜 부인만 보면 달려들지 못해 안달인 거지, 그 여우는."

달려들기만 하면 다행이다. 말도 할 줄 안다더니 지능도 꽤 있는지 설란의 품 안에 꼭 끌어 안겨 살랑살랑 꼬리를 흔들며 저를 보는 시선이 마치 비웃는 것처럼 보였다. 떼어놓으려고 해도 지환의 손만 닿으면 기겁하며 캥캥거리는데 누가 들으면 여우 두엇을 잡는 줄 알 정도였다.

소리뿐만이 아니라 온몸을 바들바들 떨며 설란의 품에 폭 안기면, 또 마음이 약해진 설란은 지환에게 괜찮으니 제가 더 안고 있겠노라 말하는 것이다.

'내가 괜찮지 않다고!'

꼴사나울까 차마 말하지 못한 것을 속으로나마 외치며 지환은 다시 이를 갈았다. 생각하니 다시 열불이 나, 주먹을 꽉 쥐는 지환에게 대답한 것은 무명이었다.

"아, 그건 마마께서 그 신력들을 담고 있던 그릇이라 그래, 도령. 왜, 꿀단지가 가득 담긴 단지에서 꿀을 비워내도 여전히 단향이나 단지에 묻은 꿀들이 남아 있잖아? 속에 담긴 건 없어도 단내가 풀풀 풍기니 그 새끼 여우가 환장을 하는 거지. 도령을 싫어하는 것도 그 비슷한 이유야. 그러니 그 여우 입장에서는 마마가 좋은 향기가 나는 꽃이라면, 도령은 털 하나도 닿기 싫은…… 그런 거지. 시간이 지나면서 점점 나아질 테니 좀 참아봐."

"시간? 대체 얼마나 기다려야 하지?"

"……글쎄?"

무명을 쏘아보는 시선이 매서웠다. 어찌나 열기가 풀풀 나는지, 무명은 지환이 제 멱살을 붙잡고 흔들고 있는 것 같다 생각하며 하하하 웃었다.

"아, 그래도 보니까 완전 새끼더만. 꼬리 살랑살랑거리는 게 귀엽던데. 도령은 고 쪼끄만 게 어디 미워할 구석이 있다고 그리 날을 세워."

이왕 이렇게 된 거 귀여운 여우 한 마리 키운다 생각하라는 무명의 말에 한마디 하려던 지환은, 장지문을 그대로 뚫고 들이닥치는 새까만 생물체에 뒷목을 잡고 말았다.

"끼유우."

여우. 또다시 여우였다.

그러나 지환도 이번에는 순순히 당하지 않았다. 그는 여우가 그 새까만 눈을 빛내며 설란의 무릎 위로 뛰어오르기 전, 여우의 뒷목을 붙잡는 데 성공했다. 조막만 한 여우는 갑작스럽게 네 발이 허공에서 붕 뜨자 화들짝 놀라며 기다란 꼬리를 안쪽으로 말았다. 바짝 선 귀가, 이 갑작스러운 상황에 놀랐다 주장하는 듯했다. 뒷다리를 바짝 올려 들어 새까만 공처럼 몸을 만 여우는 감히 저를 붙잡은 인간을 향해 아낌없이 노기를 드러냈다.

"캉!"

그는 방 안이 떠나가라 캉캉거리는 여우를 제 몸에서 멀찍이 떨어뜨리며 무명에게 말했다.

"이 여우, 말을 할 줄 안다 그랬지?"

마치 물 흐르듯 이어지는 장면을 넋 놓은 채 보고 있던 무명이 고개를 끄덕이자, 여우의 새까만 눈을 들여다보는 지환의 표정이 흉흉해졌다. 그러나 그는 언제 그랬냐는 듯 입가에 잔잔한 미소마저 지으며 설란 쪽으로 고개를 돌렸다. 손바닥을 뒤집듯 휙휙 바뀌는 그의 표정을 본 이는 오직 무명뿐이었다.

"부인, 괜찮다면 이 여우와 둘이 대화를 하고 오겠습니다."

"네. 그런데, 음…… 여우가 좀 아파하는 것 같지 않아요?"

"엄살입니다."

"네?"

"힘을 전혀 주고 있지 않은 데다, 그리 억세게 쥔 것도 아닙니다. 여우를 잡아본 적은 없으나 강아지를 잡아본 적은 몇 번 있습니다. 지금 그때보다도 더 힘을 안 주고 있으니, 엄살입니다."

빠르게 쏟아지는 말에 설란은 잠시 할 말을 잃었다. 그녀는 기껏해야 그의 주먹 정도밖에 안 되는 여우와, 그 여우를 무슨 원수 보듯 노려보고 있는 지환을 번갈아 바라봤다.

'그래. 이해 못 할 일도 아니지. 자그마치 구 년 동안 저주로 고생했는데.'

무언가 조금 어긋난 생각이었지만, 그녀의 오해를 전혀 알지 못하는 지환은 설란이 고개를 끄덕이자 머뭇거림 없이 일어났다.

"나도? 어, 잠깐만, 도령, 나는 왜, 아니 아니! 뒷목을 잡고 끌고 가면 나보고 어찌 걸으라고! 이것 좀 놓고, 아, 놓고 가자니까!"

한 손엔 여우를, 남은 한 손으로는 제 일 아니라고 킬킬거리던 무명을 움켜쥔 지환은 그야말로 위풍당당하게 방을 벗어났다.

소리 소문 없이 문이 닫혔다. 쿵쾅이는 발소리가 마루를 벗어나 저 멀리 멀어짐에 따라 호선을 그렸던 설란의 입술이 서서히 굳어 갔다. 그녀는, 고고함을 잃지 않는 구미호를 향해 고개를 돌렸다.

들어 올리는 고개를 따라 하나로 묶은 머리칼이 사륵 흘러내렸다. 방금 전까지 여우와 청월을 보며 즐거워하던 여인이라고는 믿기 힘들 정도로 서늘하게 가라앉은 시선으로, 그녀는 웃고 있는 구미호를 응시했다.

"린."

부름에 화답하듯 린이 눈을 들었다. 지금이야 인간의 것처럼 새까맣지만, 언제고 어느 때고 붉게 변할 수 있는 그녀의 눈을 마주하며 설란은 말을 이었다.

"더는 날 속일 생각하지 않았으면 좋겠군요. 당신은 대체 무얼 숨기고 있는 거죠?"

"어머…… 무슨 의미인지 이해가 가지 않네요, 마마. 숨기다니요? 세가, 무엇을 숨기고 있다는 건가요?"

짐작조차 못 하겠다는 표정은 연기라 생각되지 않을 정도였다.

역시 쉽게 얘기하지는 않겠지. 그녀는 린이 다른 생각을 하고 있다는 것을 눈치채자마자 몇몇 부인들과 긴밀히 연락을 취했다. 비록 공주라 하나 그녀는 자하국의 고작 둘뿐인 적통이다. 왕녀 사부의 밑에서 수많은 것들을 배웠고, 몇몇 자리에서 제 재능을 내보일 기회도 있었다.

부인들에게 보낸 편지는 실상 고관대작들에게 보낸 것이나 다름없었다. 편지의 내용은 얼핏 보기엔 그리 이상한 것이 없었다. 축하연때 각국 사신들과 주고받았던 대화 중 중요하다 싶은 것들을 슬쩍 일러준다는 내용이었으니.

총 네 통인 편지 속에는 각기 다른 정보가 들어 있었으나 흘리듯 넣어놓은 문장은 같았다.

―청랑국 사신 중 여인이 있더군요. 청랑국은 여왕이 다스리는 나라라 하던데 혹 여왕이 몰래 자하국에 온 것일 수 있지 않겠습니까?

답을 얻기 위해서는 되레 물어라. 설란이 편지를 보낸 다음 날, 경쟁이라도 하듯 네 통의 답신이 도착했다. 그리고 그녀는 그 사이에서 제가 원하는 것을 얻어낼 수 있었다.

"기어코 내가 당신을 협박하게 만들 생각인가요?"

"저를, 마마께서?"

린은 부드럽게 웃었다. 비웃음은 아니었다. 그보다는 어린 손녀의 재롱을 바라보는 노인의 웃음을 닮아 있었다. 그럴 수밖에 없는 것이, 구미호와 인간이다. 비록 상대가 봉황의 후손이라 하나 결국에는 인간은 인간인 것이다. 인간이 무엇으로 구미호를 협박한단 말인가? 죽이겠다고? 재물을 빼앗겠다고? 그도 아니면 어디 묶어라도 놓겠다고? 무엇이건 협박은커녕 세상 물정 모른다는 느낌만 받을 것이 뻔했다.

어디 한번 해보시지요.

치마 위에 손을 얹으며 내뱉는 허락에, 설란의 입이 열렸다.

"이번 천랑국 사신단에는 여인 하나가 섞여 있었다지요. 관직은 없으나 천랑국에서 왕실의 대소사에 빠지지 않고 관여해 나라 안팎을 돌보는 여인이라, 소문이 자자하더군요."

"그리 유명하더이까."

"물론, 유명하죠. 바로 호린, 당신에 대한 얘기이기도 하고."

"후후. 그렇지요."

"지금까지 그대를 보았을 때 인간의 밑에서 일을 할 것 같지는 않았어요. 엄연히 지신(地神)인 구미호가, 아무 이유도 없이 인간 밑에서 일한다? 무명이라면 가능했겠으나 당신은 아니죠. 거기까지 생각하니 얘기가 쉬워지더군요."

교역과 물자에 대해 배웠기에 만들어낼 수 있었던 길. 치마 위에 겹쳐진 손에 땀이 차올랐다. 아무리 린이 제게 호의적이라고는 하나, 그녀의 본질은 구미호, 지신(地神)이었다. 저를 위협하는 존재에게까지 친절할 것인지는 아무도 모르는 일인 것이다. 설란은 경계를 늦추지 않으며 말을 이었다.

"천랑국 여왕께서는 호국 출신이라지요."

"그것이 문제가 되나요?"

"아뇨. 하나 린, 자하국에서는 왕족들이 받는 수업 중 타국 왕실에 대한 내용이 빠지지 않고 들어가 있답니다. 개중 호국 황실은 무척이나 특이해 기억하고 있죠. 갈색 머리칼에 갈색 눈을 가지고 태어나면 천신의 후손이라 여겨진다지요? 그저 신화로 여겨지는 것 같지만…… 사실이겠죠. 청월에 대한 그대의 태도를 보건대, 그녀의 부군 역시 인간은 아닐 테고."

"그것으로, 저를 협박하시려는 건가요?"

그리 묻는 린의 입가엔 여전히 짙은 미소가 자리하고 있었다. 그 정도로 가능할 리 없다. 천랑국의 왕과 여왕이 인간이 아니라는 말을 퍼뜨려 봤자 누구 하나 믿을 리 만무한 데다 믿는다면 오히려 천랑국 왕실의 위엄만 드높여 줄 뿐이다. 린 역시 그 점을 지적하며 묻고 있었다. 그것만으로 자신을 어찌 협박할 생각이냐고.

"그래서 말인데. 나는, 소금값을 올려볼까 합니다."

"……예?"

"알고 있나요, 린? 작년 겨울부터 올해 봄까지, 예국에 비가 참으로 많이 내렸다는 걸. 비가 많이 내리면 거둬들일 수 있는 소금 양이 줄어들지요. 물론 비축해 놓은 것들이 있으니 그리 쉽게 값이 오르진 않을 겁니다. 하지만, 소문이 돌면 어떻게 될까요."

소금이 귀해져 값이 뛸 것이라는 소문이.

"상인들은 물론이거니와 예국에서도 앞장서 소금을 광에 쌓아둔 채 기다릴 겁니다. 값이 오르기를."

몇 년 전, 직접 겪었던 일이다. 쌀값이 두 배로 뛰었던 해가 있었다. 그때 각 상단은 창고에 쌀을 수천 섬씩 쌓아둔 채 서로의 눈치만 보기 바빴었다. 값이 앞으로 더 오를 것이라는 기대감. 쌓아놓은 물건이 미래에 황금이 되어 돌아올 것이라는 욕심.

고작 그것만으로도 물건값은 오른다.

"알아봤더니 천랑국은 소금을 예국에서만 사들인다던데⋯⋯ 소금값이 몇 배로 뛰면 천랑국의 여왕께서 무척 곤란해하실 것도 같군요."

쩌억. 처음으로 린이 쓰고 있던 견고한 가면에 금이 갔다. 그녀의 입가에서 미소가 자취를 감췄다.

"이건⋯⋯ 정말 의외로군요."

이런 식의 협박이라니. 쓰디쓴 미소를 짓는 린을 향해 설란은 말 하나를 더 얹었다.

"그 외에도 방법은 많답니다. 린, 당신이 아닌 천랑국을 어지러이 만들 방법이요."

이런. 생각지도 못한 방법으로 저를 향해 날을 세운 설란의 모습에 린은 결국 인정할 수밖에 없었다. 그녀는 좋은 여왕이 되었을 것이다. 신력이 없더라도, 봉황의 후손으로서 걸맞은 여왕이 되었을 것이다. 간신배의 혀 놀림에 귀가 머는 일은 없었을 것이며 장사를 천하게 생각지 않으니 나라를 부유하게 만들었을 것이다.

정말이지, 호국이건 자하국이건 왕좌에 앉을 재목을 이리 쉽게 놓치다니, 기막힌 일이라 생각하며 린은 백기를 내걸었다.

"⋯⋯좋습니다. 단, 제가 무엇을 감추고 있는지는 마마께서 직접 입에 올리셔야 합니다. 그것만을 말씀드리겠습니다."

"좋아요. 나 역시 목소리가 커지는 건 원치 않으니."

말을 꺼내기 전, 먼저 사과를 건네는 목소리가 차분했다. 따지자면 속은 것은 이쪽이니 사과도 이쪽이 받아야 마땅했다. 그러나 칼자루를 쥐고 있는 것은 린이다. 원래대로라면 이 패는 완벽하게 저주가 풀린 뒤, 더는 지환을 건들지 말라 협박하기 위한 것이었다. 그런데 저주가 끝난 것이 아니라니.

여전히 린이 필요한 상황에서 그녀의 화를 돋울 필요는 없었다. 설란은 차로 목을 축이고는 말을 이었다.

"나는 린, 당신이 저주에 대해 무언가 더 숨기고 있다 생각해요. 그도 그럴 것이…… 전혀 놀라지 않더군요. 여우가 나타났음에도. 그런데 저주를 풀기 전까지는 여우에 대해서는 일언반구하지 않았죠."

저주의 위험성에 대해, 그리고 봉황의 고귀함에 대해 수없이 말하던 것과는 상반되는 태도가 아닐 수 없었다. 정작 사랑채에서 검을 치켜들 때는 근처에도 없던 린이다. 그랬던 그녀는 여우가 나타나자마자 기다렸다는 듯 어디에선가 모습을 드러내 여우를 품에 안았다. 모든 일을 계획한 것처럼.

"그리고 내게 그랬죠. '저주를 푸는 것이 그리 쉬울 것 같으냐'고. 한데, 여우를 돌보는 것이 저주를 풀 수 있는 유일한 길이라고 하는 건가요? 지금껏 그대가 내게 해준 말들 중 제대로 된 것이 하나도 없다는 걸 잊은 건 아니겠죠. 그러다 보니, 이런 의문이 들더군요. 자신을 지신(地神)이라 밝힌 호린이, 내게, 또 무슨 얘기를 감추고 있는 것일까. 그게 아니라면 처음부터 무언가를 감추고 있었던 것은 아닐까."

이런. 이내 린의 눈가에서도 웃음기가 사라졌다.

구미호의 눈동자가 정면에서 왼쪽으로, 그리고 다시 정면으로 천천히 움직였다. 굳은살이라고는 찾아볼 수 없는 고운 손이 품 안에서 꺼낸 것은 방금 전까지 설란이 쥐고 있던 단검이었다. 린은 그것을 찻잔이 옹기종기 모여 있는 반상 위에 올려놓았다. 단검은 설란의 신력 탓인지 손잡이의 문양이 타오를 것처럼 붉게 빛났다.

그게 아니라면 이건 피인가.

손잡이에서 시작돼 날을 타고 올라가는 늑대 문양은 붉은빛을 띠고 있어서인지 무척이나 선명했다.

"이건."

"앞으로도 이 단검은 이 상태일 것입니다. 다른 이가 쓰지 못할 테지요. 마마, 이처럼 '강한' 힘은 흔적을 남긴답니다. 그것이 신력이건, 혹 순간적으로 느낀…… 강렬한 '증오'건."

말하고자 하는 바를 짐작하자, 손끝이 움찔 떨렸다. 린은, 빠르게 변하는 설란의 낯빛에 시선을 떼지 않았다. 결국엔 말해야 했다. 그것이 하필이면 지금일 뿐.

"저주가 그렇지요. 저주란 증오가 남긴 상흔이나 다름없답니다."

늑대 문양을 쓸어내리는 손길이 차분했다.

"마마께선 이런 생각을 해보신 적 있으십니까. 어째서 백여우를 죽인 사냥꾼이 아닌, 죄 없고, 아무것도 모르던…… 어린아이에게 그리 잔혹한 저주가 들이닥쳤는지. 죽임을 당하는 순간 극에 달했던 백여우의 한이 새겨졌는지. 수 갈래로 찢긴 육신 중에서 하필이면…… 청월이 입에 댄 것에 저주가 잠들어 있었는지."

"……다른 이유가 또 있다는 말인가요."

"글쎄요. 저도 짐작할 뿐이랍니다. 하지만, 이상하지 않습니까? 최가에, 어째서, 그것이, 그 순간. 존재했을까요? 우연히? 아무런 연유도 없이? 마마, 자하국에서 최가 정도쯤 되는 가문이라면 식재료 하나도 신경 써서 구하는 법입니다. 그러할진대 사냥꾼이 몰래 팔아넘겼을 육포가 하필이면 최가로 흘러들었다? 우연이라도 너무한다 싶지 않나요."

말을 마치는 구미호의 고개가 옆으로 기울었다. 다시 사륵 접힌 두 눈은 얼핏 보면 아름다웠으나 실상은 날 선 칼날이었다.

붉은 입술은 닫혀 있었으나 어째서 그녀가 요전에 했던 말이 떠오르는지 모를 일이다. 지환을 내쫓으려 했을 때, 왜 그랬냐는 질문에 지금과도 같이 날 선 눈으로 그녀는 말했었다.

신은 신끼리 돕는다고. 신도 살아 있는지라 결국에는 저울이 기울 수밖에 없으니, 봉황의 후손에게 저울이 기울었을 뿐이라고.

'나뿐만이 아니었구나.'

벼락같은 깨달음이었다. 린은 처음부터 둘을 염두에 두고 있었다는 깨달음에 설란은 등골이 오싹해짐을 느꼈다. 구미호는 둘을 구하려 이 일에 뛰어들었다.

자신과 백여우, 둘을.

처음 본 제게도 그리 살갑게 굴던 린이다. 신이 되고자 수련하던, 심지어 나이 어린 백여우에 가 닿는 온정이 다를 리 없었다.

"마마, 신의 저주는 그리 쉽게 피해갈 수 있는 것이 아닐뿐더러, 때로는…… 참으로 잔혹하게 죄지은 이를 벌한답니다."

목소리는 부드러웠으나 지금 그녀는 화를 내고 있었다. 평소에는 감추어두는 아홉 가닥의 꼬리가 마치 꽃이 피어나듯 그녀의 등 뒤로 피어올랐다. 지환의 것과는 달리 린의 꼬리는 무척이나 탐스러웠다. 매끄러운 털은 첫눈처럼 새하얗게 잘 관리되고 있었고, 분노하는 제 주인을 위로하듯 린의 주변을 감싸고돌았다. 그러나 평소라면 신기해했을 것들도 지금은 전혀 눈에 들어오지 않았다.

모든 것이 끝났다 생각했는데, 이제야 시작되었다는 사실을 깨달았다.

"죄라."

설란은 아랫입술을 잘근잘근 물어뜯었다. 그럴 수밖에 없었다. 지금까지 알아낸 조각들을 전부 맞추면 나오는 답은 오직 하나였으니. 호린이 지금껏 '그 연유'를 알아봤을 것이라는.

"그 말대로라면 처음부터 여우를 구하기 위해 저주를 풀고자 노력했어야 하지 않나요. 하지만 린, 그대는……."

처음에는 청월을 쫓아내려 했죠.

굳이 입에 담지 않더라도 둘 다 목 안으로 삼킨 말이 무엇인지 알았다. 린은 제 얼굴 근처에서 살랑거리는 꼬리를 쓸어내렸다.

"어머. 그때 그건 진심이었답니다. 이리 복잡하게, 그리고 아깝게 봉황의 신력을 소모하지 않았어도 속 깊은 한(恨)을 풀기 위해 '죄'를 지은 인간들의 목을 베고 그 피를 취했다면 저주는 풀렸을 테니까요."

"인간을 죽이면 반신인 여우도 죽음을 피할 수 없다고, 방금 전 그리 말했던 것으로 기억하는데? 방금 그 말은, 내겐 그대가 그 어린 여우를 죽일 생각이라 말하고 있는 것처럼 들려. 그게 아니라면 인간의 목숨을 취한 반신은 죽음을 면할 수 없다던 말도 거짓이었나?"

"거짓이 아니랍니다. 하나 아주 희박하지만 오랜 시간 반성하고, 수련하면 그 죄를 용서받는 길도 분명 존재하죠. 마마, 순리대로라면, ……본디 그렇게 끝이 났어야 할 일입니다. 구 년 전에요."

피로 범벅되어야 할 길을 택하는 것이 순리라 말하고 있는 린의 얼굴은 무척이나 차분했다. 차분하다 못해 그리되지 않은 것을 아쉬워하고 있는 기색이 역력해, 속이 울렁거렸다. 그러나 정해진 순리대로라면, 린의 말이 맞았다.

저주받은 지환은 고통에 몸부림치다 결국 피를 탐하기 위해 인간을 해쳤어야 했다. 죽이고, 죽이고 또 죽이다 온몸에 피를 뒤집어쓴 뒤에야 죄는 끝이 났을 것이다. 그렇게 피로 웅덩이진 곳에서 최지환 역시 숨을 다했을 것이다. 그다음에는 수많은 생명을 거둬들인 백여우가 죗값을 치렀을 터.

그렇게 순리에 맞게, 구 년 전 끝났어야 할 일이 억지로 이어진 것이라는 린의 말에 설란은 차마 아니라 단언할 수 없었다. 지환도 무명이 아니었더라면 오래전 죽었을 것이라 말했으니 말이다.

그러나 동시에 그녀는, 이해하기 어려웠다. 결국 그 길은 반신도 인간도 고통받는 길이 아니던가. 한쪽이 그 누구도 죽지 않는 길이라면 린이 말하는 방법은 수십, 수백의 생명을 전제로 한 것이었다. 설란의 미간이 찌푸려지자 그녀가 하고 있는 생각을 알겠다는 듯 린은 옷자락으로 입가를 가린 채 웃었다.

"본래 계획대로 청월을 쫓아냈다면, 제 아우로 인해 어그러졌던 순리를 되돌리면서 동시에 마마를 구할 수 있었겠죠. 청월은 죄지은 이의 목을 취한 뒤에야 평온을 찾았을 것이며, 백여우는 신의 힘으로 인간의 목숨을 취한 죄를 받았을 것입니다. 마마, 백여우는 구 년 전, 제 죽음에 순응하는 대신 저주하기를 선택했습니다. 그 선택에 책임을 져야 하는 것은 백여우입니다. 이번 일처럼 옆에서 저주를 끊어내고 품 안에 껴안기만 한다면 결국 제 몫을 못하는 신이 될 가능성이 크니까요. 그러나 그것까지 마마께서 염려할 필요는 없답니다. 일이 이렇게 풀렸으니 적당한 때가 되면 그 여우는 제가 거둬갈 테니."

린은 톡톡 반상 위를 두드리며 말을 이었다.

"다시 처음으로 되돌아가서, 얘기해 보죠. 마마께선 최가에, 육포가 있던 이유가 무엇이라 생각하시나요?"

설란의 입술이 달싹였다. 그러나 그 사이에서 나온 것은 그저 바람뿐이었다. 반상 아래에 놓인 그녀의 양손은 언제부터인가 움켜쥐어져 있었다.

자신 역시 그런 생각을 한 적이 있었다. 저주에 대해 처음 들은 날이었다. 하필이면, 어째서, 제 부군이 될 사내에게 그런 저주가 들이닥친 것인가 그런 생각을 하며 이리 운이 나쁠 수 없을 것이라 중얼거렸었다.

운. 그녀는 그것을 그저 운이 나빴다 여겼었다. 단순한 이유였다. 최가에는 안주인이 없었으며, 최재원은 누군가에게 아첨을 하기 위해 백여우를 잡을 위인도 아니었거니와 그럴 만한 위치도 아니었다.

그랬었는데.

그녀의 고운 아미가 왈칵 일그러졌다. 엉망으로 구겨진 얼굴이, 지금 그녀가 느끼는 감정을 온전히 드러내 보이고 있었다.

'너무 단순하게 생각했나.'

단순히 운이 나빴을 뿐이라니. 이 모든 일이 우연이 아니라는 생각을 하자마자 고개를 치키는 새로운 가능성에 이가 악물렸다.

"서풍이, 연관되어 있는 겁니까."

"부인과 사별하고, 두 자식 건강하며 아쉬울 것 없는 사내가 사사로이 신의 것을 탐낼 가능성이 얼마나 될까요."

"그렇다면……."

"잊으셨나요? 여인들 사이에서는 참으로 많은 '미신'이 떠돌아다니는 것을."

"……서풍을 움직일…… 백여우……."

속이 울렁거렸다. 아닐 것이라 필사적으로 중얼거려도, 흩뿌려진 점들을 이어버린 머리는 단호하게 보고 싶지 않은 진실을 눈앞에 들이밀었다.

자하국이 건국될 때부터 왕에게 충성을 바치는 충신 가문. 대대로 충심이 깊은 이가 가주로 선정되었던 그 가문에서 백여우를 사냥해야만 했던 이유.

몰랐던 것이 아니다. 애써 외면했던 것이다.

이번 일에 왕가가 개입되어 있을 수 있다는 가능성을.

"아. 그리고 그 대무녀라는 여자, 이번 일로 수명이 적어도 십 년은 늘었을걸요. 신력이 몸 안을 팽팽 돌고 있을 테니."

고작 어제, 린이 제게 했던 말이 벼락처럼 내리꽂히는 듯했다.

설란은 순간 누군가 제 목을 조르고 있다 생각했다. 그렇게밖에는 표현할 수 없을 정도의 충격이 그녀를 덮쳤다. 눈앞이 아찔하고 숨이 턱 막혀서 그녀는 휘청이는 상체를 바로잡기 위해 손을 뻗어 반상을 짚었다.

"설마."

서파의 수장이 직접 움직여야 할 정도의 위치. 터부시되는 백여우를 잡아야만 했던 이유. 신력이 가지고 있는 힘.

손이 덜덜 떨렸다. 지환이 저주에 걸렸다는 말을 했을 때 하필이면 왜 그여야 했냐며 허망해하던, 어리석었던 자신이 떠올랐다.

"왕가가. 내가. 그를……"

"저 역시 알아낸 것은 여기까지랍니다. 자하국에 연줄이 없다 보니 움직이기가 버겁더군요. 그러나 마마께선, 이 이상을 보실 수 있으리라 생각하고 있지요……"

린의 희고 가는 손이 단검을 천천히 돌렸다. 제 쪽으로 빙글 돌려지는 단검을 바라보는 설란의 눈이 가느다랗게 떨렸다.

"이성도 자아도 없는 저주는, 연관된 이들을 모두 잡아먹으려 날뛰었겠지만, 저는 다릅니다."

저 홀로 빛나는 검 날이 선명했다.

"한 명. 이 모든 일의 뒷배만 알면 그만이랍니다."

굳이 피를 많이 볼 필요 있나요.

그리 말하며 구미호는 웃었다. 무척이나 차가운 미소였다.

※

"아 거참, 도령, 모르는 것 같아 말해주는 건데 보통 뒤로는 못 걸어. 나니까 이 정도로 따라가는 거지."

　무명은 여전히 뒷목을 붙잡힌 채로 질질 끌려가고 있었다. 그
상태로도 입은 쉬지 않는 게 대단하다 싶었는지, 반대 손에 붙들
린 여우는 허공에 반쯤 대롱거리는 상황에서도 무명을 한심하게
바라봤다.

　그러나 지환은 무명에게도, 여우에게도 시선을 주지 않은 채
오직 정면만 응시하며 계속해 걸었다. 그가 멈춘 것은 저택 한쪽
에 작게 마련되어 있는 연무장에 도착한 뒤였다. 아직 세세한 곳
에까진 신경을 쓰지 못했는지, 손님용으로 만들어진 연무장은 외
따로 버려져 황량했다. 연무장에 도착한 뒤에야 풀려난 무명과
여우는 약속이라도 한 듯 재빨리 지환에게서 멀리 떨어졌다.

　"이쯤 왔으면 안 들릴 테지."

　지환은 꼬리를 바짝 세우고 있는 여우를 힐끔 보며 말했다.

　"그래, 네가 그 '목소리'라 이 말이지."

　콕 집어 물었음에도 불구하고 고개를 팽 돌리는 여우의 모양새
가 앙칼졌다. 앞발로 코를 비비며 킁, 거리는 모습에 무명이 급히
한 손으로 입을 막으며 역시 고개를 돌렸다. 큭큭 웃는 소리가 들
리는 것도 같았다.

　명백하게 무시한다는 여우의 태도에도 지환은 딱히 화를 내진
않았다. 대신 그는 무척 복잡한 표정으로 여우를 바라보다 흙바
닥인 연무장에 털썩 주저앉았다. 지금 그의 속내는 꽤나 이리저
리 꼬인 상태였다.

　가장 먼저 새까만 여우를 봤을 때 그가 한 생각은 저게 뭐지,
였다. 제 속을 득득 긁으며 그리 살인을 재촉하던 목소리의 주인

공이 한 주먹도 안 되는 여우라니. 그 누구도 믿지 못할 일이다. 그다음엔 아무것도 모르는 새끼 여우인 것처럼 의뭉을 떠는 모습에 뒷목을 잡았다.

그러나 가장 먼저 묻고 싶은 것은 그런 것들이 아니었다. 그는 제게서 떨어져 나온 저주를 바라보며 느릿하게 눈을 감았다 떴다.

"지난 구 년간 하루도 빠짐없이 묻고 싶었던 것이 있었다."

커다란 여우 귀가 쫑긋거렸다.

"……왜 나였지."

고통으로 몸부림치던 그 긴 세월, 한날한시도 잊은 적 없는 질문이 입 밖으로 뱉어졌다.

"단순히 운이 없어서였나. 그게 아니라면…… 그저 '인간'이라면 누가 되었건 상관이 없었던 건가."

반대쪽으로 쫑긋. 여우는 천천히 고개를 돌렸다. 끝이 하얀 꼬리는 좌우로 움직이다 이내 바닥으로 가라앉았다. 지환을 응시하는 눈동자가 반들거렸다. 유리구슬보다도 더 작은 눈이었지만, 그 안에 가득 차 있는 것은 새빨간 분노였다.

[어허, 저주가 풀렸기에 벼 온정을 베풀어 넘어가려 하였더니! 하는 말 하나하나가 기가 막혀 듣고 넘길 수 없게 만드는구나! 어째서냐 물었느냐? 뻔뻔하기도 하지! 감히 반신을 우롱하려 하다니, 천벌을 받을 놈!]

머릿속에서 웅웅 울리는 목소리에 지환의 미간이 찌푸려졌다. 제가 항상 들어왔던 것과 너무도 다른 목소리는 마치 서너 살 아이의 것처럼 통통 튀었기 때문이었다. 설란이 여우의 말을 들었다면 필경 웃음을 참지 못했을 것이라, 지환은 확신할 수 있었다.

그도 그럴 것이 여우는 어린아이 같은 목소리를 갖고 있으면서, 말투는 어디 근엄한 대감님의 그것이었다.

그는 제가 들은 말에 대해 잠시 생각하다, 이내 눈살을 찌푸리며 되물었다.

"무슨 뜻이지."

[네 이노옴! 이 나를 노린 화살에 필경 네놈의 냄새가 묻어 있었기늘 어디서 발뺌을 하느냐! 이 땅에서 그 누구보다 지엄한 늑대신이 무섭지 않느냐아!]

이젠 앞발로 땅을 탕탕 구르며 화를 내는 여우의 모습에 숨죽여 웃던 무명이 슬쩍 한 손을 들며 대화에 끼었다.

"도령은 모르겠지만 늑대신은 현존하는 지신(地神)들 중 최고인 지신(地神)이야. 그리고 냄새가 묻어 있었다는 걸 보면…… 음? 도령, 설마 도령이 백여우를 사냥한 거야?"

"그때 내 나이가 몇이었는지는 알고 말하는 거겠지."

그건 그래. 무명은 턱을 쓸며 고개를 끄덕였다. 저주에 걸린 것이 벌써 구 년 전의 일이다. 최소한으로 잡아도 구 년 전에 일어난 일인데, 그때 지환은 고작 열하나였다. 숲에서도 가장 깊고 험한 곳을 골라 산다는 백여우를 잡기에는 어려도 너무 어렸다.

"……하긴, 열한 살짜리가 반신을 잡긴 힘들지. 화살에 맞았다 했었지? 도령, 그때 활을 쏠 수는 있었어?"

도움이 될까 싶어 데려왔더니 상상 이상으로 도움이 안 되는 무명을, 지환은 깔끔하게 무시했다. 대신 그는 털을 바짝 세운 채 화를 내는 여우 쪽으로 시선을 돌렸다. 제가 생각했던 것과는 정반대로 흘러가는 상황이 썩 기껍진 않았다. 제가 저주받은 것은 그저 불운이 겹쳐 일어난 것이라 생각해 왔었다. 그리 단정 지었던 세월이 참으로 길었다.

　말이 구 년이지, 강산이 바뀔 시간인 것이다. 두통이 인다. 지환은 관자놀이를 꾹 누르며 한숨을 삼켰다.

　정말이지 이 말을 제 입으로 하게 될 줄은 몰랐지만.

　"네가, 무엇을 잘못 안 것 같군."

　우연과 실수가 겹쳐 일어난 일. 가장 납득할 수 있는 가능성을 입에 담자 그 전까지만 해도 마냥 아이 같던 여우가 돌변했다. 앞으로 한 발 내딛는 걸음이, 꼿꼿해지는 꼬리가 여우의 분노를 대변하고 있었다.

　[잘못 알아? 네놈이 감히 반신을 우롱하려 하느냐.]

　익숙한 목소리가 여우에게서 흘러나왔다. 어떻게 잊겠는가. 매일 밤, 매일 낮, 시도 때도 없이 듣던 목소리를. 언제고 저를 충동질하던 피 끓는 목소리에 그의 눈썹이 위로 밀려 올라갔다. 방금 전까지만 하더라도 새까맸던 여우의 두 눈은 붉게 변한 채 반들거렸고, 잇새로 드러난 송곳니는 당장에라도 지환의 살점을 물어뜯기 위해 덤벼들 것처럼 속울음 소리를 뱉고 있었다.

　"너로군."

　더는 작아 보이지 않는 여우의 모습에 지환의 입술이 비틀렸다. 이제 어떡해야 하나. 망가져 버린 제 삶을 돌려내라며 욕을 해야 하나, 아니면 제 억울함을 토로해야 하나. 지난 세월 동안 수많은 생각을 했지만 정작 현실이 되니 아무 생각도 들지 않았다.

　그저 중얼거렸을 뿐이다.

　"너였어."

한 발자국, 지환이 여우에게 다가섰다. 그의 몸에 쌓인 신력이 여우의 것과 충돌하자 기기긱- 하는 소리가 허공을 울렸다.

아, 이런. 무명은 금방이라도 서로에게 달려들 것 같은 둘의 모습에 인상을 썼다. 이래서 발을 뺐어야 하는 건데. 그러나 린이 있는 이상 발을 빼기는커녕 도망갈 생각은 꿈에도 꿀 수 없었기에, 무명은 한숨과 함께 둘 사이를 막아섰다.

"진정 좀 하고. 여기서 또 죽일 듯이 싸워봤자 서로 좋을 거 하나 없거든? 거 혹시 다른 집안사람을 착각한 거 아냐?"

무명이 상황을 중재하려 하자 새빨갛게 변한 여우의 자그마한 눈이 데룩 굴러 그에게 가 박혔다. 방금 전까지만 하더라도 날뛸 것 같던 붉은 기가 일순 잠잠해졌다. 빳빳이 섰던 꼬리에 힘이 빠지더니 서서히 땅으로 떨어졌다. 붉었던 두 눈마저 촛불이 훅 꺼지듯 순식간에 본래 색으로 돌아왔다. 새까만 두 눈에 물기가 어리기 시작하자 당황한 무명이 뒤로 주춤거리며 물러섰다.

그걸 어찌 해석했는지, 여우의 탐스러운 꼬리는 축 늘어져서는 아예 바닥을 쓸었다.

"어, 음, 내가 무슨 말을 잘못했나?"

보아하니 여우가 갑자기 저리 풀 죽은 이유가 자신 때문인 것 같긴 한데, 왜인지 알 도리가 없는 무명은 지환에게 도움을 청했다. 그러나 애타는 시선을 한 치의 망설임도 없이 외면한 지환은 팔짱을 낀 채 사태를 관망했다. 뿌린 대로 거둔다는 말마따나, 도움은커녕 외면받아 버린 무명은 결국 무척이나 껄끄럽다는 표정으로 여우를 불렀다.

"저기…… 우는 거 아니지? 아니, 내가 뭘 했다고?"

[모르시는 겁니까?]

"말을 안 하는데 어찌 알아!"

[제가, 제가, 말하지 않으려 하였는데…… 말을 하지 않고는 억울하여 못 견디겠습니다.]

입 밖으로 뱉으니 더 서러워져서, 검은 여우는 세상만사 억울함에 가득 차올라 끼우우, 끼우우 울었다.

[어찌 매번 저 인간의 편을 드십니까!]

눈동자에 아롱거리던 눈물이 뚝뚝, 바닥을 적셨다. 흙이 까맣게 물들 정도로 눈물을 쏟아내는 여우는 정말이지 가련해 보여서, 무명은 저도 모르게 움찔했다. 저렇게 서럽게 우니 어린 동물을 괴롭히는 불한당이 된 기분이었다. 따져 묻자면 아예 무죄도 아닌지라 더 그랬다.

내가 대체 뭘 했더라. 그렇게 생각하던 무명은, 손가락을 하나하나 접으면 열이 모자랄 정도로 많은 짓을 했다는 걸 깨닫고는 조용히 입을 닫았다.

무명이 아무 말도 하지 못하자, 안 그래도 오랜 세월 축적되었던 설움이 팡 터져 버린 여우는 먹먹한 목소리로 무명을 비난했다.

[신이 될 이의 위엄은 어디로 갔는지 보이지도 않고! 처음부터 금 타령만 하시고! 밤낮 술병을 끼고 살질 않나, 여기저기 놀러 다니질 않나! 이 한을 풀어보려 하면 갑자기 나타나 저 인간만 도와주시고! 그 색끈은 또 대체 무어란 말입니까!]

"아니 그게…… 고작 열한 살이 그런 일을 겪는 건 좀 억울하잖아."

[제 억울함은 어찌하라고! 학살이 어찌나 아팠는데! 피도 막 흘렸는데

에! 저는 그때 고작 백스물네 살이었는데! 금이 그리도 좋으십니까아!]

여우의 한은 깊고도 깊었다.

안 그래도 깊었던 원한에 서러움까지 더해지니 여우의 감정은 터진 둑처럼 단숨에 쏟아져 무명을 덮쳤다. 지환도 그렇지만 여우도 해소되지 못하는 저주와 한에 고통받은 것이 햇수로만 무려구 년이다. 여우의 입장에서 무명이 한 일을 하나하나 짚자면 며칠 밤을 새어도 끝이 없는 것이다.

[저 인간 놈의 목숨만 걱정하시고! 저는 이미 죽어 가죽이 벗겨지고 육신은 견디기 힘든 열기에 익어갔는데! 제가 그리 도와달라 외칠 땐 코빼기도 안 보이시더니!]

그 고통을 아느냐며 여우는 구슬 같은 눈에서 뚝뚝, 끊임없이 눈물을 떨어뜨렸다. 그 작은 몸에서 어찌 그리 많은 눈물이 나올 수 있는지 놀라울 정도였다. 땅을 적시다 못해 앞발이 축축해질 정도로 여우는 오열했다.

[저주가 풀린 뒤에도 저 인간 놈 편만 드시고오! 어찌하여 인간 놈은 뒷덜미를 잡고 목을 잡아도 용서해 주시는 겁니까. 린님께 이를 겁니다!]

두서없이 이어지던 한탄의 끝은 린이었다.

여우는 갑자기 제가 지환에게서 떨어져 나온, 이해 못 할 상황에 어리둥절해 있을 때 제 털을 쓸어내리며 괜찮다 말해준 구미호를 잊지 않았다. 그 원한 대신 풀어주겠노라 호언장담하던 목소리도 결코 잊지 않았다. 지금 이 순간 여우의 든든한 뒷배는 다른 누구도 아닌 구미호였다.

안 그래도 여우가 한마디 한마디 할 때마다 점점 작아지던 무명은 린의 이름이 여우의 입에서 튀어나오자 완벽하게 패배했다.

무명은 재빠르게 항복의 뜻으로 양손을 들어 올렸다. 굳이 린을 들먹이지 않더라도 그는 여우에게 한정되어 할 말도 없었고, 있어도 말할 수 없는 위치였다. 시시비비를 따져 묻다 보면 결국 동족보다 금에 눈이 팔린 남자나 다름없는 무명은 다급히 외쳤다.

"미안. 내가 다 잘못했어. 그래, 착각은 무슨! 저놈이 천하의 나쁜 놈이야. 에라이, 저 나쁜 인간 놈!"

가만히 서 있다 나쁜 인간 놈이 되어버린 지환은 기가 막히다는 표정으로 무명을 바라봤다. 그러나 지환에게 삿대질을 하느라 바쁜 무명이 그걸 봤을 리 만무하다.

'개판이군.'

작금의 상황을 한마디로 표현한 지환은 아예 근처 바위에 걸터앉았다. 금세 끝날 것 같진 않으니 이왕이면 편하게 기다리겠다는 심산이었다. 그런 지환의 모습을 봤는지, 여우는 아예 뾰족한 코를 하늘로 치켜든 채 오열했다.

[아이고오.]

"뚝! 뚜욱! 해달라는 것 다아 해줄 터이니 그만 울거라. 아, 그래! 내가 저 인간 뒤통수를 때려줄까? 아니면 어디 나무에다 매달아줄까?"

본디 서러울 때 달래주면 더 서러운 법.

무명이 어설프게나마 둥개둥개를 시작하자 본격적으로 서러워진 여우는 끼우우, 끼우우, 대성통곡을 시작했다. 그치기는커녕 울음소리가 점차 커지자 무명은 그 여우의 주변을 빙빙 돌며 어찌할 줄을 몰라 발을 동동 굴렀다.

그리고 이 모든 상황을 지켜보던 지환은, 저를 나무에 매달아

발바닥을 쳐 주겠다는 무명의 말에 있지도 않은 두통이 생기는 것 같다 중얼거리며 이마를 손으로 짚었다.

결국 알아낸 것은 아무것도 없었다. 본격적으로 울기 시작한 여우를 달래야 한다며 무명이 더 이상의 대화를 금지했기 때문이었다.

그는 지환이 무어라 말을 하기도 전에 재빠르게 여우를 품에 안은 채 사라져 버렸다. 마지막으로 들은 말이 '엿을 사주마! 아니면 다디단 당과를 사줄까?'였으니 장터에라도 간 것일 터다.

그러니 장터로 달려간다면 여우와 무명을 찾을 수 있었겠지만, 그렇게까지 하기엔 막 저주를 푼 뒤인 지환도 온몸이 지쳤기에, 일단 사랑채로 돌아왔다.

'냄새라.'

그가 가장 먼저 세운 가정은 일견 단순했다. 누군가가 제 옷이나, 소지품을 훔쳐 내 그것을 화살에 매달아 쏘았을 것이라는 가정. 냄새가 같다 하였으니 그런 식으로 제 냄새가 밴 무언가로 여우의 감각을 혼란시켰을 것이라는 생각은, 가장 단순하면서도 가능성이 높았다. 그러나 이 가정에는 커다란 허점이 있었다.

'대체 왜? 무엇을 위해?'

이유가 없었다. 원한이라 한다면 더더욱 말이 되지 않는다. 안 그래도 백여우는 잡기 힘든 것으로 유명했다. 깊은 산 속에서 그것도 운이 닿아야만 겨우 볼 수 있는 데다가 발이 날래기는 어찌나 날랜지 노련한 사냥꾼이 아니면 쉬이 잡을 수 없었다. 진짜인지 아닌지도 모를 미신으로 원한을 풀고자 하기엔 수지가 맞지 않는 장사인 셈이다.

'그게 아니라면, 가문과 연관되어 있는 일인가.'

지금 이 순간 생각할 수 있는, 가장 확률이 높은 가정이었다.

그러나 집 안에서 백여우의 털 자락 하나도 본 적이 없다는 게 문제였다. 게다가 이미 그의 모친은 세상을 뜬 지 오래라 집안에 여우 털을 장식으로 쓸 만한 여인도 없었다. 있다 할지라도 그가 아는 한 제 아비는 그런 사사로운 일로 힘과 돈을 쓰는 인사가 아니었다.

다른 것은 다 차치하더라도 그것 하나만큼은 확신할 수 있었다. 결국 얼마 지나지 않아 생각은 높디높은 벽에 턱 막혀 버렸다.

'도무지 이유를 모르겠군.'

손에 쥐고 있는 정보가 없으니 할 수 있는 생각의 폭도 한정적이었다. 직접 아버님께 물어봐야 하나 고민하던 그를 일깨운 것은 문밖에서 저를 부르는 목소리였다.

"……되겠습니까?"

조심스러운 목소리는 익히 들어본 것이라, 지환은 제대로 듣지 못했음에도 별다른 고민 없이 대답했다.

"들어오거라."

허락이 떨어지자 조심히 문이 열렸다. 아무 생각 없이 고개를 들어 올린 지환은, 그러나 문지방 너머에서 눈을 빛내고 있는 도아와 그 뒤 시비들의 모습에 잠시 당황할 수밖에 없었다.

"무슨…… 일이지."

지환의 물음에 도아가 몸에 밴 궁정 특유의 각 잡힌 예에 따라 고개를 숙여 보였다.

"부마도위께 긴히 청할 일이 있어 예에 맞지 않으나 이리 발걸음하게 된 점 사죄드리옵니다."

"청할 일이라?"

"예. ……아주 중한 일이옵니다."

그때까지 그는 알지 못했다. 도아가 무수한 궁녀들을 제치고 설란의 동무처럼 항상 옆을 지킬 수 있었던 이유를. 그리하여 그녀가 노을이 길게 늘어지는 이 늦은 시간 수많은 시비들을 대동하면서까지 사랑채에 찾아온 이유를.

도아는 어린 시절부터 그 어떤 궁녀보다 설란의 기분을 읽는 데 탁월한 재능을 보였다. 그녀에겐 공주가 웃고 있어도 기분이 상했음을 알아차리곤 단 당과를 슬쩍 다과로 내오는 눈치가 있었고 멍하니 허공을 응시하는 공주의 우울함을 풀어주기 위해 희귀한 서책을 구해오는 능력이 있었다. 요구하기 전에 원하는 것을 눈앞에 내오는 궁녀를 싫어할 상전이 세상 어디에 있을까.

그리하여 자설란에 한해서 박사(博士)라 불러도 손색이 없어진 도아는 지금 이 순간 확신하고 있었다. 고민에 빠진 공주마마를 즐거이 해줄 인물로 최지환, 그만 한 이가 또 없다고.

"중요한 일?"

"예. 마마에 관한 일입니다."

다른 무엇도 아닌 자설란과 관련된 일이라는 말에 지환의 표정이 바뀌었다.

"말해보라."

"하면 고하겠나이다. 마마께서 석반(夕飯)을 절반 넘게 남기시었고, 식후에 들인 차 역시 한 모금도 입에 대지 않으셨나이다. 하여 부마도위께서 가보셔야 할 것 같아 이리 발걸음하였나이다."

그제야 지환은 창밖으로 해가 지고 있다는 것을 알아차렸다. 이렇게 멍청할 수가. 저주에 대해 아무리 알고 싶다 한들 오늘은 설란과 함께 있어줘야 했다. 봉황의 피를 잇고 태어나 타고난 신력을 전부 제 저주를 풀기 위해 사용한 그녀였다. 미리 말도 하지 못하고 복부를 베어내는 탓에 놀라기도 놀랐을 터다.

그 옆에서 미안하다고, 이젠 괜찮다고, 앞으로는 제가 곁에 있겠다 말해줘야 했다.

그런데 이리 정신을 놓고 있었다니. 인상을 쓴 채 자리에서 일어나려는 지환을 도아가 만류했다.

"왜 그러느냐."

"마마를 뵈러 가시는지요."

"그래. 비키거라."

"아니 되옵니다. 마마를 뵈러 가시는 것이라면 준비가 필요하옵니다."

"……준비?"

"예. 마마를 위한 것이오니 잠시만 앉아주시겠습니까."

평소라면 되었다 물렸을 터. 그러나 다른 누구도 아닌 설란을 위한 일이라는 말에 그는 홀린 듯 자리에 앉았다. 그것을 허락으로 이해한 도아의 눈이 반짝였다.

"시작하겠나이다."

시작한다니, 무엇을?

의아함을 감추지 않던 지환은 시비들이 들고 들어오는 것들을 확인하고는 점차 안색이 희게 질렸다.

*

　지환도, 여우도, 린마저도 없는 안채는 조용했다. 그 고요함에 묻히듯 설란은 생각을 정리하는 데 정신이 팔려 있었다. 당장 온 몸이 욱신거렸으나 그보다 더 중요한 것이 있었다.

　왕가가 개입한 일이라면, 그 끝에 있는 것은 한 사람뿐이다. 제 분신이자 수년간 놓지 못했던 존재. 종국의 종국에 이르러서야 그 손을 놓았던 사람.

　오라버니.

　남녀 쌍둥이임에도 어릴 적부터 이목구비며 말투며 좋아하는 것까지 닮았던 설호는 태어나는 그 순간부터 자하국의 세자였다. 몸이 약한 효연왕후는 더는 아이를 낳을 수 없다는 진단을 받았기에 정명대비는 하나뿐인 세자가 부디 건강히 자라 자하국을 이끌길 바라는 마음을 그 이름에 담았다.

　자설호(雪虎).

　첫눈이 오는 날 첫울음을 울었으니, 눈밭에서도 살아남는 강인한 호랑이가 되라는 비원을 담은 이름.

　설란의 고개가 들렸다. 아무것도 담기지 않은 까만 눈동자는, 저 높은 담벼락 안에 있을 제 분신을 좇듯 창가로 향했다.

　이 모든 시작이……, 그곳에 있는 것처럼.

　몇몇 시비들이 다급히 움직이는 발소리가 어지러이 얽히기 시작한 것은 그때였다.

　'뭐지?'

　무슨 일이라도 터졌나 싶어 설란이 밖으로 나가보려 몸을 일으켰을 때 시기적절하게 도아의 목소리가 들려왔다.

"마마, 부마도위께옵서 오셨나이다."

생각지도 못한 말에 설란이 다급히 자리를 박차고 일어났다. 가볍게 떨리는 눈동자가 면경으로 향했다. 그러나 굳이 확인할 필요도 없었다. 지금 그녀의 상태는 엉망, 그 자체였다.

재빠르게 머리칼을 정리한 설란은 다시 저를 찾는 도아의 목소리에 다급히 답했다.

"안으로, 들어오시라 해라."

그 말이 떨어지기가 무섭게 문이 열렸다.

"얘기는 잘……."

여우와 얘긴 잘 했느냐고, 평이한 주제로 대화의 서막을 열려던 설란의 포부가 연기가 되어 사라졌다. 중간에 뚝 끊어진 말을 잇기 위해 몇 번이나 입술을 달싹이던 그녀는, 그러나 말을 잇는 대신 손을 들어 입을 가렸다. 비명을 지르지 않기 위한 최선이었다.

밤을 좇던 눈을 돌리자 그곳에는 그가 있었다.

'아.'

해결되었다 생각했으나 전혀 해결되지 않은 문제가 산재해 있었다. 그럼에도 당장 저이를 눈에 담으니 그 모든 고민들이 봄날 내린 눈처럼 녹아내렸다.

그 누가 화려한 수(繡)가 여인의 전유물이라 하던가. 자칫 과해 보일 법한 문양들이 어지러이 얽힌 옷은, 최지환이 입음에 비로소 완벽해졌다. 짙푸른 의상은 다른 사내들과 비견했을 때 흰 편인 그의 얼굴과 잘 어울렸고, 팔목 부근에 휘감기듯 시작된 수는 푸른 옷보다 조금 더 짙어 거의 남색에 가까운 실로 놓여 있었다.

대충 입고 걸친 것만으로도 궁에서 단 하루 만에 꽃도령으로 이름을 날린 그였다. 그런데 일평생 왕실에서, 왕족들만 상대하며 안목이 하늘 저 끝까지 가 있는 도아의 손에서 최대치로 꾸며진 최지환은 정말 조각상은 아닐까 걱정될 정도였다.

'오, 세상에.'

설란의 심장이 콩콩 뛰기 시작했다. 그녀는 입을 가렸던 손을 옮겨 눈을 비볐다. 혹여나 진짜 제가 헛것을 보고 있나 싶어서. 그러나 눈을 깜빡여도 갑자기 보고 있던 것이 사라지거나 하는 일은 벌어지지 않았다.

이 순간이 현실임을 깨닫자 뒤늦게 그녀의 동공이 확장됐다.

"부인?"

그 모든 과정을 실시간으로 감상해야만 했던 지환은 설란의 손끝이 가늘게 떨리기 시작하자 그제야 걱정스레 그녀를 부르며 방 안으로 들어섰다.

'목소리도 더 좋은 것 같아. 어쩜 좋아.'

툭 바닥으로 떨어진 손이 이불자락을 꼬옥 붙들었다. 아름다움이라는 표현을 단 한 사람에게만 사용할 수 있다면, 그녀는 그 대상을 고르는 데 주저하지 않을 것이다. 그 대상은 바로 최지환이 되어야 마땅했다. 설란은 제가 하려던 얘기도, 열심히 삽질하던 것도 까맣게 잊곤 대뜸 외쳤다.

"아름다워요!"

두 주먹 불끈 쥐며 외치는 소리에 문에서 한창 떨어진 곳에서 귀만 쫑긋거리고 있던 도아는 득의양양한 미소를 지었다. 이번에도 우울해하던 제 주군의 기분을 전환시키는 데 성공한 도아는 당당하게 어깨를 폈다.

설마하니 '아름답다'는 말을 들을 것이라고는 상상도 못한 지환의 낯빛에 당혹감이 스쳐 지나갔다. 무어라 대답해야 할지 알지 못해 어색하게 서 있는 지환의 모습을 오해한 설란이 비장함에 가득 차 다시 외쳤다.

"거짓이 아니라 정말, 정말로 아름다워요!"

"아, 음…… 부인, 설마 내가…….”

"그럼 누구겠어요!"

발끈한 설란이 지환에게 한 발짝 다가서자, 이번 일에 혁혁한 공을 세운 도아를 필두로 두 팔 걷어붙였던 시비들이 음흉한 미소를 지으며 소리도 없이 문을 닫았다. 그러나 미의 신이 현신한 것 같은 제 서방님의 모습에 정신이 팔린 설란과, 도아의 손에 붙들려 꽃단장을 시작했을 때부터 반쯤 정신을 놓았던 지환 중 누구도 문이 닫힌 것을 눈치채지 못했다. 문이 닫히기가 무섭게 도아는 눈빛만으로 시비들에게 어서 자리를 비키라 지시하고는, 저역시 조심히 자리를 피했다.

"어쩜…… 가례를 올릴 때도 눈이 부시는 것 같았지만, 오늘은 정말 완벽하다 못해 이걸 무어라 표현해야 하지. 아! 화공! 화공이 이 자리에 있었어야 했는데! 그게 아니라면 적어도 다른 이들과 이 아름다움을 나누기라도 했어야 나중에 되새기며 얘기라도 할 터인데!"

설란은 지환의 표정에 아무런 변화도 없자 제가 더 안달이 나 발을 동동 굴렀다. 이것은 마치 가장 아끼는, 꽃길만 걸어야 하는 존재가 제 귀함을 모르고 있을 때 드는 기분과 같았다.

"어느 정도냐면 청월이 여인이었으면 얼마나 아름다웠을까 하는 생각이 들 정도였⋯⋯."

다시 한 번 뚝. 설란의 말이 멈췄다. 그러나 이번엔 그녀의 의지로 멈춘 것이 아니었다. 설란은 어느새 성큼 제 눈앞까지 다가온 지환의 모습에 놀라 방금 전까지 제가 말을 하고 있었다는 사실마저 잊어버렸다.

굳은살이 박인 단단한 손이 그녀의 어깨를 조심스레 잡았다. 남은 손은 가느다란 허리를 휘감아 제 쪽으로 바짝 당겨, 부부는 마치 금방이라도 입을 맞출 것처럼 아슬아슬하게 맞닿았다. 서로의 살갗이 겹치자 어느 순간부터 체온이 같아지더니 점차 온도가 올라가기 시작했다. 점차 빨라지기 시작하는 제 심장박동이 들키기라도 할까 설란은 데굴 눈을 굴렸다. 이미 붉어진 얼굴은 어쩔 수 없다 쳐도 어떻게 시선이라도 피해보려는 본능적인 행동이었다.

그런 그녀의 시선을 따라 왼쪽으로 천천히 고개를 기울인 지환이 조용히 입을 열었다.

"부인께서 제게 아름답다 하는 것은 괜찮습니다. 물론, 그렇다 하여 부인께 여인으로 보일 생각은 전혀 없단 걸 잊지 마십시오."

혹여나, 그럴 리는 없겠으나, 그런 생각을 갖고 계셨다면 포기하는 게 좋을 겁니다. 슬쩍 기울여진 고개가 천천히 가까이 다가왔다. 그는 콧등이 서로 맞부딪칠 정도의 거리가 되어서야 잠시 멈췄다. 설란이 천천히 눈을 감자, 그제야 그의 고개가 아래로 숙여졌다.

"그러나."

제 팔을 잡고 있는 자그마한 손이 잘게 떨리는 게 느껴졌다. 죽을 수도 있는 상황에서 도망치는 대신 검을 바꿔 쥔 채 안으로 달려들던 여인과 동일 인물이라고는 생각하기 어려울 정도였다.

"만에 하나 다음 생에, 부인께서 사내로 태어나 준다면……."

귓가에서 간질거리는 목소리에 설란이 실눈을 떴다. 가느다란 선 사이로 비죽 튀어나온 눈동자를 마주하며 그는 말을 마쳤다.

"그땐 저 역시 기꺼이 여인으로 태어나겠습니다."

무어라 답하기 위해 달싹이던 설란의 입술 위로 지환의 입술이 겹쳐졌다. 부드럽게 맞닿은 입맞춤은 이내 보다 깊어졌다. 혀가 치열을 훑으며 안쪽으로 들어오자, 놀라 화드득 떠는 설란의 등을 커다란 손이 가만가만 쓸어내렸다. 한 손으로는 설란이 놀라지 않도록 얼굴을 조심스레 잡은 채 그는 좀 더 깊이 입을 맞췄다.

입안이 달았다. 맞닿은 곳에 온 신경이 곤두서, 가늘게 떨리는 살결에 머릿속에서 무언가가 팡팡 튀는 기분이었다. 지환은 자신도 모르게 같은 생각을 반복했다. 입안이 달다. 너무 달았다. 어린 시절 한 움큼 집어삼켜 보았던 당과보다도 배는 달았다.

입안만 달까?

아, 생각만으로도 머리가 어질어질해질 정도였다.

"저주가 풀리면, 그 감정도 사라질지 누가 알아?"

언제고 무명이 했던 말에 휘둘렸던 스스로가 우스울 정도였다. 지금 자신은 어떠한가? 조금이라도 더 오래, 더 깊이 그녀에게 닿고 싶어 어쩔 줄 모르고 있지 않은가.

점차 뒤로 젖혀지는 손을 따라 설란의 몸이 서서히 무너져 내렸다. 푹신한 이불에 등이 닿자 놀라 반짝 눈을 뜨는 모습에, 지환은 자신도 모르게 생각했다.

'사랑스러워.'

그리고 그제야 지지부진, 무어라 정의 내릴 수 없어 이러지도 저러지도 못하던 제 감정에 드디어 이름을 붙일 수 있었다.

이 여인을, 사랑하는구나, 나는. 너무도 사랑해, 이리 정신을 못 차리고 있구나.

살짝 입술이 떨어지자 가쁜 숨을 몰아쉬던 설란이 웅얼거리듯 말했다.

"저, 청월? 이게, 자세가, 좀, 어, 그러니까……."

좌우로 바삐 움직이는 눈동자에 지환이 숨죽여 웃었다. 초야 때 부루퉁한 기색을 감추지 못하더니 정작 그날이 코앞에 다가오자 당황하는 모습이 그의 눈엔 귀엽기 그지없었다. 바야흐로 하늘신이 와도 막지 못한다는 대형 콩깍지에 씌인 남자는 웃음기 어린 목소리로 말했다.

"초야, 저주가 풀리면 그때 치르자 미뤘던 것 기억합니까."

"……그렇죠. 초야."

"천천히, 부드럽게 하겠습니다."

제 볼에 쪽쪽 입을 맞추며 하는 말에, 설란은 멍하니 생각했다.

……무엇을?

바야흐로 휘몰아치듯 진행된 가례 절차의 구멍이 드러나는 순간이었다. 수없이 생략된 교육들 중에는 잠자리에 대한 것도 있었으니, 초야에 대한 설란의 지식은 그야말로 새하얀 백지와도 같았던 것이다.

대체 뭘 부드럽게 한다는 것일까.

그런 그녀의 고민을 알 리 없는 지환의 입술은 천천히 아래로 내려갔다. 턱을 간질거리던 입술은 천천히 애를 태우듯 살갗에 닿았다 떨어졌다를 반복하며 목 근처로 내려갔다. 간질거리던 감각은 이내 열기로 번져 갔다. 목덜미를 핥는 혀가 너무 적나라하게 느껴져서, 설란은 자신도 모르게 낮은 신음을 흘렸다. 머릿속에서 폭죽이라도 터지는 것 같았다.

이러다 정말 눈앞이 아찔해질 것 같아, 그녀는 반사적으로 그의 입을 손바닥으로 밀어냈다. 그러나 손바닥을 핥는 혀에 제가 더 놀라 설란의 두 눈이 화등잔처럼 커졌다. 쪽, 쪽, 저를 밀어내리던 손이 얄밉지만 또 어여뻐 어쩔 줄 모르겠다는 듯 손가락 마디마디마다 내려앉는 입술이 정성스러웠다. 그의 입술이 닿는 곳마다 열기가 확확 피어올라서 설란은 결국 손을 거둬들이고야 말았다.

다시 목덜미에 혀가 닿자 설란의 호흡이 가빠지기 시작했다. 더운 날씨도 아니건만 온몸에 열이 올라 화끈거릴 지경이었다. 이 감각이 무엇인지 고민하기도 전에 살갗을 빨아올리는 그의 입술에 온 신경이 집중되어 그저 발끝을 오므리는 것 외에는 달리 할 수 있는 것이 없었다.

"청월, 잠시만, 흡……!"

옷고름을 풀어 내리는 손이 자연스러워 처음엔 눈치조차 채지 못했을 정도였다. 스르륵, 소리도 없이 저고리의 절반이 풀어헤쳐지자 그제야 눈을 동그랗게 뜬 설란이 지환을 빤히 바라봤다. 그러나 휘어 올라가는 입술에는 당할 재간이 없었다.

"그, 이, 그……."

말끝을 흐리는 그녀를 타박하듯 지환은 붉은 입술에 제 것을 꾹 누르고는 아래로 향했다. 도드라진 쇄골 근처를 맴도는 입술이 애가 타, 설란은 밉지 않게 눈을 흘기며 지환의 고개를 들어 올렸다.

힘이 전혀 들어가지 않은 손길이었다. 못 알아차릴 법도 했건만, 그는 저를 위로 끌어 올리는 그 연약한 손짓을 놓치지 않았다.

깜빡. 시선이 마주친 채 천연덕스럽게 깜빡이는 두 눈이 무엇이 잘못되었느냐 묻는 것만 같았다. 그럼에도 미처 감추지 못한 열기가 그저 뜨거워서, 설란의 얼굴이 불이라도 붙은 듯 화르륵 타올랐다.

"아니, 그게……."

왜 그러는지 모르겠다며 갸웃, 기우는 고개는 천진난만한 아이의 것이었으나 열기가 가득 담긴 두 눈은 농담으로라도 아이의 것이라 할 수 없을 터다. 이 낯선 간극을 무어라 표현해야 할까. 설란이 뒷말을 잊은 채 멍하니 자신을 보고만 있자 지환은 제 얼굴을 감싸고 있는 설란의 손을 끌어당겼다.

새하얀 손등 위에 내려앉는 입술과, 그 와중에도 제 두 눈을 똑바로 바라보는 시선이 뜨거워 설란은 자신도 모르게 마른침을 꼴깍 삼켰다.

이 상황이 뭔가 위험하게 느껴지는 건 대체 왜일까. 피해야 하는 걸까? 아니 그런데 그렇게까지 나쁜 건 아닌 것 같기도 하고. 위험한 것 같긴 한데, 나쁘진 않으니 계속 둬도 괜찮지 않을까?

미친 듯이 고민하고 있는 설란을 구제한 것은,

"꺄아악-! 막아, 막으래도!"

"몰아, 한쪽으로 몰아!"

"캉!"

여우였다.

밖에서 들리는 소란에 몸을 일으켰던 두 남녀는, 장지문을 뚫고 돌진해 오는 여우의 모습에 경악했다. 방 안을 살피는 까만 눈동자가 반짝였다. 여우는 지환 쪽으로 팽, 코웃음을 쳐 준 다음 설란을 향해 펄쩍 뛰어들었다. 설란은 제게 온몸을 던져 오는 여우를 다급히 받아 들었다.

"끼우?"

"어머!"

티 없이 맑은 눈동자와, 촉촉한 검은 코. 그리고 설란의 팔에 비벼오는 자그마한 머리까지.

답 없는 고민을 끝내준 갑작스러운 상황에, 차마 대놓고 좋다고는 못 해도 가만가만 여우의 등을 쓸어내리는 설란을 보며 지환은 확신했다. 오늘 밤은 끝났다고.

머리끝부터 발끝까지, 털 한 올도 마음에 드는 곳 없는 여우를, 한 사내가 죽어라 노려보는 밤이었다.

5. 모든 일의 시작

자하국의 밤과 같은 밤하늘을 공유하는 곳.

자하국에서 바삐 말을 달리면 사흘이면 도착하는 곳에 갓 건국된 천랑국이 있다. 늑대신과 하늘신의 후손이 다스려 비옥함이 이루 말할 것 없다 유명한 천랑국을 떠받드는 기둥 중 유명한 이가 몇 있었는데 그중 하나가 바로 도깨비 형제였다.

"……형님, 그러니까 어딜 간다 하셨소?"

정확히 스물하고도 일곱 번째 반복되는 물음에도 소하는 표정 변화 없이 같은 답을 뱉었다.

"자하국."

동맹국의 이름을 뱉어내는 목소리는 억눌린 화를 참는 것만 같았다.

혹시나 했건만 역시나. 태하는 꿍 소리를 내며 이마를 짚었다.

린이 자하국 사신 일행에 자발적으로 참여한 연유를 하나부터 열까지 전부 알고 있는 태하로서는 달리 할 말이 없었다. 린이 자하국에 간다 할 때부터 이런 상황을 어렴풋하게나마 예견했기에, 그는 푹 한숨을 쉬며 제가 쓸 수 있는 마지막 패를 꺼내 들었다.

"거, 공주님들이 우실 터인데."

안 그래도 천랑국 사신단을 이끌었던 병도가 돌아와 린이 자하국에 머문다는 말을 입에 담자마자 대성통곡을 시작한 공주님들이었다. 부모를 제외하고 세상에서 가장 잘 따르는 린이 돌아오지 않자 삼 일 밤낮 시위를 벌이기까지 했던 공주님들인데, 그 다음으로 잘 따르는 소하마저 사라져 버린다면 일이 어떻게 될지 짐작조차 가지 않았다.

"잘 달래 드려."

그러나 당장 눈에 뵈는 것이 없는 소하는 굳건했다. 공주님들, 이라는 단어가 허공에 뱉어지자 잠시 멈칫했던 그는, 이내 딱딱하게 굳은 얼굴로 다시 바지런히 짐을 꾸렸다.

쉬이 말릴 수 없음을 직감한 태하가 푹 한숨을 내뱉었다.

"거 주군께서 공주님들 달래느라 애를 쓰시겠구만. 그럼 난 그 전에 주군과 대련이나 실컷 해야겠소. 공주님들이 울기 시작하면 한동안 대련의 대 자도 못 꺼낼 테니까."

인생사 하나부터 열까지 대련만 생각하는 제 동생의 말에 아무런 대꾸도 하지 않은 채 소하는 숙였던 몸을 일으켰다. 어둑한 밤, 촛불에 비친 두 눈이 스산했다.

✳

그런 말이 있다.

그리하여 아무 일도 없었다.

감은 눈꺼풀 너머로 느껴지는 빛에, 다시금 해가 떴다는 것을 깨달으며 서서히 잠에서 깨어난 지환이 가장 먼저 한 생각이었다. 어젯밤 한참 동안 잠들지 못하다 겨우 선잠을 잔 그는, 온몸을 묵직하게 누르는 피로보다 밀려오는 분함을 먼저 느껴야만 했다. 그는 커다란 손으로 눈을 가렸다.

벌써 아침이라니.

창을 타고 새어 들어오던 아침 햇살을 가리고 한참을 누워 있던 그는, 또다시 떠오른 어제 일에 으득 이를 갈았다. 의도치 않게 꽃단장을 한 것만 제외하면 완벽했건만 그 완벽함은 눈 깜짝할 사이에 부서져 내렸다.

바로 저 여우 때문에.

사람 두엇이 데굴데굴 굴러도 넓은 방이건만, 굳이 설란의 옆구리에 딱 달라붙어 자는 여우를 노려보는 시선이 매섭다. 설란이 준비가 안 되었다 말한다면 충분히 기다려 줄 생각이었다. 입맞춤만으로도 괜찮았다.

그러나 자발적으로 그만두는 것과, 방해받는 것은 완전히 다른 문제였다. 그러니 그는 제가 분노하는 것은 당연한 일이라 주장하며 아득 이를 갈았다.

'저놈을 어떡해야 하나.'

설란의 품 안에서 또르르 꼬리로 온몸을 만 채 잠들어 있는 까만 여우를 노려보던 지환은 조심스럽게 몸을 일으켰다. 당장 저 여우를 이 방에서 쫓아내야 속이 편하겠다. 엄연히 부부만 사용하는, 심지어 가례를 올린 지 얼마 되지도 않는 방에 불청객이 말이 되는가. 지환은 한 팔로 상체를 지탱한 채 여우를 향해 손을 뻗었다.

"으음……."

그러다 설란이 몸을 뒤척이자 깜짝 놀라며 슬쩍 뒤로 물러서는 몸놀림이 잽쌌다. 혹여나 설란이 깨기라도 할까 조심하는 기색이 역력했다.

[쯔쯔쯔…….]

지환이 몸을 일으켰을 때부터 깨 있던 여우는, 설란의 몸짓 하나, 숨소리 하나에 온 신경을 집중하고 있는 그를 보며 혀를 찼다. 꼬리에 파묻혀 있던 고개를 슬쩍 들어 올린 여우는 코를 찡긋거렸다. 깨어났다는 걸 감출 생각조차 없는지 아예 눈을 뜬 채 고개마저 좌우로 젓는다. 흉흉한 얼굴을 하고 있는 지환과 시선이 마주치자 여우의 입꼬리가 씩 올라갔다.

[왜, 억울하더냐? 그래봤자 뭐 억울함만 할까!]

앞으로도 착실히 방해해 주겠다며 킬킬 웃는 여우의 모습을, 지환은 한마디로 정의 내렸다.

"……애로군."

[얘라니! 뭐 이러 봬도 올해로 백 하고도 스물넷이니라! 반백년도 못 산 녀석이 감히 누구를 얕잡아 보는 게냐! 이러저러 신력이 전부 날아가 이 꼴이 되지만 않았어도 고작 스물밖에 되지 않은 꼬마에게 이런 굴욕을 당하진 않았을 터인데!]

성년식까지 치르고도 꼬마 취급을, 그것도 새끼 여우에게 당한 지환은 뒷목을 잡고 싶었다. 누가 누구에게 꼬마라는지 모를 일이다. 애당초 인간과 신은 다른 존재이니 나이를 셈하는 법도 다를 터. 그렇게 따지자면 엄연히 제가 어른이라 생각하던 지환은, 그것이 얼마나 유치한지 깨닫고는 홀로 좌절했다.

여우와, 그것도 고작 제 주먹 하나밖에 되지 않는 새끼 여우와 진지하게 말다툼을 한 것이다.

이래서야 어른이라는 말도 못 꺼내는 것이 아닐까 싶어 절로 한숨이 나왔다.

"됐으니 나가라."

[싫다면?]

"……뒷덜미가 붙들려 나갈 테냐, 네 발로 걸어 나갈 테냐."

[흥. 내 이래 보여도 요양이 필요한 몸이거늘, 어찌 이리 야박하단 말인가! 이 몸은 천신의 신력에 기대어 휴식을 취해야 하니 그리 알거라.]

방금 전까지 반쯤 드잡이하던 것을 잊었는지 위엄 있게 말한 여우는 그 위엄과는 상반되는 귀여움으로 설란의 품 안을 파고들었다. 온몸을 덮고 있는 솜털이 이리 비죽, 저리 비죽 난 것이 상태가 좋지 않다는 말이 영 거짓은 아닌 것 같아 지환은 눈살을 찌푸렸다.

처음부터 생각했지만, 여우는 너무 작았다. 작은 걸로도 모자라 약했다. 뒷덜미를 잡아챘을 때 지환은 최소한 제 손이 부러질 것이라 생각했다. 그러나 생각과는 달리 아무런 일도 일어나지 않자 놀랐다. 아니, 아무 일도 일어나지 않아서가 아니라, 제가 그 사실에 실망하고 있다는 것에.

[불만이라도 있느냐?]

여우는 코를 허공에 치켜든 채 허세를 부렸다. 당장 손을 뻗어 잡아채더라도 여우는 도망치거나 저항하지 못할 터다. 그것이 불유쾌했다.

어째서?

단순한 얘기다. 구 년간 자신을 괴롭힌 것이 조금 더 악하고, 조금 더 강했으면 싶었기에. 그 오랜 괴롭힘에 분통을 터뜨리며 주먹이라도 몇 대 날릴 수 있는 존재였으면 했기에.

"왜 그렇게, 약해졌지?"

그러니 이는 걱정이 아닌 분노다. 언제고 나쁜 역을 해야 할 녀석이 골골거리는 걸 보고 싶지 않아 생기는 분노. 덩치라도 커다랬으면 이런 기분은 들지 않았을 것이다.

그 말에 여우가 발끈하며 고개를 치켜들었다.

[백 년 넘게 열심히 쌓아온 신력을 네놈이 절반은 먹어놓고 어디서 큰소리를 쳐, 큰소리를!]

"......?"

전혀 모르는 일이라는 지환의 표정에 여우는 팽, 콧바람을 풍기며 말을 이었다.

[저, 저 둔한 놈. 정신을 집중해 봐! 전처럼 감각이 바짝 날 서 있는 게 안 느껴지느냐! 여자한테 말할 땐 잘도 나불거리더니, 정작 제 몸이 안 변한 건 모르니 이러언 답답한!]

일전에 설란에게 제가 왜 괴물인지 설명해 준 그날을 말하고 있음을 눈치챈 지환의 눈살이 찌푸려졌다. 제 속에 꽁꽁 숨은 채 전부 보고 들었다는 소리가 아닌가. 그러나 그는 무어라 반박하는 대신 천천히 제 손을 내려다봤다.

매일 밤, 잠들 수도 깨어 있을 수도 없던, 온전히 홀로 존재하던 그 시간이면 그는 무언가에 홀린 듯 검을 쥐었었다. 같은 동작을 수백, 수천 번 반복하며 온몸이 땀으로 흠뻑 젖고 나서야 기절하듯 잠들 수 있었던 시간들. 그 시간들을 대변하는 단단한 손이 천천히 굽혔다 펴졌다를 반복했다.

'감각이. 그대로라니.'

찡그려진 미간이 그의 복잡한 심정을 대변했다. 어제는 일이 너무도 급박하게 밀어닥쳐 미처 생각지도 못한 부분이었다. 하지만 지금 이 순간, 그는 인정할 수밖에 없었다. 여전히 장지문 너머에서 시비들이 바쁘게, 그러나 조용히 움직이는 소리가 들린다는 사실을. 너무 익숙해 낯설지 않은 감각이 소름 끼쳤다.

"저주는 풀린 게 아니었나."

불유쾌했다. 누군가는 평생을 걸쳐서라도 얻고 싶어 할 능력을 손에 쥔 채 지환은 거침없이 불쾌감을 드러냈다.

"어째서 '이건' 사라지지 않은 거지."

[이거라니! 그리 표현해도 좋을 것이 아니니라! 천금을 줘도 못 바꿀 것을 손에 쥐고 있음 무엇하나. 그 가치도 제대로 모르는 것을!]

그 천금을 줘도 못 바꿀 것, 나는 필요 없으니 가져가라 말하려던 지환의 입이 딱 닫혔다. 대신 그는 언제 인상을 썼냐는 듯 무척 조심스럽게 몸을 숙였다. 어느새 그의 얼굴엔 짜증 대신 애정이 가득 담겼다.

"부인, 일어났습니까."

"으…… 왜 이렇게 시끄러워요."

잠을 잘 수가 없다며 작게 투덜거리는 소리에 지환은 언제 머뭇거렸냐는 듯 단숨에 여우의 뒷덜미를 낚아챘다. 캥캥거리며 반항하건 말건, 그는 장지문을 열고는 휙, 여우를 집어 던졌다. 떼구르르 마루를 구른 여우가 벌떡 일어나 거세게 욕을 쏟아냈으나 이미 장지문은 닫힌 뒤였다.

지환은 문고리까지 걸어 잠그는 것을 잊지 않았다.

"이제 조용해졌으니 좀 더…… 부인, 지금, 열이……."

"머리가 좀 어지러워요."

잘못 느낀 것이 아니었다. 동그란 이마는 절절 끓고 있었다. 지환의 얼굴이 심각해졌다. 방금 전 제 손으로 걸어 잠근 문고리를 연 그는, 도아를 불러 설란을 맡겼다.

"의원을 불러올 것이니 네 주인을 잘 모셔라."

상황 파악을 못 한 도아가 차게 굳은 지환의 시선에 화급히 고개를 조아렸다. 한 손으로는 여우를 낚아챈 지환은 곧장 저택을 나섰다. 가장 가까운 의원까지 가는 길이 너무도 멀게 느껴져, 그는 이를 악물었다.

[몸이 한계에 달한 게지. 쯔쯔.]

"닥쳐."

[내게 듣고 싶은 게 많은 것 아니었나? 예를 들어 누가 나를 죽였나, 같은…….]

"됐으니, 지금은 그 입, 다물어."

품 안에 여우를 욱여넣는 손이 거칠었다. 여우가 다시 캉! 소리를 내며 항의했으나 이미 그의 귀에는 아무것도 들리지 않았다. 알고 있었다. 저주를 푼다는 것이 얼마나 몸에 부담이 가는지. 그러나 열 때문에 눈가가 발갛게 달아오른 채 가쁜 숨을 뱉어내는 그녀를 보는 건 그저 듣는 것과는 차원이 달랐다. 쿵, 하고 심장이 내려앉았다. 다른 건 아무것도 생각나지 않아 그저 그녀가 살아 있는지 확인하는 것이 고작이었다.

"하."

[왜?]

꼴사나워서. 이 와중에도 아무것도 하지 못하는 스스로가 참으로 한심해 보여서. 모퉁이를 도는 걸음이 빨라졌다. 그는 이를 한 번 물었다가, 천천히 입을 뗐다.

"저주는, 아직 끝나지 않았다 했나."

[그런 셈이지.]

"체취가 같다 하였지."

[그래. 너 그것까지 헷갈릴 정도로 어수룩하지 않느니라.]

"내 아버님은, 최가의 수장이자 왕실에 일평생 충성을 바치신 분이다. 그리고 백여우는 그 털이 무척 귀하고 가치 있어 구하고 싶어도 구하지 못하는 것으로 알려져 있지. 구 년 전, 그보다 더 잡아 십 년 전이라면…… 상감마마께서, 왕후마마를 위해 아버님께 이 모든 일을 지시하셨을 가능성을 배제할 수 없어."

[털가죽이라…… 흐응. 칭월이라 했나, 인간?]

여우의 코가 지환의 도포 사이로 삐죽 튀어나왔다. 여우는 그대로 고개를 들어 지환의 턱을 올려다봤다.

[네 말이 사실이라면 나를 왕에게 데려가라. 내 직접 죄를 물을 것이다.]

"확실한 것은 아무것도 없어."

[그 역시 네가 판단할 일은 아닐 터.]

"모르겠나."

의원 집이 눈에 보이기 시작했다. 지환은 여우를 다시 품 안으로 꾹 밀어넣으며 말을 마쳤다.

"네놈이 내 몸에 들어앉은 그날 이후로 이 모든 것들은 이미 내 일이기도 하다는 것을."

❈

여지없이 설란은 앓아누웠다. 안 그래도 몸이 쑤시던 것이 쉽게 안 풀리겠다 싶었는데 자고 일어나자 열까지 나기 시작한 탓이었다. 갑작스러운 열에 제일 놀란 것은 도아였다. 평소처럼 설란을 깨우러 들어왔던 도아는 발갛게 달아오른 그녀의 얼굴에 놀라 '마마-!'를 울부짖으며 달려들었으니 말이다. 아침부터 의원을 반쯤 끌고 온 지환은 옮을 수 있으니 절대 접근 금지라는 도아의 말에 중문 밖에서 이리저리 오가기만 할 뿐 안으로 들어가진 못했다.

그렇게 한차례 폭풍이 몰아친 뒤에야 불려온 의원은, 제가 진단해야 하는 이가 다른 누구도 아닌 자하국의 공주, 자설란이라는 사실에 빳빳이 굳은 채 약재를 지어 올렸다. 근육통과 몸살이라는 진단을 내린 의원은 며칠간 꼼짝 말고 쉬라며 신신당부하는 것도 잊지 않았다.

그리하여 지금.

설란은 병자 취급을 받으며 자리에 누워 있었다. 미음과 약을 먹고 나자 몰려오는 졸음을 쫓으려 그녀는 쉼 없이 눈을 깜빡였다.

"아마 곧 궁에서도 사람이 올 테지."

의원이 다녀갔으니 혜조의 귀에도 들어갈 것이 분명했다. 궁의를 보내지 않으면 다행이다. 아마 갖가지 약재들을 보란 듯이 보내올 터다. 그 말을 알아들은 도아가 알아서 처리할 터이니 걱정마시라며 설란의 이마를 마른 천으로 닦아냈다.

"꽤나 건강하다 자부했는데…… 머리가 어질어질해."

"괜찮으셔요? 다른 의원을 부를까요?"

방금 전 왔던 의원은 영 미덥지 않다며 도아가 한숨을 삼켰다. 도성에서 유명하기로는 한 손에 드는 의원이 듣는다면 억울해할 일이었다.

"아니, 되었어. 곧 낫겠지."

"하면 조금 주무셔요. 열이 더 오르겠어요."

평소 건강하던 설란이 이렇게까지 앓아눕는 것은 손에 꼽을 일이라 도아의 걱정은 더 했다. 그러나 이미 예견된 일이었기에 설란은 그저 웃을 뿐이었다.

"청월은?"

"당장 달려오시려는 걸 가까스로 못 오게 해놓았으니 걱정 마셔요."

"여우는?"

"린님의 곁에 딱 달라붙어 떨어질 생각을 안 하던걸요."

그러니 이제 걱정은 그만하시고 어서어서 주무셔요. 걱정이 뚝뚝 떨어지는 도아의 말에 설란은 고개를 끄덕였다.

이렇게 앓아눕는 것이 얼마 만인지 모르겠다. 첫눈이 내리던 날 태어나서인지 눈이 소복이 쌓인 겨울에도 감기 한 번 걸린 적 없었던 탓인지 온몸에 열이 오르는 감각이 낯설기 그지없었다.

필요한 것이 있으면 부르라는 말을 남긴 채 도아마저 방 밖으로 나가자 침묵과도 같은 고요가 공기 중에 가득 들어찼다. 아주 어릴 적, 자설란일 때면 느꼈던 감각이다.

어깨 위에 무엇을 걸치냐에 따라 사람들의 태도가 달라졌다. 어제는 저를 보며 웃던 얼굴들이 오늘은 시선조차 주지 않고 스쳐 가는 기분은 서늘함을 넘어 버석거리기까지 했다.

'아. 이겨낸 줄 알았는데.'

아니었나 보다.

으슬으슬 떨리는 몸을 양팔로 감싼 채 이불속으로 깊이 파고들었다. 눈을 감고 그때 그 시절 그랬던 것처럼 오지도 않는 잠을 청했다. 눈을 뜨면 몸은 멀쩡해져 있을 것이라고. 그러면 제 옆에는 다시 그가 있을 것이라, 그리 중얼거리며.

얼마나 잤을까. 혹은 자는 것처럼 혼절을 한 것일까. 까맣게 점멸되었던 눈앞에 빛이 어른거리기 시작했다. 무거운 눈꺼풀을 밀어 올리자 눈앞에 얇은 막이 씌워진 것처럼 앞이 흐렸다. 깜빡, 깜빡, 몇 번이고 눈을 깜빡이자 그제야 시야가 또렷해지기 시작했다.

"……부인?"

멍하니 앞을 보던 설란은 낯익은 목소리에 남아 있던 잠기운마저 떨쳐 버리고는 목 끝까지 덮여 있던 이불을 걷어냈다.

점점 얇은 이불로 바뀌던 것을, 도아가 한겨울에나 덮던 이불을 꺼내온 탓에 힘이 빠진 손으로 걷어내느라 애를 먹어야 했다. 햇빛에 잘 말린 천이 바스락 소리를 내며 엉망으로 구겨졌다. 그 손길이 일견 다급해, 지환은 당혹감을 감추지 않으며 설란에게 다가왔다.

정말이지.

가장 먼저 든 생각은 그 한마디다. 정말이지, 어떻게 이럴 수가 있을까.

눈을 감기 전에 한 생각은 하나였다. 다시 눈을 뜨면 그를 볼 수 있을 것이라는 생각. 그러나 다 나은 뒤에야 볼 수 있을 것이라는 한숨을 거둬가기라도 하려는 듯 정말 눈을 뜨자마자 바로 앞에 지환이 있었다.

평소라면 그저 그가 왔구나, 싶었을 일이다. 그런데 몸이 아파서일까. 눈을 뜨자마자 보이는 사람이 그라는 사실 하나에 왜 이리 감정이 복받치는지 모를 일이다.

발갛게 달아오른 설란의 눈가를 어떻게 해석했는지, 지환이 놀라 다가왔다.

"어디 아픕니까."

"아니, 아…… 여긴 어떻게……."

머리가 아직도 어질거리는 걸 보면 몸이 다 낫지 않은 게 분명했다. 대외적으로 감기 몸살이 옮을 수도 있으니 안채는 출입 금지일 지환이 눈앞에 있으니 의아해하는 것도 당연했다. 놀라 동그래진 설란의 두 눈에, 지환은 부드럽게 웃으며 그녀를 다시 자리에 눕혔다.

"쉿."

검지를 입술 위에 댄 채 그는 개구진 표정을 지었다.

"몰래 들어왔습니다."

"몰래요?"

"예. 옮지 않는다고, 부인을 깨우지 않게 조용히 있겠다고 그렇게 말을 했는데 절대 못 들어간다 하기에……"

결국 몰래 들어왔다는 소리다. 평범한 사람이라면 도아와 시비들이 물샐틈없이 지키고 있을 안채에 발을 들이는 것도 불가능했을 것이다. 그러나 아무리 좋게 말해줘도 평범과는 꽤나 거리가 먼 사람이 최지환이라, 설란은 그저 슬쩍 눈을 흘겨주었을 뿐이다.

"들키면 쫓겨나니…… 시비들에겐 비밀입니다."

혹여나 밖에 들릴까 한껏 낮춘 목소리가 간질거렸다. 설란은 아픈 와중에도 그런 그의 모습에 웃음이 나와서, 비식 웃었다.

"잊으셨나요? 여인들 사이에서는 참으로 많은 '미신'이 떠돌아다니는 것을."

그 웃음 사이에 린과 나눈 대화가 떠오른 이유는 별것 아니었다. 대화를 나눈 그 순간부터 반복해서 생각했으니 떠오르지 않는 게 더 이상한 일일 것이다. 그러나 왜 하필 이 순간, 그때의 대화와 함께 끝난 것은 아무것도 없음을 깨달은 것일까. 누가 묻는다면 그녀는 그저 눈을 감은 채 역시, 라고 중얼거릴 수밖에는 없었다. 어질거리는 머리와 욱신거리는 온몸, 그 와중에 약해져 버린 정신이 또다시 최악의 수를 떠올렸다 중얼거리면서.

사리 판단이 제대로 되지 않았다. 생각들이 한데 엉겼다가 또 흩어지며 머릿속을 흐릿하게 만들었다. 이런 상태로 대화를 하면 안 된다는 것쯤은 그녀가 가장 잘 알았다. 그러나 열에 들뜬 입술은 제멋대로 움직여 그를 불렀다.

"청월."

자신이 부르니 여지없이 돌아오는 두 눈에 가득 담긴 것은 애정이었다. 그것에 흔들리지 않았다면 거짓일 것이다. 그러나 이제와 흔들리기엔 너무 많은 것들을 떠올리고야 말았다.

"일전에 그리 말했죠. 내 의견을 묻겠다고. 내 생각을 듣고, 같이 행동하자고. 내가, 몸이 회복되자마자 떠나야 할 것 같다 말한다면…… 어떨 것 같아요?"

"같이 떠나면 그만입니다."

"혼자 가야겠다면요?"

아. 시선이 변했다. 설란은 눈앞이 어질거리는 와중에도 멍하니 그런 생각을 했다. 저를 바라보는 그의 시선은 비를 머금기 시작한 마른 땅처럼 어두워져 있었다. 저런 눈을 언제 봤던 것 같아 기억을 더듬던 설란은 어렵지 않게 깨달았다.

자신이 저주받았다 말하던 그때의 눈을 닮았다는 것을.

"이유를 물어도 됩니까?"

이유라.

"나는 왕족이에요."

"부족합니다."

"이 모든 일의 뒷배에는 왕가가 있어요. 그러니까…… 아주 높은 확률로."

"부족합니다."

"나는……."

그 뒷말은 참으로 뱉기 어려운 것이라, 설란은 질끈 눈을 감았다. 있을 리 없는 발목의 족쇄가 팽팽하게 당겨지는 기분이었다. 자신을 옥죄이던 것들로부터 벗어나 훨훨 날아올랐다 생각했던 것이 거짓 같다. 눈을 돌리니 족쇄는 여전히 그 자리에서 저를 보며 비웃고 있어서, 결국 휘어지는 눈가가 슬펐다.

"청월, 그대의 족쇄가 될 거예요. 저주만 해도 봐요. 최가는 왕가가 받아야 할 신벌을 대신 받은 셈이에요."

받지 않아도 되었을 벌을.

"상관없습니다."

"왕가는 나를 앞세워 최가에 수많은 것들을 요구할 테고, 그건 시간이 흐를수록 견디기 힘든 일이 될 테니, 그러니까……."

쾅!

주먹으로 바닥을 내리치는 소리가 요란했다. 그 요란스러움에 설란의 두 눈이 동그래졌다. 치밀어 오르는 화를 누르기 위해 한 일이었는지 움켜쥐고 있는 지환의 손이 가늘게 떨리고 있었다. 안 그래도 단단한 바닥이다. 돌을 깔고 흙을 덮었으니 그 고통이 쉽게 짐작되지 않았다. 자신이 아프다는 것도 잊고 몸을 일으키려 다급히 손으로 바닥을 짚던 설란은 그대로 제게 다가오는 이의 모습에 그 자리에서 굳어버렸다. 자신은 저주받았다 말할 때보다 더 고통스럽게 일그러진 낯이 너무 낯설어서.

설란의 앞까지 다가와 앉는 움직임은, 그러나 조심스러웠다. 그는 그녀를 다시 눕혔다. 이불을 가슴께까지 덮어주는 것도 잊지 않았다.

"부인이 내게 했던 말을 그대로 하겠습니다. 부마도위는 재가가 안 될뿐더러, 이제와 부인 말고 다른 여인과 함께할 생각은 전혀 없습니다."

애당초 죽고 싶다 했던 목숨입니다. 그걸 살려낸 건 부인이니, 책임져야 할 겁니다.

그렇게 말하는 그의 두 눈이 이글거리고 있었다. 손과 눈이 따로 논다는 표현은 이럴 때 쓰는 것일 게 분명했다.

"떠나고 싶다 하면, 좋습니다. 하지만 혼자서는 절대 안 됩니다. 도망가면, 대륙 끝까지라도 쫓아갈 생각이니 그리 알고 계십시오."

"못 찾을지도 모르는데요?"

"평생이 걸려도 찾아낼 겁니다."

"왕가가 연관된 일이라면, 나 역시 연관되어 있다는 뜻이에요."

"그렇다면 평생 제 곁에서 사라지지 마십시오."

그것만으로도 충분하다는 그의 말에 설란은 푸스스 웃고야 말았다.

"정말이지 누가 그런 말을 가르친 거예요."

"부인이잖습니까."

설란은 어렵지 않게 제 과거를 되짚었다.

"음. 그렇네. 알았어요. 청월, 그대 곁에 딱 달라붙어 있을게요. 그래서 몰래 들어와 무얼 하고 있었는데요?"

"그림을 그리고 있었습니다."

"……그림이요?"

살짝 위로 올라간 목소리에 의아함이 가득 담겨 있다. 그도 그럴 것이, 설란은 지환이 그림을 그린다는 말을 처음 들었다. 난을 치는 것도 아니고, 그림이라니. 결과물이 궁금해진 그녀는 다시 몸을 일으켰다. 팔꿈치로 바닥을 짚은 채 상체를 일으키는 그녀의 모습에 지환이 화드득 놀라며 설란의 등을 받쳐 주었다. 지환에게 상체를 그대로 기댄 설란은 그의 어깨 너머로 보이는 화선지에 눈을 빛냈다.

새하얀 화선지 위에 조심히 덧댄 선들은 한 여인의 뒷모습을 그려내고 있었다. 종종 땋아 내린 머리칼과 그 끝에 매달려 있는 댕기. 여인은 때론 꽃이 만발한 곳에 서 있었고, 때로는 커다란 벚꽃나무 아래에서 손을 허공으로 뻗은 채 즐거워하고 있었다.

"나예요?"

부끄러워서인지, 큼큼, 헛기침하는 소리만 들려올 뿐 대답은 없었다. 그러나 천 마디 말보다 어쩔 줄 몰라 하는 손짓 몸짓이 때로는 더 많은 말을 하는 법이다. 그의 어깨에 걸쳐 있던 팔을 움직여 어깨를 끌어안자 움찔하는 것이 참으로 정직한 반응이 아닐 수 없다. 설란의 눈이 가늘어졌다.

"흐응. 내 뒷모습을 이리도 자세히 봤을 줄은 몰랐는데."

앞으로는 뒷모양에 신경을 좀 써야겠다는 설란의 장난스러운 말에 지환의 양 볼이 붉게 달아올랐다.

"언제나……."

반쯤은 끌어안고 있는 상태에서도 잘 들리지 않을 정도로 목소리가 작았다. 설란은 그의 말을 조금이라도 자세히 듣기 위해 그의 어깨에 손을 짚은 채 상체를 일으켰다.

"언제나?"

"언제나, 보고 있습니다."

그리 말하는 이의 두 눈에 온기가 가득하다. 귓가에 와 닿는 말이 너무 달아서, 설란은 저도 모르게 움찔 몸을 떨었다. 방금 전까지만 해도 인식조차 못 했건만 그의 어깨를 짚은 손이, 제 허리를 감싸 안은 단단한 팔을 의식하게 되자 이 자세가 더없이 불편하게 느껴졌다. 맞닿은 곳마다 열꽃처럼 화끈거리는 것도 같았다.

"봐도 봐도 충분치가 않아……."

이젠 얼굴이 뜨거운 이유가 제 볼을 감싸는 지환의 손 때문인지, 아니면 몸살 때문인지도 모르겠어서, 설란은 가쁜 숨을 뱉어냈다.

"저도 모르게 이리 욕심을 냅니다. 그러니 다시는, 꿈에서라도 그런 말은 하지 마십시오."

이마 위에 조심스레 내려앉는 서늘함이 기분 좋았다. 아주 어릴 적 맞았던 첫눈인 것 같아, 설란의 눈꼬리가 접혔다. 이마 위에서부터 점점이 내려앉는 입술은 콧잔등을 지나 이윽고 설란의 입술을 조심스레 가르고 들어왔다. 뜨겁게 달궈져 어찌할 줄 모르던 입안을 훑어 내리는 차가움이 기분 좋아, 푸흐- 소리를 내며 웃었다. 그러자 입을 맞추는 와중에도 저와 시선을 맞추던 지환의 눈이 가늘게 접혔다.

화끈거리던 치열을 하나하나 두드리는 혀가 마치 장단을 맞추는 것 같았다. 잠시 설란의 온기를 뺏어가던 입맞춤은, 가느다란 손이 팔을 붙잡자 점차 깊어졌다. 저를 놓치지 않겠다는 듯 바짝 붙어오는 입술이 기꺼웠다. 어찌할 줄 모르는 아이처럼 허리를 바짝 당겨오는 손이 그저 좋았다.

그렇게 무언가에 쫓기듯 서로를 탐하는 열기가 방 안을 가득 채웠다. 마치 서로를 녹여 버릴 듯이.

박자를 세기 어려울 정도로 심장이 빠르게 뛰었다. 그 두근거림이 너무 선명해, 온몸이 진동하는 것만 같았다. 도포 자락을 움켜쥐는 손에 바짝 힘이 들어갔다. 손마디가 하얗게 질릴 정도로.

＊

의원의 말처럼, 그리고 설란의 예상처럼, 그녀는 이틀 만에 자리를 털고 일어났다.

"여우는 잘 돌봐줬어요?"

이틀 만에 보러 와 묻는 것이 여우다. 지환은 이걸 어떻게 해석해야 할지 모르겠다는 표정으로 대답했다.

"잘 먹고, 잘 자고, 잘 놀더군요."

제 손으로 밥을 주거나 재워주거나 놀아주지는 않았지만 옆에서 챙겨주는 사람이 한둘이 아니니 여우도 만족했을 터. 알게 모르게 시비들의 사랑을 듬뿍 받고 있는 여우를 떠올리며 지환은 그렇게 생각했다.

퉁명스러운 목소리를 못 알아차릴 설란이 아니다. 정말이지, 이럴 때 보면 어린아이 같다는 생각이 절로 들어서, 설란은 샐쭉 웃으며 지환의 얼굴 앞에 손을 휘저었다.

"낭군께서도 잘 지냈고요?"

설란은 그리 말하며 눈동자가 보이지 않을 정도로 활짝 웃었다. 숱 많은 속눈썹이 팔랑거리는 게 사랑스러워, 지환은 저도 모르게 손을 뻗어 그녀의 눈가를 어루만졌다.

"아직도 적응이 안 됩니다. 더는 고통받지 않는다는 사실이, 매일 밤낮으로 믿겨지지가 않아 때론 부인이 보이지 않을 정도로 먼 곳까지 말을 몰고 나가기도 했습니다."

그렇게 몇 번이고 확인한 뒤에야 다른 것들이 눈에 들어오기 시작했다. 여우와, 저주와, 인과관계에 대한 것들이.

"청월. 그에 대해 할 말이 있어 왔어요."

"그럴 것이라 생각했습니다."

"몸이 안 좋았을 때도 말했었는데. 기억해요? 아직까지는 내 생각에 불과하지만……."

설란은 잠시 말끝을 흐렸다. 어디서부터 어떻게 얘기해야 할지 모르겠다. 앓아누워 있는 동안 정리해 보고자 했으나 결국에는 포기했다. 어떤 식으로 말해도 그가 받을 상처가 덜어지지 않을 것임을 알기 때문이었다. 제가 그러했다. 모든 이들이 자신의 가치를 입에 담을 때, 실은 그 가치가 오라버니를 위해 존재했다는 것을 깨닫자 그리 듣기 좋았던 말들이 한순간 빛을 잃었다. 돌덩이보다도 못한 말들을 들으며 웃는 것도 고역이었다. 화려하게 포장된 말일수록 그 속은 형편없다는 사실을 알아가는 시간들은 얼마나 지독했던가. 그래서 그녀가 뱉은 말은 단순하면서도 직설적이었다.

"왕가가, 이번 일에 개입되어 있는 것 같아요."

"예."

그리 답하는 그의 얼굴은 평온했다.

"이미 알고 있겠지만…… 지금부터 내가 하는 얘기는 기밀이에요. 나를 포함해서 아는 이는 열 명도 채 되지 않아요."

"곤란하다면, 말하지 않아도 괜찮습니다."

"아뇨. 이미 돌이킬 수 없다는 걸 청월, 당신도 알잖아요."

돌아가기에는 너무 멀리 와버렸다.

한때 세상의 전부였던 얼굴들이 떠올랐다, 그대로 사라졌다. 가장 오래 저를 바라본 시선은 할마마인 정명대비였다. 어릴 적에는 저를 끌어안고 가엾은 것, 이라 수없이 중얼거렸던 정명대비는 그녀를 제 무릎에 앉히고 이런저런 얘기하는 것을 좋아했었다.

그러나 이미 그 시간들은 지나가 버렸다.

"나는 때로, 아니, 꽤 오랜 시간, 삶의 절반 이상을 오라버니로 살아왔어요. 그 이유가 무엇일 것 같아요?"

밑을 응시하던 시선이 들렸다.

사회적인 통념이란 것은 때로 생각했던 것보다 강한 법이다. 왕실에서 적극적으로 설란과 설호에 대한 얘기를 퍼뜨려 온 것이 십팔 년이다. 아이가 어른이 될 정도로 긴 시간 동안 끊임없이 반복된 이미지는 그대로 관념적으로 굳어버렸다.

태어날 때부터 허약해 왕실에서 극진하게 보호하는 공주, 자설란과 문무에 출중한 재능을 보이는 세자, 자설호에 대한 것도 그러했다. 너무 당연하게 생각하던 것을 부정하는 것은, 때로 수많은 단서들을 눈앞에 두고도 인지조차 못할 만큼 어려운 일이다.

"어째서, 내가 그래야 했을 것 같아요?"

지환은 며칠 전, 여우에게 했던 말을 주워 담고 싶어졌다. 단순히 아름다운 털가죽을 얻기 위해 벌어진 일이 아니다. 조금 더 큰, 무언가를 위해 일어난 일이었다.

둥글게 난 창을 통해 새가 지저귀는 소리가 흘러들어 왔다. 고작 창 하나를 사이에 두고 그저 화사한 바깥과는 달리 방 안 세계는 엉망으로 무너지고 있었다.

익숙한 광경이다. 구 년간 경험해 온 간극이니 익숙한 것이 당연했다. 그 와중에 가장 먼저 든 생각은 설란에 대한 걱정이었다. 앞으로 뻗어가는 손이 대중없었다. 왜 들어오자마자 이렇게 하지 못했을까. 속으로 스스로를 타박하며 그는 그녀를 끌어안았다.

값비싼 옷감이 맞부딪치는 사각 소리가 유달리 크게 들렸다. 왕족들은, 그중에서도 조금 특별한 왕족들은 날 때부터 공통적으로 배우는 것이 있다. 태어나길 고귀하게 태어났으니 아랫사람들을 보살피고 백성들을 가련히 여겨 그들을 사랑해야 한다고. 그리하여 나라를 부강하게 만드는 데 일조해야 마땅하다고.

설란도 그런 교육을 받았을 왕족이다. 심지어 그녀는 공주로서는 배웠을 리 만무한 검술과 마술(馬術), 궁술(弓術)까지 익혔으니 아마 자하국 역사상 그녀를 뛰어넘는 공주는 없을 터. 자신도 그녀의 도움을 받아 이리 숨 쉬고 있지 않은가.

그런 그녀를, 지켜주고 싶었다. 품 안에서 가늘게 떠는 어깨를 더는 보고 싶지 않았다.

"몸이 약했던 것은 부인이 아닌, 세자저하시겠군요."

품 안에서 끄덕이는 고갯짓은 나비의 날갯짓만큼이나 미미했다. 그 작은 움직임을 놓치지 않은 지환은 천천히 설란의 머리칼을 쓸었다.

"세자저하께서……."

그것이, 모든 일의 시작이었다.

첫울음을 울었던 순간부터 제게 씌워진 굴레를 다시금 느끼며, 설란은 눈을 감았다. 지환은 그런 그녀의 어깨를 조심스레 감싸

안았다. 설란이 앓아누운 며칠간 그가 내린 결론 역시 같았다.

어떻게 의심조차 안 했을까.

세자의 복식을 한 설란을 처음 본 순간부터 이상함을 느꼈었다. 그녀가 제 검을 받아내는 것에 놀라면서도 깊게 생각하지 못한 것이 우스울 정도다.

설란이 아닌, 세자가 태생적으로 약했다는 전제가 이 모든 얘기의 시작점이었다. 언제 죽을지 모를 정도로 약했던 것은, 세자였다. 그렇다면 그녀는 대체 언제부터 이 연극을 계속하고 있었단 말인가.

설란의 어깨를 끌어안은 지환의 손에 힘이 들어갔다. 그리 사랑받는 공주이면서 왕에게 말 한마디 못 하느냐 생각했던 과거의 제게 화가 났다. 자신의 고통에만 몰입해 방 안이 그저 세상의 전부였던 좁은 식견에 열불이 났다.

"나는……."

그의 어깨에 얼굴을 파묻은 채, 설란이 속삭였다.

"아니라고 믿고 싶어요."

그럼에도 사실이 아닐 것이라 믿고 싶었다. 바닥이 없는 늪에 빠지는 것과 같았다. 사건의 진상을 파헤치면 파헤칠수록, 진실은 입을 쩍 벌린 채 자신을 집어삼키기 위해 다가온다. 궁에서 겪었던 일이 전부라 생각했다. 술을 입에 대면 어째서 제게 세자로 태어나지 못했느냐 한탄하는 혜조의 모습과, 오라비의 것을 빼앗고 태어났다며 화를 내는 효연왕후의 고함을 듣는 것이 제가 겪을 수 있는 바닥이라 생각해 왔다.

그랬는데.

붉게 흐드러진 란꽃송이

"만약 정말 오라버니를 위해 서풍이 나선 것이라면, 나 역시 당신을 볼 낯이 없어, 무어라 사죄를 해야 할지……."

그보다 더 밑으로 가라앉는 것은 얼마든지 가능하다 속삭이는 소리가 새까맣다. 속에 커다란 돌덩이가 꽉 들어찬 기분이었다. 자신의 입에서 뱉어지는 말들임에도 목소리가 낯설기 그지없다. 다른 누가 제 입을 빌려 말하고 있는 기분이었다. 무슨 말을 해야 할까. 결국 왕가가 이 모든 사달을 낸 주범이라고? 왕실의 일원인 자신도 그 죄에서 자유로울 수 없으나 부디 용서해 달라고?

죄인처럼 속죄하는 설란의 모습에 지환의 눈에서 불이 튀었다. 설란의 턱을 들어 올리는 손이 다급했다. 수없이 경험했기에 알고 있다. 자신을 비난하기 시작하는 순간을 쉽게 넘기면 안 된다는 것을.

어둡게 일렁이는 두 눈은 초점이 흐렸다. 마지막 보루가 무너진 사람의 비통함이 거기에 있었다. 지환의 입가가 일그러졌다.

"내가 있겠습니다."

까맣게 물들은 설란의 시선이 소리 없이 묻는다. 자신을 원망하지 않느냐고. 언제고 어느 때고 당당하기만 했던 여인이 무너지는 모습을 보는 기분이란.

"나를 봐."

뱉어지는 목소리가 거칠었다. 그럼에도 여전히 초점 없는 눈은 흐렸다. 지환은 문득 불안감에 휩싸였다. 그 이유는 그리 멀리 갈 필요조차 없었다. 몇 달 전의 자신의 모습을 들여다보면 그만이었으니.

자신을 세상에 붙들어놓는 것이 아무것도 없다는 기분을 알고 있다. 가장 가깝다 생각했던 피붙이에게 배신감을 느낄 때 어떤 생각이 드는지 너무도 잘 알고 있었다. 그걸 너무 잘 알아서, 그 처절함을 그녀가 느끼고 있다는 사실에 지환은 미쳐 버릴 것만 같았다.

꾹 다문 채 아무런 말도 뱉지 않는 입술을 집어삼킨 것은 그러한 이유에서였다. 벌어지지 않는 입술 끝을 살짝 물어 그 사이로 파고드는 혀가 다급했다. 치열을 훑어 내리며 목을 받치는 손이 뜨거웠다.

나를 봐.

열기를 담은 두 눈은 그렇게 외치고 있었다. 혀를 옭아매고 입천장을 간질이는 감각에 설란이 깜빡, 눈을 감았다 떴다. 숨이 찰 정도로 격렬한 입맞춤에 혼미해질 틈도 없었다. 도망가기라도 하면 가만두지 않겠다는 듯 일렁이는 두 눈이 바로 코앞에 있었으니 말이다.

"읍……!"

숨이 막힌다는 뜻으로 어깨를 몇 번 치자 그제야 지환의 눈이 반달로 휘어졌다. 살짝 벌어진 입술 사이로 들이켜는 숨이 달았다. 입안이 얼얼할 정도로 해댔으면서 세상 기쁘다는 듯 웃고 있는 그에게 대체 무엇부터 말해야 할지 알 수가 없어, 설란은 눈을 흘겼다.

"정말이지!"

"부인께서 잊을까 싶어 다시 말하는데, 부마도위는 재가가 허용되지 않습니다."

지환은 언젠가 제가 했던 말을 그대로 옮겨왔다.

"그게 무슨……."

"혹여나 나를 두고 어딘가로 가버릴 생각은, 꿈에도 하지 말라는 뜻입니다."

귓가에 바짝 다가온 입술이 움직이는 감각이 선연했다. 목소리는 열기에 휘감겨 있었다.

"잊었습니까?"

설란은 생각했다. 고개를 들어 저를 바라보는 지환의 두 눈이 조금 위험한 것 같다고.

"도망갈 기회는 이미 끝났다는 것을."

머릿속에서 실타래처럼 얽히는 생각들은 많았으나 그중에서 뽑아낼 수 있는 것은 단 하나도 없었다. 그녀가 겨우 뽑아낸 말은 고작 물음이었다.

"억울하지 않아요?"

그중에서도 가장 절망적인 사실은 왕가가 진 죗값을 지환이 대신 받았다는 사실을 아는 이가 없다는 것이었다. 혜조도, 효연왕후도, 심지어 자설호마저도 백여우의 저주에 대해 알지 못할 것이다. 그렇다면 대체 어떻게 해야 할까.

"단 한 명. 저는, 단 한 명만 필요하답니다."

린의 목소리가 머릿속을 울렸다. 죄를 지은 이만 내어놓으라는 구미호의 말이 발끝을 붙든다. 마치 깊은 수렁에 빠진 것 같이 제 팔을 붙들어오는 설란을, 지환은 온 힘을 다해 끌어안았다.

"……울지 마십시오, 부인. 억울하지 않습니다. 억울함은 왕가가 토로해야 할 겁니다."

그 이해 못 할 말에, 설란이 고개를 들었다. 뚝, 떨어지는 눈물을 입술로 훔치며 지환은 조용히 속삭였다.

"자하국에서 가장 뛰어난 여왕이 되었을 그대를, 내게 보냈으니."

기어코 설란을 햇살처럼 웃게 만든 지환은 많이 지쳐 버린 그녀를 자리에 눕혀준 뒤 여우를 찾아 나섰다. 그리 어려운 일은 아니었다. 그날 이후로 여우는 린, 혹은 무명의 곁에 있었으니 말이다.

"잠시 얘기 좀 하지."

무명이 머무는 방문을 열자, 입만 벌린 채 당과를 받아먹던 여우의 귀가 쫑긋거렸다. 그 입에 열심히 당과를 한 알 한 알 넣어주던 무명도 놀라 손에 들고 있던 것을 뚝, 떨어뜨렸다. 덕분에 당과로 조그마한 코를 얻어맞은 여우가 뒤로 펄쩍 뛰며 꼬리를 곧추세웠다.

"으아아― 미안, 미안."

혹여 여우가 또 울기라도 할까 사과를 뱉어내는 얼굴이 다급했다. 여우의 울음이 무서운 건지, 그 울음을 듣고 화를 낼 누이가 무서운 건지는 모르겠으나 온 힘을 다해 여우를 달래는 데 성공한 무명이 눈을 뾰족하게 뜨며 지환을 타박했다.

"아, 도령이 무슨 귀신이야? 기척 좀 내고 다녀."

"할 말이 있다."

"응? 나? 무슨 말인데?"

아니.

지환이 고개를 저었다. 그의 시선이 여우에게 가 박혔다.

할 말이 있는 건 이쪽.

그 조용한 목소리에, 혀로 앞발을 핥는 데 열중하던 여우가 고개를 들었다. 뾰족한 코가 지환의 의중을 짐작하기라도 하려는 듯 찡긋거렸다.

"그러니 자리 좀 비켜주면 좋겠는데."

이번에야말로 무명에게 한 말이었다. 손바닥을 뒤집듯, 순식간에 금괴를 수레로 받는 귀한 몸에서 방해꾼이 되어버린 무명은 억울함을 감추지 않았다. 비록 금은보화를 탐하긴 했으나 그 반짝이는 녀석들을 싫어하는 인간이 세상에 어디 있단 말인가! 물론 자신은 신이었지만, 그건 그리 중요한 것이 아니니 넘어가고. 무명은 새침하게 고개를 팽 돌리고는 문 쪽으로 쿵쾅거리며 걸어갔다.

"말 안 해도 나갈 생각이었거든! 도령, 사람이 그러는 거 아냐!"

콰앙-

있는 힘껏 문을 닫고 나가는 무명은 기억하지 못하는 것이 분명했다. 지환은 그에게 단 한 번도 살려달라는 말을 꺼낸 적이 없다는 사실을.

푹신한 방석 위에 또르르 몸을 말고 있는 여우에게 다가가는 걸음이 무거웠다. 발이 무언가에 잡아끌리는 기분이다. 문턱에서 방석까지, 그 짧은 거리가 끝나자마자 뱉어야 하는 말이 무엇인지 이미 알고 있기 때문일 터다.

"아버님이냐."

여우를 앞에 둔 지환은 바로 본론을 꺼내 들었다. 자리에 앉지도 않은 채 묻는 물음은 다급해 보이기까지 했다. 여우는 감았던 눈을, 한쪽만 뜨며 되물었다.

[무어?]

"일전에, 죽임을 당할 때 맡은 냄새를 따라 내게 들러붙었다 했지. 지신(地神)과 반신(半神)이 며칠간 아무것도 하지 않은 채 시간이나 죽였을 리 만무하지. 그렇다면 무엇을 했을까."

여우는 무엇에 집착했는가. 짐작하는 것은 어렵지 않았다.

"아버님이냐고 물었다."

[……]

여우의 침묵에 지환은 무언가 짐작한 낯으로 말을 이었다.

"생각해 봤다. 백여우 사냥에 대해서. 어째서 그런 생각을 못 했을까 싶을 정도더군. 백여우는 찾기도 힘들뿐더러 잽싸면서 꾀가 많아 사냥꾼 중에서도 노련한 이가 아니라면 잡을 수 없는 것으로 유명하다는 것을 잊고 있었어. 그렇다면 모든 얘기가 들어맞는 경우는 하나로 좁혀지지. 최가의 사내가 직접 활시위를 당긴 것이 아니라면, 꽤나 머리 좋은 사냥꾼이 반신의 분노를 피하고자 손을 썼다는 것으로. 하나 가장 큰 의문이 풀리지 않더군. '왜?' 최가는 무슨 이유로 백여우를 사냥해야만 했는가?"

여우는 고개를 들어 지환을 바라봤다.

아무런 정보도 없이 단순한 추리만으로 여기까지 도달했다는 사실에, 여우는 순수하게 놀랐다. 지환의 말은 여우 역시 품고 있던 의문이었다. 목숨을 잃고 분노와 좌절, 그리고 슬픔과 고통에 정신을 놓았을 땐 여우 역시 이성적인 판단을 하는 것이 불가능했다. 여우는 그저 감히 저를 죽인 인간의 피에 반응해 제 화를 풀어놓았을 뿐이었다. 그런데 저주가 풀리고, 이성이 돌아오고, 지환의 말을 들었을 때 여우는 처음으로 당황했다.

'열한 살짜리가 어찌 활을 당겨 백여우를 잡았을까.'

여우는 당황했고, 분노했다. 누구인지 알 도리는 없었으나 감히 반신을 죽음에 이르게 하는 것으로도 모자라 그 사실을 은폐하려 하다니. 죄가 깊었다. 깊고도 깊어 죽음으로도 갚을 수 없을 정도였다.

며칠간 무얼 했냐고? 여우는 그 혼란스러웠던 시간을 되짚다 팽 고개를 돌렸다.

"무엇을 알아냈지?"

여우는 코끝을 찡긋거리며 지환에게 단서 하나를 던져 주었다.

[……신력.]

"……신력?"

[그래. 인간들이 좋다고 떠들어대는 신들의 얘기 중에서도 가장 입에 많이 오르는 것이 바로 신력이니라.]

"신(神)이라."

[흔하지 않더냐. 하늘신이 내려와 호국을 세우고, 봉황이 여인에게 반해 자하국을 세웠다는 그런 얘기들은. 그런 것들은 증좌가 없으나 신력은 증좌가 있지 않느냐.]

"무녀를 말하는 것이로구나."

지환의 말에 여우의 꼬리가 지환의 발목을 두드려 주었다. 나름대로 잘했다는 칭찬이었다. 기껏해야 제 품 안에 들어오는 여우가 칭찬해 주는 기묘한 상황에 지환의 눈썹이 들썩였다. 그가 기분이 묘하건 말건, 기특한 인간을 칭찬해 준 여우는 속으로 뿌듯함을 느끼며 말했다.

[그래. 무녀가 **존재**함으로써 인간들은 그나마 신에 대한 믿음을 완전히 저버리진 않고 있지. 믿음이라 표현하기에도 무색할 정도긴 하지만 말이다. 어찌 되었건, 그 신력에 대해 떠도는 얘기 중 가장 유명한 것이 무엇인지 아느냐?]

얼마 전이라면 몰랐을 것이다. 저주에 고통받고 세상사에 귀를 닫았던, 그때의 그라면 여우의 말을 짐작조차 못 했을 것이다. 그러나 가례를 올린 후 그는 변했다. 가장 많이 변한 것이 여인들의 소문에 귀를 기울이기 시작했다는 점이다. 초야 때 설란이 가볍게 했던 얘기를 잊지 않고 있었던 그는 혹여나 따로 주의해야 할 일이 있을까 싶어 몇몇 소문들을 알아봤었다.

그중 하나가…….

지환은 아찔함을 느꼈다. 설란이 했던 말들은 의심이 아닌 사실이었다. 아무렇지도 않던 입안이 버석거리기 시작하는 것을 느끼며 그는 천천히 입술을 뗐다.

"수명."

이젠 지환을 바라보는 여우의 시선이 마치 장성한 자식 보듯 뿌듯함이 가득했다. 귀한 몸을 일으킨 여우는 직접 지환의 발치까지 종종걸음으로 걸어와, 버선 위에 앞발을 턱 올렸다. 말랑말랑한 여우의 발은 심지어 따뜻했다. 이걸 치워야 해, 말아야 해, 복잡한 심정인 지환을 아는지 모르는지 여우는 제 기분에 취해 꼬리 끝을 좌우로 살랑살랑 흔들며 말했다.

[영 쓸모없는 놈은 아니로고. 수명, 혹은 영생, 그것도 아니라면 건강한 신체. 아마도 쉽게 병약해지지 않는 무녀들을 보고 그런 생각을 해

붉게 흐드러진 란꽃송이

번 것일 테지.]

말이 그렇다 뿐이지, 아이에게 옛이야기를 해줄 때나 가끔 입에 담는 얘기를 진지하게 믿는 사람은 극히 드물었다. 지환은 제가 여덟인가, 아홉 살일 적 처음이자 마지막으로 보았던 대무녀를 떠올렸다.

그때까지만 해도 성도청은 궁 안에 있던지라, 대무녀는 일 년에 한 번 있는 제례 때나 볼 수 있었다. 악공들이 만들어내는 선율이 공기 중에 가득 차고, 흰 천을 손에 쥔 무녀들이 일렬로 줄지어 섰다. 무녀들이 만들어낸 백색의 길을 따라 모습을 드러낸 대무녀는 흰색과 붉은색이 일색인 무복을 입고 있었다.

오십이 넘었다던 나이가 무색한 여인이었다.

어린 나이에도 아비의 바지 자락을 붙들며 저분이 대무녀가 맞느냐 확인할 정도로 하늘을 향해 기원하는 대무녀는 아름다우면서도 위엄 있는 존재였다.

인간 중에서는 가장 많은 신력을 타고났다던 여인의 그 기세.

왕은 그녀에게서 옛 이야기를 엿보기라도 한 것일까.

[그러나, 보통 저잣거리 소문만 듣고 거기까지 짚어버리는 인간은 몇 없느니라.]

새까만 두 눈은 분노하는 것 같기도, 재미있어 하는 것 같기도 했다. 여우가 수련을 위해 대낮에도 눈이 쌓여 있는 산속으로 들어간 것이 벌써 반백년 전의 일이다. 그즈음의 인간들은 참으로 순했었는데, 짧은 시간 동안 인세(人世)는 많이도 변했다. 여우는 어리석은 인간들을 탓하듯, 혹은 가르치듯 낮게 깔린 목소리로 중얼거렸다.

[그리 생각해 버는 영특함은 둘째로 치더라도 타고난 것도 아닌, 감히 반신의 신력을 손에 넣겠다는 발상 자체가 괘씸하지 않느냐. 그것이 인간에게 무조건 좋을 것이다 그리 생각한 게지. 쯔쯔쯔.]

"무슨 의미지?"

[말 그대로의 의미니라. 감히 누가 탐하였는지는 알 도리가 없으나, 그 삶이 평탄치는 않았을 터.]

"자세히 설명해."

[쯧……. 모르겠느냐? 버 저주를 받은 네가 얼마나 강해졌는지? 버장이 러져도 살아날 정도로 끈질긴 생명력이 바로 반신의 신력이니라. 고작 작은 육포 한 점을 입에 댔다고 그리되었다.]

입안이 바싹 말라왔다. 그 뒤에 이어질 말을 직감하니 몸이 가장 먼저 반응했다. 서늘해지는 등골에 지환은 제가 품에 끌어안고 있는 여우를 집어 던지고 싶다는 충동을 누르기 위해 애를 써야만 했다.

[기축을 몸에 두르고자 한 일이 아니라면 단연코 버 모든 육신을 푹고아 먹었을 터.]

"……그 말은……."

[오래 살 것이다. 병약했다면 건강해졌을 것이고, 자리보전할 정도의 나이였다면 회춘이라도 한 것 같겠지. 그러나 때때로 몸을 쳐어뜨는 고통에 시달려 왔을 게야. 차라리 죽는 것이 더 낫다 싶을 시간을 보버며 신께 빌었겠지. 감히 신이 될 이를 입에 댄 것으로도 모자라 용서를 구하며 신께 기원했을 터. 뻔뻔스럽게도 말이야.]

그리 비참히 삶을 이어온 이를 봐야겠다며, 여우는 웃었다.

새빨간 분노가 그 미소에 있었다.

＊

설란은 수많은 시간을 헤매왔다. 눈을 감은 채 걸어온 길이 그만큼 길었다. 그럼에도 견뎌온 것은 오라비를 위한 일이라 여겼기 때문이었다.

최근 몇 년간은 서먹서먹해져 버렸지만 설호는 그녀에게 있어 한배에서 태어난 동복남매 그 이상의 의미였다. 당의와 치마를 입을 때면 서로가 서로를 감싸 안았다. 거울을 보는 것보다 서로를 보는 것이 더 똑같다며 웃기도 했었다.

자신의 존재를 증명해야 했던 그 긴 세월을 견딜 수 있었던 것은 설호가 있었기 때문이라고 설란은 생각했다. 그렇게 십팔 년간 함께해 온 제 분신을, 이제는 등져야 한다는 사실에 그저 머릿속이 멍했다.

덕분에 그녀는 도아가 몇 걸음 뒤에서 걱정 가득한 표정으로 자신을 보고 있다는 것조차 알아차리지 못했다.

멍하니 자리에 앉아 천장만 바라보는 설란의 뒷모습에 어쩔 줄 몰라 하던 도아는 조심스레 제안했다.

"수?"

"예, 마마. 일전에 제게 물으셨지 않아요. 부마도위께 뒤꽂이를 선물 받았는데 답례로 무엇이 좋을까, 하고요. 소녀가 여러 가지를 생각해 보았는데, 역시 마마께서 직접 수를 놓아드리는 것이 가장 좋지 않을까요? 흰 손수건에 수를 놓아드리면 참으로 어여쁠 거여요."

그러고 보니 한동안 자수틀을 잡지 않았다. 그러나 한가로이 수를 놓을 때도 아니었다. 거절하려던 설란은 울망울망한 도아의 눈을 보자 마음이 약해져 그럼 한번 가져와 보라, 말하고 말았다. 잡기 전까지는 꺼려졌으나 막상 손에 잡으니 복잡한 생각을 몰아내는 데 이만한 것이 없었다. 바늘이 오고 가자 거짓말처럼 만들어지는 글자가 재미져, 설란의 입가엔 어느새 부드러운 미소가 걸렸다.

안채에 찾아온 지환이 본 것은 입가에 미소를 건 채 바삐 손을 놀리고 있는 설란이었다. 그 평온해 보이는 모습에 숨이 탁, 놓였다. 무명의 방에서 안채까지는 고작해야 몇 분 거리다. 고작 그 정도의 시간에 머릿속을 스쳐 지나간 생각들은 수십, 수백 가지였다.

안도한 티가 역력한 지환의 얼굴에, 그의 품에 안겨 있던 여우가 코끝으로 팔을 툭툭 쳤다.

[그 눈, 영 마음에 들지 아니하니 썩 치우거라.]

"시끄러우니 조용히……."

한 손으로 여우의 입을 틀어막으려던 지환의 시도는 물거품이 되었다. 말을 채 마치기도 전, 소란스러움을 느낀 설란의 고개가 들렸기 때문이었다. 엄연히 따져 묻자면 아직 초야를 치르지 않았건만, 위로 틀어 올린 머리칼을 고정하던 비녀가 스륵 미끄러졌다. 평소 화려하고 번잡스러운 것을 그리 좋아하지 않기에 아무런 장식도 없는 은비녀가 바닥에 부딪치는 소리가 유달리 컸다. 위에서 아래로 쏟아져 내리는 머리칼이 그대로 등허리에서 물결쳤다. 그 소리에 놀라 눈이 동그래진 설란의 고개는, 이내 지환을 향했다.

얼마 전까지만 해도 제게는 다른 이들과 같았던 얼굴이다. 언제부터였을까. 놀라면 동그랗게 떠지는 두 눈이, 곤란할 때면 찡긋거리는 코가, 즐겁게 웃을 줄 아는 입이 이토록 특별해진 것은.

"청월?"

지환은 제 호가 불리는 것이 이토록 기분 좋을 수 있다는 걸, 그녀로 인해 처음 알았다. 지환은 대중없이 뛰어대는 박동을 어찌해야 할지 모르는 어린아이처럼 그저 그 자리에 서 있었다. 그런 그가 답답했는지, 여우는 저를 꽉 안고 있던 팔에서 빠져나와 아래로 냅다 뛰어내렸다.

"끼우!"

마치 제가 진짜 여우 새끼라도 된 양 달려가 머리를 부비는 모습이 가증스럽기 그지없었다. 그러나 무어라 말하기엔 조막만 한 새끼 여우의 애교에 절로 녹아내리는 설란의 낯이 걸렸다. 여우의 등허리를 쓰다듬어 주던 설란은, 제 무릎 위에 자리 잡는 뻔뻔함에 한 번 웃은 뒤에야 지환을 바라봤다.

"무슨 일이에요?"

"장터에 잠시 나가지 않겠습니까."

"장터요?"

"예."

잠시 그의 의중을 짐작하려는 듯 바라보는 시선이 끈질기다. 그러나 그저 웃고 있는 얼굴에는 당해내질 못하겠는지, 설란 역시 마주 웃으며 고개를 끄덕였다. 단장을 하고 나갈 터이니 밖에서 기다리라는 설란의 말에 알겠다 답한 지환은 말과는 달리 안쪽으로 성큼성큼 들어갔다.

그리고 설란의 옆에 딱 달라붙어 있으려던 여우를 끄집어냈다.
도망가려던 여우는 꼼짝없이 지환의 손에 붙들려 끌려 나왔다.

그리하여 막 제 방으로 돌아가려던 무명이 본 것이 바로 악다
구니하는 여우와 그걸 깔끔하게 무시하는 지환이었다.

[신을 숭배하지 않는 인간이라니! 이 무슨 억장이 터지는 일이란 말인
가!]

"도령, 또 무슨 짓을 했기에 여우가 이리 억울해 캥캥거린단 말
이오?"

슬쩍 옆으로 다가와 묻는 무명을 한 번 슥 본 지환이 한숨 섞
인 목소리로 답했다.

"부인과 떼어놓았다고 이 난리다."

"거참."

지환에게 목덜미가 붙잡힌 채로 꺼이꺼이 울기 시작하는 여우
를 어찌해야 할지 모르겠단 표정으로 바라보던 무명은, 기막힌
생각을 떠올리곤 손뼉을 쳤다.

"그렇지. 신력이 좋은 것이라면 내 신력이 흘러넘치는 인간을
소개해 줄까? 천랑국의 여왕이 하늘신의 피를 이어 신력이 '하늘'
을 움직일 정도라 하던데 어떠하냐."

[되었습니다! 저는! 공주님이 좋단 말입니다!]

"……음, 어째서? 천랑국의 여왕이 신력이 더 많다니까?"

[공주님은 예쁘니까요!]

그러니 설란이 좋다며 깽깽거리는 여우를, 지환이 무시무시한
얼굴로 노려봤다.

"여우가 감히 누굴 노리는 것이냐!"

[네 이놈! 그리 말하였건만 아직도 모른단 말이냐! 난 그냥 여우가 아니라 백여우니라! 반신이란 말이다! 감히 인간 주제에 어디서 목청을 높이느냐! 벼 천벌을 버릴 것이니라! 대대손손 백여우의 저주를 버릴 것이야!]

의도치 않게 싸움을 붙인 꼴이 된 무명은 잠시 상황을 관망하는 듯하더니 슬슬 뒤로 물러났다. 세상에서 제일 재미진 것은 싸움 구경이요, 제일 번거로운 것이 붙은 싸움 말리는 것이라더라. 재미를 볼 생각은 있어도 번거로운 일을 사서 할 생각은 조금도 없는 그는 적당히 돌 위에 털썩 주저앉았다.

"하! 그래봤자 신력이라고는 쥐 톨도 안 남은 여우가 말이 많구나. 쫓아내기 전에 부인 곁으로는 오십 보 이상 다가가지 말거라!"

[고작해야 오십 년을 사는 인간이 감히 누굴 협박해! 벼, 신력만 되찾으면 네놈을 찢어죽일 것이야!]

"잘도 그러겠구나."

지환은 제게 단단히 잡혀 있는 여우를 비웃음과 함께 내려다 봐 주었다. 아무리 무섭게 봐주려 해도 뒷덜미가 잡힌 채 허공에 덜렁 매달려 있는 새끼 여우에게서 위엄을 찾기는 사막에서 바늘 찾기보다도 힘든 일이었다. 그 시선에 왈칵한 여우는 앞뒤로 몸을 흔들었다. 반동을 이용해 꼬리로 찰싹, 지환의 손을 내리친 여우는 있는 힘껏 입을 벌려 그의 손가락을 와그작 깨물어 버렸다.

순간 눈앞에서 별이 튀는 고통에 지환이 소리 없는 비명을 삼키며 여우를 놓쳤다. 설란이 막 꽃단장을 마치고 나와 본 것이 바로 지환이 이를 악물고 있고, 여우는 좋다고 캥캥거리는 그 순간이었다.

"뭐 하고 있었어요?"

늦어서 미안하다며 웃는 설란에게 아니라고 답하며 다가가려던 지환보다 빠르게 행동한 것은 바로 여우였다. 여우는 제자리에서 펄쩍 뛰었다. 조그맣지만 새까만 털 덕에 한눈에 들어오는 여우가, 심지어 펄쩍 뛰니 설란의 시선도 자연스레 여우에게 향했다.

한 번 시선을 사로잡자, 여우는 재빠르게 제 꼬리를 붙잡으려 애쓰는 것처럼 제자리에서 빙글빙글 돌았다. 그러다 끼잉, 끼잉 앓는 소리를 내며 설란의 발치에 고개를 비볐다.

"끼유우?"

털이 온통 까만 여우는 저도 제가 귀여운 걸 아는지 눈을 동그랗게 뜨곤 고개를 옆으로 기울였다. 그 모습에 홀린 설란이 비명을 내지르며 양손으로 얼굴을 감쌌다.

"이것 봐요. 어쩜 이리 귀여울 수가 있죠?"

방금 전 제 손가락을 물어뜯어 놓고는 '난 아무것도 몰라요'라고 온몸으로 말하고 있는 여우의 가증스러움에 지환이 몸을 부르르 떨었다. 애써 노력했다. 여우의 이중적인 모습에 울컥울컥 치솟는 짜증을 누르는 것은 생각보다 더 많은 인내심을 요구하는 일이었다. 그렇게 참아왔던 것이 무색하리만치, 저보다 여우를 바라보는 설란의 시선에 왈칵 설움이 터졌다.

"부인께선 저 여우 새끼가 중요합니까, 아니면 제가 중요합니까!"

제 부인을, 다른 무엇도 아닌 여우와 서로 차지하겠다고 싸우는 지환의 모습에, 무명이 손으로 이마를 짚으며 중얼거렸다.

"이건 개판도 아니고, 여우판이로구나. 여우판이야."

한참의 실랑이 끝에 지환은 여우를 제 품에 욱여넣는 데 성공했다. 옆에서 설란이 작게 웃는 것도 같았으나 일단 여우를 손에 넣었다는 것에 만족했다. 가마를 물리고 시비들도 전부 물리자 저잣거리로 향하는 길 위에는 오직 셋뿐이었다.

"내일, 시가에 가볼 생각이에요."

"그 일 때문이라면⋯⋯."

"그것도 그렇지만, 인사도 드려야죠."

이리 장성한 아들을 내게 보내줘 고맙다는 인사를. 그리 말하며 눈을 찡긋하는 설란을 바라보는 시선은 복잡했다. 설란의 삶은 엿본 것만으로도 진이 빠질 정도로 치열했다. 이미 충분히 힘든 여인이다. 그럼에도 주저앉거나 제게 기대는 대신 흙먼지가 잔뜩 묻었을 옷을 털어내며 웃어 보인다. 이제 괜찮으니 다시 가자 말하며.

그 웃음에 제 일을 얹고 싶지 않았다. 이제는 설란이 해준 것만큼 자신이 해주고 싶었다. 그러기 위해 그녀는 최가에 발을 들여서는 안 됐다.

"그곳에는, 저 혼자 갔다 올 테니 부인께서는 가지 않아도 됩니다."

평생 자라왔을 저택을 말하는 목소리가 차디찼다. 설란은 그 온도에 놀라 시선을 올렸다. 비낀 시선 속에 앞만을 바라보고 있는 사내가 들어찼다. 정면을 응시하고 있었으나 어둠을 그대로 머금은 두 눈은 그보다 더 먼 어딘가를 헤매는 듯했다. 묵직하게 내려앉은 공기를 느꼈는지, 방금 전까지만 해도 바르작거리던 여우도 잠잠했다.

그럴 리 없다는 것을 안다. 그럼에도 이대로 놔두면 안 될 것 같다는, 직감에 가까운 충동에 설란은 손을 뻗었다.

팔을 붙잡자 바스락 소리가 났다. 뻣뻣한 옷감 너머로 온기가 느껴지는 팔을, 혹여나 도망가지 못하게 꽉 잡았다. 팔을 잡았던 손은 주르르 미끄러져 저보다 두 마디는 큰 손을 찾아 쥐었다. 마디와 마디가 서로 얽혔다. 방금 전까지만 해도 앞만 보고 걷던 그의 얼굴에 물음표가 생겼다. 왜 그러느냐 대답을 재촉하는 대신 걷던 걸음을 멈춘 채 고개만 돌려 조용히 내려다보는 시선이 부드러웠다.

"내가 가면 안 되는 이유가 있나요?"

"……부인께서, 상처받을까 걱정됩니다."

최재원. 지환에게 있어 그 이름은 아버지이자, 고통이자, 절망이었다. 입안이 까끌거렸다. 마치 모래를 잔뜩 물고 있는 것처럼.

"아버님은, 가문이 그 무엇보다 가장 중하신 분입니다. 제 고통이 사라진다는 것을 안 뒤 곧바로 부인과의 가례를 추진할 정도로요. 제가 이성을 잃고 미쳐 날뛰면 가문에 누가 되니까요."

버석하게 마른 목소리를 듣던 설란은 의아함을 느꼈다.

'무언가 이상한데?'

그녀는 '가문'을 최우선으로 뒀을 때 사람이 어디까지 잔혹해질 수 있는가에 대해 누구보다 잘 알고 있었다. 그 틀에 갇혀 버린 어른의 눈에 아이는 도구에 불과해진다. 저항조차 하지 못하는 아이의 숨통을 옥죄이면서도 이것은 태어난 네 죄라는 말을 서슴지 않고 할 수 있게 되는 것이다. 그리 말하는 이의 서릿발 같은 시선을, 그녀는 알고 있었다.

"그러니 저는 부인께서 아버님을 만나지 않았으면 합니다."

최재원은 어떠했나. 설란은 제가 아는 것만을 손꼽아보았다. 일단 그는 지환의 저주를 누르기 위해 셀 수 없을 만큼 많은 재화를 아낌없이 뿌렸다. 저주를 누를 수 있는 무명에게 지환을 죽일 수 있는 방법을 묻는 대신 저주를 없앨 수 있는 방법을 찾아달라 간곡히 부탁했다.

'무언가……'

그런 부모가, 가문을 위해 아이를 희생시킨다 말하기엔 무언가 이상했다.

설란은 손을 뻗었다. 무의식적으로 그녀는 지환의 얼굴을 조심히 받쳤다. 귀에서부터 턱으로 흘러내리는 손길이 조심스럽기 그지없었다. 그 손길을 따라 마치 홀린 듯 고개를 숙인 지환은, 올곧게 다가오는 시선에 직감했다. 이번에도 이 여인은 주저앉으려는 저를 일으킬 것이라는 것을.

키 차이를 극복하기 위해 설란은 까치발을 들었다. 들린 발을 따라 치맛자락이 앞으로 쏠렸다. 설란은 코앞으로 다가온 눈에 눈인사를 하듯 생긋 웃었다.

"그래도, 한 번은 가야 할 곳이에요. 알잖아요? 이제 우린 가족이 되었다는 걸."

그녀는 무어라 반박하려던 지환의 말을 막으며 생긋 웃었다. 볼을 스쳐 가는 그 찰나의 온기만이, 설란이 제 볼에 입을 맞췄다 말해주고 있었다.

지환은 자신도 모르게 멀어지려는 설란의 팔을 붙잡았다. 반동으로 다시 당겨진 설란의 눈이 동그랬다. 저를 빤히 바라보는 시선에 이끌리듯 눈가에 입술이 내려앉았다. 가족이라는 표현이 이런 느낌일 것이라고는 생각조차 해본 적 없었다. 누가 보더라도 가족이라는 굴레로 묶여 있다는 것에 뱃속 어딘가가 따스함으로 가득 차오르는 기분이었다.

입을 맞추자 눈을 가늘게 뜨면서도 부드럽게 벌어지는 입술 사이로 혀가 미끄러지듯 들어갔다. 몇 번 해봤다고 익숙하게 제 것을 낚아챈 혀는 이내 입천장을 부드럽게 쓸었다.

간질거리면서도 오싹한 감각에 설란의 몸이 파르르 떨렸다. 그 떨림이 좋아 푸스스 웃자, 그걸 어떻게 해석했는지 설란이 눈을 흘겼다. 그녀는 슬쩍 입을 떼고는 그의 귓가에 속닥였다.

"대신 빨리 돌아와요. 그럼 괜찮죠?"

그리 말하는 설란의 모습에서 단호한 의지를 엿본 그는 결국 걱정 어린 표정을 하면서도 고개를 끄덕일 수밖에 없었다.

잠시 멈췄던 걸음이 다시 이어지자, 언제 그랬냐는 듯 여우가 고개를 빼꼼 내밀었다. 밤공기가 서늘한지 푸르르 털어내는 두 귀가 앙증맞다. 그사이 꽤 많이 걸었는지 벌써 불을 환히 밝히고 있는 밤 장터가 눈에 들어오기 시작했다.

저 시끌벅적한 곳에 닿으면 끝이다.

여우는 속으로 비장한 각오와 함께 설란을 빤히 바라보기 시작했다. 뾰족하니 섰던 두 귀는 뒤로 착 접힌 채다. 아무리 눈치가 없어도, 저를 애처로이 올려다보는 새까만 두 눈을 모르기란 여간 어려운 일이 아니다. 설란은 제게서 시선을 뗄 생각을 않는 여우에게 결국 항복 선언을 했다.

"린이 그랬죠. 잘 먹이고, 잘 재우고, 잘 놀아주라고. 그럼 이름부터 지어야겠어요."

"이름이라니. 여우라는 이름이 있잖습니까."

그 무심한 말에 설란은 웃었고, 여우는 뒷발로 지환의 가슴께를 걷어찼다. 그다지 아프지도 않은 발차기에 표정 하나 변하지 않은 지환은, 그러나 무척이나 진심이었다.

여우는 여우로 족했다. 여우에 홀린다는 말을 체감하는 요즘, 그에게 있어 여우는 여우 그 이상도 이하도 아니었다. 앞뒤 행동이 얼마나 다른지 설란 앞에서는 입도 벙긋하지 않고 정말 여우인 척하는 모습은 가증스럽기 그지없었고 그녀만 보면 달려들지 못해 안달을 내는 걸 볼 때마다 속이 부글부글 끓었다. 그런데 그런 여우에게 이름까지 지어주자니.

"여우가……."

"백호(白狐) 어때요?"

"캉!"

지환은 잠시 제 귀를 의심했다. 그러나 다른 것도 아닌 설란의 말을 잘못 들을 리 만무했으니 아마 제가 들은 것이 맞을 것이다. 잘못 들은 것이 아니라는 걸 알면서도 귓가에 박힌 단어를 어떻게든 부정하고 싶어, 지환의 눈살이 찌푸려졌다.

"백호(白虎)면, 그……."

"아, 아뇨. 호랑이(虎)가 아니라, 여우(狐)요. 백여우였으니, 하얀 여우가 되라는 뜻에서 백호, 어때요?"

여우가 신이 나서 꼬리를 흔들었다. 물론 그 꼬리는 지환의 품 안에 갇혀 있으니 잘 정돈된 털이 엉망이 되었지만 말이다.

"캉! 캉!"

"백호도 좋아하네. 괜찮죠?"

이미 답은 정해져 있고, 그는 정해진 답을 말만 하면 되었다. 지환은 좋다고 난리를 치는 백호를 있는 힘껏 품 안에 밀어 넣으며 대답했다.

"예. 좋습니다."

지환의 입에서, 정말 내키지 않는다는 티가 역력하면서도, 승낙이 떨어지자 설란은 그럴 줄 알았다며 웃었다.

정말이지 속내가 훤히 들여다보이는 얼굴이 아닐 수 없다. 지환과 백호의 사이가 좋지 않다는 것은 첫날부터 알았다. 그렇게 티가 나는데 모르는 게 더 이상했다. 아마 린과 무명은 물론이거니와 사가의 시비들도 전부 알고 있을 게 분명했다. 그 이유를 짐작하지 못하는 건 아니었으나 서로에게 날을 세워 좋을 것이 없는 관계라는 것이 문제였다.

백호의 신력은 절반 정도가 지환에게 남은 채였고, 지환은 백호를 백여우로 되돌려야 하는 상황이었으니 말이다.

"밤 장터는 처음 와봤는데 낮이랑은 또 느낌이 다르네요."

낮에 열리는 장터가 그저 활기찬 느낌이라면 밤에 열리는 장터는 그보다는 조금 더 은밀한 느낌이 짙었다. 일정 간격마다 세워 놓은 횟불이 닿지 않는 곳에 조그맣게 좌판을 깐 노파들은, 심지어 까만 천을 뒤집어쓰고 있어 분위기가 한층 더 음습했다.

"밤에는 아무래도 낮에 팔기 어려운 것들을 파니 그렇게 느껴질 겁니다."

"예를 들면?"

"상감마마께서 얼마 전 담배 거래를 금한다는 명을 내리신 것을 기억하십니까."

그는 그늘에 몸을 웅크리고 있는 노파를 턱으로 가리켰다. 노파가 발치에 펼쳐 놓고 있는 천 위에는 바싹 말린 담배가 당당하게 펼쳐져 있었다.

주머니에 조금씩 나눠 파는 것인지, 무명천으로 묶인 담배는 담기가 무섭게 팔렸다.

"저게……."

"담배입니다. 관아에서도 눈을 감아주고 있죠. 이것마저 막아버리면 암시장이 들끓을 테니."

"아. 그러고 보니 오라버니의 스승께서 봉황이란 응당 한쪽 눈을 감을 줄 알아야 한다는 말을 한 적이 있어요. 그게, 이런 뜻이었군요."

"그럴 겁니다."

"내게 이걸 보여주려 한 건가요?"

낮과는 또 다른 밤에 열리는 장터를. 낮보다는 덜하다 생각했던 것도 잠시다. 조금만 지켜보면 밤에 일하는 사람들이 어찌나 활력이 넘치는지 훤히 보였다. 불타오르는 횃불에 시시때때로 기름을 부어주는 사람에서부터 낮에 팔 물건들을 미리 떼러 나온 장사치들, 잠시 마실 나온 기녀들까지. 온갖 사람들로 가득 차 있는 장터는 언제 봐도 즐거운지라, 설란의 얼굴에 미소가 가득했다. 지환은 슬금슬금 담배 상인에게 관심을 보이는 설란을 반대쪽으로 이끌었다.

아무리 왕이 눈감아주는 암상인이라 하나 왕국의 공주가 직접 물건을 사는 건 안 될 일이었으니 말이다.

그녀도 잘 알고 있었기에, 아쉬운 시선을 할지언정 사보겠다는 말을 하진 않았다.

"부인께 보여줄 것은 따로 있습니다."

그리 말하며 맞잡은 손을 놓을 생각을 안 했다. 얽히고설킨 손가락 사이사이가 간질거렸다. 그런데 그게 또 기분이 나쁘진 않아서, 설란은 괜히 손가락을 꼼지락거렸다. 그러자 그런 그녀를 달래듯 엄지가 손등을 톡톡 두드렸다. 번쩍 고개를 들자 앞만 보고 있는, 그러나 두 귀가 살짝 붉어진 지환이 보였다. 웃음이 터질 것 같아 괜스레 입술을 꾹 물며 저 역시 톡톡, 엄지로 손등을 두드렸다. 그러자 지환의 두 눈이 가늘어졌다. 마치 경쟁하듯이 톡톡, 톡톡…… 서로의 손등을 반복해 두드리며 걷는 장터는 특별히 하는 것 없이도 즐거워서 결국 둘의 입가에는 짙은 미소가 걸렸다.

"아. 여기입니다."

설란이 앓아누웠을 때 그는 꽤 많은 일들을 했다. 장터를 둘러보게 된 것은 오가는 길 위의 우연이었다.

"이 봇짐장수를 발견했는데, 물건들이 하나같이 부인께 어울릴 듯하여……."

설란은 생각했다. 만약 목소리에 색(色)이 있다면, 지금 그의 목소리는 붉은빛일 것이라고.

설란의 시선이 아래로 향했다. 노리개 장수인지 칸칸이 나뉜 상자에는 온갖 노리개가 가득 담겨 있었다.

"카앙!"

어느새 품을 비집고 고개를 내민 여우가 저를 한심스러워하는 것 같았으나 그는 당당했다. 여인의 장신구가 얼마나 다채로운지 여우가 이해할 수 있을 리 만무했으니 말이다.

머리꽂이를 고르는 건 차라리 쉬웠다. 고루하기 그지없는 표현이지만, 흑단 같은 머리칼에 어울려야 한다 생각하니 오직 그것밖에는 눈에 들어오질 않았다. 온통 새카만 그곳에서 홀로 희게 빛날 그것만이. 그러나 노리개는 정말이지 고를 수가 없었다. 봇짐장수는 어울리는 저고리 색이나 치마 색에 맞춰 고르면 된다며 조언해 주었지만, 그 조언을 듣자 더 알 수 없게 되었다.

그도 그럴 것이, 모든 색의 저고리와 모든 색의 치마가 어울렸으므로.

겪어본 이가 아니면 이해할 수 없는 고뇌였다. 세상 진지한 표정으로 안 어울리는 색이 없다 말하는 지환을, 봇짐장수는 미친놈 보듯 봤었다. 물론 소중한 손님이니 몰래.

그랬던 봇짐장수는 며칠 전 다시 오겠다 말하고는 홀연히 사라졌던 지환을 방금 전까지만 해도 까맣게 잊고 있었다. 다시 온다는 말을 남기고 간 손님 중 정말 다시 오는 사람은 열에 하나나 될 법했으니 말이다.

일 할의 기적이 눈앞에 펼쳐졌을 때 봇짐장수는 장사꾼 특유의 넉살도 잊고 입을 쩍 벌려야만 했다.

'……사실이구만.'

상앗빛이 도는 저고리에 연보라색 치마를 입고 그보다 짙은 남색 장옷을 걸친 설란을 처음 봤을 때 봇짐장수는 내심 며칠 전 지환의 고민을 이해할 수밖에 없었다. 저 정도 미색이면 사람이 노리개 덕을 보는 게 아니라, 노리개가 사람 덕을 본다 표현해야 맞을 터다. 그러니 어떤 노리개가 어울릴지 고민이 될 수밖에.

그 정도의 미색이건만, 그보다 더 놀라운 것은 그런 그녀가 입고 걸친 것들이었다. 봇짐장수로 살아온 것이 어언 삼십 년. 이 나라 저 나라 떠도느라 발붙이는 시간이 짧았으나 그 오랜 장사로 인해 얻은 것이 바로 안목이다. 봇짐장수는 직감했다.

저 여인과 저 사내는 거물이다. 거물이 무엇인가. 돈이 된다는 소리다.

"으음. 무엇을 골라야 하나……."

꽤나 고민되는지, 아랫입술을 잡아 뜯는 설란의 콧잔등이 주름졌다. 그제야 정신을 차린 봇짐장수는 화급히 손을 휘저었다.

"하이고! 귀한 부인께 이런 것들을 추천했다간 내 장사꾼 노릇을 접어야지요! 기다려 보십쇼, 부인 같은 분께는 보여드릴 물건이 따로 있으니께!"

옆에 놓아둔 짐을 뒤지는 손이 다급했다. 깊숙이 숨겨놓았던 상자를 찾아낸 봇짐장수는 비장한 표정으로 그것을 꺼냈다.

"이게 무어냐면, 저- 호국에서도 유명한 령오라고 하는 장인이 있는데, 그 장인이 글쎄 일 년에 딱 네 개만 만든다는 노리개를 내 이번에 구했다는 것 아닙니까. 귀하신 분을 만나면 보여 드리려 이리 싸매고 다닌 지도 벌써 반년이 다 되어 가는데 드디어 이게 주인을 만난 모양입니다."

줄줄이 뱉어내는 찬양과 함께 뚜껑을 여는 손이 조심스러웠다. 어느 정도의 물건인가, 약간의 흥미만 있었던 설란은, 상자 안의 노리개를 확인하자 표정이 바뀌었다.

"호오- 진품이네."

"아이고! 알아보시는군요!"

노리개의 중간 매듭은 령오 특유의 것이었으며 장식으로 달린 나비 모양 산호는 최상품이었다. 봇짐장수에게 이런 값비싼 물건이 있다니. 연신 감탄을 내뱉는 설란의 옆에서 지환은 조용히 물건값을 치렀다. 사실 그의 눈에는 이 노리개나 저 노리개나 큰 차이는 없었다. 그러나 설란이 좋아한다면 얼마든 그게 무슨 상관이랴. 넉넉히 쳐 준 물건값에 흥이 난 봇짐장수는 말 하나를 더했다.

"예부터 산호는 부부의 금슬을 좋게 해준다 하니 이 노리개를 차고 다니시면 좋은 소식을 가져다줄 겝니다."

그 말에 두 부부의 얼굴이 약속이라도 한 듯 발갛게 달아올랐다. 그 속도 모르고 봇짐장수는 참으로 보기 좋은 부부라 생각하며 허허 웃었다. 아직 같은 이불을 덮기만, 말 그대로 덮기만 했다는 것을 모르기에 나오는 흐뭇함이었다.

6. 정명대비

깊어가는 밤하늘은 달조차도 구름에 가려져 그저 새까맣기 그지없었다. 설란이 선물 받은 노리개를 저고리에 달고 있을 때, 효연왕후는 어둠을 벗 삼아 혜조와 마주하고 있었다. 까맣게 물든 사위(四圍)를 밝히는 것은 오직 초 몇 개뿐이라. 혜조는 그저 뱉지 못할 한숨을 속으로 삼켰다.

딱.

봉황이 조각되어 있는 팔걸이를 두드리는 소리가 고요함을 깨는 유일한 소음이었다. 이리하지 않으면 그저 침묵만 이어질 것 같아, 혜조는 손마디로 계속해 팔걸이를 두드렸다.

딱, 딱, 딱…….

열 번쯤 되었을까. 그제야 효연왕후는 값비싼 장신구가 한가득 꽂혀 있는 머리를 들었다.

"이대로는 안 된다는 것을 전하께서도 아시지 않습니까."

입 밖으로 뱉어지는 말의 중함과는 달리, 무감각한 시선은 아무것도 비치지 않는 것처럼 투명했다. 이 문제로 열을 내기에는 이미 흘러 버린 시간이 길었다. 열댓 살에 처음 입궐했던 것이 엊그제 같건만, 세월은 참으로 빨라 벌써 그녀는 마흔을 넘긴 지 오래였다. 타오르던 불씨는 저 홀로 타닥이다 꺼졌고, 덧없는 기대는 그보다 더 빨리 사그라져 이제 와 흔적조차 없었다.

"······왕후."

"세자빈을 들이겠다고 하셨습니까? 좋습니다. 몇 년 전에 했어야 할 일이니 빠르면 빠를수록 좋겠지요. 그러나 전하."

딱······.

"그 아이를 입궐시키는 것은 허하셔야 할 겝니다."

"누누이 말하였지만······."

"세자의 몸이 좋아졌다 하나, 발작은 여전하다는 것을 모른다 하지 않으시겠지요. 이번에도 간격이 길어지고 있다고 하실 생각이십니까? 간격이 길건, 짧건, 세자의 병세는 여전합니다. 전하, 세자빈을 들인다면, 그 세자빈이 지아비의 병환을 언제까지 모를 것이라 생각하십니까?"

"충분히 가능하다 생각하고 있소. 그리고, 그사이 세자의 병환이 누그러질지도 모르는 일 아니오."

그러니 섣부른 판단은 하지 말라는 혜조의 말에, 효연왕후의 입술이 비틀렸다.

"여전히 그리 보이지 않는 희망에 매달리고 계신 겝니까. 그러니 그 아이를 출궁시켰겠지요."

"왕후, 둘 다 성년식을 치렀으니 어쩔 수 없는······."

"그러다 세자가 영영 못 일어나기라도 하면 어쩌시렵니까!"

설호가 언제든 죽을 수 있음을 암시하는 말에 혜조의 낯이 일 그러졌다.

"세자는, 그리 약하지 않소."

"아니요…… 전하는 모르십니다. 들여다본 적이 없으니 어찌 아시겠습니까. 저는 세자를 열 달간 제 속에 품었나이다. 어미란 말입니다."

"왕후."

"지금이라도 늦지 않았습니다. 그 아이를 다시 불러들이세요. 빨리 세자빈을 들이고 어떻게든 후사를 이어야……."

아들은 포기하고 어떻게든 세손을 만들어 후사를 생각하라 말하는 목소리에 슬픔은 없었다. 자식을 잃을 수 있다는 비통함도, 그럼에도 종묘사직을 생각해야 하는 처절함도 그녀에게는 보이질 않았다. 언젠가…… 아주 오래전, 세상 환하게 웃을 줄 알던 여인은 이미 사라진 지 오래라는 듯이.

쾅─ 팔걸이를 내리치는 소리가 너른 궁 안을 가득 메웠다.

"왕후!"

노성에도 효연왕후의 표정은 고요했다. 세간에 알려진, 몸이 약하나 자식들을 끔찍이 생각하는 왕후라기에는 지나친 무심함만이 엿보일 뿐이었다. 그녀는 그저 고개를 조금 더 든 채, 서릿발보다도 차게 식은 눈으로 말을 이었을 뿐이다.

"그러니 제가 그리 청하지 않았습니까. 후궁을 들이시라. 후손을 보시라. 그리할 수 없다 하시더니 지금 이 꼴이 무어란 말입니까. 세자가 저리 가버리면 저는 어찌합니까. 이제 와 이 모든 것을 다시 내어놓으라고요? 그리는 못 합니다. 저는⋯⋯."

"세자는 버텨낼 것이오. 이 얘기는 그만⋯⋯."

"버텨낸다? 전하. 현실을 보십시오. 세자는 버티지 못할 것입니다. 이미 오래전⋯⋯."

"그만하시오, 왕후! 뒷말을 뱉으면 내 용서치 않을 것이니!"

왕의 노성이 짙었다. 그 누구도 입 밖으로 내지 않으나 모두 같은 생각을 하고 있을 말은, 생각하는 것만으로도 중죄였다. 몇 년 전부터 시작된 각혈, 그리고 때때로 일어나는 발작, 그런 것들이 혜조의 머릿속을 스쳐 갔다.

혜조의 낯이 까맣게 물들었다. 언제고 어느 때고 최선을 다한 시간들이었다. 어쩌다 이렇게 엉망이 되어버렸는지 그로서도 알 도리가 없어, 왕은 그저 있는 힘을 다해 팔걸이만 붙들 뿐이었다. 그런 혜조를 바라보는 효연왕후의 두 눈에 담겨 있는 감정은 그리 복잡하지 않았다.

안쓰러움도, 사랑도, 분노도 아니다.

그저 무심함.

수십 년의 세월 동안 깎여 나간 감정들은 참으로 복잡하여, 그 모든 것들이 끝나고 남은 것이라고는 오직 그뿐이었다.

"세자는, 결국 죽을 것입니다."

"왕후!"

"그때는 어찌하실 생각이십니까, 주상."

"왕후에겐 모성이라는 것도 없단 말이오!"

어찌 그런 말을 입 밖으로 뱉을 수 있냐는 혜조의 타박에 효연왕후는 조용히 웃었다. 모성. 참으로 듣기 좋은 단어다. 아이에 대한 어미의 무조건적인 사랑을 포장하기에도 좋은 단어였다. 열 달을 속에 품었고 죽을 고비를 넘기며 낳았으니 사랑하는 것은 당연한 일이 아니냐는 말에 무어라 답해야 할까.

"그런 말이 있다지요. 열 손가락 깨물어 안 아픈 것이 있느냐는."

텅 빈 방에 울리는 목소리가 고요했다. 고저 마치 재미없는 글을 읽는 것처럼 무심한 목소리에 담긴 감정은 그저 의무감, 그 이상도 이하도 아니었다.

"전하, 어미도 인간입니다. 더 아픈 손가락이 어찌 없겠습니까."

"······무슨 뜻이오."

"제게 있어 세자는 아픈 손가락입니다. 너무 아프고 또 아파 그 아이를 볼 때마다 화가 울컥울컥 치솟습니다. 공주가 세자의 것을 빼앗아서, 그래서 세자가 아프구나. 그 아이의 입에 들어가는 것만 봐도 화가 치솟는 기분을, 전하께서는 아십니까?"

"어찌 그런······."

"어찌? 어찌라 하시었습니까? 전하. 제가 그 아이들을 품었을 때, 열 달이라는 시간 동안 무슨 생각을 했는지 아십니까."

아무런 대답도 돌아오지 않았다. 그러나 이미 그럴 것임을 짐작했기에, 효연왕후는 별다른 동요 없이 말을 이었다.

"제발 세자여라."

입궐할 때부터 약한 몸이었기에 그 간절함은 더욱 짙었다. 궁의도 두 번 출산하는 것은 어려울 것이라며 고개를 저었었기에 그 기도는 날이 갈수록 깊어져, 종국에는 무엇을 위해 사내아이를 바라는지도 모르게 될 정도였다. 그녀는 기도했다. 아는 모든 신들의 이름을 외며 부디 사내아이이길, 그리하여 이 불안한 자리를 공고히 다져 주길 애타게 원했다.

신은 기도를 들어주었다. 반절뿐일지라도.

"제가 잘못했지요. 건강한 사내아이가 나오길 빌었어야 했거늘, 그저 세자면 된다 빌었던 것이 실수였습니다. 반절짜리 기도라 이리되었다 생각하니 억장이 무너지는 기분을 아십니까."

더는 들을 수가 없어, 혜조는 자리를 박차고 일어났다. 왕후에게 가는 걸음이 매서웠다. 그러나 그녀의 팔을 잡아채기 직전, 들리는 고개를 따라 차갑게 가라앉은 두 눈을 마주하자 혜조는 그대로 멈췄다.

"그래도 처음에는 희망을 가졌지요. 태어났으니 또한 살아날 것이라, 그리하여 이 자하국의 왕이 될 것이라, 종국에는 이 어미의 한을 풀어주겠지. 그리 생각했습니다. 그러나, 전하."

앞으로 뻗은 손이 혜조의 어깨를 밀었다. 희고 가는 손은 거짓으로라도 힘 있다 말하기 어려웠으나, 혜조는 비틀거리며 뒤로 밀려났다.

"그리 생각하다 보니 제가 괴물이 되어가더군요."

효연왕후는 천천히 자리에서 일어났다. 옷감이 사각거리는 소리가 홀로 요란했다. 그녀는 길게 늘어진 치맛자락을 매만지며 피식 웃었다.

"그리고, 그것을 깨달았더니…… 그제야 보이더이다. 이미 오래전, 괴물이었다는 것이. 그리고, 그 모든 것을 방관하던 이가 누구인지."

지아비를 바라보는 시선에 시퍼런 날이 섰다. 혜조의 입이 꾹 물렸다. 그는 그녀가 하려는 말을 다 알고 있다는 표정으로 눈을 감아버렸다. 그렇게 하면 아무것도 보이지 않는다는 듯.

"그러니 어쩌겠나이까. 되돌릴 수 없는 것이 시간이라 하였으니, 계속 가는 수밖에. 다시 말하겠나이다. 그 아이를 불러들이세요. 세자가 발작을 일으키는 간격이 점차 짧아지고 있습니다. 점점 의아해하는 이들이 늘어날 겁니다. 그리된다면, 돌이킬 수 없음을 전하께서도 아시지 않습니까."

말을 마친 효연왕후는 그대로 한 손을 가슴께에 얹은 채 고개를 숙였다. 최소한의 예를 갖춘 그녀는 혜조 쪽으로는 시선조차 주지 않은 채 그대로 몸을 돌렸다. 긴 복도를 빠져나가는 발소리가 바람 소리보다도 작았다.

혜조는 끝끝내 눈을 뜨지 않았다. 어둠이 어둠을 집어삼키고, 그리하여 마지막 촛불마저 꺼질 때까지 그는 그저 서 있을 뿐이었다.

✳

다음 날, 시가(媤家)에 가기 위해 안채를 나선 설란은 지환과 함께 대문으로 향했다. 별다른 일이 없었다면 계획대로 재원과 무슨 얘기를 해야 할지 의논했을 터다. 그러나 부부의 걸음은 채 대문에 도달하지 못한 채 멈춰 서고 말았다.

'어째서 하나가 늘어난 거지.'

부부는 나란히 서서 난장판 아닌 난장판에 그만 할 말을 잃고 말았다.

그도 그럴 것이,

"그렇다고 그렇게 말도 안 하고 사절단을 따라 가버리는 건 아니지!"

"네가 할 말이니 그게! 하지 말라고, 하지 말라고, 수백 번을 말하면 뭐해! 듣질 않는걸! 다시 시작하자 그랬을 때 뭐라 그랬니? 잘하겠다고, 한 번만 봐달라고 그렇게 얘기했던 게 어떻게 백 년을 못 가고 말짱 도루묵이야!"

감정을 감추는 데 능숙한 린이 얼굴을 시뻘겋게 달군 채 진심으로 화를 내고 있었기 때문이었다. 호린이 감정적으로 변할 수 있다는 사실도 놀라웠으나, 그녀를 이렇게까지 몰아붙일 수 있는 사람이 있다는 것이 더 놀라웠다. 린과 드잡이를 하며 싸우고 있는 사내는 짧게 친 머리칼이 인상적인 이였다. 린에게 잡힐 듯, 잡히지 않을 듯 아슬아슬하게 몸을 피하는 것이 마치 춤을 추는 것처럼 보이기까지 했다.

지환은 굳이 확인하지 않더라도 그가 상당한 실력자임을 눈치 챘다.

"인간이 아니겠군."

한숨과도 같은 중얼거림에, 설란은 조용히 고개를 끄덕여 동의 했다. 다른 누구도 아닌 구미호와 대등하게 겨루고 있다는 것은 둘째로 치더라도 그가 입고 있는 복식이 자하국의 것과 다르다는 것을 눈치챈 탓이다.

'아마 천랑국에서 왔겠지.'

그리고 호린의 부군일 것이다. 얼마 전 린과 나눈 얘기가 떠올랐다. 부부 싸움을 해 나라와 나라를 넘어 집을 나왔다 말하던 구미호는 거리낄 것이 없어 보였다. 그런 그녀를 보며 대단하다는 생각과, 대체 무슨 싸움을 했을까, 하는 생각이 동시에 들었었다.

그런데 이제 와 보니…….

'둘 다 만만치 않네.'

이제 드잡이를 넘어 주변 기물을 부수기 시작한 부부 싸움은, 아무리 좋게 봐줘도 인간의 그것은 아니었다. 그래도 시비들에게 들키면 안 된다는 자각은 남아 있는지 주변에 저와 지환을 제외한 인간은 한 명도 보이질 않았다. 아마 저번처럼 결계라도 쳤던 것일 테지. 그리 생각하며 설란은 고개를 끄덕였다.

점차 감정이 격해지는 두 남녀의 말다툼에 차마 끼어들지 못하고 있던 무명이 설란과 지환을 발견한 것은 순전히 우연이었다. 어찌나 격렬한지 바닥에 죽 깔린 풀들이 뽑히고 박아 넣은 돌이 이리저리 뒹굴다 못해 모래 먼지가 풀풀 날리자 발을 동동 구르던 무명은, 참으로 태연자약하게 구경하고 있는 부부의 모습에 뒷목을 잡았다.

'아니, 뭔 인간들이 저래?'

한 명은 구 년간 반신(半神)의 저주를 받은 사내요, 다른 한 명은 봉황의 후손이라는 사실을 까맣게 잊은 불평이 아닐 수 없었다. 혹여나 허공을 휙휙 날아다니는 돌조각에 얻어맞기라도 할까 주변을 빙 둘러 온 무명은 설란이 반갑게 손을 들어 인사하자 포기하고 말았다.

저 둘은 인간이되, 인간이 아닌 게 분명하다고.

"아니, 여기서 대체 무엇합니까."

"시가(媤家)에 가려다 싸움이 났기에 구경을 하고 있었는데."

"······싸움이 났으면 도망을 쳐야지······."

무슨 구경났느냐는 무명의 타박에 설란의 고개가 옆으로 기울었다. 태초부터 가장 재미진 것이 바로 싸움 구경이라 했다. 인간들이 치고 박는 것도 아니고, 제 아랫사람들이 치고 박는 것도 아니니 말릴 의무가 있을 리 만무하다. 그 보기 힘들다는 신들의 부부 싸움을 좀 구경하겠다는 당당한 태도에 무명은 기어코 할 말을 잊었다.

"아니······ 실컷 보시라고."

"대체 이게 무슨 일이지? 저치는 누구고?"

그나마 조금 정상적이게 느껴지는 지환의 물음에, 무명의 얼굴에 화색이 돌았다. 역시 아직 도령은 정상이구만. 그러나 이어지는 말에 다시 무명의 얼굴은 짜게 식을 수밖에 없었다.

"원상 복귀할 생각은 하고 저러고 있는 것이라 믿는다만."

결국 이 비범한 부부를 이해하길 포기한 무명은, 이중에서 제가 제일 정상적이라 생각하며 답했다.

"이(魈)소하. 내 매부 되시는 분이지."

"······매······."

"어머, 역시?"

소하를 바라보는 지환의 시선은 전보다 복잡해졌다. 무명은 어째서 설란이 이미 소하에 대해 알고 있는지 물으려다 고개를 저으며 관두었다. 어차피 들어도 좋을 것 없는 얘기라는 확신이 들었기 때문이었다. 인생사, 이득 될 일이 아니면 모르는 게 오히려 속 편하다는 지론에 따라, 그는 이젠 뿌리가 뽑히고 있는 관상목을 눈짓하며 말을 이었다.

"……믿기진 않겠지만, 저리 싸우는 건 일도 아니니 크게 걱정할 필요는 없고."

몇 백 년간 저러면서도 아직까지 서로 진심으로 덤빈 적은 없다는 말에, 지환이 한숨과 함께 대답했다.

"……싸우건 말건 내 알 바 아니다만, 왜 남의 집에서 싸우는 거지."

그가 바란 것은 참으로 소박하고도 소박한 것이었다. 조용한 둘만의 공간에서, 서로에 대한 얘기를 하고 감정을 나누며 관계를 돈독하게 만들어가는 결혼 생활. 부부간의 신뢰를 쌓아가다 설란을 똑 닮은 딸을 하나 낳고 싶었을 뿐이었다. 아, 딸은 어떤 놈팡이가 채갈지 모르니 아들이 나을지도. 아, 그래도 역시 설란을 닮은 딸이 어여쁠 텐데.

그런 고민이 인생 최대의 고민이길 바랐을 뿐이다.

그러나.

"대체 내가 뭐 그리 잘못했다고!"

"고함을 쳐? 그럼 네가 잘했니? 잘했어?"

"그건 아니지만…… 그래도."

시선을 피하는 소하의 모습에 분노한 린의 꼬리가 드디어 모습을 드러냈다. 새하얀 아홉 가닥의 꼬리가 바짝 약이 올라 허공에 치킨 것이 상당히 위협적이었다.

"고작 그거 가지고……."

구미호의 분노가 폭발하는 순간이었다. 자유롭게 허공을 부유하던 꼬리들이 일순 곧추섰다. 금방이라도 소하에게 달려들 것처럼 날 선 꼬리들은 위협적이었다. 독기를 품은 아홉 가닥의 꼬리에 소하가 주춤, 한 걸음 뒤로 물러섰다. 그런 그를 향해 노성이 쏟아졌다.

"당장 돌아가!"

예상치 못한 퇴출령이 떨어지자 소하의 안색이 희게 질렸다. 마치 세상을 다 잃은 듯한 표정이 거기에 있었다. 방금 전까지 같이 악을 쓰던 사내는 어디로 갔는지 모르게 사라지고, 사랑하는 이에게 꺼지라는 소리를 들은 사내가 그 자리를 대신했다. 앞으로 뻗는 손이 다급했다. 금방이라도 잡힐 듯했으나 결국 잡지 못한 여인의 팔에, 일그러지는 얼굴이 그의 기분을 그대로 투영하고 있었다.

"돌아가라니, 내가 가면 어딜 간다고……."

"요마의 숲이건 천랑국이건, 네가 가고 싶은 곳으로 가버려!"

그녀의 분노에 소하는 짝 소리가 나게 양손을 맞부딪쳤다.

"미안! 방금 그 말은 내가 생각 없었다. 우리 얘기 좀 하자. 응? 대화로 풀어야지. 잠깐 일 보고 돌아왔더니 네가 없어서 내가 얼마나 놀랐는데. 응?"

자하국으로 향한 사신단에 끼어서 떠나 버렸다는 말을 듣고 심장이 뒤집어지는 줄 알았다는 소하의 말에, 바짝 치켜 올라갔던 린의 눈꼬리가 슬쩍 내려왔다.

"그리고 공주님이 너무 귀여우셔서 나도 모르게……. 특히 류아 공주님은 눈이며 머리색이 주군과 꼭 닮아서……. 그래도 공주마마께 당과를 드린 건 내가 잘못한 게 맞아. 저기, 그러니까 화 좀 풀어. 응? 린, 부인, 내 사랑. 응?"

린은 제게 간이고 쓸개고 전부 빼줄 것처럼 구는 소하를 흘겼다. 이미 두 눈에서 힘이 풀린 지 오래였으나 그래도 쉬이 물러날 수 없어 그녀는 팔짱을 낀 채 답했다.

"매번 같은 변명 지겹지도 않아? 넌 항상 그렇게 극단적이고 네 마음대로지! 내 말은 듣지도 않는다고!"

흥미진진한 부부 싸움을 지켜보던 설란이 무명에게 물었다.

"둘 다 구미호인가?"

"아아. 소하 형님은 도깨비죠. 저 둘이 그러니까, 깨 볶고 산 게 삼백 년쯤 되려나. 그 후부터는 저리도 자주 싸웁니다. 저번에는 진짜 갈라서는 줄 알았는데, 결국 다시 원상태로 돌아왔죠. 부부 싸움은 칼로 물 베는 거라 하잖습니까."

구미호와 도깨비의 사랑싸움이라니.

일평생 한 번 볼까 말까 한 장면이 아닐 수 없었다. 그러나 구경꾼들이 있는지조차 모르는 것이 분명한 구미호와 도깨비의 부부 싸움은 극에 달하고 있었다. 린의 눈썹이 위로 치켜 올라갔다. 그녀는 쩌렁쩌렁한 목소리로 소하의 잘못을 짚어 나갔다.

"왕녀사부를 나무에 매다는 짓도 또 할 거야, 안 할 거야! 내가 부끄러워서 못 살겠어! 네 나이가 몇인데 왕녀사부를 나무에 매달고 그 아래에서 공주마마들과 좋다고 웃고 있니! 공주마마들을 못 가르치겠다며 그만둔 왕녀사부가 몇인 줄이나 알아!"

린의 외침에 기함한 설란이 눈짓으로 무명에게 물었다.

'왕녀사부를 나무에 매달았다고?'

물론 설란의 생각을 무명이 알아들을 수 있을 리 없다. 그러나 그는 분위기로 그녀가 하고자 하는 말을 대충 파악했다. 어깨를 으쓱인 무명은 과거의 일화를 예로 들었다.

"나는 천랑국에 가본 적이 없으니 잘 모르지만, 소하 형님이 누님 좋다고 쫓아다닐 땐 저것보다 더했으면 더했지 덜하진 않았을 겁니다. 도깨비가 한 번 몰두하면 어찌나 집요한지. 내가 본 것 중에 제일 기겁했던 게 늑대신에게 혼례의 증인이 되어달라며 며칠 밤낮을 쫓아다니던 거였으니 더 말해 무엇할까."

"늑대신이 그리 대단한가 보지?"

설란은 정말 아무것도 모른다는 표정이었다. 그 얼굴을 본 뒤에야 무명은 처음으로 그녀가 완벽하게 인간으로서 자라난 존재라는 것을 체감했다. 항상 마음 한편에는 그녀가 봉황의 후손이라는, 신의 피가 흐르고 있다는 생각을 갖고 있던 그는 묘한 기분을 느끼며 대답했다.

"현재, 지신(地神)들 중 가장 강한 지신이니 대단하죠. 사실 반천년 동안 늑대신 랑키안을 뛰어넘는 신은 없었는데……."

무명이 슬쩍 제 누이의 눈치를 보며 목청을 낮췄다.

"실은 저 둘이 저번에 갈라설 뻔했던 이유도 바로 그 늑대신 때문이었거든."

인간들 사이에서 그걸 오륜(五倫)이라 하지? 하라는 수련은 안 하고 인간 세상을 떠돌아다닌 게 영 헛것은 아닌지 그는 부부유별(夫婦有別)에 대해 종알거렸다.

"거, 둘 다 늑대신을 모시는 입장인데 떡하니 혼례를 해버린 게지. 하루 종일 떨어지는 시간도 없이 같이 일하다 보니 소하 형님은 누님에게 참견하고, 누님은 소하 형님께 참견하기 시작하고…… 그게 점점 커지다 터져서 거 뭐라더라, 어디 산 하나를 날려 버렸다던가 그랬다던데. 둘 다 한 번 맛이 가면 성질이 장난이 아니라 어디로 튈지 모르거든요."

인간의 범주를 옛날 옛적에 벗어난 얘기는, 이젠 상상하기도 힘들 정도였다. 산을 날리다니. 설란은 그 정도로 싸우고 질리지도 않는지 지금도 부부 싸움을 이어가는 둘을 바라봤다. 뿌리가 뽑힌 지 오래인 관상목은 이제 아예 조각이 나 부서지고 있었다.

"아니, 린, 내 말을 좀 들어봐. 그건 그치가 숙제랍시고 너무 터무니없는 양을 주니까 내 딱 한 번."

슬쩍 횟수를 낮췄던 소하는 다시 제게 향하는 린의 꼬리에 순순히 실토했다.

"그래! 세 번! 그런데, 린. 료아, 류아 공주님은 아직 너무 어리신데 무조건 많이 공부하는 게 좋지는……."

물론 변명이 그리 오래가진 못했지만 말이다.

"그렇다고 무작정 인간을 나무에 매다는 게 말이 돼! 인간이라고 인간! 그러다 죽으면 어쩔 거야!"

린의 노성 한 번에, 도깨비는 재빨리 백기를 내걸었다.

"알았어, 알았어. 다신 안 그럴게."

그런 둘을 보며 풋풋한 새신부, 새신랑은 마음속으로 굳게 다짐했다.

싸우지 말아야지.

청한 적도 없건만, 온몸을 던져 부부 싸움은 좋지 못하다는 조언을 해주는 구미호와 도깨비였다. 방금 전까지 치열하게 싸우던 것이 거짓이라는 양, 화해하는 속도는 상상을 초월할 만큼 빨랐다. 소하가 잘못을 인정하자 린의 기세가 한풀 꺾였기 때문이었다.

"알면 되었고."

사르르 사라지는 꼬리를 확인한 소하는 안도의 숨을 뱉어냈다.

그러나 화해를 했으니 돌아가자는 소하와, 좀 더 있을 생각이라는 린의 의견 충돌은 또다시 부부 싸움으로 번졌다. 대략 요약하자면 '공주마마들이 울고 계신다'며 당장 돌아가야 한다 주장하는 소하와, '자립심을 키워야 한다'는 린의 대립이라 할 수 있겠다.

"······놔두고 가요, 우리."

아무래도 쉽게 끝날 것 같지가 않다. 설란의 말에 지환 역시 고개를 끄덕였다. 주변을 초토화시키는 싸움 방식도 기가 막혔으나 세 마디를 못 넘기고 다시 싸우기 시작하는 모습에 결국 질려 버렸기 때문이었다. 무명에게 싸움이 끝나면 정리나 제대로 해놓으라는 전언을 남긴 채 설란은 지환의 팔을 잡아끌며 대문 쪽으로 향했다.

대기하던 가마 위에 올라탄 설란은 가마 구석에 웅크려 있던 털 뭉치를 발견하고는 숨죽여 웃어야만 했다.

"정말이지. 여기에도 신, 저기에도 신이니 눈 돌리는 곳마다 신이구나."

그리 중얼거린 설란은 두툼한 방석에 얼굴을 처박고 숨조차 죽이고 있던 백호를 안아 들었다. 정말 제가 안 보일 것이라 생각했는지, 몸이 번쩍 들리자 버둥거리는 네 발이 귀엽기 그지없었다.

"캉?"

아무것도 모른다는 표정으로 고개를 갸웃한 백호는 이내 저를 안아달라며 조르기 시작했다. 말똥말똥한 두 눈만 보자면 아무것도 모르는 여우라는 생각이 들 정도였다. 그러나 백호가 말을 할 줄 안다는 것과 반신(半神)이라는 것을 잊지 않은 설란의 눈이 가늘어졌다. 여우를 다시 제 무릎에 내려놓은 그녀는, 동그랗고 까만 코를 톡톡 치며 말했다.

"말할 수 있다 하던데. 왜 아무 말도 안 할까?"

"……ㄲ, 뀨?"

데굴, 눈을 굴려 시선을 피하는 백호의 모습에 설란의 미소가 짙어졌다. 그녀는 무언가 고민하듯 흐음, 소리를 내며 백호를 들어 올렸다. 시선이 닿는 높이가 동일해지자 백호가 코를 찡그렸다.

"……여우가 맞나? 고양이나, 뭐 그런 건 아니……."

[고양이라니이!]

"아. 말했네."

씩, 올라가는 설란의 입꼬리에 백호의 눈이 동그래졌다. 꼼짝 없이 속아버린 백호가 털을 바짝 세우며 분노를 드러냈다. 승리했다 생각했더니 함정에 빠진 것일 줄이야. 백호는 설란의 품에서 훌쩍 뛰어 도망가려 했다.

물론,

[그악!]

그들이 있는 곳은 마차 안이었기에 폴짝 뛴 백호는 가마 벽에 머리를 부딪치고 그대로 설란의 무릎에 떨어졌지만 말이다. 아프다며 치마폭에서 요리 데굴, 조리 데굴 굴러다니는 백호의 모습에 설란은 아랫입술을 꽉 물었다.

속으로 박장대소하고 있음을 들키지 않도록, 웃음을 참느라 붉게 달아오른 설란의 양 볼을 눈치챈 백호가 서글프게 울먹였다.

[봉황의 후손이 어찌 그런 비겁한 수를 쓴단 말이오. 선조인 봉황께서 원통해하실 것이야!]

"아, 음. 미안. 그런데, 백호야."

[왜 부르오.]

부루퉁. 나 삐졌소, 온몸으로 외치는 여우를 다시금 번쩍 들어 올린 설란이 무척 진지한 표정으로 물었다.

"얼마나 오랜 시간이 흘러야 다시 백여우가 될 수 있는지, 알고 있지?"

[흥!]

"알려주면…… 그래. 어제 싱싱한 물고기들이 잔뜩 들어왔다 도아가 그러던데, 내 그것을 주마."

물고기가 싫으면 다디단 과일을 주겠다며 살살 꼬시는 설란을, 백호가 자포자기한 심정으로 바라봤다.

세상사 외양보다 내면이 더 중하다 하던데 제 내면을 봐주는 이를 찾는 것이 왜 이리 어려운 일인지 모를 노릇이다. 심지어 무명은 저를 서너 살 꼬마처럼 둥개둥개 어르며 기어코 엿가락을 입에 물려주지 않았던가. 엿을 맛있게 먹었던 기억은 저 멀리 날려 버린 백호는 꽤나 심각하게 고개를 좌우로 저으며 말했다.

[……다들 착각을 하고 있는 것 같은데. 난 여우가 아니라 반신(半神)이오.]

"응?"

[반신(半神)이라 말했소.]

"아……."

[놀랐소. 그래. 충분히 놀랄 만한 일이지. 이리도 귀여운 여우가 반신 이라니, 나라도 믿기 어려운 일일 것이오.]

설란은 말을 잊었다. 백호의 위엄에 놀라서가 아니라, 자화자찬 하며 가마 안을 빙빙 도는 백호의 자태가 말로 표현하지 못할 정도로 귀여웠기 때문이었다. 지환에게는 특히 날을 세우는 것 같았으나, 미처 감출 수 없는 앳된 행동들이 아직 새끼 여우임을 상기시켰다.

[그러나 나는 무려 백 하고도……]

덜컹!

목적지에 도착한 가마가 아래로 내려지는 순간 덜컹거림에 깜짝 놀란 백호는 방금 전까지 말하던 것도 잊고 후다닥 설란의 치마폭 사이를 파고들어 갔다. 다홍빛 치맛자락에 온몸을 파묻은 채 코끝만 쫑긋 내민 모양새가 귀여웠다. 코끝부터 발끝까지 위엄은 눈을 씻고 찾아봐도 찾을 수가 없었다.

설란은 어찌나 놀랐는지 박새 날갯짓처럼 빠르게 뛰는 백호의 심장박동을 느끼며 다시 아랫입술을 꽉 물었다. 그것만으로는 부족한 것 같아서 손톱이 살갗을 파고들 정도로 주먹도 꽉 쥐었다.

'너무 귀여운 거 아냐?'

이 정도 귀여움이면 범죄 수준이라며 설란은 속으로 폭 한숨을 내쉬었다. 청월을 그리 괴롭혔으니 조금쯤 미워했던 것이 엊그제 같은데, 며칠이나 지났다고 귀여운 모습만 보이는지 모를 일이다. 설란은 여우를 곱게 안아 들며 열리는 가마 문 쪽으로 고개를 돌렸다.

열리는 문 틈새로 햇살이 비껴 들어와 가늘게 뜬 눈 사이로 제가 익히 아는 손이 보였다. 시간으로 따져 보면 얼마 되지 않는, 가례를 올린 날 보고 안도를 느꼈던 그 손을, 지금 그녀는 화사하게 웃으며 맞잡았다.

가마에서 나온 설란은 지환의 귓가에 속닥였다.

"청월, 나 드디어 백호가 말하는 걸 들은 거 있죠?"

그 속삭임을 못 들을 백호가 아니다. 여우는 제 계획이 틀어진 게 영 못마땅한지 설란의 품에서 팽 고개를 돌렸다. 지환 쪽은 아예 보지도 않겠다는 의지가 충만한 백호의 행동에 설란이 와르르 웃음을 쏟았다.

"정말이지. 떨어져 있지 않으려고 하기에 너무 약해져서 말을 잘 못하는 건가 걱정했더니 아니더라고요."

다행이라는 말을, 설란은 일부러 조금 크게 했다. 백호의 귀가 쫑긋거렸다. 그러나 그녀의 말에 지환이 단호하게 고개를 저었다.

"과한 걱정입니다."

"그런데 궁금한 것이 하나 있어요. 무엇 때문에 싸웠기에 '여우 새끼입니까, 아니면 저입니까!'라는 말이 나온 거예요?"

설란의 물음에 지환의 귀 끝이 붉어졌다. 그 이유, 제가 더 알고 싶었다. 무슨 귀신에라도 쓰인 것인지 그 순간 자신도 모르게 외쳤던 말을 주워 담고 싶은 기분을 여실히 느끼며 중얼거렸다.

"아무, 일도…… 아닙니다."

살짝 목 메이는 듯한 그 말에 설란은 깊게 숨을 들이마셔야 했다. 심지어 청월도 귀엽다니. 이건 반칙이라 중얼거리며.

멀리서 보면 참으로 마음 한편이 따뜻해지는 부부와 여우 한 마리라는 풍경에 새로운 인물이 끼어든 것은 바로 그때였다.

"공주마마를 뵈옵니다."

고개를 돌리자 그 자리에 있는 것은 지환의 형이자 차기 최가를 이끌어갈 최지문이었다. 끝이 매서운 눈매가 인상적인 사내였다. 푸른 도포와 붉은 술띠가 없어도 그가 꽤 지체 높은 양반이라는 것을 모를 사람이 없을 정도로 행동과 말이 몸에 그대로 배어 있는 남자를, 설란은 조금 놀란 눈으로 바라봤다.

처음 보는 것은 아니었다. 성년이 되자마자 과거에 응시해 장원으로 합격하는 것으로도 모자라 곧장 중앙 관리로 임명되었으니 못해도 네댓 번은 본 사이다. 그럼에도 지금 처음 본다는 느낌이 강하게 드는 것은 자신의 위치가 변했기 때문일 터다.

시댁이라 하나 설란의 신분은 공주였으니 지문은 격식에 맞춰 예를 갖췄다.

"아버님께서 아침에 급히 입궐하란 명을 받으시어, 부득이하게 제가 대신해 나왔습니다."

"아뇨. 괜찮습니다."

부드럽게 웃는 설란의 목소리에, 팔 사이에 숨어 있던 백호가 삐죽이 고개를 내밀었다. 무슨 일인가 싶었는지, 작은 소리라도 잡아내려는 듯 쫑긋이 서 있는 여우의 두 귀가 유달리 눈에 띄었다.

"이 여우는……."

지문의 시선이 백호에게로 향했다. 사실 무시하기가 더 어려웠다. 꼬리를 살랑살랑 흔들며 저를 알아봐 달라 눈을 반짝이는 여우를 무슨 재주로 모른 척한단 말인가.

"아. 이번에 키우기 시작했답니다. 귀엽지 않나요?"

"예. 무척 귀엽군요."

지문은 고개를 끄덕여 동의했다. 귀엽다는 말에 백호는 꼬리로 설란의 팔을 탁탁 치며 불만을 토로했다. 그것마저 귀엽기 그지없다는 듯 바라본 지문은 자연스레 지환의 안부를 물었다.

"너도 왔느냐. 몸은 괜찮고?"

지환은 잠시 고민했다. 여우에게서 시선을 고정한 채 묻는 저 말이, 정녕 저를 향한 것이 맞는지를. 아버지의 눈을 꼭 닮아 가만히 보고만 있으면 꽤나 강한 인상을 주는 지문의 두 눈은, 백호에게 딱 달라붙어 떨어질 생각을 안 했다. 여우에게 홀린 건 아닌가 하는 실없는 걱정이 들 정도였다.

지환은 설란이 제 옆구리를 쿡 찌른 뒤에야 대답했다.

"예."

"그래…… 마마, 괜찮으시다면 차를 대접할 테니 잠시만 기다려 주시지 않겠습니까. 기별을 넣었으니 곧 도착하실 겁니다."

"물론이죠."

여전히 눈은 백호에게 고정된 채로 할 말은 다 하는 지문의 모습이 참으로 색달랐다.

정계에서 몇 번인가 인사를 나누었던 지문은 어땠던가. 정복은 항상 주름 하나 없이 빳빳했고, 관모에는 먼지 한 톨 없었다. 관직 생활을 일 년 넘게 하다 보면 요대(腰帶)가 삐뚤어진 이들이 한둘이 아니었는데, 지문은 그것마저도 잘못 찬 적이 없어 항상 철저한 사내라는 생각을 했던 기억이 있다.

'그랬는데…… 여우를 좋아하셨구나.'

새로이 알아낸 사실을 머릿속에 담으며 설란은 저택 안으로 안내하는 그를 따라 움직였다. 그러나 설란보다 더 놀란 것은 지환이었다. 고작 두 살 차이였지만 형에 대해서는 아는 것보다 모르는 것이 더 많았다. 이렇게 아무렇지 않게 인사를 나누는 것도 얼마 만인지 모를 일이다.

[이 인간은 왜 이리 나를 노려보는지 모르겠구나.]

제게 와 닿는 시선이 불편했는지 백호가 작게 투덜거렸다. 백호
는 눈이 동그래질 정도로 놀라는 설란의 모습에 개구지게 웃었다.

[내 목소리는 어차피 신력이 없는 인간에겐 들리지 않으니 괜찮소. 그
보다 역시……]

백호의 수염이 쫑긋거렸다. 마치 주변 공기를 느끼기라도 하듯
앞발을 휘젓는 모습에 참다못한 지문이 입을 열었다.

"……그리 새까만 여우는 처음 보는군요. 자하국에서 구한 것
이 아니신가 봅니다."

[구하다니! 이 몸을 뭐라 생각하는 것이야! 천벌을 받을 것이다!]

"이번 가례 축하연 때 선물로 받았답니다. 어디였는지는 기억이
잘 나질 않네요. 워낙 많은 곳에서 사신단이 온 터라."

[어찌 그럴 수 있소. 반신을 선물이라 하다니. 봉황께서 우실 게요.]

"아아. 그러시군요. 혹 나중에라도 알려주실 수 있으십니까. 참
으로 귀여운 여우인지라……."

[물론 이 몸이 귀엽긴 귀엽다만, 이왕이면 위엄 있다 하거라. 그쪽이
더 사실에 가까우니.]

쿡쿡, 지문만 모르는 이 우스운 상황에 설란은 숨죽여 웃었다.
그리고 지환은 참으로 낯익으면서도 낯선 집 안을 둘러보며 생각
했다. 눈 가리고 아웅 한다는 말이 바로 이런 것을 일컫는 것일지
도 모른다고.

❋

재원은 그야말로 혼이 쏙 빠질 만큼 정신이 없는 상태였다. 잠

시 들르라, 는 혜조의 명을 거절할 수도 없는 노릇이고 오늘 방문한다던 설란을 오지 말라 할 수도 없는 노릇이었으니 말이다. 결국 해뜨기가 무섭게 입궐한 그는, 혜조에게 반나절 내 붙잡혀 있다 겨우 시간 맞춰 저택에 도착하는 데 성공했다. 막 저택에 도착한 그에게서 말고삐를 받아 든 노비는 가쁜 숨을 몰아쉬는 제 주인에게 기쁜 소식을 알렸다.

"밖에까지 웃음소리가?"

"예이. 다과도 무척 맛이 있다 하셨다 합니다."

"그래?"

재원은 미간을 찌푸렸다. 예상했던 것과 너무 다른 상황에 말문이 막혔다 하는 것이 더 맞을 터다.

밤이면 밤마다 사랑채까지 흘러들어 오는 고통 섞인 비명을 구년 가까이 듣는 것은 그것만으로도 충분히 고통인 법이다. 그보다 더 큰 절망은 자식의 고통이 모두 제 죄였기 때문이며, 그것을 알면서도 해줄 수 있는 것이 없었던 탓이다. 그렇기에 공주와의 가례를 밀어붙였다. 이유를 알게 된다면 분명 왕은 노할 것이다. 그러나 만약 시간이 되돌려진다 할지라도 같은 선택을 할 것임을 알았다.

그도 그럴 것이…….

'웃고 있다니. 그 아이가.'

노비에게 그 말을 들었을 때 그는 제 귀를 의심할 수밖에 없었다. 지환이, 제 둘째 아들이 웃는 것이 맞느냐고 되물으려던 것을 참느라 어찌나 애를 썼는지 모른다. 사랑채로 향하는 걸음이 다급했다. 제 귀로 들어야, 제 눈으로 봐야만 믿을 수 있을 것 같아, 그는 체통조차 잊었다.

열 손가락 깨물면 안 아픈 것이 어디에 있냐지만, 더 아픈 손가락은 있는 법이다. 지환은 그에게 언제나 아픈 손가락이었다. 마지막으로 웃는 것을 본 적이 언제인지도 기억나지 않는다. 웃기는 커녕 제대로 된 대화를 나눈 기억도 거의 없었다. 재원의 걸음이 점차 빨라졌다. 경중경중 뛰는 걸음을 따라 도포 끝이 펄럭였다.

언제나 위엄 있던 대감께서 이리 달리는 것을 처음 본 시비와 노비들이 놀라는 것도 모른 채 내달리는 발이 그저 다급했다.

바람이 불었다. 바람결에 흘러오는 솔 향이 그저 맑았다. 향과 함께 들려오는 웃음소리에 재원의 걸음이 멈췄다. 작지만 그 사이에는 분명 제 아들의 것도 섞여 있었다.

"하……."

구 년이었다. 포기할 수 없는 시간이 그리 길었다. 문 하나를 사이에 두고 그는 한동안 그렇게 고개만 떨군 채 서 있었다.

"어머."

재원이 사랑채에 들어온 것은 내온 차가 반쯤 식었을 즈음이었다. 들어오자마자 지환에게 고정된 시선만 느껴질 정도였다. 설란은 감탄하며 재원과 지환을 번갈아 바라봤다. 옷을 갈아입을 시간도 없었는지 붉은 정복은 바람에 휘날려 여기저기 구겨져 있었고 요대는 비뚜름히 기운 채였다. 관모를 벗어 던지지 않았다는 것이 천만다행이다 싶을 옷차림에 지문이 소리 없이 경악했다. 그러나 정작 당사자는 제 옷차림이 어떤지 보이지도 않는 상태였다.

항상 날이 서 있어 가까이 다가가기도 어려웠던 제 아들의 분위기가 부드러워진 것이 느껴졌다. 제대로 자지 못해 길게 그림자가 드리웠던 눈 밑도, 심장께를 움켜쥐던 버릇도 사라졌다. 묻지 않아도 알 수 있었다.

그렇게 누구 하나 먼저 입을 열지 않은 시간이 계속해서 흘러 갔다. 서로가 서로의 눈치를 보는 상황이 지루했는지, 백호가 다과 하나를 입에 물었다. 설란은 입에 약과를 문 채 슬금슬금 자리를 뜨려는 백호를 제 쪽으로 죽 잡아당기며 입을 열었다.

"잠시 아버님과 얘기를 나누고 싶은데요, 괜찮을까요?"

버둥거리는 백호에게서 눈을 떼지 못하던 지문의 고개가 들렸다. 설란은 해사하게 웃으며 얼렁뚱땅 백호를 지환의 품에 안겨주었다. 그러며 저도 자리에 있겠다 말하려던 지환의 말을 막았다.

"금방 끝낼게요."

그렇게 말하니 어찌 아니 된다 할 수 있을까. 지환은 차라리 설란의 곁에 있겠다며 악을 쓰기 시작하는 백호를 팔 안으로 꾹 눌러 넣으며 알겠다 답했다. 백호가 움직이니 여우만 바라보고 있던 지문도 홀린 듯 자리에서 일어났다.

[네 이노옴! 이것 놓지 못할까!]

반신을 이리 대접하는 경우는 없다며 네 다리를 허우적거리는 백호의 저항은 거칠었으나, 그 애처로운 발버둥이 누구에겐 귀여움으로 비춰질 뿐이니 이 어찌 슬프지 아니할까. 버둥거리다 결국 지환에게 끌려가는 모습을 바라보던 설란이 귀엽지 않냐, 재원에게 묻는 말을 듣지 못한 것이 백호에게는 그나마 위로라면 위로일 터였다.

등 뒤에서 장지문이 닫히고, 이 억센 손에서 벗어나지 못한다는 것을 깨닫자 백호는 몸에서 힘을 뺐다. 어차피 도망치지 못할 것 괜한 일에 힘을 써봤자 무엇하나 싶었기 때문이었다.

팔에 얼굴을 기대고 있던 백호는 그대로 고개를 들어 지환을 올려 봤다. 굳게 닫힌 입, 바짝 힘이 들어간 눈매가 그의 기분을 짐작케 했다. 저리 딱딱한 얼굴을 보고 있자니 내려던 화도 푸시시 식어버려서 여우는 팽 바람 빠지는 소리를 내며 지환의 품 안에서 편한 자세를 찾고자 바르작거렸다.

부드러운 설란의 품 안과는 달리 지환의 품은 여기도 딱딱, 저기도 딱딱해 편한 자세를 찾기 위해서는 꼬리가 필수였다. 꼬리를 도르르 말아 지환의 가슴팍 쪽에 붙인 다음 몸을 기댄 여우는 곱게 포갠 앞발 위에 턱을 얹었다.

"그래. 조금 전에는 인사가 짧았지. 안색이 많이 좋아졌구나."

그리 말하며 웃는 지문의 얼굴을 보고 있자니, 지환은 속 안에서 말벌들이 시끄럽게 윙윙거리는 것 같았다. 이래서 이곳에 돌아오고 싶지 않았다. 한 번쯤은 들려야 한다는 설란의 말에 차마 부정하진 못했으나 역시 꿈에서라도 보고 싶지 않은 곳이었다.

지금도 그렇다. 안색이 좋아졌다는 그 평이한 안부 인사에 무어라 답해야 한단 말인가. 저주가 풀려 요새는 살 것 같다고? 아, 형님은 모르시겠지만 그 저주란 것이 지난 구 년간 저를 갉아먹던 것이라고?

무엇이건 할 수 없는 말뿐이다. 아무것도 모르는 이와의 대화는 이토록 어려워, 언제나처럼 답할 수 있는 것은 제한적이었다.

"예."

"그래. 새신랑이라 그러한가 아주 보기 좋구나."

"감사합니다."

"그런데 정말이지…… 먹을 칠하였나, 저리 새까만 여우라니. 귀한 여우로구나. 털에 윤기가 도는 것도 그렇고…… 어찌 저리 귀여울까."

[듣고 있느냐. 저 어리 인간들이 보기에도 귀한 몸이시니라. 저치는 네 핏줄 중 유일하게 마음에 드는구나.]

물론 여우의 말은 지문에겐 들리지 않았다.

"고개를 치켜드는 걸 보아하니 내 말을 알아듣기라도 하는 것 같아. 무척 영리한 것 같은데. 아니 그러냐?"

[오호! 참으로 영특한 인간이로고.]

제 형님과 여우의 대화가 어찌 막을 수 없는 산을 넘기 전 지환이 입을 열었다.

"형님, 물을 것이 있습니다."

그제야 지문의 관심이 여우에서 제 아우에게로 옮겨왔다. 그는 낯을 굳힌 지환의 모습에 언제 여우를 칭찬했냐는 듯 낯빛을 바꿨다.

"긴 얘기더냐."

"예."

"……그럼, 잠시 걸을까."

정원 쪽으로 몸을 틀던 지문은, 그러나 갑자기 제 팔 위에 턱 얹어진 여우의 앞발에 움찔했다. 지문은 팔에서 느껴지는 말랑거림과 따뜻함이 믿기 힘들다는 표정으로 천천히 고개를 돌렸다. 그가 예상했듯 팔에 얹어진 것은 여우의 발이었다.

[기특하여 주는 상이니라.]

기껏해야 한 주먹 정도 되는 새끼 여우가 고개를 들어 저를 빤히 바라보고 있었다. 새까맣고 동글동글한 눈동자, 그리고 찡긋거리는 코끝. 지문은 소리 없는 침음을 삼켰다.

"……혹, 여우를 키우기 힘들다면……."

"부인께서 무척 아끼는 여우라, 아니 됩니다."

"……그래. 그렇구나, 마마께서…… 그럼 혹 이 여우를 어디에서 구하였는지 너도 모르……."

"타국에서 혼사 축하 선물로 받은 것이라 잘 모르겠습니다. 죄송합니다, 형님."

말을 자르는 목소리가 단호하기 그지없었다. 처음 목적도, 그다음 목적도 실패한 지문의 어깨가 축 늘어졌다. 귀를 쫑긋거리고 있는 여우를 바라보는 시선이 무척이나 슬퍼 보였다. 미련이 가득하던 시선은 후원을 반쯤 거닐었을 때쯤 떨어져 나갔다.

여기저기 꽃이 만발한 후원에서 산 것이 며칠이나 된다고, 지환은 어느새 이 황량한 후원이 낯설었다. 몇 번 눈을 깜빡이자 그제야 익숙한 구석들이 눈에 들어왔다.

"이곳은 여전하지. 그렇지 않느냐."

무겁게 가라앉은 지환의 표정을 알아차린 지문의 입가에 씁쓸한 미소가 걸렸다. 두 형제의 시선은 십년 넘게 같은 자리를 지키고 있는 소나무로 향했다.

그래도 예전에는 이곳도 꽤나 색색으로 어지러웠다. 어머니가 살아 계실 때만 해도. 몸이 아픈 와중에도 그녀는 볕 좋은 날이면 후원에 나와 꽃을 매만지곤 했다. 병세로 인해 거칠게 일어난 손을 볼 때마다 집안이 한바탕 난리가 일어났던 적도 있었다. 그때마다 이리 흙을 만지니 금방 나을 것 같다며 웃던 그녀는, 이 집안의 유일했던 태양이자 온기였다.

그 태양이 오직 하나였다는 것은 불행이었고, 신께서 그런 그녀를 너무 빨리 데려갔다는 것은 불운이었다. 후원을 신경 쓰던 안주인이 사라지자 계절마다 각기 다른 아름다움을 뽐내던 꽃들은 차차 죽어가기 시작했다. 처음 일 년은 티도 나지 않았다. 티도 나지 않았을뿐더러 그녀를 잃은 슬픔에 그 누구도 후원을 들여다볼 생각조차 하지 않았다.

그렇게 일 년, 이 년, 삼 년……

어느 순간 후원을 들여다봤을 때, 그곳엔 한가득 피어 있던 꽃 대신 그저 멋없는 초목들이 자리를 대신한 지 오래였다.

"그래도 이리 오랜만에 얘기를 나누니 좋구나. 물을 것이 있다 했는데, 내가 아는 것이라면 대답해 주마."

"십팔 년 전 일입니다. 형님은 여기저기에서 들은 것들이 많은 것 같아……"

이리 물으러 왔습니다.

십팔 년. 그저 가벼운 마음으로 물으러 왔다기에는 너무 오래 전 일이었고, 대략적인 것을 알고 싶었다기에는 대략적이지 않은 숫자가 걸렸다. 열여덟. 지문은 설란의 나이가 마침 그쯤 된다는 것을 깨닫고는 복잡한 시선으로 제 동생을 바라봤다.

가례를 올린 지 채 한 달도 되지 않은 시점에서 십팔 년 전 일을 물으러 왔다는 동생을 어찌 대해야 할지, 그는 배운 적이 없었다. 수없이 많은 성인들의 글을 읽고 수많은 윗대들의 배움을 받았건만 이럴 때는 그날로 되돌아가고 만다. 어머니가 돌아가시던 날, 후원에서 남몰래 엉엉 울던 동생을 앞에 둔 채 어쩔 줄 몰라 하던 그때로.

이제는 황량하게 변해 버린 후원에, 태양이 그토록 사랑했던 두 아이가 마주 섰다. 그 오래전과는 참으로 달라진 제 동생을 새삼스러운 눈으로 바라보던 지문의 목소리는 부드러웠다.

"그리 오래전 일이라…… 글쎄, 내가 아는 일인지는 모르지만 약조하마. 아는 일이라면 거짓 없이 답해준다고."

지환의 시선이 지문을 살폈다. 그가 뱉은 말이 진심인지 확인해 보겠다는 듯이. 그러나 거짓을 말한다고 해도 저로서는 어쩔 도리가 없는 일이다. 구 년간 고통받으며 처절하게 깨달은 것이 하나 있었다. 제 힘으로 어찌할 수 없는 일에 대해 고민해 봤자 결국 아무것도 해결되지 않는다는 깨달음.

"십팔 년 전."

지환의 입이 열렸다.

"왕권은 누구의 손에 있었습니까."

허.

당장 혀가 잘려도 할 말 없는 질문에, 말문이 턱 막혔다. 왕권. 왕위를 이은 이가 갖는 것이 마땅한 그것은 실제로 다른 이들 손에 조각나 나뉘기 일쑤였다. 그런 와중에도 이토록 대담한 질문을 던지는 이가 있었을 리 만무하다.

배짱이 두둑하다 해야 할지, 겁이 없다 해야 할지. 혹여나 하나뿐인 동생이 다른 곳에 가 같은 질문을 던질까 걱정이다, 그리 생각하던 지문은 그의 표정을 본 뒤에 조용히 하려던 말을 접었다. 대신 질문에 대한 답을 던져 주었다.

"네가 생각하는 그분이 맞다."

십팔 년 전. 혜조가 왕위를 양위받은 지 겨우 이 년밖에 되지 않았던 시기이다. 지금이야 군 통수권을 완벽하게 손에 쥔 혜조의 권력을 농으로나마 얕볼 이가 없었으나 선왕이 자하국을 통치하던 시기에는 지금과 분위기가 천차만별이었다. 그 시기 권세가들은 술자리만 벌어졌다 하면 선왕을 놓고 벙어리라 낮잡아 보았으니 더 말해 무엇할까. 그런 선왕을 누르고 있던 가장 큰 세력은 다른 누구도 아닌 당시 왕후의 가문이었다.

"아마 공주마마께서는 모르시겠지. 마마께서 태어나시고 채 오 년을 넘기기 전, 대비마마께서 제 손으로 가문을 멸문지화에 이르게 하시었으니."

그 기세가 어찌나 단호하고 또한 서릿발 같은지, 제 가문을 갈기갈기 찢어내는 그녀를 보며 피도 눈물도 없다는 말이 암암리에 돌 정도였다.

"무슨 심경의 변화였는지는 아직까지 아는 이가 없지. 그전까지만 하여도 줄타기를 하듯 균형을 유지해 오시던 분이 하루아침에 그리 돌변하였으니."

[뻔한 얘기로구나. 쯔쯔, 그래서, 그 '그분'이라는 작자는 어디에 있느냐.]

어느새 지환의 품을 비집고 고개를 내민 백호가 어서 그자의 이름을 대라며 지환을 재촉했다. 탁탁, 발로 지환의 팔을 치는 폼이 익숙했다.

"뀨우-!"

[들어보니 그 작자가 이 모든 일의 원흉인 것 같으니 툇값을 받으러 가야 하지 않겠느냐. 이보거라! 내 말이 들리지 않는단 말이냐!]

"캉! 카앙!"

"음…… 여우가 뭔가 불만이 있는 것 같은데. 그, 안은 자세가 불편한 것 아니냐. 괜찮다면 내가 한번 안아보아도 되겠느냐."

여우의 짜증도, 애단 지문의 표정도 보이질 않았다. 낑낑거리며 몸을 빼내려는 여우의 머리를 다시 품 안으로 욱여넣을 수도 없었다. 머릿속이 아득해지는 기분에 고작 서 있는 것만으로도 힘에 부쳤다. 짐작하고 있던 대답이었음에도 실제로 듣는 것은 또 다른 기분이었다.

그제야 지환의 낯이 희게 질렸다는 것을 눈치챈 지문이 걱정스러운 표정을 지었다. 그러나 괜찮으냐 묻는 지문에게 얘기해 주어 고맙다 말하는 것이 고작이었다.

하.

그는 계속해서 이름을 알려달라, 누구인지 제 앞에 데려놓으라며 화를 내는 백호의 노성에 대답 없이 발을 돌렸다.

문제는 아직도 해결되지 않았다. 그러할진대 이 모든 일을 주도한 이가 이미 이생에 없다면, 어찌해야 한단 말인가.

감격이 걷힌 재원의 얼굴은 그녀도 익히 아는 그것이었다. 비어버린 자리 중 한 곳을 가리키며 앉으라 권하는 목소리는 적당히 부드러웠고, 말투에는 그에 걸맞은 예가 배어 있었다. 의복을 정돈한 재원이 자리에 앉자 설란은 눈을 접으며 웃었다.

"사냥꾼이, 어찌 저주를 피했는지 혹 알고 계신지요?"

다짜고짜 본론이다. 서두조차 없는 물음에, 재원은 표정을 갈무리할 시간조차 얻지 못했다. 그의 표정에 쩍 금이 가자 설란은 쓰게 웃었다.

"사냥꾼을 구한 것은 아버님이시고, 그 사냥꾼은 반신(半神)의 저주를 최가로 돌릴 방법을 찾아냈다…… 하면 명한 것은, 아바마마이십니까."

쉴 틈 없이 몰아치는 질문은 그리 부드럽지 않았지만. 갑자기 던져진 물음에 재원의 얼굴이 딱딱하게 굳었다. 이미 들을 것이라 짐작했던 질문이다. 저주에 걸린 아들을, 그 저주를 누그러뜨릴 수 있는 공주의 품 안에 밀어 넣었을 때부터, 당연히 받을 것이라 생각한 질문이었다. 그럼에도 정작 이리 들으니 머릿속이 희게 질린다.

깊게 주름진 재원의 얼굴에 그늘이 드리웠다.

"송구합니다, 마마. 마마께서 하시는 말의 의중을 짐작키 어렵습니다."

"백여우 말입니다. 아바마마께서 그리하라 명하신 겝니까."

설란은 한숨을 삼키며 말을 이었다.

"다 알고 왔으니 감추지 마세요."

"저는 마마께서 무슨 말을 하시는지 모르겠습니다."

"……성도청을, 궁 밖으로 몰아내셨지요."

"그것은……."

"그녀들은 저주를 봅니다. 그러니 성도청 무녀들에게는 해결 방법을 묻지도, 청월을 보이지도 않은 것 아닙니까? 그녀들이 백여우의 저주를 보게 된다면, 그것이 아바마마의 귀에 들어갈 것임은 자명한 일이니. 그리 되면 아무리 뛰어난 학식을 갖고 있더라도 언제고 뜻을 가졌을 때 등청하지 못할 것 아닙니까."

재원의 낯이 희게 질렸다. 왕에게 이 모든 것을 함구한 이유가 설란의 입에서 뱉어지고 있었다. 그러나 설란은 창백해지는 재원의 얼굴에도 그저 비통한 표정으로 그를 바라볼 뿐이다.

단순한 얘기였다. 처음 의문을 가진 것은 지환이 저주에 걸렸다는 사실을 알았을 때였다. 신의 저주라면, 당연히 그 대응책으로 생각할 것은 무녀여야 했다. 가장 신에 가까운 인간들이라 여겨지고 있으며, 동시에 신력으로 그 신성성을 보여주고 있으니 말이다. 그러나 재원은 어떠했나. 다른 누구보다 앞서서 성도청을 궁 밖으로 몰아내는 데 온 힘을 다했다.

설란은 아직도 그날을 기억하고 있었다. 제가 열 살일 때 무녀들이 항상 오고 가던 거대한 대문에 장판이 덧대어지던 날을.

그때에도 아름다웠던 대무녀는 눈물 한 방울 흘리지 않은 채 울먹이는 무녀들을 이끌고 궁을 떠났다.

수십 명이 넘는, 무복을 입은 무녀들이 줄지어 출궁하는 모습을 보고 누군가는 '신이 궁을 뜬다'고 표현했다.

"내 아비는 몸이 약한 자식을 위해 반신(半神)을 죽이라 서풍에게 명하였고, 서풍, 그대가 직접 활 시위를 당겼을 리는 없으니 솜씨 좋은 사냥꾼을 구했겠죠. 그리고 저주를 뒤집어쓴 청월을 위해 이 모든 것을 침묵했습니다. 내 말에, 틀린 것이 있습니까."

까맣게 죽어버린 두 눈과, 맞물린 입매가 대신 답을 뱉었다.

아니길 빌었다. 그럴 것이라 반쯤 확신하고 있었음에도, 만에 하나라는 말을 끝없이 속으로 중얼거리며 아니길 바랐다. 그러나 현실은 여지없이 잔혹해 네가 아는 그것이 바로 사실이라 말하고 있었다.

"진정 내 아비가- 백여우를, 죽이셨습니까. 아니지. ······죽여 그 거죽을 가져오라, 그리 명하시더이까."

툭.

그녀의 입에서 나오는 말은 하나같이 무거웠다. 바닥에 쿵 떨어진 말이 마치 쇳덩이 같았다. 그렇지 않고서야 이리 온몸이 짓눌리는 것 같을 리가 없다.

"저는 모르는 일이옵니다."

"서풍. 아니, ······아버님."

설란은 고목처럼 마른 서풍의 손 위에 제 손을 얹었다. 바닥만을 향하던 시선이 그것에 놀라 위로 들렸다.

"저주를 풀기 위해 필요합니다. 도와주세요."

"······저주를, 푼다 하셨습니까."

애가 탄 시선은 그리 물었다. 그것이 진정 가능한 일이냐고.

"가능합니다. 하나, 아버님께서 도와주셔야 합니다."

가능하다. 강산이 바뀐다는 그 오랜 시간 동안 그리 많은 사람을, 셀 수도 없는 돈을 써도 듣지 못했던, 일평생을 다 바쳐도 좋으니 듣고 싶었던 한마디에 지금껏 악으로 버티던 아비의 어깨가 일순간 와르르 무너져 내렸다. 눈물조차 말라 버려 물기라고는 조금도 남아 있지 않은 울음이 그저 어깨의 떨림으로만 전해졌다.

차마 짐작조차 못 할 감정에, 설란은 아무런 말도 하지 않은 채 그저 조용히 재원이 진정하기를 기다렸다. 한참의 시간이 흐른 뒤에야 재원의 고개가 들렸다.

"마마를······."

목이 턱 막힌 것 같아, 밖으로 뱉어지는 소리가 낯설었다. 제 것임에 분명한 목소리는 어느새 자취를 감추고 다른 이의 것이 그 자리를 꿰차고 앉은 것만 같았다. 이마에 깊게 팬 주름 위로 칼을 덧대어 베어내는 기분에 그는 저도 모르게 손으로 얼굴을 덮었다. 무덤까지 가져가겠노라 그리 다짐했던 말을 입에 올리는 것은 그만큼 어려운 일이었다.

그러나 그는 지쳤다. 오롯이 충심만으로 행한 일들이라기에는 그 결과가 너무도 참혹해 그 속이 까맣게 썩어 들어간 시간이 길었다. 그리 오랜 시간을 견디다 드디어 그 끝을 볼 수 있다 말하는 이를 만났다. 놓칠 수 없는 기회였다.

이 죄, 저승에 가 달게 받겠나이다. 맹세를 했던 이에게 하는 속죄였으며,

"마마를. 오직. 마마를 위한 일이었습니다. 예, 맞습니다. 제가 사냥꾼을 구했지요. 그 사냥꾼이, 절반뿐이라 하나 신은 신이니 제문(祭文)을 청하기에 써주었습니다. ―제 아이가 저주를 뒤집어쓴 뒤 그 사냥꾼을 잡아 추궁하니 그때 그 제문을 화살에 매달아 쏘았다더군요."

"그럼 육포는……."

재원의 입가에 쓴 미소가 걸렸다.

"사냥꾼이 혹여나 제게 화가 미칠까 두려웠다 자백했습니다."

결국 그것마저 사냥꾼의 짓이었단 소리다. 설란은 목구멍에 커다란 돌이 틀어막힌 것처럼 아무런 말도 하지 못했다.

"그럼에도 감내했습니다. 누구에게도 비밀을 누설하지 않은 채, 어찌할 도리가 없는 일이라, 그리 생각해 왔습니다."

혹은 고해였다.

그것도 아니라면 짐을 덜어내고 싶다는 간절함이었다. 본래 나이보다 늙어버린 아비는 그렇게 무거운 입을 열었다.

"하나부터, 열까지, 모두 마마를 살리기 위한 일이었으니."

그리고 설란은 제게 향하는 그 말이 참으로 시리다, 생각했다. 설란은 제 귀로 듣고 있으면서도 믿을 수가 없어 잠시 말을 잊었다. 자신을 위한 일. 그 말이 의미하는 바는 하나였다.

서풍마저 모르고 있었다.

설란은 입안을 물어뜯으며 확신했다. 서풍마저도 자신과 자설호가 바뀌어 자라났다는 사실을 모른다는 것을.

제 아비는, 그리 곁에 두고, 또한 곁에 두고자 한 충신에게마저 진실을 숨긴 것이다. 귀하디귀한 세자는 그리 뒤로 숨겨놓으시고 앞에 내밀어진 것은 또다시 자신이다. 당연한 일임을 알고 있지만, 머리와 가슴은 언제나 그렇듯 따로 노는 법이다. 이제 와 더 찢어질 곳도 없어 너덜거리기만 하는 그것을 부여잡은 채 설란은 물기 어린 목소리로 되물었다.

"나를 위한 것이라…… 아바마마께서 그리 말하셨습니까."

그러나 때로 현실은, 상상한 것보다 더 잔혹한 법이다.

"마마. 구 년 전, 아니 십 년 전 일입니다. 백여우를 잡을 사냥꾼을 찾고, 그 사냥꾼이 산속을 헤맨 시간을 합치면 십이 년 전 일이옵고, 말이 나온 것은 십오 년 전 일이옵니다. ……어찌 상감마마께서 명하셨겠습니까."

"그게 무슨……."

"십오 년 전 일이옵니다, 마마. 대비마마께옵서 왕실 중대사를 돌보시던."

대비.

그 한 단어에 무너진 것은 설란이었다.

"무어라…… 했습니까."

"이 모든 것을 명하시고, 지시하시고, 직접 백여우의 거죽을 받아 가신 분이 대비마마십니다. 대비마마께서는 마마의 병세가 날로 짙어짐에 깊이 염려하시어 성도청의 대무녀에게 마마의 건강을 빌러 가셨다 얘기를 들었다 하시었습니다."

무언가에 몰두하게 되면 그것만 보이는 법이다. 정명대비가 그러했다. 건강, 혹은 생을 이어갈 수 있을 무언가. 그 시기 대비의 머릿속에는 온통 그런 생각밖에는 없었다. 신께 빌러 성도청을 찾아갔을 때 마흔이 넘었음에도 이팔청춘처럼 보이는 대무녀가 눈에 들어온 것은 어찌 보면 당연한 일일지도 모른다.

신력.

그렇게 정명대비는 타개책을 찾아냈다.

"대비마마께옵서 명하셨나이다. 그 외에는 모두 마마께서 하신 말대로입니다."

모든 얘기를 들은 설란의 상체가 휘청였다. 한 팔로 바닥을 짚었으나, 그저 숨을 내뱉는 것 외에는 아무것도 할 수가 없었다.

추억이라 말할 수 있는, 몇 안 되는 기억에는 언제나 정명대비가 자리하고 있었다. 무릎에 앉아 몸을 뒤로 기대면 기함하는 상궁의 낯빛과 부드럽게 웃는 정명대비의 얼굴이 동시에 보이곤 했었다. 처음 책을 읽어준 것도, 처음 제게 괜찮다 말해준 것도 정명대비였다.

그랬는데.

제가 쌓아온 세상이 단숨에 무너져 내리는 기분을, 어찌해야 할지 몰라 설란은 그저 숨 쉬는 것밖에는 할 도리가 없었다.

"잠시 들어가겠습니다."

그리하여 지환이 문을 열고 안으로 들어왔을 때, 설란은 자신도 모르게 고개를 들어 그의 모습을 찾았다. 마치 벼랑 끝에 몰린 아이가 가장 따스한 품을 찾아들 듯이.

✳

백호는 그 순간을 회상할 때마다 이리 말하곤 했다. 어찌나 순식간에 지나가던지 헛것을 보는 줄 알았다고. 얌전히 있으라며 가마에 덜렁 내던져졌을 땐 그러려니 싶었다. 어차피 지환에게 들러붙고 싶은 생각도 없어서, 어서 가서 마마를 데려오라며 손까지 흔들어주었다. 그러나 꽤나 무시무시한 표정으로 다시 저택 안에 들어갔던 지환은 채 일각도 지나지 않아 밖으로 나왔다. 그것도 설란을 번쩍 안아 든 채로.

그 기세가 어찌나 흉흉한지 주변에서 쉬고 있던 가마꾼들이 화들짝 놀랄 정도였다. 반쯤 열린 대문 너머로 시비들이 어찌할 줄 모른 채 발을 동동 구르는 것이 보였다. 그러나 정작 이 소란을 만들어낸 지환은 아무것도 보이지 않는다는 표정으로 설란을 말 위로 올렸다.

"따로 갈 것이니 먼저 돌아가거라."

대답조차 기다리지 않는 다급함이었다. 그는 그대로 안장 위로 훌쩍 올라탔고, 고삐를 잡아당겼다. 어안이 벙벙해진 가마꾼들과 백호를 뒤로한 채.

복작거리는 곳을 지나치고 서서히 사람들이 줄어드는 길목에 들어선 뒤에야 지환은 제 가슴팍에 기대고 있는 설란을 불렀다.

"부인."

그러나 아무것도 들리지 않는다는 듯, 설란은 멍하니 앞을 바라보고만 있었다. 빠르게 스쳐 지나가는 풍경들 너머로 시선을 던지고 있는 그녀를, 지환은 재촉하지 않았다. 그 이유를 짐작하고 있기 때문이었다.

정명대비.

아무리 방 안에서 두문불출했다 하나, 오랜 기간 자하국의 실세였던 그녀를 모를 리 만무했다. 선왕보다 더 강한 권력을 손에 쥐었던 여인이며 강력한 외가를 등에 업은 채 자하국의 실세라 불리었던 여인. 그럼에도 정명대비에 대한 평은 나쁘지 않았다. 일을 처리함에 있어 공명정대했으며 사사로이 받는 것이 없으니 그녀 스스로는 무척이나 청렴했다.

문제라면 그녀의 외척에 있었다. 재물을 탐하니 여기저기에서 청탁이 들어오는 것은 당연지사였다. 처음에는 사소했던 것들이 쌓이고 쌓여 결국 무시할 수 없는 수준에 이르자 정명대비는 칼을 뽑아 들었다.

'제 집안을 직접 도륙 낸 철혈의 여인.'

누군가는 그리 숙덕이기도 했다. 저 여인은 피도 눈물도 없을 것이라고. 그러나 동시에 정명대비의 결단이 오늘날의 자하국을 만들었다는 것에 이의를 제기할 이는 없을 것이다.

'부인에게는 좋은 사람이었던 것 같지만.'

정명대비 275

그리 생각하며 그는 침음을 삼켰다. 가장 믿던 이의 어두운 면을 보는 것이 어떤 기분인지 누구보다도 잘 알고 있기 때문이었다. 사람들이 줄어들고 초목이 늘어나기 시작하자 그는 속도를 높였다.

설란은 저를 스쳐 가는 바람 소리가 점점 강해지자 천천히 눈을 깜빡였다. 눈꺼풀이 닫혔다, 열리고, 다시 닫혔다. 세상이 온통 새까맸다. 정명대비는 그랬던 제 세상에 유일무이했던 빛이었고, 안식처였다.

그랬는데.

"할마마였어요."

설란은 그리 말하는 자신의 목소리가 낯설다 생각했다. 아니길 바라는 마음 때문일까, 그것이 아니라면 아무것도 묻지 않는 지환의 온기에 그대로 파묻히고 싶기 때문일까.

"모든 것을 지시한 건, 할마마예요."

"예."

단 한 번도 무너진 적 없다 하면 거짓일 것이다. 그러나 언제나 다시 땅을 박차고 일어날 수 있었던 몇 안 되는 이유 중 하나가 알고 보니 제 목을 조르고 있었다는 것을 깨달았을 때 그녀로서도 어쩔 도리가 없었다. 눈앞이 아득해지는 것을 어찌 막는단 말인가.

생각이랄 것도 없었다. 그저 혼돈. 모든 것이 혼돈뿐이었다. 설란은 등 뒤에서 저를 끌어안고 있는 그가 마치 동아줄이라도 되는 양 손마디가 희게 질릴 정도로 힘껏 붙들었다. 그렇게 하지 않으면 꺼멓게 뚫려 버린 바닥으로 곧장 떨어질 것만 같았기에.

"내겐 유일했어요. ……나로 있어도 괜찮다는 그 말 하나만 붙든 채 지금껏 살아왔는데…… 이젠 대체 뭘 믿어야 하는지……."

"ㅈ…… ㅔ……."

눈을 뜨고 있었으나 아무것도 보이지 않았고, 멀쩡한 귀에도 아무것도 들리지 않았다. 머릿속이 복잡하게 얽힌다. 눈을 감고 있으니 세상은 온통 깜깜했고 생각만 많아 그대로 아래로 침몰하는 커다란 배가 된 기분이었다.

설란은 그렇게 저 먼 과거 어디쯤을 헤매었다. 마치 길 잃은 아이처럼.

"란아."

홍봉포를 입고 있을 때면 혜조도, 효연왕후도, 심지어 자설호도 설란을 세자라 불렀다. 그것이 싫었다. 거짓된 옷을 입고 거짓된 이름을 가진 채 살아가는 것만 같아, 자신이 사라지는 기분에 잠식되어 운 것이 몇 번인지 모른다.

"아이고, 귀여운 내 강아지."

정명대비는 그때마다 유일하게 제게 '란'이라 불러준 존재였다. 망망대해 같던 바다에 커다란 등대가 되어준 존재.

그랬었는데.

앞으로 쏟아지려는 상체를 잡아채는 손길에 놀라 눈을 떴다. 뒤에서 앞쪽으로 뻗어 나온 팔이 그대로 그녀의 어깨를 단단히 붙잡았다.

"위험합니다, 부인."

얼마 전 보았던 커다란 벚나무가 두 눈 가득 들어찼다.

쏴아-

아득하리만치 푸른 하늘과 바람 소리를 따라 흩날리는 새하얀 벚꽃들은 마치 함박눈이 쏟아지는 것처럼 보였다.

쏴아아-

꽃바람이 부는 그 광경이 너무도 아름다워, 설란은 홀린 듯 시선을 빼앗겼다. 몇 각이고 그렇게 멍하니 허공만 바라보고 있었을 터다.

"제가 있겠습니다."

만약 그 목소리가 아니었다면.

방금 전에는 들리지 않던 목소리다. 설란은 천천히 고개를 돌렸다. 언제였더라. 저를 볼 때면 금방이라도 울 것처럼 얼굴을 일그러뜨리던 사내였다. 어째서 도망치지 않느냐며 화를 내던 사내였다. 죽고 싶다 말하던 사내가, 자신은 괴물이니 제발 좀 멀어지라 애원하던 이가, 거기에 있었다.

"부인이 살고 있는 그 이상한 세상에, 제가 같이 있겠습니다."

가례를 올릴 때 맞절을 하던 것보다도 더 진지한 표정으로.

이상한 세상.

그런 표현을 썼더랬다. 자신이 살던 곳은 정말 그랬다. 공주가 세자가 되고 세자가 공주가 되는, 그러나 누구 하나 이상함을 느끼지 않는 이상한 세상이었다. 의문을 느끼는 자신이 잘못된 것 같던 세상. 설란은 의식하기도 전에 바짝 마른 입술을 달싹였다.

"일곱 살이었어요. 처음…… 이상하다고 생각한 건."

배동(陪童)이 처음 생겼을 때였다. 특정 시간이 되면 홍봉포로 옷을 갈아입고 공주에서 세자가 되던 자신과는 달리, 그 아이들은 언제나 물이 잘 든 치마와 저고리를 입은 채 종종 땋은 머리를 휘날리며 놀았다. 와르르 쏟아지는 웃음은 때로 자신의 곁에서, 설호의 곁에서 울려 퍼져서 왕후에게 물었더랬다.

"왜 나는 저 아이들처럼 항상 계집아이로 있으면 안 되냐 물으니 어마마마께서 그러셨죠. 어디에서도 그런 말은 입에 담지 말라고. 어찌나 화를 내시던지, 그날 이후로 단 한 번도 어마마마께 무언가를 묻지를 못했죠. 그때도 할마마마가 유일했어요. 괜찮다 말해준 것은."

좀 더 큰 뒤에는 아무것도 묻지 않게 되었다. 모든 상황을 이해했기 때문이기도 했지만, 묻는다 하여 제대로 된 답이 돌아오지 않는다는 것을 깨달았기 때문이다.

설란은 무언가에 홀리듯 고개를 들었다.

눈앞에는 마치 커다란 나무처럼, 말없이 자신의 얘기에 귀 기울이고 있는 지환이 있었다. 그의 눈 한가득 자신의 모습이 비쳐보였다. 때로는 화려한 수식어보다 조용한 침묵이 더 위로가 되는 법이다. 그의 침묵에 위로받으며, 설란은 눈을 감았다.

이 지긋지긋한 굴레를 끊어내기 위해서는 유일한 선택지를 잠시나마 외면하고 싶다는 듯이.

7. 굴레

도깨비는 어찌어찌 이백 하고도 일흔한 번째 부부 싸움의 막이 내린 뒤에야 모든 정황을 전해 들을 수 있었다. 그리고 제대로 정리된 것 하나 없는 현 상황에 뒷목을 잡았다.

"아직도 백여우 사냥을 하는 인간이 남아 있다니."

소하는 마루에 걸터앉은 채 눈살을 찌푸렸다.

"구 년 전이라. 몰랐을 시기이긴 하네. 한창 다른 일로 정신이 없었으니. 하필 그때."

"그렇지."

소하의 말마따나 입안이 소태를 씹은 것처럼 써서, 린은 괜스레 허공으로 시선을 던졌다. 인간들 사이에서도 희귀해 백 년에 한 번 일어날까 말까 한다는 백여우 사냥이 하필이면 그때 일어날 줄이야.

시기가 겹쳐도 아주 나쁘게 겹쳤다. 늑대신을 중심으로 집 안의 일을 맡았던 린도, 집 밖의 일을 맡았던 소하도 정신이 없던 시절이었다. 어디선가 어린 백여우가 죽임을 당했다는 사실조차 모를 정도로.

"그런데 저주는 왜 엉뚱한 이에게 간 거래?"

"조금 알아봤는데, 백여우를 잡아보겠다 나선 사냥꾼이 꽤나 영리한 인간이었던 것 같아. 일을 받는 조건으로 죄 없이 죽는 백여우에게 바치는 제문(祭文) 하나를 적어달라 했다더라고. 아마 그것을 아무런 체취도 배지 않은 새 화살대에 매달아 쐈겠지."

살갗이 꿰뚫리는 고통과 죽음이라는 공포, 그와 동시에 밀려드는 분노로 정상적인 판단이 불가능했을 백여우는 삶의 끝자락에서 맡았던 체취를 따라 지환에게 분노의 칼을 겨누었던 것이다.

"그 사냥꾼은?"

"찾아보니 이미 세상을 떴더라고. 백여우를 잡은 뒤 몇 년 간은 잘 살았는데, 그 뒤로 저주의 잔흔에 고통스러워하다 비명횡사했다 그리 말하더라."

이런. 소하는 낮게 혀를 찼다.

"저 둘은, 알고 있고?"

린은 쓴웃음을 지으며 고개를 저었다.

"가끔은, 모르는 게 나은 일도 있으니."

아아. 소하는 그녀가 하고자 하는 말의 의도를 이해하고는 고개를 끄덕였다. 아비의 죄다. 그것을 대신 뒤집어쓴 아들이다. 자세한 내막을 알게 된다면 부자(父子)관계는 돌이키기 어려우리라. 린은 쯧, 혀를 차며 말을 이었다.

"어찌되었건 직접 죄를 지은 것도 아니니."

"그렇지. 그래서 그 저주가 풀렸다는 여우는 어디에 있……."

[린ㄴㅓ이이임!]

소하가 미처 말을 마치기도 전에, 어디선가 설움을 꾹꾹 눌러 담은 목소리가 울려 퍼졌다. 새까만 여우는 폴짝폴짝 뛰어 그대로 린의 품 안으로 뛰어들었다. 사실 소하는 처음엔 여우가 아니라 어디서 검은 털 뭉치가 뛰어오는 줄로만 알았다.

그러나 텅 빈 가마에서 가마꾼들의 투덜거림을 들으며 저택까지 옮겨진 백호의 눈에 소하가 보일 리 만무했다. 백호는 린의 무릎에 기대어 꺼이꺼이 울음을 토해냈다.

[그 인간이 이젠 저를 반신 취급도 안 합니다, 린님. 억울하고 원통해 더는 못 살겠습니다!]

자하국에 도착하자마자 린의 기운을 쫓아 궁가(宮家)-분가한 왕족이 살던 집로 달려온 소하였다. 그러나 궁가에 발을 들여놓기가 무섭게 린과 누가 더 잘못했는가로 목청을 높이느라 소하가 여우를 보는 것은 지금이 처음이었다. 생각보다도 더 작고, 더 까만 여우의 모습에 당황한 소하가 눈을 끔뻑였다.

그는 린의 품 안에서 낑낑거리는 여우와 그런 여우를 무척이나 다정하게 얼러주는 린을 번갈아 바라봤다. 여우에게서 신력이 거의 느껴지지 않아, 소하는 여우가 죽임을 당했다던 그 백여우라는 것을 한참 뒤에야 눈치챘다.

"린, 그 여우……."

"반신(半神)이라면 그런 사사로운 일에 휘둘려서는 아니 된단다. 고작 인간이라 생각하렴."

"린, 있잖아, 그 여우가……."

"청월에게는 내 단단히 한 소리 하마. 쯔쯔. 그치는 저주를 풀 생각이 있긴 한 겐지."

"린……?"

[린ᄂ이임!]

참으로 이상한 일이 아닐 수 없었다. 분명 셋이 한 공간에 있었으나, 외따로 떨어진 느낌에 소하는 꿀 먹은 벙어리가 되어 입을 다물 수밖에 없었다. 손바닥도 맞부딪쳐야 소리가 난다는 말이 있다. 소하가 대화를 하려 해도 린이 응해주질 않는데 어찌 대화가 되겠는가. 몇 번이고 더 린의 이름을 호명해 보았지만 그녀의 따스한 시선이 돌아오는 기적은 일어나지 않았다.

결국 여우의 등장과 동시에 갈 곳을 잃어버린 그는 고작 두어 걸음 떨어진 마루에 걸터앉은 채 멍하니 린과 여우를 바라봤다. 이미 저들만의 세계를 구축한 구미호와 여우는 하하호호, 즐거이 웃고 있었다. 소하가 있다는 사실 자체를 잊은 듯했다. 도깨비는 부지불식간에 깨달았다.

외롭다.

외로울 일이 없건만 극심한 외로움이 예고도 없이 그를 덮쳤다. 소하의 시선이 천천히 린의 품에서 애교를 피우는 여우에게로 향했다. 백여우라는 것이 무색할 정도로 새까만 여우는, 소하 쪽으로는 시선 한 줌 주지 않았다. 소하는 천천히 고개를 치켜드는 묘한 감각에 저도 모르게 으득 이를 갈았다.

'……이게 대체 무슨 기분이지.'

들썩이는 엉덩이가 당장에라도 달려 나가 린과 여우를 떨어뜨리고 싶어 어쩔 줄 몰라 했다. 그러나 뭔가 스스로가 치졸한 것 같아 그러지도 못한 채, 눈썹만 꿈틀거리며 검지로 마루를 다각 다각 두드려 댔다.

설란과 지환이 저택에 도착한 것은 바로 그즈음이었다. 조금만 늦었으면 열 받은 도깨비가 마루를 부숴 버렸을 터였으니 기막힌 때가 아닐 수 없었다.

"아!"

설란이 린과 소하를 발견하고 잠시 멈춰 서자, 여우가 팽 고개를 돌렸다. 설란에게 삐졌음을 온몸으로 표현하는 여우였다. 그러나 린이 귓가에 대고 무어라 조곤조곤 속삭이자 여우는 제가 어쩔 수 없이 움직임을 티 내며 느릿느릿 설란 쪽으로 걸어갔다.

"두고 갔다고 토라졌구나."

[삐지다니! 누가? 이 내가?]

여우는 무척 자존심이 상한다는 표정으로 코웃음 쳤다.

[하!하!하! 그보다 웃긴 말은 내 들어보지 못했소!]

설란은 네 마음 다 안다는 표정으로 여우를 품에 안고 린과 소하에게 눈짓으로 인사한 다음 종종걸음으로 사라졌다. 십년 묵은 체증이 쑥 내려간 기분에 소하의 입꼬리가 저도 모르게 위로 고공 상승하는 순간이었다. 그리고 소하의 옆에 앉아 조용히 둘의 대화를 듣고 있던 무명은, 혀를 차며 고개를 저었다.

'아이고. 승부욕 하나는 도깨비를 이길 이 없다더니, 옛말에 틀린 것 하나 없다니까. 저택이 좀 조용해지려나 했더니 헛꿈을 꾸었구나.'

얼마 지나지 않아 도깨비와 백여우의 구미호 쟁탈전을 보게 될 것 같은 확신 아닌 확신을 하며 무명은 늘어져라 하품을 뱉었다.

그러나 무명의 예상은 의외의 곳에서 빛을 발했다.

설란이 백호를 데려간 것이 한 시진쯤-2시간가량- 되었을까. 소하는 생각했다. 어째서 저 공주는 다시 여기로 오는 걸까, 하고.

"저기 린?"

아. 또. 설란이 눈에 보이자마자 린은 또다시 제 쪽으로는 고개조차 돌려주지 않았다. 이 억울한 상황에 소하의 두 눈에서는 설움이 뚝뚝 떨어졌다. 어떻게 이렇게 냉정할 수 있냐는 말을 뱉기 직전, 린의 고개가 제 쪽으로 움직였다.

"저분이, 봉황의 후손이야."

"그래? 그런 것처럼 보이긴 하는데…… 신력이 거의…… 아니, 전혀……."

찌푸려진 미간이 깊었다. 봉황의 후손이라는 것쯤 첫눈에 알아봤다. 저리 화려한 날개를 못 알아보는 것도 이상했다. 깃털이 아닌 불꽃으로 만들어진 날개는, 아마 볼 수 있는 이들이 몇 안 되리라. 그러나 그 화려함을 비웃기라도 하듯 속은 텅 비어 있었다.

"이런 걸 보면, 무언가에 몰두하면 앞뒤 안 보일 정도로 맹목적이게 되어버리는 건 신의 특성이 아닐까 싶어."

"무슨 소리야?"

"인간을 사랑해 천신의 자리를 내어놓고 땅으로 내려온 봉황처럼, 인간을 구하겠다며 제가 가진 신력을 전부 포기하는 것을 보면 말이야."

"잠시만…… 지금…….."

"맞아. 네가 생각하는 게."

허. 어안이 벙벙한 표정으로 설란을 바라보던 소하는, 이내 코앞까지 다가온 그녀의 시선에 슬쩍 눈을 돌렸다.

"린. 할 말이 있어요."

"어머, 얼마든지요. 들어오시겠어요?"

자연스럽게 그들의 뒤를 따라가려던 소하는 눈앞에서 쾅 닫히는 문을 멍하니 바라봤다. 얇은 대나무 살에 발린 새하얀 창호지가 유달리 낯설었다.

소하는 잠시 기다렸다. 린이 자신을 잊을 리 없다 생각했으니까. 그러나 일각이 지나도 문은 열릴 생각이 없었다. 새하얀 문을 하염없이 바라보던 소하는, 어깨 위에 무명의 손이 얹힌 뒤에야 자신이 잊혀졌다는 사실을 인정해야만 했다. 흉흉한 도깨비의 시선이 닫힌 문을 향했다. 그는 다짐했다.

하루라도 빨리 이곳을 뜨고야 말겠노라고.

문을 닫자 밖의 소음이 자연스럽게 멀어졌다. 그제야 린은 설란을 방석 위에 앉혔다. 푹신한 방석 위로 무너지듯 주저앉은 설란은 처음 숨 쉬는 법을 배우는 아이처럼 가쁜 숨을 뱉어냈다.

도대체 무슨 일이 있었기에.

린은 슬쩍 미간을 좁히며 새하얗게 질린 설란을 살폈다. 첫눈처럼 새하얀 얼굴은 시체같이 창백했고, 튼 자국이 남아 있는 아랫입술은 그간 그녀가 얼마나 마음고생을 했는지 보여주었다. 린은 왜 그러느냐 물으려다 까맣게 죽어버린 눈에 그 말을 그대로 속으로 삼켰다. 절망하고 있는 이에게 절망의 이유를 묻는 것만큼이나 생각 없는 짓은 없었다. 대신 그녀는 설란의 앞에 앉으며 조용히 말했다.

"편안히 말하세요."

린은 소반에 담겨 있는 다과를 설란 쪽으로 밀어주었다. 영락
없이 단것을 좋아하는 아이를 대하는 것 같았으나, 따지고 보면
린에게 저는 까마득히 어린 나이였기에 딱히 불만은 없었다. 사
실, 단것이 좀 필요한 기분이기도 했다. 설란은 가장 작은 것을
손에 쥔 채 입을 열었다.

"어떻게 해야 할지 모르겠어서, 이런 걸 말할 사람이 없어……."

린은 눈치 빠르게 설란이 하고자 하는 말을 알아차렸다.

"그저 듣기만 하는 이가 필요하신 게로군요."

"그렇기도 하고. 할 말도 있어 왔어요."

"할 말이라, 정확히 무엇을……?"

"그대가 찾던 사람을, 드디어 찾았으니, 말을 해주어야겠죠."

"……이해하기 힘드네요."

이해하기 힘들다. 그럴 것이다. 자신도 이 상황을 완벽하게 이
해하기 힘들었으니까. 설란의 눈가에 그늘이 졌다.

"이 모든 일을 주도한 이를 찾았어요."

린의 눈에 이채가 돌았다. 그녀는 붉은 입술을 휘어 올린 채
조용히 설란이 뱉어낼 이름을 기다렸다. 감히 사사로운 욕심을
채우기 위해 신이 될 이를 취한 죄, 그 죗값을 받아낼 이가 누구
인지 기대하면서.

"내 할마마마이십니다."

그러나 설란의 입에서 나온 인물은 린으로서도 예상외였다. 제
핏줄의 죄를 입에 담는 이의 표정에 변화는 없었다. 조금은 슬프
고, 조금은 차갑게 굳어버린 얼굴.

무언가가 있었구나. 린의 얇은 눈썹이 위로 휙 밀려 올라갔다.

"마마. 지금 무슨 말을 하고 계신지 알고 있으신 건가요."

"물론, 알고 있어요. 린. 미안하지만, 이 모든 일을 꾸민 사람은 내 할마마마시고, 몇 년 전 이미 작고(作故)하셨습니다."

린은 눈살을 찌푸렸다. 예상했던 것과 다르게 흘러가는 내용이 썩 달갑지만은 않았기 때문이었다.

"자하국의 왕이 마마를 위해 한 일이 아니라……."

"구 년 전에 일어난 일입니다. 일을 계획한 것은 그보다 더 전이었겠지요. 린, 무엇 하나 얘기해 줄까요? 당신이 알고 있는 것들은 모두 사실이되, 사실이 아니에요."

"그런 것 같군요."

"이제, 어찌할 건가요? 죗값을 받을 이는 이 세상에 없어요."

린은 자신도 모르게 설란의 낯빛을 살폈다. 그리 오래지도 않았건만, 설란을 살피는 시선에는 걱정이 가득했다.

"그 와중에도, 할마마마께서 이 모든 일을 주도했다는 것을 알게 된 와중에도…… 난 무슨 생각을 했는지 알아요?"

겪어야 안다던가. 제가 딱 그 꼴이었다. 저주를 풀고 앓아누웠던 날 지환이 화를 낸 이유도, 그럼에도 지금 또다시 이런 생각이 드는 이유도 알고 있었다. 직접 겪은 뒤에야 통감하는 것이다. 자신이 존재하는 것만으로 누군가를 상처 입힐 수 있는 사람이라는 사실을 깨달았을 때의 그 처절함을.

"그가 왜 그리도 도망가라 했는지 이제야 알겠다."

그리 중얼거리는 설란의 입가에 쓴웃음이 서렸다.

"존재하는 것만으로도 해가 된다는 게 얼마나 사람을 피 말리게 하는지. 나 역시 만만치 않은 삶을 살았다 생각했어요. 그런데 달라요. 어떻게든 반드시 필요한 사람이 되는 것과, 존재하는 것만으로도 피해를 입히는 사람이라는 건, 이렇게나 달라요."

"마마."

"왕가에 대한 최가의 충심은 오래전부터 이상하리만치 맹목적이었어요. 그러니 나는 그들이 더한 것들도 하게 만들 패가 될 것이 분명해요. 아이를 낳으면 그 아이는 보이지 않는 족쇄에 묶인 인질이 되겠죠. 린, 알고 있어요? 반역죄라는 단어 하나로, 몇 백 년을 영위해 온 가문이 얼마나 쉽게 무너질 수 있는지. 왕족 한 명과, 그 왕족의 피를 이은 아이 하나로 얼마나 쉽게 반역이라는 죄명을 뒤집어쓸 수 있는지. 왕가는, 우리는…… 때로 그리 잔혹해질 수 있는 족속들이에요."

그걸 이제야 깨달았죠.

커다란 물통에 개구리를 넣은 채 불을 때면, 개구리는 도망가지 못한다. 자신이 삶아지고 있는지조차 모른 채 죽임을 당하는 것이다. 생각해 보면 자신이 그랬다. 입안이 소태를 씹은 것처럼 썼다.

"이제는 어떻게 해야 할지 모르겠어요. 여기를 떠야 하나. 평생 살아온 곳을 두고 어디로 가야 하죠?"

"마마."

"나는…….."

"가서, 청월과 얘기하고 오세요."

린의 표정은 단호했다. 그녀는 손을 뻗어 엉망으로 짓눌린 다과를 설란에게서 뺏어 들었다. 꽃문양이 찍혀 무척이나 앙증맞던 다과는 본래의 모습을 알아보기 힘들 정도로 망가졌다. 겉에 꿀이 발라져 있던 것이라 설란의 손 역시 엉망이었다. 린은 작게 한숨을 내쉬고는 손수건을 집어 그 위에 물을 적셨다.

"불안감을 토로할 상대로 저를 선택하신 건 무척 훌륭해요. 말한 대로, 전 지금 들은 얘기를 청월에게 말하지도 않을 것이고, 어떤 행동을 취하지도 않을 테니까요."

손가락 사이사이를 닦아주는 손길이 정성스러웠다. 조금이라도 힘을 주면 부서질 자기를 다루듯이 린은 조심스레 움직였다.

"하지만."

마마께서는 인간이랍니다.

움찔. 손끝이 떨렸다.

"일 년, 십 년, 변치 않는 마음은 없고 늙지 않는 인간은 존재하지 않죠. 마마, 아시나요? 인간의 삶이란…… 정말이지 순식간이랍니다. 그러니 그를 눈앞에 앉혀놓고 얘기하세요. 속에 담아둔 말은 고일 뿐이고, 그것은 결국 누구에게도 닿지 않은 채 썩어버릴 테니."

그리 말하는 린은 신의 몸으로 그 짧은 생을 깊이 통감하고 있는 것처럼 보였다. 그럴 리 없음에도 채 백 년을 못 가는 시간을 아까워하는 것처럼, 구미호는 한숨지었다. 설란은 그게 누구냐 물으려다 그저 침묵했다. 어떤 이야기이건 지금 누군가의 고민을, 걱정을 더 짊어지기에는 제 것이 너무도 무거워서. 그래서 그녀는 침묵한 채 점차 깨끗해지는 제 손을 향해 그저 고개를 떨궜다.

린의 눈꼬리가 위로 치켜 올라간 것은 그때였다.

"그 일은……."

린은 잠시 말을 멈추고 작게 한숨지었다.

'차라리 살아 있어 그 죄를 받는 것이 더 나았을 텐데 말이지. 반신(半神)을 죽인 죄는 가볍지 않다는 뜻인가.'

그러나 그것을 굳이 설란이 알 필요는 없었다.

"그 일은 제가 알아서 할 터이니 이제 마마께서는 신경 쓰지 않으셔도 됩니다."

"그게 무슨……?"

"이성을 잃어버린 백여우에게 또 다른 기회를 주었고, 저주에 먹혀가던 인간 하나를 살렸죠. 그러니 마마께서는 하실 만큼 하셨습니다."

설란은 반박하지 않았다. 할 만큼 했다. 그 말에 어깨를 누르던 무거운 짐들이 한결 가벼워지는 것 같았다. 설란의 표정이 변하는 것을 놓치지 않고 살피던 린은, 시기적절하게 말을 돌렸다.

"그런데, 이 중요한 때 그치는 대체 어디에 있는 거죠?"

"그치라니?"

"청월이요."

아아. 설란은 조금은 씁쓸하게 웃으며 답했다.

"아아. 그는, 이상한 세계에 들어오려 하고 있지."

린이 이해하지 못할 대답이었지만 말이다.

이상한 세계.

지환은 그 표현이 무척이나 적절하다 생각했다. 그녀의 세계는 이상했다. 하긴, 왕가의 삶 중에서 이상하지 않은 것을 찾는 것이 더 어렵긴 했다.

그런 말이 있다. 삶과 고통에는 경중이 없다는. 사람은 결국 제 손에 난 상처가 제일 아프니 말이다. 그럼에도 지환은 생각했다. 자신의 삶이 몸을 갉아먹는 것이었다면, 설란의 것은 정신을 갉아먹었을 것이라고.

[네이놈! 나를 공경하지 못할까!]

짧았던 생각을 잘라낸 카랑카랑한 목소리에, 지환은 진지하게 고민했다. 어째서 이 여우 새끼를 제 옆구리에 끼고 다녀야 하는지에 대해.

그러나 설란의 말에도 일리는 있었다. 어찌 되었건 백호의 털이 본래대로 희게 돌아오지 않는다면 자신의 저주는 완벽하게 풀리지 않을 테니 말이다. 그리고 그 저주를 푸는 방법은…….

"정말이지, 내키지 않는군."

[무엄하다!]

털이 온통 새까만 여우의 발버둥에 길 가던 이들이 하나같이 뒤를 돌아봤다. 양반일 것이 분명한 이가 새끼 여우를 짐덩이처럼 옆구리에 끼고 걷는 것을 보는 건 그만큼 희귀한 일이었다. 그러나 사람들의 시선에 정신이 팔리기엔 백호만으로도 충분히 버거운 지환은 그저 눈살만 찌푸릴 뿐이었다. 고작 한주먹 크기밖에 되지 않으면서 이리 캉캉거릴 수 있는 것도 참 용했다.

[나를 어디로 데리고 가는 것이더냐! 어서 대답하지 못할까-!]

"……속이러 간다."

[무어?]

"그토록 벗어나고 싶어 했던, 내 가문을 이용해 누군가를 속이러 간다 했다."

[갑자기 무슨 연유로?]

"알고 있는지 모르겠지만, 몇 년 전까지만 해도 자하국의 왕권은 대비의 손에 있었다."

[그것이 어쨌다고!]

"그리고 왕가에는 무덤까지 가져가야 할 비밀이 있었지. 그렇다면 대비는 그 비밀을 전적으로 맡길 이로 누구를 골랐을까. 자신의 손으로 도륙 냈던 외척? 결국 자신의 가문을 위해 움직일 것이 뻔한 궁녀?"

백호는 제 말은 귓등으로도 듣지 않는 지환의 모습에 따져 묻기를 포기했다. 만사 포기하니 세상 몸이 편했다. 백호는 온몸에서 힘을 뺀 채 지환의 팔에 턱을 기댔다.

[글쎄다.]

"입이 무겁고 오래 지켜본 사람. 제가 들은 것으로 무언가를 요구하지 않을 이. 나이가 적지 않아 제 손으로 처리하지 않아도 곧 죽을 이라면 더 좋겠지. 그러나 대비께서 간과한 게 있어. 인간은, 동색(同色)을 만나면 허무하리만치 쉽게 경계를 푼다는 것과."

저잣거리를 벗어나고 인가가 밀집한 지역마저 지나친 채 계속해서 걷던 지환이 멈춰 선 것은 산의 초입에 다다라서였다. 궁을 등지고 우뚝 솟아 있는 거대한 산은 수도를 지키는 하나의 벽이자 풍부한 물자를 제공해 주는 낙원과도 같은 곳이었다. 자연히 왕실은 산의 재원을 철저히 관리했고 귀한 나무들을 불태워 경작하는 것을 엄중히 금했다. 허가받은 사냥꾼들만이 산에서 고기를 취할 수 있었고 허락된 날짜에만 약초꾼들의 출입이 허용되었다.

그러니 그 누구도 예상치 못했으리라.

"-때로 상상도 못 할 정도로 오래 산다는 것을."

산에 사는 이가 있을 것이라는 걸.

다 낡은 초가집은 마지막으로 손본 후로 최소한 몇 년은 흐른 것 같았다. 사람이 마지막으로 들여다본 것이 그쯤 되었다는 의미이기도 했다. 볏짚을 갈지 않아 반쯤 주저앉은 지붕은 아슬아슬하게 버티고 있었고 황토를 바른 벽은 쩍쩍 갈라져 있었다. 이곳을 알아내는 것은 그리 어려운 일이 아니었다. 아니, 애당초 다른 이들은 알고 싶어도 알 수 없었을 것이다. 대비가 사망한 후 비밀리에 그녀에게 거처를 마련해 주고 감시와 보호를 동시에 해 온 것이 바로 최가였으니 말이다.

지환은 처음 써본 제 가문의 힘이 상상한 것 이상으로 강하다는 사실에 기뻐해야 할지 환멸을 느껴야 할지 모르겠다는 표정으로 잠시 초가집을 바라보며 서 있었다.

[그게 어쨌다는 게야.]

"지금부터는 조용히, 그리고 얌전히 있어라. 그렇게 한다면 네가 그토록 찾던 이를 알려줄 테니."

[내가 누굴 찾…….]

"백여우를 사냥하라 사주한 이. 이 모든 판을 짠 자."

백호의 눈이 발갛게 물들었다. 여우는 코를 허공으로 내밀고 깊게 숨을 들이마셨다. 길게 난 털이 파르르 떨렸다. 특별한 냄새는 없었다. 숲에서 흔히 맡을 수 있는 짙은 안개 냄새, 풀을 짓이긴 냄새와 살짝 눅눅하게 가라앉아 있는 공기 같은 것들…….

"캬앙-!"

별다른 것을 얻어내지 못한 여우의 짜증이 허공을 찢었다. 그 요란스러움에 삐걱, 흉가를 닮은 문이 열렸다.

"누가 왔소?"

삐걱거리는 문을 열고 등이 굽은 노파가 나왔다. 곧장 지환을 응시하지 못하고 좌우로 움직이는 노파의 고개가 불안정했다. 눈이 흐릿한 건지 깊게 패인 눈가 사이는 아파 보일 지경이었다. 반은 넘게 센 머리칼은 은비녀로 곱게 쪽찐 채였고, 주름 하나하나가 깊으나 그만큼의 연륜이 엿보였다. 낡았으나 값싸 보이지 않는 옷은 그녀의 신분을 짐작케 했고, 기름이 낀 것처럼 허여멀겋지만 앞을 곧게 응시하고 있는 두 눈에서는 그녀의 성품을 엿볼수 있었다.

"최가에서 왔다."

그리 말한 지환은 품에서 가문을 증명하는 패를 꺼냈다. 둥그런 패를 건네받은 노파는 한참 동안이나 그것을 들여다보고, 만지작거리기를 반복했다. 마치 오래된 기억 속에서 흐릿하게나마 남아 있는 잔상을 찾기 위해 애를 쓰는 것처럼. 한참 후에야 노파의 고개가 들렸다. 방금 전까지 경계심이 가득했던 표정은 사라지고 반가운 이를 맞는 사람의 환한 낯이 거기에 있었다.

오랫동안 격리되어 있다 동색(同色)을 만난 이의 반가움. 지환은 웃어야 할지 울어야 할지 모를 기분으로 그 반가움을 대했다.

"아이고- 귀한 이가 오셨구만. 내 몸이 이러해 제대로 된 대접을 못하는 것이 미안하오."

지환은 그리 말하는 노파를 향해 고개를 저으며 방 안으로 들어섰다. 초라하나 깔끔한 방이었다. 어찌할 수 없는 지붕을 제외하고는 열심히 관리해 왔는지 마루 하나 깨진 곳 없었고 흐르는 시간을 견디지 못해 비틀린 문과는 달리 방 안에는 먼지 한 톨 없었다. 직접 수놓은 것이 분명한 방석에 자리를 잡으며 지환은 백호를 옆에 내려놓았다. 그제야 해방된 백호는 낮게 툴툴거리면서 쭉 몸을 폈다.

"아이고, 나이 들면 죽어야 할 터인데. 내 오래 살아 귀한 이를 번거롭게 합니다."

서원부인(誓願婦人). 여종으로 태어났으나 종의 신분으로 오를 수 있는 가장 높은 자리에 오른 여인이자, 왕의 또 다른 어머니. 정명대비와 함께 자라났고, 그녀가 입궐할 때 데려온 심복이었으며, 혜조를, 그리고 그의 자식들을 거둬 키워낸 여인이었다.

면천(免賤)은 혜조가 즉위한 첫해에 이뤄졌고 서원부인(誓願婦人)이라는 칭호와 그에 걸맞은 직책은 그녀가 설호와 설란의 유모가 되었을 때 받았다. 덕분에 노비로 태어났던 그녀는 지환과 어렵지 않게 대화를 나눌 수 있었다. 지환 역시 그것에 기분 상해하지 않았다. 대신 그는 부드럽게 웃으며 사죄할 뿐이었다.

"사과는 이쪽이 해야지. 이리 험한 곳에 거처를 정한 것은 내 아버님께서 하신 일이니."

"다 늙어 왕실에 도움도 되지 못하는 몸뚱이야 어디에 있건 무슨 상관이란 말입니까. 그래…… 세자저하께서는, 그분께서는, 장성하시었습니까."

자리에 앉기가 무섭게 던져지는 목소리는 애절했다. 그 얼굴에 지환에 대한 의심은 한 줌도 들어 있지 않았다.

젖어멈은 따로 있었으나 그래도 그녀가 설호와 설란을 거둬 키운 세월이 십년이다. 어미로서의 정이 쌓일 시간이었다. 지환은 곧장 대답하는 대신 애매모호한 표정을 지으며 시간을 끌었다.

[무얼 하는 건지 도무지 모르겠구나. 노파에게 무엇을 얻어낸다는 게야! 어서 나를 린님께 데려가거라!]

달려들려는 백호를 한 손으로 제지한 지환은 노파의 인내심이 한계에 달했을 즈음에 입을 열었다.

"아직…… 온전하지 않지만."

애매모호한 대답일지라도, 지환의 말이 채 끝나기도 전에 뒷말을 예측해 버린 노파는 그대로 바닥 위로 무너져 내렸다.

"아이고, 어찌!"

비통한 목소리에는 오로지 설호에 대한 걱정만이 가득했다. 이제 와 더 염증을 느낄 일도 아니었다. 그러나 쌍생아라는 이름 아래에 철저하게 무시되어 온 설란의 모습을 엿볼 때마다, 여전히 분노를 느낀다. 그는 천천히 주위를 둘러보았다. 낡은 농과 빛바랜 서책 몇 권, 이가 빠져 버린 꽃병들을 짚어 나가는 시선에는 다급함이란 없었다. 그저 그것들을 잊지 않기 위해 하나하나 머릿속에 박아 넣을 뿐이었다. 방 하나를 전부 보는 데 그리 긴 시간이 필요하진 않았다. 그렇게 왕가를 위해 희생해도 돌아오는 것은 이리 낡은 방 하나뿐이다. 그럴진대 여전히 꺼지지 않은 저 열렬함은 대체 무슨 말로 표현해야 할까.

"저하를 위해, 물을 것이 있어 왔는데……"

대번에 노파의 표정이 바뀌었다. 말로 표현할 수 없는 다급함이 거기에 있었다. 부지불식간에 앞으로 튀어나온 손은 그대로 지환의 팔을 붙들었다. 뼈와 가죽만 남은 손이라고는 믿기 어려울 정도로 강한 악력이었다.

"무엇이오. 무엇이든 말만 하시오. 다 늙어 무슨 도움이 될지는 모르겠으나……."

"무슨 일이 있었는지 말해줄 수 있겠는가."

노파는 잠시 침묵했다.

"무엇을 말이오."

"전부. 하나부터, 열까지 빼놓지 않고."

절반 넘게 희게 변한 노파의 눈이 허공에서 굴렀다. 득실을 재고 있을 터다. 그게 아니라면 이십여 년 전에 했던 약조를 떠올리고 있는지도 모른다. 그러나 그런 것들은 조금도 중요하지 않았다.

중요한 것은 자설호의 몸이 온전치 못하다는 것과, 그 사실을 노파가 알고 있다는 것. 이 둘뿐이었다. 지환의 표정이 자못 심각해졌다.

"……백여우의 저주에 대해, 그대는 알고 있을 것 같은데. 내가 아는 것이 모두 사실인지 확인해야 저하를 도울 수 있어. 시급한 일이라는 것을 고려해 주었으면 하는데."

쉽사리 움직일 수 없는 일이라는 것을 알지 않나. 지환의 말에 노파의 손이 툭, 떨어졌다. 그리 거센 아귀힘이 거짓이라는 듯 바닥으로 떨어지는 손에는 그간 겪어온 세월이 그대로 묻어 있었다. 노파의 눈이 지환을 똑바로 응시했다. 처음 문을 열고 나왔을 때 주변을 두리번거리던 것이 거짓이라는 듯이.

올해로 꼭 예순여덟인 그녀는, 이 거처를 마련해 준 이가 최재원이라는 것을 잊지 않고 있었다. 때때로 사람을 보내 필요한 물건을 날라주던 것도 최재원이었다. 정명대비가 믿고 일을 맡겼던 가문이자, 대대로 왕가에 충성을 바쳐 온 가문.

그래서일 것이다.

"십팔 년 전, 쌍생아가 태어났던 때 누가 가장 먼저 아이들을 안았을 것 같소."

노파가 입을 열고자 마음먹은 것은.

비쩍 마른 목소리가 조심조심, 첫마디를 뱉어냈다. 십팔 년 전 모든 일의 시작을. 대개 일은 처음이 어려운 법이다. 절대 말하지 않겠노라 다짐하고 또 버텨온 것이 십팔 년이다. 사람과 제대로 된 대화조차 못한 채 홀로 산속에서 죽어가기 시작한 것은 오 년째. 처음으로 모든 전후 사정을 아는 이를 만났다 생각하니 말에 속도가 붙는 것도, 목소리에 감정이 일렁이는 것도, 어찌 보면 당연한 일이었다.

"왕후마마? 아니, 아니지. 마마께서는 그때 약하신 몸으로 출산하시느라 실신한 상태였지. 상감마마께서는 막 출산실로 오고 계시었고. 그렇다면 누가 남는 줄 아시오? 대비마마십니다."

노파의 희게 변한 눈이 그날을 더듬듯 허공을 응시했다.

안 그래도 몸이 약한 왕후였다. 왕가의 걱정을 한 몸에 안으며 들어간 산실이었고, 몇몇 이들은 왕후가 저 문을 다시 살아 넘지 못할 것이라며 경박한 입을 놀렸다. 반나절이 넘게 지났을까. 모두가 고개를 저을 때 경악에 찬 산파의 비명이 수많은 이들의 침통함을 찢어 내렸다.

한시도 가만있지 못하던 정명대비는 더는 머뭇거리지 않고 첫 번째 문을 열어젖히며 산실 안으로 들어섰다. 중문, 삼문……. 총 네 개의 문을 열고 들어간 정명대비는 마지막 문을 열기가 무섭게 풍기는 혈향과 비릿한 냄새, 그리고 울고 있는 두 아이의 목소리에 그만 눈앞이 아득해짐을 느껴야만 했다.

"쌍생아. 모르시겠지요. 이십 년 전만 해도 쌍생아는, 본디 하나로 태어났어야 할 아이가 둘로 나뉘었다 하여 불운의 상징처럼 여겨졌습니다. 심지어 한 아이는 금방이라도 숨이 넘어갈 듯 약하게 태어났으니, 대신들이 들고 일어나고 선비들이 읍소하며 상감마마의 명을 기다렸던 건 당연한 수순이었소."

설란의 모습이 떠올랐다. 정확히는 용봉포를 입고 면류관을 쓴 채 세자의 노릇을 하고 있던 그녀가.

"산실에서 바뀐 건가. 공주마마와 세자저하께서는……."

"……그날 산실에 있던 이들 중 살아서 다음 날 해를 본 이가 오직 나뿐이라면, 이해가 가오?"

"버리지 않은 것이 아니라, 버릴 수 없었던 것이군."

"무슨 그런−! 공주마마께서는 제 가치를 얻으신 게요."

지환은 뒷말을 짐작하고는 눈을 감았다. 치솟는 화를 누르기 위해서는 그것이 최선이었다. 설란이 살아날 수 있었던 것은 대비가 혈육에 대한 정이 깊었기 때문도 아니고, 혜조의 딸 사랑이 지극해서도 아니었다.

"오 년 만에 생긴 세손이었소."

당장에라도 숨이 넘어갈 것 같던 아이가 세자였기에 일어난 일이었다. 손이 귀한 왕실에서 어렵게 얻은 사내아이. 정명대비는 그 찰나의 순간에 모든 판단을 끝냈으리라. 위태로운 왕권을 지지하기 위해서는 후계가 반드시 필요했다. 그러나 겨우 얻은 세손은 금방이라도 숨이 넘어갈 듯 약했다. 답은 이미 정해져 있었다.

산실에서 바뀐 쌍생아. 병약한 세자는 공주로, 강인하게 태어난 공주는 세자로 세상에 공표되었고, 그녀는 그렇게 세자의 방패로 내세워진 것이다.

[역겹구나.]

백호의 목소리가 낮았다. 탁, 탁, 꼬리로 바닥을 치며 여우는 목울음 소리를 흘렸다.

[인간이란, 어찌 이리 탐욕스러운지.]

"백여우는."

그런 백호를 제 쪽으로 끌어당겨 단단히 갈무리한 지환은 여기까지 온 이유를 꺼내 들었다.

"그 역시 대비마마께서 생각해 내신 건가."

"그렇소. 마마께서는 수명을 늘리는 것과 조금이라도 연관이 있는 얘기라면 아이들이 조잘거리는 것도 빼놓지 않고 모으셨지. ……성도청에 가셨을 때, 마마께서는 흥분하시며 내게 이리 말하셨네. 신력이 답이라고."

[어리석기 그지없도다.]

"최가에 명을 내리셨겠군."

"그렇소."

"문제가 생겼고."

이미 바짝 말라 버린 노파의 두 눈에서 뚝, 뚝 눈물이 떨어졌다.

"신벌은 분명 사냥꾼이 받았을 터인데…… 저하께서……."

[다 들었다. 되었어. 이제 돌아가자. 티는 여기에 있고 싶지가 않구나. 당장 나를 공주마마께 데려가도록 하거라.]

지환 역시 같은 생각이었다. 그는 지체 없이 자리에서 일어났다. 들어야 할 것들은 전부 다 들었다. 갑작스러운 지환의 움직임에, 노파의 눈이 허공을 배회했다.

"얘기는 잘 들었으니 이만 가보지."

"저하께서는, 저하께서는······."

허공을 휘젓는 손이 애처로웠다. 백호는 그런 그녀를 차디찬 시선으로 바라봤다.

문을 연 지환은, 침묵만 남긴 채 다시 문을 닫았다.

❋

[말할 생각이냐.]

"무엇을."

[다 알면서 되묻기는. 뻔뻔스럽구나.]

지환은 말없이 백호의 털을 쓸어줬다. 평소라면 가르릉거리며 좋아했을 백호는, 눈을 치켜뜨며 반항했다.

[슬쩍 넘어갈 생각은 말거라! 어서 답하지 못할까!]

"일부는. 얘기하지 않을 생각이다."

[어째서?]

"이미 부인도 다 알고 있을 테니까."

[어떻게?]

"나 역시 그랬으니."

아이는 때로 누구보다도 기민하게 현실을 파악한다. 누가 자신을 예뻐하는지, 꺼리는지, 혹은 예뻐하는 것처럼 연기하는지 눈치 빠르게 알아차리는 것이다. 설란 역시 자신을 키워낸 유모의 차별을 알고 있었을 것이다.

"청월–!"

지환은 제 쪽으로 달리듯 다가오는 설란을 보며 대화의 마무리를 지었다.

"그러니 부인께, 쓸데없는 얘기는 하지 마."

[흥.]

백호는 고개를 홱 돌림과 동시에 꼬리를 살랑살랑 흔들었다. 그 묘한 부조화에 지환은 여우가 개과라는 사실을 새삼스레 실감했다. 그리고 동시에 깨달았다. 백호와 자신의 의견이 일치할 수 있는 중립지대 같은 곳은 설란이 유일무이하다는 사실을.

그 사실을 알 리 없는 설란은 지환의 앞에 당도하자마자 그의 옷깃을 냅다 붙잡았다.

"할 얘기가 있어요!"

"······예?"

[나는? 나는!]

"백호는 린에게 가 있어요!"

그 단호한 목소리에 백호의 두 눈이 아롱거렸다. 상처받은 여우는 지환의 옆구리에서 바르작거리며 빠져나와, 그의 팔 위에 뚝뚝 눈물을 떨어뜨리고는 그대로 바닥으로 뛰어내렸다. 축 늘어져 땅에 질질 끌리는 꼬리와 힘없이 접힌 두 귀가 백호의 기분을 그대로 드러냈다. 그런데 또 걸음은 제자리걸음이라, 뛰어내린 자리에서 움직일 생각을 안 했다. 몇 걸음 걷다 슬쩍 뒤도는 고개가 힘없었다. 당장 날 안지 않고 무엇하느냐는 그 무언의 강요에 설란은 어쩔 도리가 없다는 표정으로 여우를 향해 손을 뻗었다.

사실 제 말이 조금 심하기는 했다 생각하면서.

[그읍-]

설란의 손이 닿자 여우는 코를 훌쩍였다. 터지려는 울음을 어떻게든 막고 있다는 듯이. 백호의 털을 찬찬히 매만지며 설란은 살포시 웃었다.

"미안. 내 말이 심했구나."

[마마께서 어찌 버게 이럴 수 있소. 버 저치에게 이리 험한 대접을 받는 것도 서럽거늘!]

"쉬이- 그래그래. 다음부터는 그러지 않으마."

여우를 번쩍 들어 올려 품 안에 곱게 안은 뒤 둥개둥개를 시작한 설란은 이내 백호와 와르르 웃음을 쏟아냈다. 같은 공간에 있건만 손이 닿지 않을 정도로 먼 곳에 있는 것 같은 기분에 지환은 벼락같이 깨달았다.

설란에 대한 생각이 일치하는 만큼, 설란의 문제에 있어 백호와 자신은 끝없이 대립하게 될 것이라는 사실을.

분명 설란은 기쁜 듯이 웃고 있었다. 그녀가 기쁘다면 자신 역시 기뻐야 할 일이었다. 그런데 기쁘기는커녕 심장께가 욱신욱신 쑤시고 눈앞에서 불이 튀었다. 당장 눈앞에서 저 여우 새끼를 치워 버려야 속이 편할 것 같았다. 이십 년 인생 처음 느껴보는 감정이었다. 그러나 그는 본능적으로 이 감정의 이름을 알았다.

질투였다.

"부인."

제가 부르는 순간 백호는 눈치 빠르게 설란의 눈앞에서 꼬리를 살랑살랑 흔들며 그녀의 주위를 분산시켰다. 캉캉-! 목청 높여 즐거워하는 여우는 떼를 쓰는 아이처럼 설란을 재촉했다.

[좀 더! 좀 더 높이!]

자신의 말이 그 누구에게도 닿지 못하고 사그라지는 것은 무척이나 슬픈 일이었다. 그는, 그 와중에 백호의 시선이 자신에게 향하는 것을 분명히 보았다. 새까만 두 눈에 비웃음이 어려 있었다. 패배자를 바라보는 승리자의 시선이 바로 거기에 있었다.

지환은 머뭇거리지 않았다. 그는 그대로 팔을 뻗어 설란이 열심히 놀아주고 있는 여우를 낚아챘다. 그제야 설란의 고개가 제쪽으로 돌아왔다. 동그래진 두 눈에는 그저 의아함만이 가득 담겨 있었다. 방금 전 자신의 목소리는 듣지도 못한 게 분명했다. 지환은 부드럽게 웃으며 말했다.

"할 말이 있다 하지 않았습니까, 부인."

"아. 그래요. 백호, 나중에 놀아줄 터이니 린에게 잠시 가 있어요. 알겠죠?"

[하지만…….]

"부탁할게요."

눈꼬리를 휘며 웃는 설란의 모습에 백호는 직감했다. 자신이 물러서야 할 때라는 것을. 여우는 더 조르는 대신 손톱을 바짝 세워 지환의 손등을 긁었다. 잠시 눈을 돌린 설란이 알아차리지 못할 정도로 순식간에 일어난 일이었다. 살짝 눈살을 찌푸린 지환은 순간적으로 힘이 풀린 손 안에서 도망쳐 훌쩍 뛰어내린 여우의 모습에 속으로 혀를 찼다.

피는 나지 않았으나 발갛게 부어오른 살갗은 시간이 꽤 흘러야 가라앉을 것 같았다. 혹여나 설란이 그것을 볼까 슬쩍 등 뒤로 오른손을 숨긴 지환은, 마치 고양이처럼 우아하게 걸어가는 여우를 보며 고민했다.

정말 저걸 데리고 살아야 하는지에 대해.

"왜 그래요?"

"아닙니다. 할 얘기라는 건······."

설란의 두 눈이 점차 차분하게 가라앉았다. 그녀는 지환을 향해 손을 내밀며 말했다.

"잠시 걸을까요?"

"얼마든지."

부인이 원한다면.

손을 맞잡은 채 저택 후원에 도착한 뒤에야 설란은 얘기를 시작했다.

"도망가고 싶다 생각했어요."

궁을 나온 이상 그리 어려운 일도 아니었다. 혜조는 출궁한 자신에 대해 크게 걱정하지 않았다. 그동안 공주로서 또한 세자로서의 역할을 훌륭히 해냈기 때문이기도 했지만, 최가 자체가 그녀를 감시하는 감시자라 생각했기 때문이었다.

지환에게 백여우의 저주가 들러붙었다는 것을 모르기에 나온 결론이었다. 오랜 세월 단 한 번도 배신한 적 없는 최가에 대한 과한 믿음 탓이기도 했다. 어찌 되었건 지금 설란을 감시하는 눈은 없었다. 시비와 노비들은 설란과 지환이 새로운 이들로 바꾸었고 이제는 최재원마저 그들의 편으로 돌아섰다. 그러니 야밤에, 달도 없어 깊고 깊은 밤에 말을 몰아 사라지면 그만인 일이었다.

그러나.

"그 대신, 나는 이 굴레를 끊고 사죄를 할까 해요."

설란의 걸음이 멈추자 자연스럽게 지환도 걸음을 멈췄다. 커다란 버드나무와 자그마한 연못이 있는 후원의 정중앙. 설란은 양손으로 지환의 왼손을 감싸 쥐었다. 꽉 잡은 손이 가늘게 떨리고 있어서, 지환은 자신도 모르게 팔을 뻗어 그녀를 제 품 안으로 끌어왔다. 품에 안은 설란은 손만이 아니라 온몸을 떨고 있었다. 추위도 아니고, 공포도 아니었다. 그것은 왕가라는 이름 아래에 행해진 모든 일들에 대한 격렬한 거부감이었다.

"미안해요."

속삭이듯 뱉어진 사과는 물기가 가득했다.

"나는, 정말이지, 무어라 사죄해야 할지 알 수가 없어…… 더 끔찍한 건 아바마마께서 최가에게 점점 더 많은 것들을 요구할 것이라는 사실이에요. '내'가 여기에 있으니까."

"부인."

지환은 천천히 설란의 머리칼을 쓸어내렸다. 손안에 감겨오는 결 좋은 머리칼이 부드러웠다. 그는 고운 가마 위에 입을 내리며 속닥였다.

"모르겠습니까. 부인이 나를 구원했다는 것을."

"왕가가……."

"부인은 부인입니다. 내게 있어, 가장 중요한 것은 그뿐입니다."

왕가(王家).

그것은 선택할 수 없었으나 태어날 때부터 제게 지워진 굴레였고 족쇄였다. 너무도 당연히 지고 가야 한다 생각했던 것이 더는 중요하지 않다는 말에 설란은 무겁기만 했던 어깨가 가벼워지는 기분을 느꼈다. 그녀는 이를 악물었다.

"사죄를 받아내겠어요. 백호에게도, 청월, 그대에게도 사죄하게 해 조금이나마 이 거대한 죄의 무게를 깨닫게 하겠어요."

"돕겠습니다."

"할마마마의 묘소에 가 잘못하시었다고. 그리하시면 안 되는 것이었다, 말하겠어요."

"같이, 가겠습니다."

"고작 그것으로 이 죄가 사라지지 않겠지만……."

그것이라도 해야만 한다.

지환은 조금 더 힘을 줘 설란을 끌어안으며 하늘을 바라봤다. 노을이 내려앉고, 서서히 어두워지고 있는 하늘은 그 길이 결코 쉽지 않을 것이라 말하는 것만 같았다.

❋

자하국의 왕실, 크고도 어둑한 궁 한쪽에서 이를 악무는 소리가 허공을 두드려 댔다.

"크흑…… 윽!"

감히 야밤의 궁에서 소리를 낼 만한 이라면 귀한 신분임이 분명했다. 그러나 고통 가득한 소리에도 괜찮으시냐 묻는 이 하나 없었다. 궁은 적막했다. 사람은커녕 개미 새끼 한 마리도 없는 듯했다. 한참을 숨죽여 소리를 참던 이는, 고통이 극에 달했는지 기어코 비명을 내질렀다.

"아으…… 아악-!"

거대한 궁 밖, 담벼락을 지키는 앳된 병사가 허공을 찢어 내리는 비명 소리에 놀라 어깨를 움찔 떨었다. 갓 성인식을 치렀을까. 파릇파릇한 병사의 얼굴에 울상이 번지자 옆에 같이 서 있던 나이 든 병사가 무거운 분위기를 깨주려 입을 열었다.

"쯧쯧…… 곧 익숙해질 게야."

얼굴이 시퍼렇게 질린 것이 꼭 금방이라도 죽을 것 같다는 선배의 농에 그제야 꽁꽁 얼어 있던 병사의 얼굴이 조금 풀렸다. 어린 병사는 슬쩍 고개를 돌려 어둠에 잠긴 궁을 눈에 담았다. 불 하나 켜지 않아 완전히 어둠 속에 파묻힌 궁은 형체조차 보이지 않을 정도였다. 그 덕에 으스스한 분위기가 더해져, 병사는 몸을 가볍게 떨며 고개를 돌렸다.

"저, 대체 왜 저러시는 겁니까?"

근원적인 물음을 던지는 병사를 선배가 한심스레 바라봤다.

"그걸 알면 내 여기 있겠냐. 우리야 시키는 대로 여기 딱 지키고 서서 아무도 궁에 못 들어가게 하는 것뿐이여."

늙은 병사는 오늘 처음 이곳으로 배정받은, 저보다 스물은 족히 어려 보이는 병사를 힐끔 보며 푹 한숨을 내뱉었다. 혈기가 왕성할 나이라는 게 눈에 훤히 보였다. 궁금한 것은 많을 것이고 신기해 보이면 두드리고 볼 만한 나이. 늙은 병사는 저리 어린 녀석을 여기에 배치한 인간이 누구냐 속으로 욕을 내뱉으며 혀를 찼다.

"우리 같은 것들은 그저 모르는 게 약이다, 생각하고 서 있는 게 오래 사는 길이니 새겨들어. 괜한 호기심에 목숨 걸지 말고."

그리 말하며 노병사는 담벼락에 상체를 기대어 섰다. 몇 년간 같은 일을 반복한 그는, 오늘도 아무런 일이 일어나지 않을 것임을 확신하고 있었다. 달도 기울어가는 한밤중, 긴장이 풀린 데다

붉게 흐드러진 란꽃속에

몸을 기댈 곳마저 있으면 그다음 과정은 불 보듯 뻔한 일이었다.

얼마 버티지 못하고 노병사는 꾸벅꾸벅 졸기 시작했다. 시답잖은 수다를 떨 상대마저 졸기 시작하자 어린 병사는 지루함을 이기지 못하고 고개를 들어 하나하나 별을 헤아렸다.

"아으, 살려, 살…… 아악……!"

목을 긁는 듯한 비명만 들려오던 전과는 달리 살려달라는 고함에 어린 병사의 어깨가 움찔 떨렸다.

살려달라니.

"큰일인 거 아냐……?"

어린 병사는 발을 동동 구르며 중얼거렸다.

궁이다. 심지어 그 궁의 주인은 어린 병사로서는 차마 눈을 마주칠 수도 없는 귀하고도 귀한 이였다. 잘못된다면 그 주변에 있던 모든 궁인들의 목이 잘릴 것이 눈에 훤했다.

결국 어린 병사는 마른침을 꿀꺽 삼키며 천천히, 조심스럽게, 궁 안쪽으로 발을 들여놓았다. 잠시 상황을 살피려는 생각이었다. 아무 일도 없다면 재빨리 되돌아 나오면 되겠지, 라는 안일한 생각으로 어린 병사는 길을 더듬으며 안으로, 안으로 들어갔다.

비명 소리가 가까워질수록 창을 든 병사의 손이 땀으로 축축하게 젖었으나 걸음을 멈추진 않았다. 분명 첫걸음은 궁 안에서 비명을 내지르고 있을 이를 걱정하는 마음이었다. 그러나 점차 빨라지는 걸음을 따라 묘한 호기심이 고개를 치켜들었다.

'대체 무슨 일이 벌어지고 있기에 이리 삼엄히 감시하는 것일까.'

"빌, 어먹을……!"

피를 토하는 소리와 무언가가 깨지는 소리가 잇달아 들려왔다.

점차 커지는 목소리에 병사의 걸음에도 점점 속도가 붙었다.

"예서 무얼 하는 게냐."

그런 병사가 발이 땅에 박힌 듯 우뚝 멈춰 선 것은 등 뒤에서 들려오는 서늘한 목소리 때문이었다. 딱 한 번 들어본 적 있는 목소리에 병사의 머릿속이 일순 희게 질렸다.

그런 병사의 뒷모습을 차가운 시선으로 바라보며 왕후의 입술이 다시금 열렸다.

"서 내관, 일을 대체 어찌 처리하는 것이야."

"송구하옵니다, 마마."

왕후에, 왕의 곁을 지키는 서 내관까지.

이제 어린 병사는 온몸을 사시나무 떨 듯 덜덜덜 떨었다. 그러나 그런 그를 바라보는 서 내관의 시선 역시 냉랭했다. 감히 웃전의 명을 어긴 죄, 지엄하기 그지없으니 자비가 있을 리 없다. 왕후는 길게 말하지 않았다. 왜 이곳에 들어왔는지, 무엇을 보고 들었는지, 혹 누구의 사주를 받은 일인지, 당연한 수순으로 물어야 할 것들이 있었으나 그중 무엇도 그녀의 입에서 뱉어지지 않았다.

단지 그녀는 조용히 손짓했을 뿐이었다. 그 작은 손짓에 어둠 속에 녹아들어 있던 사내 몇이 어린 병사를 제압했다. 머리부터 발끝까지 온통 새까만 복장을 한 그들에게 유일한 장식은 어깨 부근에 작게 새겨져 있는 붉은 봉황뿐이었다.

개중 한 명이 효연왕후를 향해 고개를 숙였다. 대장 격인 사내의 인사를, 그녀는 무심한 얼굴로 받았다.

"마……!"

죽음을 예감한 병사의 낯빛이 희게 질렸다. 병사는 잘못을 빌어보려 왕후를 향해 다급히 손을 뻗었다. 검은 사내가 어깨를 붙들자, 병사는 자비를 바라며 몸을 뒤틀었다. 그러나 어린 병사의 반항은 길지 않았다. 검은 사내에게 급소를 맞은 병사는 눈을 한 번 크게 부릅뜬 것을 끝으로 정신을 놓아버렸다. 병사를 어깨에 짊어진 사내가 가슴께에 팔을 얹으며 말했다.

"처분하겠습니다."

"……조용히. 알겠느냐."

"존명."

어둠 속에서 나타났던 사내들은, 다시 어둠 속으로 빠르게 녹아 사라졌다. 그 모습을 모두 지켜보는 서 내관만이 섬찟함을 느낄 정도로 순식간에 벌어진 일이었다. 효연왕후는 귀한 자기가 깨지는 소리를 들으며 천천히 고개를 들어 올렸다. 섬돌 위에 가지런히 놓인 신이, 이 모든 상황과 무척이나 대조적이었다.

짙게 그늘진 얼굴로 효연왕후는 불빛이라고는 하나도 없는 장지문을, 혹 그 너머를 바라보다 그만 눈을 감아버리고 말았다. 보이지 않음에도 볼 수 없는 처참함에 절망을 느끼며.

✻

죗값을 치르겠다 다짐하고부터 사흘. 지환은 제 몸에 축적되어 있는 신력을 다루기 위한 특훈을 시작했고, 백호는 설란의 사죄를 듣고는 오히려 제가 펑펑 울어 설란을 당혹스럽게 했다.

설란은 무릎에서 곤히 단잠에 빠진 백호를 간간이 살피며 수를 놓고 있었다. 폭풍이 불기 전 유달리 고요하다는 말처럼, 곧 몰아

닥칠 일들을 생각해 보았을 때 고개가 갸웃할 정도의 평이었다.

"끼잉……."

세상모르게 잠들어 있던 백호가 신음하며 몸을 뒤척인 것은 그때였다. 일그러진 눈가가 고통스러워 보여, 설란은 수틀을 내려 놓았다.

"쉬- 악몽이라도 꾸나?"

[……길 잃은 한(恨)이 갈 곳을 몰라 떠도는구나.]

잠버릇처럼 중얼거린 말에 설란은 미간을 좁혔다. 의식 없이 한 말이라 하여 쉽사리 넘길 만한 내용이 아니었다.

지환의 저주 역시 죽임을 당한 백여우의 원한이 그 원인이지 않았나. 설란은 침음을 삼켰다. 백호가 말한 '길 잃은 한'이 누구인지 깨달았기 때문이었다. 그녀의 고개가 둥글게 난 창을 향했다. 흰 구름이 유유히 흘러가는 하늘이 보였다. 그러나 설란이 보고 있는 것은 그 하늘 아래에 자리 잡고 있을 거대한 궁, 왕실이었다.

'오라버니.'

백호가 눈을 뜬 것은 설란의 손이 제 등허리를 쓸어내릴 때였다. 마치 토끼가 놀랄 때면 두 귀를 쫑긋 세우고는 그 자리에 멈춰 서듯, 벌떡 일어난 백호는 굳은 상태로 주위를 경계했다. 바짝 선 털이 그가 얼마나 긴장했는지 보여주었다.

비록 신력이 반토막 났다고는 하나 반신(半神)이다. 이렇게까지 놀란 백호의 모습은 처음 보는 것이었다. 한참 동안이나 주위를 경계하던 백호는 낯익은 향에 이끌리듯 설란에게 몸을 기댔다. 안채로 들어온 지환이 본 장면이 하필이면 그것이었다.

그러나 짧은 시간 동안 지환은 많은 것을 경험했고, 또한 깨달앗다. 그는 백호에게 화를 내보았자 아무것도 달라지지 않는다는 것을 체감한 후로 방법을 조금 바꿨다.

[이것 놓지 못할까아아ー! 무엄하도다!]

성큼성큼 안으로 들어온 지환은 설란을 향해 웃어 보이며 동시에 백호를 낚아채는 묘기를 선보였다. 갑작스럽게 뒷덜미를 붙잡힌 백호가 방금 전 긴장은 거짓이라는 듯 펄펄 뛰었다. 그러나 어린 여우의 다리는 너무도 짧아, 미처 지환에게 가 닿지 못하고 허공에서 버둥거릴 뿐이었다. 여우를 한 손에 든 채, 지환은 설란 앞에 앉았다.

"부인, 이 여우가 무슨 짓을 한 건 아닙니까."

[네이노오옴! 감히 누굴 불한당 취급하느냐!]

"가감 없이 말해도 됩니다."

[고오얀 놈! 네게 천벌이 내릴 것이니라!]

설란은 이 진지한 만담에 웃어야 할지, 울어야 할지 알 수가 없어 결국 오묘한 표정으로 둘을 번갈아 바라봤다. 사이가 좋은 것 같으면서도 나쁘단 말이지. 그런 설란의 생각을 읽기라도 한 듯 백호는 배신당한 낯으로 설란을 빤히 응시했다.

[어찌 나를 구해주지 않는 것이오! 인간의 편을 드는 것이오!]

이렇게 배신할 줄은 몰랐다며 꺼이꺼이 눈물 없는 울음을 울어 젖히는 백호의 목청은 참으로 커서, 문밖의 시비들이 귀여운 여우가 혹여 맞고 있기라도 한 건 아닌가 발을 동동 구를 정도였다.

"깨갱ー! 깽ー!"

"청월."

지환은 설란의 눈짓에 내키지 않는다는 표정으로 여우를 바닥에 내려주었다. 그러자 언제 울었냐는 듯 재빨리 설란의 품 안으로 파고든 백호는 지환을 향해 혀를 날름 내밀었다.

"백호."

엄한 목소리에 백호는 끼잉, 작게 애교를 피웠다. 그러나 엄한 설란의 표정에 결국 시무룩해져 그녀의 무릎 위에 턱을 괴고는 꼬리만 살랑살랑 흔들었다. 그런 백호의 모습은 삐졌으면서도 차마 화는 못 내는 꼬마아이를 꼭 닮아 있었다. 못 말린다 중얼거리던 설란은 결국 백호의 털을 쓸어내리며 달래주었다.

"부인."

그런 설란의 주위를 끈 것은 지환이었다. 그녀의 시선이 제 쪽으로 향하자, 그는 부드럽게 웃으며 말을 이었다.

"저와 대련을 해주시겠습니까."

설란의 눈이 동그래졌다.

"대련을요?"

"예."

[흥! 신력을 좀 다루게 됐다고 벌써 들떠서는. 그래봤자 아직 내 발끝에도 미치지 못하느니라!]

백호의 투덜거림에 그제야 설란은 이해할 수 있었다. 그녀는 고개를 끄덕이며 자리에서 일어났다. 지환이 소하에게 도움을 요청한 것이 오늘로 사흘. 그 짧은 시간 안에 조금이나마 신력을 다룰 수 있게 되었다면 괄목할 만한 성장이 아닐 수 없었다. 물론 백호의 생각은 조금 다른 듯했지만 말이다.

이젠 자연스럽게 잡아오는 손이 너무도 당연하게 느껴졌다. 지환이 있던 시간보다 없던 시간이 더 길었음에도 그러했다. 맞잡아오는 온기를 느끼며, 잠시나마 이걸 포기하려 했다는 것이 믿기지가 않아 설란은 그런 생각을 했던 스스로를 속으로 타박했다.

"몸은 어때요?"

"더할 나위 없이 좋습니다."

"소하가 무척 좋은 스승인가 보네요."

참 잘되었다며 웃는 설란의 모습에, 지환은 잠시 말을 아꼈다. 모르긴 몰라도 '좋다'는 뜻이 제가 아는 것과 같다면, 소하는 완벽하게 정반대에 서 있는 스승이었기 때문이었다. 고작 사흘 만에 학을 뗐다면 믿어지는가. 그리 길진 않았으나 지환 역시 어릴 적에는 몇몇 스승들에게 사사받았기에 더 비교되는 부분들이 많았다.

보통의 스승들은 가르친다는 느낌이 강하다면, 소하는 때려 박는다는 느낌이었다. 생각하니 좋은 기억이라고는 하나도 없어, 지환의 눈살이 찌푸려졌다.

"······그는······."

"나는 뭐?"

불쑥 대화에 끼어든 목소리에 가장 놀란 것은 백호였다. 자그마한 여우는 겁도 많아, 갑작스러운 목소리에 날카로운 비명을 내지르며 설란의 품 안에서 펄쩍 뛰어내렸다. 바짝 세운 꼬리에 경계심이 어찌나 가득한지 말을 건 소하가 머쓱할 지경이었다.

"놀라게 할 생각은 아니었는데······."

[누가 놀랐다고요!]

"어······."

소하는 아직도 바짝 선 꼬리에 눈길을 주며 말을 흐렸다. 얄미운 구석이 영 없는 것은 아니었지만, 주먹만 한 여우를 놀려먹기엔 제 나이가 많아도 너무 많았기 때문이었다. 결국 잠시 고민하던 소하는 말머리를 돌리기로 마음먹었다.

"그런데 내가 왜?"

갑작스럽게 화살이 지환에게 돌아갔다.

"훌륭한 스승이라는 얘기를 하고 있었습니다만."

"내가?"

한 치의 망설임도 없는 반문에, 지환의 표정이 썩어 들어갔다.

"픕! ……흠! 크흠! 음…… 소하라고 했죠? 도와줘서 고마워요."

"아닙니다. 그리 큰 도움도 되지 않은 것을요."

지환은 자신 있게 말할 수 있었다. 저 도깨비는 정말 큰 도움이 되지 않았다고. 신력을 운용하는 방법을 설명할 땐 '숨 쉬듯 자연스럽게 되는 일'이라 일축했고, 검을 쓸 때 신력을 어떻게 사용해야 하는지 물었을 땐 '잘'이라고 대답했으니 도움은커녕 방해였다. 무명이 더 도움이 됐다면 믿겨지는가. 오늘도 그렇다. 본래는 소하가 해줘야 했을 대련이다. 그러나 대련의 '대' 자만 입 밖으로 나왔음에도 인상을 팍 쓴 도깨비는, 그런 귀찮은 일은 해본 적도, 할 생각도 없다 일축했다.

"이런."

설란은 정말 안타깝다는 표정이었다.

"어쩌죠. 린이 안 그래도 제게 소하, 당신이 도움이 되느냐 묻기에 오늘 답해준다 하였는데…… 본인이 그리 도움이 안 된다 주장하시니……."

어쩔 수 없이 보고 들은 대로 전해야겠다며 고개를 젓는 설란을, 지환이 무척 사랑스러운 눈으로 바라보았다.

"……허."

헛숨을 뱉어내는 그에게 한 번 웃어준 설란은 잘 보고 있으라
며 백호를 맡겼다. 썩 내키지 않는다는 티를 내면서도 제게 안기
는 백호를 바라보는 시선이 명했다. 백호는 쯔쯔, 혀를 차며 그런
소하의 팔을 제 발로 두드려 주었다.

[다 그런 게죠.]

"허!"

이젠 하다 하다 새파란 백여우에게까지 위로를 받는다. 소하는
대체 어디서부터 잘못된 건지 알 수 없다 중얼거리며 대련장에서
자리를 잡는 설란과 지환을 번갈아 바라봤다.

분명 덩치는 지환이 더 컸건만, 설란의 뒤를 따라가는 그의 모
습이 마치 어미 닭을 쫓는 병아리 같다 생각하면서.

"부인은……."

"최고라고요? 나도 알아요."

"큽……."

지환은 웃음이 터지기 직전 손으로 입을 틀어막는 데 성공했
다. 그 노력 덕에 지환을 등지고 있던 설란은 아무것도 듣지 못한
채 제 검을 찾아 쥐었다. 세자로 검술 수업을 받을 때부터 함께해
온 검이었다. 설호의 이름을 쓸 때라 자신의 상징인 난꽃을 새겨
넣지는 못하고, 끝에 흰색 끈을 엮어 매달아놓은 것으로 표식을
삼았던 검이다. 출궁하며 다시는 못 볼 것이라 생각했던 이 검을,
궁에서 보내온 것이 이틀 전이었다.

설란은 손에 꼭 맞는 검 상태를 다시 살피며 고개를 돌렸다.

"너무하잖아요. 맡기로 했으면 최선을 다해야죠."

별다른 생각 없이 돌아간 시선은 허공에 그대로 멈춘 채 굳어 버렸다.

아. 속으로 뱉어내는 탄성이 짙었다. 차마 눈을 깜빡일 수조차 없어, 그녀는 어쩔 줄 몰라 하다 그 자리에서 데굴 눈만 굴렸다. 그리고 투덜거렸다. 저 남자는 대련을 하자면서 저런 눈으로 보고 있으면 어쩌자는 건지 모르겠다고.

잡서를 한창 뒤적일 때 아무리 생각해도 이해할 수 없었던 문장이 있었다. 꿀이 뚝뚝 떨어지는 눈으로 바라본다는 표현이 바로 그것이었다. 이해하지 못하는 것도 당연했다. 설란이 알던 남녀 관계란 서로 예의를 지키고 법도에 맞춰 만들어 나가는 것이 전부였으니까. 그러나 지금, 이 순간, 설란은 절절이 통감했다.

바로 저런 시선을 이름이라는 것을.

시간이 멈춘 것 같았다. 손가락 하나라도 까딱하면 이 순간이 쨍— 소리를 내며 깨져 버릴 것처럼 느껴져, 설란은 한참 머뭇거리다 가까스로 입술을 달싹일 수 있었다.

"⋯⋯안 그래요?"

지환은 고개를 끄덕였다. 설란이 하는 말은 전부 맞다는 표정으로. 어째서 지금껏 못 알아차렸나 싶을 정도로 노골적인 표정이었다. 부드럽게 말려 올라가는 입술에, 설란의 얼굴이 일순 붉게 달아올랐다. 단숨에 불길이 치솟듯 갑작스러운 홍조였다.

분명 방금 전까지만 해도 딱 좋은 날씨였건만 왜 이제 와 덥게 느껴지는지 모를 일이다. 설란은 어서 시작하자며 괜스레 목소리를 높였다.

그 모습이 어쩔 도리 없이 귀여워 지환은 괜스레 헛기침만 몇 번이고 뱉었다. 가능하기만 하면 당장 그녀를 안아 들고 안채로 달려가고 싶었다. 지환은 무의식적으로 주변을 한 번 훑었다. 이쪽을 흥미진진하게 보고 있는 소하와, 그런 소하의 손에 꽉 붙잡힌 채 발버둥 치고 있는 백호, 그리고 무명이 차례로 눈에 들어왔다.

역시, 이 저택에는 신이 너무 많다.

다들 자신이 살던 곳으로 좀 떠나주면 안 되는 것일까. 지환은 한숨 섞인 시선으로 그들을 바라봐 주고는 고개를 저었다.

"청월, 지금 한눈파는 거예요?"

채앵-!

검 날과 검 날이 허공에서 맞부딪치는 소리가 분위기를 반전시켰다. 예고하지 않은 공격이었으니 그것을 막아낸 건 무의식적이었다. 지환의 눈빛이 변했다. 설란은 순간이었지만 금방이라도 자신을 꿰뚫을 것 같던 그 날카로운 시선이 나쁘지 않다 생각했다.

"내게 집중해요."

"이미 과하다 싶을 정도로 그러고 있습니다."

"그래요? 그럼 이제 수련의 성과를 보여봐요."

"부인께서 원한다면."

지환의 말이 끝나기가 무섭게 설란은 검을 물리고 성큼 뒤로 물러섰다. 본능이었다. 한 걸음, 두 걸음, 주변 경계를 늦추지 않으며 빠르게 물러서는 설란의 모습에 무명은 박수를 아끼지 않았다. 멋지다는 외침이 휘파람 소리와 함께 들려왔으나 설란의 귀에 닿지는 못했다. 그녀는 눈을 가늘게 뜬 채 흐릿하게 검 날을 휘감기 시작하는 새까만 안개 같은 것들을 보고자 노력하는 데 온 정신을 쏟고 있었다.

'저게, 신력?'

신벌, 혹은 저주와는 또 달랐다. 아직도 눈을 감으면 생생하게 그려낼 수 있는 아홉 가닥의 꼬리와는 달리, 지금 눈앞에 있는 것은 좀 더 맑은 느낌이었다.

'이를테면…… 만월이 뜬 밤하늘처럼.'

설란은 이내 고개를 저어 생각을 떨쳐 냈다. 대련이었으나 오랜만에 쥔 검이다. 그것도 제가 십년 가까이 다뤄온 자신의 검. 질 생각은 없었다. 설란의 두 눈에 이채가 돌았다. 이번에도 먼저 검을 뻗은 것은 그녀였다. 횡으로 베어 들어오는 검을, 지환은 흘렸다. 그러나 그것이 전부는 아니었다. 검이 맞부딪치는 그 순간, 설란은 제 검 날을 휘감아 도는 지환의 신력에 눈살을 찌푸렸다.

"이게 대체……."

"그런 식으로도 사용한다더군요."

"이런 식이라면 누구와 싸워도 백전백승(百戰百勝)이겠어요."

설란은 즐겁게 웃었다. 어지간한 사내도 갑작스럽게 이런 경험을 하면 검을 놓칠 것이라 생각하면서. 무슨 일이 있을 것이라 생각했던 자신도 이렇게 당황했으니 말이다.

그녀는 가느다랗게 떨리고 있는 손을 내려다봤다. 방금 전까지만 해도 제게 꼭 맞았던 검은 마치 쇳덩이처럼 무거웠다. 더는 들고 있기가 어려워, 설란은 한숨과 함께 검을 떨어뜨렸다. 검이 바닥에 부딪치는 소리가 둔탁했다. 그 소리가 검이라기보다는 커다란 모래주머니를 떨어뜨린 것 같았다. 땅에 닿자마자 마치 연기가 빠져나가는 것처럼 검을 감싸고 있던 검은 안개가 허공에 흩어지는 게 보였다. 원래대로 돌아온 검을 갈무리하며 설란은 어깨를 으쓱였다.

"검을 쥐고 휘두를 수 없는데 어떻게 싸우겠어요."

"불필요한 싸움을 피할 수 있을 겁니다."

"더할 나위 없네요."

두 눈을 접어 웃은 설란은 이내 목소리를 한껏 낮췄다.

"이제 소원을 말해봐요."

"예?"

"내가 졌으니 소원 하나, 들어줄게요. 무엇이든."

지환은 같은 것을 두 번 묻는 우를 범하지 않았다. 대신 그는 무척이나 진지한 표정으로 대답했다.

"입 맞추고 싶습니다."

설란은 제 귀를 의심했다. 그녀는 의아함을 가득 담은 표정으로 고개를 들어, 지환의 눈을 바라봤다. 그렇게 하면 그의 생각을 읽을 수 있다 생각하는 것처럼. 그러나 들여다본 그의 낯은 진지하기 그지없었다.

"저기, 매형."

그런 둘을 지켜보는 걸로도 모자라 대화까지 전부 엿들은 무명은 세상 무상하다는 표정으로 소하의 옆구리를 툭툭 건드렸다.

"왜."

새빨갛게 달아오른 설란의 얼굴은, 귀까지 새빨개져 있어서, 사람이 저러다 펑 터지진 않을까 걱정이 될 정도였다.

"일전에 내 도령과 대화한 적이 있는데 말입니다. 도령이 그러더군요. 자신이 도망치면, 마마께서 잡으러 올 것이라고. 그래서 내가 그랬습니다. 애당초 도망칠 생각도 없는 건 아니냐고."

한참을 어쩔 줄 몰라 하며 허둥대던 설란은, 물러설 생각이 전혀 없어 보이는 지환의 모습에 결국 손을 뻗어 그의 눈을 가려 버렸다. 가만히 있으라 으름을 놓는 목소리가 가늘게 떨리는 게 느껴졌다.

"그래서?"

"그랬더니 도령이 어어엄청 놀란 표정으로 중얼거렸죠."

설란이 뒤꿈치를 들었다. 입술과 입술이 겨우 닿을 정도로 다가간 그녀는 그 찰나를 버티기 어렵다는 듯 곧장 뒤돌아 도망쳐 버렸다. 있는 힘껏 내달리는 설란의 뒷모습을 바라보는 지환의 입에 걸린 미소가 사라질 생각을 안 했다.

"그럴지도."

"뭐?"

"도령이 그렇게 대답했다고요. '그럴지도'라고."

"그래서?"

"아, 매형도 누님과 서로 죽네 사네 하면서 난리 치던 때가 있었잖습니까. 막 신들이 결혼 반대한다고 하니까 산 날려 버린다고 협박하던 때가."

소하는 설란의 뒤를 쫓아가는 지환의 뒷모습을 멍하니 바라보며 생각했다.

그런 때도 있긴 있었지, 하고.

"그래서?"

"그래서는 무슨 그래서요. 그러니 매형은 알 것 아닙니까. 왜 도령이 그런 대답을 했는지."

"병신이라 그래."

"무슨 대답이 그럽니까."

"병신이라 네가 말해줄 때까지 제 마음도 몰랐던 거다, 이 소리야. 여기에 이러고 있는 나도 병신이고."

"거 죄다 병신입니까."

"그걸 이제야 알았냐."

무명은 더 말해 무엇하냐는 표정으로 고개를 저었다. 그는 몰랐다. 이때껏 아무런 말도 하지 않은 채 소하의 옆구리에 끼여 있던 백호가 자신을 얼마나 한심스럽게 바라보고 있는지.

※

미친 거다. 미치지 않고서야 사람이 이럴 수는 없다.

제 입술에 온기가 번졌을 때, 그녀는 꿈에서 깨어나듯 퍼뜩 정신을 차렸다. 지금껏 배웠던 것들이 머릿속에서 온통 뒤섞이는 기분이 들어 일단 도망쳤다. 맞닿은 입술이 너무 부드러웠고, 그 와중에 손가락 틈 사이로 슬쩍 뜬 눈이 반달로 휘어져 있었다는 등, 모든 것들이 말로 형용할 수 없을 정도로 창피했기 때문이었다.

무슨 생각이었는지 그때는 소하와 무명이 근처에 있다는 것도 생각나지 않았다.

'갑자기 왜 이렇게 부끄러운 거야!'

몇 번이고 했던 입맞춤이다. 그것들과 지금 것이 뭐가 다르냐 누가 묻기라도 하면 분명 대답하지 못할 터다. 그러나 달랐다. 무엇이 다른지 알기 위해서라도 지금은 혼자만의 시간이 필요했다.

그러나 설란이 안채로 향하는 문지방을 넘기가 무섭게 도아가 그녀를 반겼다. 얼굴이 새빨갛게 달아오른 제 주인의 모습에 두 눈을 동그랗게 뜬 도아는 무슨 일이냐며 호들갑을 떨었다.

"마마! 열이 오르신 겝니까! 소녀가 어서 가서 의원을……."

"……왕실에서, 온 서찰이냐."

그제야 도아는 제 손을 내려다봤다. 설란이 오면 곧장 전하려 했던 서찰이 눈에 들어왔다.

"……예."

설란은 붉은 비단에 금색 실로 묶여 있는 서찰을 받아 들었다. 왕가가 개인적으로 사용하는 서찰을 한눈에 구분할 수 있었던 이유는 바로 붉은 비단에 있었다. 중앙에 금실로 수놓은 봉황이 낯설면서도 낯익었다. 끈을 끌러 내리는 손이 조심스러웠다. 비단을 한 겹 벗겨내자 인장이 찍힌 서찰이 모습을 드러냈다. 중간에서 다른 이가 열어보지 못하도록 밀랍을 녹여 그 위에 찍은 인장은 분명 제 오라비인 설호의 것이었다.

–누이에게.

낯익은 필체에, 설란은 한숨을 닮은 숨을 뱉었다. 그러나 밑에 이어지는 내용을 읽은 뒤에는, 머릿속이 멍해질 수밖에 없었다.

–금일(今日), 내 보러 갈 것이니 그리 알고 있거라.

그녀는 제 눈이 의심스러워 그 짧은 내용을 몇 번이고 다시 읽었다. 익숙한 필체에 익숙하지 않은 내용. 그러나 내용이 바뀌는 기적은 일어나지 않았다. 장지문이 열린 것은 그때였다.

"……부인?"

설란의 뒤를 따라온 지환은 그 찰나에 손바닥 뒤집듯 변한 분위기를 느끼고는 미간을 좁혔다. 공기가 무거웠다. 도아는 눈치 빠르게 고개를 숙여 보이고는 뒷걸음질 쳐 방문을 닫고 밖으로 나갔다. 그는 지체 없이 설란 곁으로 다가가며 물었다.

"무슨 일입니까."

묻는 동시에 시선은 설란의 손끝을 훑었다. 붉은 비단과, 세자의 인장이 찍힌 편지. 아주 찰나였다. 이 모든 일들을 잊을 수 있던 순간은.

"……저하께서, 서찰을 보낸 겁니까."

"오늘, 지금, 이곳을 방문한다고……."

이런.

생각보다 더 안 좋은 얘기였다. 지환은 당장 아무렇게나 돌아다니는 백호를 떠올리고는 눈살을 찌푸렸다. 아무리 둔한 사람이어도 제집처럼 뛰어다니는 까만 여우는 이상하게 생각할 게 분명했다. 백호도 감당하기 힘들건만, 린과 소하는 더했다. 린은 인간 자체를 그리 좋아하지 않는 듯했고, 소하는 정체를 들키면 안 된다는 생각 자체를 안 하고 있었다.

"……신들부터 치워야겠군."

"역시 그렇죠?"

부부의 생각이 일치했다.

"그럼 청월은 소하를 해결해요. 사제지간이니."

"예."

"린이랑 백호는 내가 어떻게든 할게요."

"괜찮겠습니까."

백호는 그렇다 쳐도, 린은 녹록치 않을 것이다. 모르긴 몰라도 설호가 온다는 말을 들으면 흥미로운 표정을 하며 한 번 보고 가겠다 말할 터였다. 설란의 생각도 같았다. 반신의 신력을 탐할 만큼 귀한 이의 낯짝을 보고 싶다 말하는 린의 모습이 눈앞에 아른거렸다.

"어떻게든, 해봐야죠."

"그럼 끝난 뒤⋯⋯."

우당탕탕-!

요란스러운 발소리와 다급하게 외치는 말소리들. 설란은 창백해진 얼굴로 지환을 돌아봤다.

"⋯⋯늦은 것 같군요."

이조차 계획된 것 같지만.

지환은 한숨 섞인 목소리로 고개를 저었다.

❀

"하아."

설호는 고개를 들어 하늘을 보았다. 궁 안의 하늘이나, 궁 밖의 하늘이나 다를 것은 없을 터인데 왜 이리 다르게 보이는지 모를 일이었다. 푸른 하늘에 떠 있는 구름 한 점이 묘하게 시선을 잡아끌어, 그는 멍하니 하늘을 바라봤다. 그런 그를 일깨운 것은 서 내관이었다.

"저하."

"……그래. 들어가야지."

오래 서 있었다. 혹은 너무 오래 망설였다. 설호의 시선이 아래로 죽 내려왔다. 활짝 열린 대문 너머에서 다급히 이쪽으로 다가오는 누이동생의 모습이 보였다. 아직 눈에 익지 않은 올림머리를 훑는 설호의 시선이 복잡했다.

"들어가야지."

설호는 고개를 돌려 궁인들과 병사들에게 따라오지 말라 명령했다. 서 내관이 그럴 수는 없다며 반발했으나 결국 설호의 고집에 꺾였다.

뒷짐을 진 채 홀로 대문을 넘는 설호의 모습이 금방이라도 사라질 듯 흐릿해 보여, 서 내관은 그럴 리 없다 수없이 속으로 되뇌며 고개를 숙였다.

"오라버니!"

차오르는 숨을 부여잡으며 뱉어내는 목소리는 가빴다.

"조금 일찍 기별해 주셨으면 준비를 해놓았을 터인데……."

어째서 이리 급하게 기별했느냐는 타박에 설호는 하하, 웃었다.

"그래서 내 그리했느니라. 그래, 잘 지내고 있고?"

"저야 항상 잘 지내지요. 오라버니께서는…… 괜찮으십니까?"

"이런, 이런. 나는 어딜 가나 걱정을 사는구나. 걱정 말거라. 그런데 어찌 혼자 나오느냐?"

지환을 찾는 시선이 분주했다. 그러나 지금쯤 린과 소하, 무명에 백호까지 전부 상대하고 있을 지환이 이리 빨리 모습을 드러낼 수 있을 리 만무했다. 설란은 어색하게 웃으며 말을 돌렸다.

"먼저 들어가 있어요. 차를 내오겠습니다."

"그래. 그런데, 란아."

"예?"

설호의 눈이 가늘어졌다. 그는 설란의 어깨 너머를 빤히 응시하며 고개를 옆으로 기울였다.

"……언제부터 개를 길렀느냐?"

"……예?"

"아니, 저건 개가 아니라…… 여우?"

설마!

설란이 불에 덴 듯 놀라며 고개를 돌렸다. 제발 아니길 빌었건만. 그러나 때로 현실은 보다 잔혹한 법이다.

[억울하다! 억울해 죽겠다! 내 무엇을 잘못하였다고 가두려 한단 말이야-!]

설란은 모든 것을 초월한 표정으로 생긋 웃었다.

"애완 여우랍니다. 가례 때 사신단 중 한 명이 선물로 주고 가지 뭐예요."

"……여우를?"

"귀엽지요?"

아니, 이건 귀엽다는 것 이전의 문제 같은데…….

설호는 작게 중얼거리며 빠른 속도로 달려오는 백호를 눈에 담았다. 들짐승이건 날짐승이건 설호에게는 하나같이 낯선 것들이었다. 태어날 때부터 몸이 약해 바깥출입이 제한적이었기 때문이기도 했지만, 꽃 한 송이도 철저히 관리되는 궁에 멋대로 드나드는 짐승이 있을 리 만무했다.

"저리 까만 여우라니. 난생처음 보는구나."

[공주마마!]

백호는 그대로 몸을 날려 설란의 품 안으로 파고들었다. 설란은 재빨리 여우를 품속으로 숨겼다.

"그렇지요? 어찌나 귀여운지 모른답니다."

[으읍! 숨! 숨!]

숨이 막힌다며 이리저리 움직이는 꼬리에 설호가 신기함을 감추지 않으며 고개를 끄덕였다. 설란이 팔을 움직이자 그제야 숨구멍이 트인 백호는, 본격적으로 불만을 쏟아내기 시작했다.

[내 억울해 못 살겠소. 청월이 나를 어디에 가두려 했는지 아시오? 아니! 숨어 있어야 하는 이유도 모르겠거니와, 어찌 반신(半神)을 항아리에 넣으려 한단 말이오!]

"그래. 귀엽구나. 무척 귀해 보이기도 하는구나."

"예. 귀하고도 귀해 쉬이 얻을 수 없다더군요. 그런데 오늘은 무슨 연유로……."

"란아."

"……눈과 귀를 딸려 보내신 게로군요."

설호는 조용히 고개를 끄덕였다. 설란은 연신 웃는 낯으로 그를 안채 쪽으로 안내하며 주변을 훑었다. 자신의 실력으로는 그들의 기척조차 느낄 수 없다는 것은 알고 있었으나, 버릇이었다.

"안채로 가 얘기를 나누어요."

"그러자꾸나."

부드럽게 마주 웃는 설호와 설란의 모습은 영락없이 사이좋은 오누이였다. 멀리서 그들을 몰래 지켜보던 시비들이 참으로 좋은 사이구나, 라는 생각을 할 정도였다.

그러나 설란의 품에 안겨 있는 백호는 달랐다. 여우는 설란의 몸이 경직되어 있음을 느끼고는 파묻었던 고개를 들었다. 동그랗고 까만 두 눈에 자설호가 한가득 들어찼다. 설란과 똑 닮은 사내. 설호를 처음 본 백호의 감상은 고작 그 정도였다. 그러나 둘 사이의 얘기가 점점 길어질수록, 안채가 가까워질수록, 백호는 기이한 기분을 느끼며 몸을 들썩였다. 낯설지 않은 기분은, 그러나 동시에 불유쾌한 것이었다.

[몸이 약해, 신력으로 수명을 늘리고자 했다던 제자가 바로 저치로구나.]

움찔. 설란의 어깨가 떨렸다. 답은 필요 없었다. 그것만으로도 충분한 답이 되었으니.

"왜 그러느냐?"

[네놈이로구나.]

백호의 눈이 번뜩였다. 평소와 다른 목소리는 한층 더 낮고 음울했다. 설란은 눈살을 찌푸렸다. 어디에선가 들어본 적 있는 목소리였다. 바닥을 득득 긁는 것 같은 이 소리를…….

[감히 반신(半神)의 신력을 탐한 자가…… 네놈이야.]

설란은 그 자리에 멈춰 섰다. 어떻게 이 목소리를 잠시나마 잊을 수 있었을까. 신벌이자 저주를 풀기 위해 사랑채로 들이닥쳤던 그날, 단검을 움켜쥐는 자신을 향해 뱉어졌던 목소리를.

입안이 마르기 시작했다. 백호를 내려다보는 두 눈에 담긴 것은 미처 지워내지 못한 경악이었다. 그제야 린이 했던 말을 완벽하게 이해할 수 있었다. 아직 저주는 완벽하게 풀린 것이 아니라는 말의 의미는 이것이었나. 백호를 끌어안고 있는 팔에 힘이 바짝 들어갔다. 그런 설란의 모습에 설호 역시 가던 길을 멈추고 고개를 돌렸다.

"란아?"

낄낄……. 소름 끼치는 웃음소리와 함께 백호의 꼬리가 부드럽게 말렸다. 정말 즐겁다는 목소리는 웃음을 멈추지 않으며 설호를 비웃었다.

[신력을 탐한 어리석은 인간아. 그래, 죽지 못해 사는 삶이 어떠하더냐. 차라리 죽고 싶어 비는 시간이 네놈이 지은 죗값이니라.]

"그게…… 무슨 소리야."

"무어?"

어깨를 잡아채는 설호의 손에 설란은 잠에서 깨어나듯 화드득 놀라며 시선을 들었다. 면경을 보는 것처럼, 저와 똑 닮은 얼굴이 일그러진 채 눈앞에 있었다. 더는 쓰고 싶지 않다 생각했던 면류관을 쓰고 있는 쌍생아 오라비가.

"혼자 무슨 말을 하는 게야."

입안이 바짝 말라왔다. 설란은 아득해지려는 기분을 가까스로 붙잡아 그 위에 미소를 덧씌웠다. 혹여나 백호가 튀어나갈까 잡고 있는 손에 애절함이 더해졌다. 그녀는 그렇게 아무렇지 않음을 가장하고는 웃으며 고개를 저었다.

"아니. 아닙니다. 실언이에요."

"정말이냐."

"그럼요. 아, 여기가 안채예요, 오라버니. 사람이 갔으니 청월도 곧 올 거예요."

그러니 들어가 있자는 설란의 말에 설호가 고개를 끄덕였다.

"그래."

안채에 들어서 자리를 잡고 앉자 정신이 돌아왔는지 백호가 푸르르 털을 털며 몸서리쳤다. 악몽을 꾼 것처럼 기분이 좋지 않다며 투덜거린 여우는, 그대로 아랫목에 자리를 잡고 눕더니 곧 잠에 빠져들었다. 안 그래도 조그마한 몸을 복슬복슬한 꼬리로 감싼 채 잠에 빠져든 여우는 보는 것만으로도 사랑스러웠다.

그러나 정작 여우의 바로 옆은 금방이라도 끊어질 듯 팽팽한 긴장감만이 존재했다.

"어마마마께서, 병환이 깊어지셨다는 이유로 널 입궐시키려 하실 것이다."

"……오라버니. 몸 상태가, 다시 나빠지신 건……."

"그리 보이느냐."

설란은 고개를 저었다. 모든 정황을 알고 있는 자신이 보더라도 지금 설호는 꽤 건강해 보였다. 얼굴에는 홍조가 돌았고, 얘기하는 내내 심장을 부여잡거나 숨이 가빠지는 일도 없었다.

그렇다면 무슨 이유로?

도아가 가져온 차가 둘 사이에 놓였음에도 설호는 침묵을 지켰다. 마치 누군가를 기다리듯이. 그의 이해 못 할 침묵은 지환이 안채에 도착한 뒤에야 깨졌다. 도아가 지환의 도착을 알리자 설호는 올 게 왔다는 표정으로 장지문 쪽을 바라봤다. 문이 열리고, 지환이 안으로 들어섰다. 그는 조금 지쳐 보였다. 그러나 아랫목에서 단잠에 빠진 백호를 발견하자 피로가 단숨에 날아갔는지 잠시 흉흉한 빛을 띠었다가, 금세 표정을 갈무리했다.

붉게 흐드러진 란꽃송이

"제가, 늦었군요. 송구합니다, 저하."

"하하! 아닙니다. 어서 앉으시지요."

말을 낮춰달라 다시 청해야 하나. 그리 생각하던 지환은 이내 가볍게 고개를 저으며 자리에 앉았다. 짧은 기간 설호를 가르치며 그의 고집이 만만찮았던 것을 떠올린 탓이다. 설란은 지환 쪽으로 찻잔 하나를 밀어주었다. 부드럽게 웃으며 찻잔을 받아 드는 지환과, 역시 마주 웃는 설란을 번갈아 바라보던 설호의 눈이 가늘어졌다.

"금슬이 이리 좋으니 내 걱정할 필요도 없었겠구나."

"오라버니!"

"하하하!"

즐겁게 웃던 설호는 터지려는 기침을 속으로 내리눌렀다. 아직은, 아니었다. 반상 아래로 내려진 손은 마디가 희게 질릴 정도로 옷 끝을 세게 움켜쥐었다. 조금이라도 고통을 삼켜내기 위해.

"그리 금슬이 좋으니, 내 스승께 부탁을 하나 하려 합니다."

"하문하십시오."

"왕실에서 누이에게 입궐을 명한다면. 그게 누가 되었건…… 그것이 나일지라도, 입궐하지 못하게 막아줄 수 있겠습니까."

설란이 얼굴을 구겼다. 그러나 지환만을 똑바로 바라보고 있는 설호의 표정은 진지했다. 농으로 하는 말도, 한 번 떠보는 것도 아니었다. 그는 진심이었다.

"오라버니!"

"송구하나, 약조할 수 없습니다."

"내 누이가 위험해진다 하여도?"

"그렇다면, 부인을 지킬 뿐입니다."

"이런. 스승의 앞이라 돌려 말하였더니 말이 통하질 않는군요."

설호의 눈이 싸늘하게 식었다. 얼음장처럼 쩡, 얼어붙은 그것은 지환을 향해 흉흉히 빛났다.

"나는 지금 방해라 말하고 있는 겁니다."

"그만하세요, 오라버니."

더는 용납하지 않겠다는 단호함이 거기에 있었다. 난생처음 보는 동생의 모습에, 설호는 화를 내는 대신 웃음을 터뜨렸다. 바싹 말라 쩍 갈라진 마른 땅 같은 웃음을.

"하하핫! 란아, 내 지금 농을 하는 것 같으냐?"

"저 역시 웃자고 이리 말하고 있는 게 아닙니다. 오라버니, 일전에 제게 말하셨지요. 나가라고."

오라버니의 지옥에서. 설란은 상체를 앞으로 기울였다. 반상을 짚은 손에 바짝 힘이 들어가 그녀의 분노를 대변하는 듯했다.

"그 지옥이, 오라버니만의 것이라 생각지 마세요."

무려 십팔 년이다. 설호가 자신을 밀어낸 세월은 그 절반보다 길었다. 혼돈의 시간이었다. 원치 않은 일이었지만 의무라 생각했다. 오라비에 대한 애정과 왕족으로서 짊어진 의무로 버텨온 시간이 길었다. 설호에게 도움이 된다 믿을 때는 그나마 괜찮았다. 설호가 저를 어떤 눈으로 보는지 깨닫기 전까지는, 그래도 괜찮았다. 아무 생각 없이 돌린 시선 끝에 미움과 원망이 가득 담긴 오라비의 낯이 있던 때까지는. 그날 이후로 그녀는 원치 않는 이를 위해 원치 않는 일을 해야 하는 기이한 상황에 괴로워해야만 했다.

설란은 아득, 이를 물었다.

"그곳은 나의 지옥이기도 했으니."

남자와 여자로서 달라지기 시작하는 신체에 변장의 한계를 느낀 것은 더 이상 이리 속일 수 없다 생각한 가장 큰 이유였다. 그러나 자신을 견제하는 설호의 시선은 어떻게든 빨리 출궁하고자 고심하게 만들었다. 나는 그 자리에 관심이 없다, 가장 확실하게 말할 수 있는 방법이 출궁뿐이었으니 말이다.

설란의 눈에서 불이 튀었다. 하라는 것은 전부 했다. 자설호가 되어 세자의 자리를 공고히 다지라는 효연왕후의 명(命)에 따랐고, 자신의 자리를 탐내지 말라는 설호의 시선에 한 걸음 뒤로 물러섰다.

오라비에 대한 분노가 애정과 안쓰러움을 뛰어넘었다.

여기에서 더 무엇을? 이 이상 더 어떻게?

분노하는 설란을 향해, 지환이 손을 뻗었다. 그는 반상 가장자리를 움켜쥐고 있는 손을 조심스레 감쌌다. 얼마나 힘을 주었는지 가느다랗게 떨리는 마디마디를 쓸어내리는 손길이 조심스러웠다.

"부인."

걱정이 가득 담긴 목소리에, 설란은 가느다란 한숨을 뱉어냈다. 이렇게 부딪치기가 싫어 그리 열심히 피해왔었는데. 결국에는 터져 버렸다. 일으켰던 상체를 주저앉히며 설란은 붙잡히지 않은 손으로 제 이마를 감쌌다. 이젠 오라비가 무슨 짓이냐며 화를 내도 할 말이 없게 되었다. 그러나 설호는 화를 내는 대신 무겁게 가라앉은 목소리로 반문했다.

"나가지 않으면. 평생 같이 뒹굴자 이리 말하고 싶은 게냐."

"저는······."

"나는 이 병을 고치지 못할 것이다. 그런데 자빠져 죽을지언정 일평생 네 뒤에 숨어 있는 짓은 도저히 못 하겠구나."

설호의 얼굴이 일그러졌다. 그 언젠가, 서 내관이 한없이 어둡다 표현했던 날것 그대로의 낯이었다. 이미 그에겐 이 자리에 지환이 있다는 것조차 중요하지 않아 보였다. 자신의 입으로 왕가의 오랜 비밀을 뱉어냈다는 자각마저 없는 듯했다. 오랜 세월 쌓아두었던 감정을 토해내는 데 온 신경이 쏠려, 설호는 아득 이를 갈며 방향 잃은 분노를 쏟아냈다.

"본디 내 것이었던 것들을 바라보기만 하는 기분을 아느냐. 그럼에도 네게 어찌할 도리 없이 감사해야 하는 기분을 아느냔 말이다. 하루에 열두 번도 더 속이 뒤집혔다. 감사함과 미움이 끝없이 생겨나 종국에는 무엇이 무엇인지조차 알 수가 없게 되어버리는 날이 수도 없이 많았다. 네 입으로 그러지 않았느냐. 이젠 한계라고. 그러니 나가란 말이다. 매일 피 끓는 곳이라 하여도 내 지옥이다. 네 자리는 없어."

설호는 그대로 자리에서 일어났다. 더는 대화하지 않겠다는 의지가 가득 담긴 표정으로, 그는 선을 그었다.

"그러니 다시는 입궐치 말라. 명이다."

"저하. 하나 잊으신 것이 있는 듯합니다."

"……왕가의 일이오."

그러니 개입하지 말라는 설호의 경고에, 지환은 무심히 웃는 것으로 대답을 대신했다.

"부인께서 원한다면, 전하께서는 언제든 궁문을 열어주실 것입니다. 부인의 뒤에 최가가 있음을 잊지 말아주십시오."

"협박이시오."

"한때 스승이었던 자로서 마지막으로 드리는 조언이라 생각해 주십시오."

두 남자의 시선이 허공에서 부딪쳤다. 설호는 조금 놀랐다. 언제나 모든 것에 무심하다는 표정으로 강연을 진행하던 지환만 봐 왔기에 그럴지도 모르겠다. 무언가 말하려는 듯 달싹이던 설호의 입술이 그대로 닫혔다. 그저 침묵으로 답한 설호는 그대로 뒤돌아 나갔다.

쿵, 문이 닫히는 소리가 바람결에 왜 이리 크게 들리는지 모르겠다 생각하며 설란은 질끈 눈을 감아버렸다.

✳

한숨 깊게 잔 백호는 나른하게 하품을 내뱉었다.

[입 털이라.]

"따로 움직인다니, 그게 무슨 의미죠, 린?"

다른 곳도 아니고 궁이다. 그 말인즉슨 궁을 오고 가는 사람이라면 아이라도 통행증을 갖고 있고 신분이 명확한 이들뿐이라는 뜻이다. 자신이라 할지라도 린과 소하, 무명을 전부 데려갈 순 없는 노릇이었다. 그러니 애당초 천랑국의 사신으로 왔던 린만이라도 데려가려 했던 것인데 린은 자신들은 신경 쓰지 말라며 고개를 저었다.

그런 그녀의 표정은 단호했다. 조금의 머뭇거림도, 고민도 없는 단단함.

"……린. 분명 내게 이리 말했었죠. 단 한 사람이면 충분하다고. 다른 이에게 죄를 물을 생각인가요?"

"어머. 그렇다면 절 막을 생각이신지?"

설란의 속눈썹이 파르르 떨렸다. 막는다. 그것이 얼마나 무의미한 말인지 잘 알고 있었다. 그러나 그 무용함보다 그럴 생각이 들지 않는다는 사실에 놀랐다. 자신도 모르게 제 옆에 앉아 있는 지환을 확인했다. 눈을 돌리자 자연스럽게 맞춰오는 시선에 온기가 가득했다. 처음으로 온전한 제 편이 생긴 기분이었다. 잘못된 선택을 하면 비난하는 대신 무엇이 잘못되었나 같이 고민해 주며, 앞으로 살아갈 길을 같이 만들어 나갈 온전한 제 편.

그동안 지켜오고자 발버둥 쳤던 족쇄가 힘없이 부서지는 소리를 들으며, 설란은 고개를 저었다.

"그것이 죗값이라면, 막지 않겠어요."

"……백호 역시, 저희와 움직일 거랍니다. 그러니 마마. 마마께서는 해야 할 일을 하세요."

[린님, 린님, 나는 마마와 함께 가고 싶습니다.]

"쉬…… 말 들어요."

콧잔등을 톡톡, 두드리며 엄하게 말하는 목소리에 풀이 죽은 백호는 결국 린에게 붙잡혀 나갔다.

"하아."

"위험할 겁니다."

"잊었어요, 청월? 내 편을 들어주겠노라 오라버니 앞에서 그리 단호하게 단언해 놓고."

"그땐……."

지환은 긴장이 풀린 와중에도 개구지게 웃는 설란을 향해 손을 뻗었다. 익숙해질 법도 했건만, 여전히 때로는 제 손을 피하지 않는 설란이 낯설어 이렇게 잠시 허공에서 멈춘다. 그녀가 도망갈 시간을 주고자. 그 잠시가 지나고, 손끝에 온기가 와 닿자 그제야 지환은 참았던 숨을 조심스레 뱉어냈다.

동그란 이마에 내려앉는 입술이 조심스러웠다. 설란은 그대로 시선만 위로 들었다. 이마에 닿은 입술이 가느다랗게 떨리고 있어서. 까맣게 가라앉은 눈이 보였다.

"⋯⋯하루에도 수십 번, 그저 안전하게 지켜만 주고 싶다는 생각이 든다⋯⋯ 는 말은 하지 않았으니."

머리로는 알고 있었다. 이 여인은 강했다. 일평생 자신의 반려인 그녀를 보고 누구 하나 약하다 말하지 않을 터였다. 무명마저 설란이 치맛자락을 잡아 뜯으며 저주에게 달려드는 모습을 보고 혀를 내두르지 않았던가.

그러니 이것은 쓸데없는 걱정이자 고민이었다. 무의미한 감정이라는 것은 스스로가 가장 잘 알고 있었다. 그러나 어쩌겠는가.

"험한 것은 보지 않았으면. 험한 말은 듣지 않았으면. 그저 좋은 것만 보고 세상 환하게 웃으며 즐겁게 살았으면. 차라리 방에 가두어 버릴까 수십 번은 더 넘게 생각합니다."

이 마음은 자신조차 어찌할 도리가 없는 것을. 지환은 뱉지 못할 한숨을 헛된 마음과 함께 삼키며 웃었다. 슬픈 미소였다.

"안 된다는 것을 알면서도, 수십 번 그런 생각을 합니다, 부인."

콧잔등이 서로 스칠 정도로 둘의 거리는 가까웠다.

쿵, 쿵, 쿵.

무엇이 이리 시끄러운가 싶었더니 제 심장 소리였다. 노루를 앞에 둔 채 활시위를 당기던 때보다도 지금이 더 요란스러웠다. 그 소리가 혹여 그에게 들릴까 염려하면서도 동시에 이 요란스러움이 기꺼웠다.

"나는."

살갗을 스치는 숨이 한숨을 닮아 있어, 설란은 그제야 천천히 눈을 깜빡였다. 찰나였다. 지환을 보지 못한 것은. 그러나 그것마저도 너무 길어 설란은 손을 뻗었다. 머뭇거림은 없었다. 그녀는 양손으로 지환의 얼굴을 감싸 쥔 채 눈을 가늘게 떴다. 조금이라도 더 오래 눈을 뜬 채로 그를 보고 싶어서.

"나는 항상 생각했어요. 청월, 나는…… 항상, 항상 당신이 내앞에서 웃어주면 좋겠다고. 그만 괴로워했으면 좋겠다고. 할 수 있다면 내가 그 지긋지긋한 고통을 끊어줄 수 있으면 더할 나위가 없겠다고……. 나는, 항상 그렇게 생각해 왔어요."

정말 내가 단지 의무만으로 목숨을 걸었다고 생각한 건 아니죠? 설란의 눈이 접혔다. 의무만으로 할 수 있는 일에는 한계가 있는 법이다. 제게 있어 그 의무는 가례를 치르는 것, 그리고 저주를 풀기 위해 노력하는 것. 딱 거기까지였다. 아무런 감정도 없었다면 사랑채 문을 연 그 순간 머뭇거리지 않고 도망갔을 것이다.

그러나 그러지 않았다.

설란은, 정말이지 손이 많이 가는 남자라고 밉지 않게 투덜거리며 말을 덧붙였다.

"그건 전혀 이상한 게 아니에요."

지환은 설란이 당기는 힘에 그대로 앞으로 몸을 숙였다. 이마에, 콧잔등에, 설란의 입술이 쏟아졌다. 마치 상을 주는 것처럼.

"그래도 정말 못 가게 방문을 걸어 잠그면 그땐 화낼 거니까 그렇게 알고 있어요."

그러니까 생각만 해요, 생각만. 알겠어요?

짐짓 엄하게 말하는 설란을 빤히 바라보던 지환의 눈이 접혔다. 그는 정말 제 눈앞에 있는 여인이 사랑스러워 어쩔 줄 모르겠다는 표정으로 웃었다.

방 안을 뒤집어엎으며 싸워도 저렇게 웃으면 화가 사르르 풀릴 텐데, 이리 좋은 분위기에 웃으니 설란의 심장이 널을 뛰는 건 당연지사였다.

"아니, 그게, 그러니까……."

재빠르게 손을 거둬들인 설란이 슬쩍 딴청을 피우며 시선을 돌렸다. 그러나 이미 귀까지 빨갛게 달아오른 것만은 감출 도리가 없어, 지환은 소리 내 웃지 않으려 애를 써야만 했다. 대신 그는 설란이 한 것처럼 하나하나 조심스레 그녀에게 입을 맞췄다.

이마에, 눈가에, 콧잔등에 입술이 열기를 담고 닿았다 떨어졌다. 입술 사이에 가느다란 숨길이 생긴 기분이었다. 더는 어쩔 도리가 없어, 설란의 눈이 허공에서 데룩 굴렀다. 시선과 시선이 만난 그 순간 열기가 그녀를 집어삼켰다.

처음부터 살짝 벌어져 있던 입술 사이로 그의 혀가 미끄러지듯 들어왔다. 머리로는 눈을 감아야 한다고 생각했으나 뚫어져라 응시해 오는 그의 시선에 그럴 수조차 없었다. 치열을 훑어 내리는 감각과 도망가려는 혀를 잡아채는 능숙함이라니. 얼굴에만 올랐던 열이 발끝까지 번져 나가는 감각은 낯설었다. 배 속이 간질거리고 등골이 오싹했다.

지환의 옷자락만 붙든 채 어찌할 줄을 모르던 손이 어느 순간 위로 올라가 그의 목을 감았다. 그러자 마치 정답이라는 듯 반달 모양으로 휘는 그의 눈꼬리가 이 와중에 얄미워, 설란은 슬쩍 눈을 흘겼다. 그러나 곧 제 허리를 당겨오는 팔 힘에, 잠시 돌아왔던 정신마저 저 먼 하늘로 날아가 버렸다.

"읍……."

숨을 쉬는 것인지 숨에 쫓기는 것인지 가늠할 수 없을 정도로 입맞춤은 깊었다. 머릿속이 희게 질려 아무 생각도 들지 않았다.

서책에서는 입맞춤을 할 때면 눈앞에서 폭죽이 펑펑 터진다고 들 하던데, 실상은 그저 혼이 쏙 빠지는 기분이었다. 설란의 숨이 가빠지는 것 같자 지환은 천천히 속도를 늦췄다. 가볍게 떨어졌던 입술 사이로 숨을 쉬게 한 다음 다시 부드럽게 입술을 훑는 과정이 자연스러웠다.

속도가 느려지자 그제야 설란의 정신이 점차 또렷해졌다. 고작 몇 달 전까지만 해도 누군가의 숨을 공유하고 타액을 나누는 것이 가능하다 생각해 본 적 없는 그녀였다.

그랬는데.

깊은 입맞춤이 끝나고 서서히 지환이 눈앞에서 멀어지는 게 오히려 아쉽게 느껴질 줄이야. 설란은 반쯤 멍한 눈으로 제 입술에 쪽, 소리가 나게 한 번 더 입을 맞추는 지환을 바라봤다. 잠시 가출했던 정신은 그가 손을 당겨 검지의 마디 부분을 살짝 깨물었을 때 퍼뜩 되돌아왔다.

물다니!

설란이 어찌 그럴 수 있느냐는 표정으로 지환을 바라보자, 그는 눈을 가늘게 뜨고는 혀를 내밀어 긴 손가락을 핥았다. 오돌토돌한 혀가 살갗을 스치고 가는 감각이 너무도 생생해 설란의 어깨가 움찔 떨렸다.

"그런 눈으로 보면 참기가 힘듭니다."

"어, 아…… 네?"

"아직 낮인데도, 부인과 운우지락(雲雨之樂)을 즐기고 싶어진다는 뜻입니다."

깜빡, 깜빡, 설란의 속눈썹이 위아래로 바삐 움직였다. 입맞춤으로 인해 발그스름해져 있던 얼굴이 사과처럼 새빨개지는 것은 찰나의 일이었다.

"청월!"

세상 부끄러운 줄 모른다며 바락 화를 내는 설란의 모습은, 그러나 얼굴이며 귀며 붉지 않은 곳이 없어 그리 위협적이진 않았다. 저를 향해 달려드는 설란을 받아 안으며 지환은 끝내 참지 못하고 소리 내 웃었다.

그를 탓하는 목소리와 하하하, 즐거운 웃음소리가 안채에 가득 울려 퍼져, 그날도 시비들은 서로 시선을 나누며 흐뭇하게 웃었다.

아가님께서 머지않아 태어나시겠구나, 라고 속닥이며.

＊

설호의 방문이 있던 날로 이틀 뒤.

이번 일에 연관되어 있는, 혹은 연관되어 있지 않은 이들이 각자의 방식대로 바삐 움직이고 있었다. 그리고 설란은 예견된 소식을 조금은 담담한 표정으로 맞이했다.

"궁에서 온 급보(急報)입니다, 마마."

말을 전하는 도아의 안색이 희게 질려 있었다. 정작 당사자인 설란은 고개를 끄덕이며 급보를 들고 왔을 이를 만나기 위해 장지문을 열어젖혔다.

출궁한 지 고작 한 달째였다. 너무도 많은 일들이 있어 찰나와도 같았던 귀한 시간이었다. 정신없었으나 태어난 뒤로 가장 평온했던 때도 있었다. 설란은 그런 생각을 하며 무심히, 그러나 이미 알고 있었다는 표정으로 내관을 바라봤다. 녹음을 닮은 복식을 못 본 지 며칠이나 지났다고 새삼 낯설게 느껴진다.

내관은 그녀를 눈에 담기가 무섭게 고개를 조아렸다. 좋지 않은 소식을 전하는 탓에 경직된 분위기가 무거웠다. 내관이 양손으로 높게 들어 올린 붉은 두루마리를 바라보는 설란의 두 눈은 무심했다.

궁에서 온 급보(急報).

그 속에 든 얘기를 짐작하고 있을 것임에도 무심함은 깊어져만 갈 뿐이었다. 법도에 따라 두루마리를 펼친 채 조심스레 왕후의 병세를 알리고 급히 입궐할 것을 명하는 내관을 대하는 온도가 그토록 낮았다. 내관은 몇몇 이들을 제외하고는 하나같이 눈치가 빠른 이들뿐인지라, 그 역시 설란의 기분을 눈치채고는 내용을 다 읽자마자 재빨리 고개를 숙였다. 설란의 기분을 건드리고 싶지 않다는 티가 역력한 낯이었다.

한참의 시간이 흘렀다. 안채의 처마 끝에 걸려 있던 구름이 한

뺨 정도 이동할 시간이었다. 설란의 입술이 열린 것은 그 정도의 시간이 흐른 뒤였다.

"어마마마께서."

"예. 상태가 위중하시어 급히 입궐하시란 명이십니다."

이상했다. 정말이지 이상할 정도로 아무렇지가 않았다. 설란은 곧 입궐할 터이니 물러가라 말을 한 다음 사랑채에 사람을 보내 지환에게 이 사실을 알리고 옷을 갈아입기 위해 다시 방 안에 발을 들여놓으며 같은 생각을 반복했다.

아무렇지가 않았다.

왕후의 병약함은 한 치의 거짓도 섞이지 않은 사실이다. 실제로 그녀의 병약함이 세자빈 간택에 있어 크나큰 약점으로 작용했다고까지 하니 거짓일 리 없었다. 그래서일까. 좀 더 어렸을 때는 왕후가 아프다는 말을 들으면 어찌할 줄을 몰라 곧장 그녀의 상태를 보러 내달렸었다. 개중 절반은 거짓이라는 걸 알면서도 그랬다.

그랬는데.

"마마?"

멍하니 생각에 잠겨 있던 설란은, 도아의 부름에 그제야 퍼뜩 깨어났다. 눈앞에는 낯익은 스란치마가 시야를 가득 메울 정도로 넓게 펼쳐져 있었다. 이런. 설란은 자신도 모르게 눈살을 찌푸렸다. 치맛자락 너머에 서 있는 도아가 보지 못한 것이 다행이다 싶을 정도로 노골적인 감정이었다.

쏙, 치마 건너편으로 도아가 고개를 내밀었을 때 그녀가 본 것은 그저 걱정 가득한 설란의 모습뿐이었다.

"어서 입으셔야 합니다."

"그래. 어마마마께서 위독하다 하시니 빨리 입궐해야지."

입궐.

드디어, 이 모든 일의 끝을 볼 때였다. 설란의 눈에 이채가 돌았다.

설란이 옷을 갈아입자 도아는 속으로 작게 감탄을 뱉었다. 가례를 올린 뒤로는 궁중 예복을 입지 않아 눈에 잘 띄지 않았던 것들이 옷 하나만으로 이리 잘 보일 줄은 그녀도 미처 몰랐었다. 좋아진 혈색과 연신 입에서 떠날 생각을 안 하는 미소, 그리고 누군가를 봤을 때 반짝반짝 빛이 나는 두 눈까지.

아아. 이런 걸 사랑에 빠졌다 하는구나. 여인은 사랑에 빠지면 아름다워진다더니, 그 말을 이제야 이해하겠다며 도아는 남몰래 고개를 끄덕였다. 안채에 들어서는 지환을 보기가 무섭게 달려 나가는 설란을 뒤에서 배웅하며, 도아는 생각했다.

역시 자신도 결혼을 해야겠다고.

지환의 품에 뛰어가 안긴 설란은 그제야 숨을 뱉을 수 있었다. 일평생 자신의 상징이라 생각해 왔던 새하얀 난꽃이 이리도 답답하게 느껴지는 감각은 너무도 생소한 것이었다.

"지금이라도 생각이 바뀌었다면……."

"아뇨. 아니에요. 그냥 잠시 기대어 쉴 수 있는 곳이 필요했을 뿐이니, 나는 괜찮아요."

잠시 생각하던 지환은, 그대로 설란을 안아 들었다. 갑작스레 몸이 들리자 설란의 두 눈이 동그래졌다. 반사적으로 제 목을 휘감은 가느다란 팔에, 지환은 어깨를 으쓱이며 말했다.

"안겨서 쉬면 더 좋지 않을까 하여."

그 뻔뻔함과 당당함에 설란은 결국 바람 빠지는 웃음소리를 흘렸다. 그게 뭐냐며 설란이 타박하자 그는 매우 당연하다는 표정으로 대답했다.

"부인의 두 발이 편안하지 않습니까."

"내 창피함은 어쩌고요."

"이미 창피한 일은 많이 했으니 두어 개 더해진다 하여 크게 바뀔 것도 없을 겁니다."

음. 생각해 보니 그건 또 그랬다. 첫날밤부터 신방 문을 열어젖히고 뛰쳐나왔으니 더 말해 무엇할까. 금세 수긍한 설란은 얌전히 그의 품에 안겼다.

몇 날, 며칠 밤 흐릿한 호롱불을 사이에 둔 채 끝없이 나누었던 대화들이 떠올랐다. 그 사이에 백호도 있었다는 것만 빼면 더 좋았을 터지만 말이다.

가장 먼저 설란이 한 일은 사실을 밝히는 것이었다. 진심 어린 사죄는 받기 어려울 것이라는 사실을.

혜조는 절대 꺾이지 않을 강인한 신념을 갖고 있었다. 왕권 강화라는 신념은 그에게 있어 마치 종교와도 같았다. 약한 왕권으로 수없이 좌절했던 선왕을 보며 자라났기에 갖게 된 신념은 이제 와 그 목적이 결국 무엇이었는지, 설란으로서는 이해할 수 없을 정도로 과열되어 있었다. 강인해야 할 왕이 누군가에게 고개를 숙인다? 설란은 상상으로도 떠오르지 않는 상황에 웃어야 할지 울어야 할지 모르겠다 말하며 웃었다. 소태를 씹은 듯 쓰디쓴 웃음이었다.

효연왕후에 대한 것은 기대조차 해본 적 없었다. 애당초 왕족이다. 왕이고, 왕후다. 자하국에서 가장 고귀한 존재이며 살면서 고개 숙여본 것이 손에 꼽을 정도로 적은 이들에게, 진실된 사죄를 받아내는 것이 과연 가능한 일일까?

"청월."

그의 가슴팍에 고개를 묻고 있던 설란이 작은 목소리로 중얼거렸다.

"그날, 내가 말했지요? 원치 않아 숙이는 고개에도 수많은 의미가 있다 생각한다고."

그랬었다. 그리 말했었다. 적어도 그 행동이 잘못되었다는 것을 알게 될 것이며, 그것으로 인해 당신이, 그리고 백호가 씻을 수 없는 상처로 고통받았다는 사실을 알게 될 것이라고. 아는 것과 모르는 것은 천지 차이라, 그 사실을 인지시키고 그 고고한 고개를 숙이게 만드는 것이 제가 할 수 있는 전부일 것이라고.

"그런데 이제 와 이런 생각이 들어요. 정말 그것에 의미가 있을까, 하는."

"부인이 생각하는 것보다, 더."

그것이 가지는 의미는 클 것입니다. 지환은 설란이 편안하게 기댈 수 있게 자세를 바꾸며 말을 이었다.

"좁은 방 안이 전부였던 내가 여기까지 올 수 있었던 것은, 내가 겪었던 그 모든 고통과 절망을 알아준 부인이 있었기 때문이니. 때로 무언가를 안다는 건 그토록 놀라운 결과를 가져오곤 합니다."

지환은 저 멀리 대문 앞에서 대기하고 있는 가마꾼들이 다른 곳을 보고 있다는 걸 확인하고는 고개를 숙였다. 짧게 떨어지는 입맞춤은 아쉬웠으나 따스했다.

"그러니 부인께선 앞으로 나아가다 지칠 때면 하나만 떠올리면 됩니다."

언제고 어느 때고 내가 당신의 뒤에 서 있을 것이라는 것을.

"이왕이면 옆에 있어줘요. 뒤는 너무 머니까."

개구지게 웃는 얼굴에 지환은 그러마 대답했다. 가지런한 이를 드러내며 웃는 설란의 모습에 지환은 부러 한숨을 뱉어냈다.

"큰일입니다."

"무엇이요?"

"입 맞추고 입 맞추어도 부족하니 말입니다."

"청월!"

정말 그런 말을 아무렇지도 않게 할 거냐며 설란이 펄쩍 뛰었다. 그 모습도 계속 보고 싶다 말하는 지환의 표정에 웃음기가 녹아 있었다. 계속 놀릴 거면 차라리 내려달라며 동동동 발을 구르던 설란의 시선 끝에 스란치마에 새겨진 문양이 들어온 것은, 어찌 보면 우연이었다.

허공에서 달랑거리던 발끝을 살짝 들었다. 스란치마 끝에 금박으로 새겨진 무늬를 조금 자세히 보고 싶었기 때문이었다. 날개를 접은 채 땅에 내려앉은 봉황과, 그런 봉황의 다리 끝에서 자라나 찬란하게 핀 난꽃이 줄줄이 이어져 있는 무늬는 한눈에 봐도 정교하면서도 아름다웠다.

조금 더 자세히 보고 싶어 발을 보다 높게 들자 치맛자락이 무릎 쪽으로 흘러내렸다. 그걸 눈치챈 지환이 화드득 놀라며 흘러내리는 치맛자락을 붙잡았다. 그 손길이 다급하기 그지없었다. 대체 왜 그러느냐는 시선에, 설란은 숨죽여 웃으며 대답했다.

"왜 내 이름에 난꽃이 들어간 줄 알아요?"

엉뚱한 물음이었지만 말이다.

"난꽃을 닮아서."

대답이 아닌 확신을 내뱉는 남자의 두 눈이 진지했다. 시선만으로 내 여인은 꽃을 닮았다 주장하는 게 가능하다는 걸 그녀는 처음 알았다. 그 정직한 대답에 설란은 다시금 생각했다. 이렇게 귀여운 남자를 내려주다니, 신은 때로 너무도 잔인하다고.

그녀는 당장 손을 뻗어 지환의 양 볼을 쭉쭉 잡아당기고 싶은 기분을 꾹 눌렀다. 정말이지, 결국엔 저를 웃게 만드는 이 남자를 어떻게 해야 할지 모르겠다 생각하면서.

입술을 매만지며 생각에 빠져 있던 설란은 가마가 멈추는 진동에 퍼뜩 상념에서 깨어났다. 열린 가마 문 밖으로 나선 설란은 한 걸음을 내딛자마자 무겁게 가라앉은 공기를 느끼고는 낯빛을 굳혔다. 궐문 앞에 늘어선 병사 수는 평소보다 많았고, 저를 마중 나온 궁인들의 눈에는 피로함이 가득했다. 꼬박 한 달 만에 입궐하는 공주에 대한 반가움은 눈을 씻고 찾아봐도 없었다.

"마마?"

숱 많은 눈꺼풀은 마치 지친 나비처럼 내려앉았다가 그대로 날아올랐다. 그제야 주변이 다시 보였다. 병사의 수가 늘어난 것은 착각이 아니었다. 그러나 설호가 앓아눕거나 고통에 몸부림칠 때면 왕후의 병적인 반응으로 인해 주변 경계가 심해진다는 것은 익히 알고 있던 것이었다. 궁녀들도 그렇다. 언제나와 같은 모습에, 언제나와 같은 피로함이었다.

그러나 경직된 분위기는 평소와 달랐다. 주변을 살피는 시선이 기민하게 움직였다. 제게 괜찮냐 묻는 궁녀에게 설란은 자연스럽게 평소와 같은 미소로 대답했다. 괜찮노라고.

그런 그녀의 앞에, 병사 하나가 무척 송구스럽다는 표정으로 고개를 숙여왔다.

"송구합니다, 마마. 궐문을 넘는 모든 이들의 날붙이를 거둬들이라는 어명이 내려왔습니다. 혹 은장도를 소지하고 계시다면 잠시 맡겨주시겠습니까."

"아바마마께서?"

"예."

설란의 목소리가 한층 낮아졌다.

"그 모든 이들에, 자하국의 자설란도 포함되어 있더냐."

"……최고상궁이 직접 마마의 소지품을 확인하라 명하셨습니다. 그 전에 부디……."

설란의 몸수색도 지시했다는 말에 지환이 눈살을 찌푸렸다. 실상이 어떻건 혜조는 십년 넘도록 딸을 사랑하는 아비의 모습을 보여줬다. 딸을 사랑하는 혜조였다면 그녀를 몸수색하라는 명령을 내릴 리 없었다.

무언가가 있다. 이상함을 느낀 지환의 두 눈이 차갑게 가라앉았다. 그것을 어찌 해석했는지 병사는 몸을 떨며 해명했다.

"부디 언짢게 생각지 마십시오, 마마. 실은 요 며칠, 궁에 침입자가 있었습니다. 그 누구도 예외를 두지 말라 명하시어……."

"침입자라니? 한 번도 아니고 며칠 동안 계속? 그게 대체 무슨 말이냐."

"그것이, 워낙 신출귀몰해 아무도 잡지를 못하였는데, 약을 올리듯 매일 나타나더니 어제는 대호궁까지 침입했다 합니다."

"그 무슨……! 대체 어떤 작자라더냐!"

"목격한 이들의 말에 따르면 무척이나 아름다운 여인이었다고 하옵니다."

"……여인?"

"예. 새하얀 꼬리를 봤다는 이도 있고, 하늘을 나는 것 같다 말하는 이들도 있사옵니다. 다들 귀신에 홀린 것 같다 하더이다."

설란과 지환이 서로 시선을 교환했다. 의미심장한 시선이었다. 새하얀 꼬리가 있는, 아름다운 여인. 둘 다 같은 이를 생각하고 있었다.

정말이지, 일이 복잡해진다 생각하며 설란은 한숨을 삼켰다. 그러나 어쩌겠는가. 이미 벌어진 것을. 설란은 순순히 품 안에서 단검 하나를 꺼내 들었다. 그게 무엇인지 눈치챈 지환의 표정이 굳었다. 자신의 저주를 베어낼 때 쓴 단검이다. 린이 항시 몸에 지니라며 당부했던 것이 떠올랐다.

그러나 당장 어찌할 도리가 있는 것도 아니었다. 검을 받아 든 병사는 머리가 땅에 닿을 정도로 깊게 고개를 숙였다.

이후 간단한 짐 수색이 끝난 뒤에야 궐문을 지나갈 수 있었다. 설란은 이곳저곳을 바삐 뛰어다니고 있는 병사들을 곁눈질하며 목소리를 낮췄다.

"지금쯤 종친들부터 의심받고 있겠네요."

"최가가 뒤에 있기 때문에, 부인 역시 의심받고 있을 겁니다."

"아바마마께서 시아버님의 충심을 어디까지 믿느냐에 달려 있겠지만……."

설란은 말끝을 흐렸다. 그녀도 짐작하고 있는 것이다. 이 형식적인 수색에 자신까지 포함시킨 혜조의 의도를. 이것은 의심이 섞여 있는 차디찬 경고였다. 만에 하나라도 그런 생각은 하지 말라는 경고.

지환의 생각 역시 같았다. 충신이라 한들 결국 남인 것이다. 자기 자신도 믿지 않아야 할 자리에 앉아 있는 왕이 보내는 경고는 그토록 차가웠다. 자신들을 대호궁 쪽으로 인도하는 상궁의 뒷모습을 응시하는 둘의 시선이 묘하게 가라앉았다.

설란은 주변에 들리지 않도록 작은 목소리로 속닥였다.

"그보다 이상하지 않아요? 단내가 풍긴다던가, 하는."

항시 검을 넣어두던 품 안이 횅했다. 고작 며칠 갖고 다녔다고, 없는 것이 어색하게 느껴졌다. 저번처럼 그슨대가 튀어나오지는 않을까, 그녀는 신경에 날이 선 채 주변을 경계했다. 지환은 그런 그녀를 조심스럽게 살폈다. 반쯤 정신이 흐릿했지만 해방된 설란의 신력이 어떤 느낌이었는지는 똑똑히 기억하고 있었다. 아마 평생 그 감각은 잊지 못할 터다. 이성을 마비시키는 충동으로 눈앞이 온통 시뻘겋게 변해 버렸으니 말이다.

"아무것도 느껴지지 않습니다. 그러나 혹 모르니 내 곁에서 떨어지지 마십시오."

"그래야겠어요. 딱 붙어 있어야지."

그러나 둘의 다짐이 깨지는 데 걸린 시간은 일각도 채 되지 않았다. 이미 다 아는 길을 안내하던 상궁이 대호궁-혜조의 궁-과 전양궁-효연왕후의 궁-으로 나뉘는 길목에 멈춰 서자, 설란은 미간을 좁혔다.

불안한 예감은 틀리질 않아, 몸을 돌린 상궁은 고개를 숙이며 조심스레 혜조의 명을 전했다.

"공주마마께서는 대호궁으로, 부마도위께서는 전양궁으로 뫼시라는 명이십니다."

"이런."

설란의 낯에 그늘이 드리웠다.

"내 어마마마께서 위독하다 하시어 달려왔거늘, 대호궁이라니! 그 무슨 말인가! 썩 비키거라, 내 어마마마를 먼저 뵈어야겠으니!"

"송구하오나, 마마, 전하의 명이시옵니다."

조금도 물러설 생각이 없다는 듯 상궁의 목소리는 단호했다. 애당초 설란 역시 이런 악다구니가 먹힐 것이라고는 기대하지도 않았다. 그러나 쓸모없는 시도는 아니었다. 설란은 톡톡, 지환의 손끝을 두드려 그의 주의를 제 쪽으로 돌렸다. 설란이 손짓하자, 지환은 자연스럽게 몸을 숙여 그녀의 입가에 제 귀를 가져갔다. 일련의 과정이 물 흐르듯 자연스러워 상궁과 궁녀들이 이상함을 느끼지 못할 정도였다.

"아바마마께서, 나를 버리기로 하셨을지도 모릅니다. 그러니 무슨 일이 있으면, 아니, 조금이라도 이상하면 자리를 박차고 나와요. 뒷일은 내가 책임질 테니."

그 박력 넘치는 말에 지환은 잠시 말을 잃었다. 그는 복잡 미묘한 시선으로 설란을 보았다. 그녀는 자신이 무슨 말을 하고 있는 건지 알고 있는 것일까, 하는 소소한 걱정으로. 그러나 그 걱정은 금세 사그라졌다.

지환은 가례를 올리기 전 제가 했던 생각을 상기했다. 환하게 웃는 설란을 보며 듬뿍 사랑받고 자란 여인이니 당연히 눈길이 갈 수밖에 없다, 그런 생각을 했었다. 그러나 실상은 어땠나. 거대하고 화려한 궁은, 겉과 속이 달랐다. 설란은 그곳에서 사랑을 받고 자란 것이 아니라 아주 어린 시절부터 의무와 책임만을 강요받아야 했다. 밝은 미소는 그녀가 스스로 만들어낸 것이었지, 누군가가 대신 만들어준 것이 아니었다.

무의식적으로 뻗어 나간 손이 설란의 붉은 입가를 쓸어내렸다. 언제나 호선을 그리며 올라가는 입술도, 저를 볼 때면 반달로 접히는 두 눈도, 그녀가 있는 힘껏 만들어온 것이었다. 그것을 지키고 싶었다.

무슨 일이 있더라도.

"부인 역시, 뒷일은 생각지 말고 무슨 일이 있거든 뛰쳐나오십시오."

"뒷일은?"

꼭 그 답을 들여야겠다는 듯 지환의 옷자락을 붙잡은 손에 힘이 바짝 들어갔다. 지환은 그것이 못내 기꺼워, 머뭇거림 없이 답했다.

"내가 책임질 테니."

사륵 접히는 두 눈이 반달로 부드럽게 휘어서, 설란은 정말이지 당장 뛰쳐나가고 싶다 생각하며 마주 웃었다.

8. 붉게 흐드러진 란꽃송이

대호궁 앞은 흉가처럼 을씨년스러웠다. 제가 출궁하기 전만 해도 쉼 없이 오가는 궁녀들과 내관들로 인해 활기찼던 곳이라는 게 믿기지 않을 정도였다. 그녀를 맞이하는 박 내관만이 유일하게 궁 안에 머무는 것을 허락받은 것만 같았다. 눈인사를 해오는 박 내관의 표정이 어두웠다. 침입자가 대호궁까지 발을 들이게 했으니 박 내관 역시 그 책임에서 자유롭지는 못했을 것이다.

그녀 역시 눈으로 그간의 안부를 물으며 섬돌을 밟고 올라섰다. 홀로 열어젖히는 문이 쓸쓸하다는 생각이 들었다. 그럴 리 없겠지만 문 열리는 소리가 요란스럽다는 생각마저 들었다.

하나, 둘, 셋.

싸한 기운마저 느껴지는 마루를 가로질러 도달한 곳에는 혜조가 홀로 앉아 있었다. 경상-낮은 책상-에 비스듬히 턱을 괸 채 허공을 응시하고 있던 왕은, 문이 열리는 소리가 들리자 천천히 고개를 돌렸다.

새하얀 종이 위에 색이 덧씌워지듯, 혜조의 얼굴에 빠르게 미소가 번져 갔다.

"공주 왔느냐!"

허공으로 쭉 뻗은 두 팔이 그의 반가움을 대변했다. 그러나 설란은 전과 다른 분위기를 느끼며 기민하게 주변을 살폈다. 내관도, 궁녀도 없이 텅 빈 궁 안은 휑하다 못해 썰렁하기까지 했다. 시중을 들기 위해 최소한으로 필요할 사람들마저 전부 내보낸 그 커다란 궁 안에서, 혜조만이 홀로 앉아 웃고 있었다.

"예, 아바마마."

"어서 앉거라. 그래, 그동안 어찌 지냈느냐."

"그보다 어마마마의 병세가 악화되었다 하던데…… 어찌 된 일인지요?"

효연왕후의 얘기가 나오자 혜조의 얼굴에서 표정이 빠져나갔다. 혜조는 골치 아픈 얘기를 들었다는 양 한숨을 뱉었다.

"그래. 그것 때문에 불렀느니라. 세자가, 사가에 들렀다지."

"예."

"세자가 움직였으니, 네 거처도 들통이 났겠다 싶어 이리 불렀느니라. 그래…… 네게도 왔느냐."

상체를 앞으로 기울인 혜조의 목소리는 낮았다. 그제야 설란은 혜조의 옷이 정돈되지 않았다는 것과 소매가 무척 더럽다는 것을 알아차렸다. 평소라면 얼룩 하나도 용납하지 않았을 그다. 더러워진 옷을 방치하다니. 설란이 미간을 좁혔다.

"아바마마…… 그 무슨……."

옷도 옷이지만, 혜조가 이리 날것 그대로 제 속내를 드러내 보인 적은 손에 꼽았다. 능수능란하게 말과 표정을 꾸며내던 혜조는, 그러나 지금 조금은 초조해 보이는 낯이었다. 두통이 이는지 이마를 붙잡는 손은 신경질적이었고 찌푸린 이마의 주름은 깊었다.

설란은 제 아비의 모습을 찬찬히 살펴보았다. 거뭇한 눈가에 피로함이 가득 담긴 얼굴. 정체불명의 여인이 침입하고, 설호와 효연왕후가 첨예하게 대립하는 상황 속에서 혜조가 느껴야 했을 압박감이 극에 달했음이 보였다. 설란은 조용히 생각했다. 침입했다던 여인이 린이라면 그녀의 성정으로 보았을 때 아무것도 하지 않은 채 그저 궁을 구경만 하다 가지는 않았을 것이라고.

분명 무언가가 있었던 것이다. 혜조의 신경이 저렇게까지 날카로워질 만한 무언가가.

'린, 언질이라도 주지 그랬어요.'

정보가 없으니 어디까지 얘기해야 하는지 알 수가 없었다. 결국 그녀는 줄타기 같은 선택을 할 수 밖에 없었다. 표정을 꾸며내는 것은 쉬웠다. 일평생 해온 것이 그것이었으니. 설란은 무척이나 놀란 낯으로 상체를 앞으로 기울인 채 비밀 얘기를 하듯 속삭였다.

"궁에 침입했다는 이가, 설마 '그' 여자입니까."

"네게도 왔느냐. 그래, 어떤 헛소리를 지껄이더냐!"

헛소리라 단정 짓는 혜조의 말에, 설란은 잠시 숨 쉬는 것마저 잊었다. 그럴 리 없을 것이라는 생각을 하긴 했다. 제가 일평생 알아왔던 아비는 절대적인 왕권을 위해 모든 것을 바친 사내였다. 그런 이이니 그리 쉽게 잘못을 인정하지 않을 것이라는 건 알고 있었다.

그럼에도 마음 한편에서는 기대를 했었나 보다. 왕가가 저지른 이 잔혹한 일에 대해 조금이라도 책임감을 느끼고 있지 않을까, 하는 기대를.

"……왕가의 잘못을 알려주었나이다."

제게 향하는 혜조의 시선이 낯설었다. 언제고 저를 똑바로 바라보던 아비의 시선은 여러 색을 갖고 있었다. 언젠가는 미안하다 눈물지었고, 또 언젠가는 믿는다며 단호한 빛을 띠었다. 그것들의 공통점은 오랜 세월 쌓인 신뢰였다. 자신의 딸이 배신하지 않을 것이라는 두터운 신뢰.

설란은 지금 그것을 깨려 하고 있었다.

아니, 이미 깨져 버렸다. 자신을 바라보는 아비의 시선이 저토록 무기질적이니 말이다. 사람의 눈이 아닌 그저 유리구슬을 박아 넣은 것 같은 그의 눈을 마주하며 설란이 입술을 달싹였다.

"알고 계셨습니까."

물음이었으나, 설란은 저를 바라보는 두 눈에 담긴 감정을 엿보는 그 순간 확신할 수 있었다. 그가 모든 것을 알고 있다는 사실을. 치맛자락을 움켜쥔 손에 힘이 바짝 들어갔다. 심장이 어찌나 쿵쿵 뛰는지, 온몸이 긴장 상태로 변하는 것이 느껴질 정도였다.

자설란을 사랑하는 아비, 라는 가면을 벗어 던진 혜조는 그토록 낯설었다. 사물을 보듯 무감각하던 두 눈에 덧입혀지는 것은 애정도, 연민도 아니었다.

그저 선연한 분노뿐.

"알고 있다 하여 무엇이 달라지느냐."

붉게 흐드러진 란꽃송이

"언제 아셨습니까."

"그것을 네가 안다 하여 무엇이 달라지느냐 묻지 않아!"

"-아직도!"

설란의 얼굴이 엉망으로 일그러졌다. 치맛자락을 움켜쥔 손은 희게 질리다 못해 파르르 떨렸다. 속이 뒤집히고 눈앞이 시려서 제가 뱉어내는 것이 고함인지 울음인지조차 구분 가지 않을 정도였다.

"아직도 모르시겠습니까! 자하국 왕실이, 왕가가, 왕족이! 신을 죽였다는 것을요!"

쾅!

경상 위를 내리치는 손이 매서웠다. 그 요란스러움에도 고요하기만 한 궁은, 침묵으로 말해주고 있었다. 이곳에서 무슨 일이 일어나건 누구 하나 달려오는 일은 없을 것이라고.

"그것이 어쨌다는 말이냐."

제게 향하는 흉흉한 시선에, 설란은 온몸의 힘이 빠져나가는 기분을 느껴야만 했다.

설란은 금방이라도 지워질 듯 흐린 미소를 지었다. 린이 무엇을 했는지는 알 도리가 없었으나, 그녀마저 해내지 못한 것을 성공시키기 위해 걸 수 있는 것은 하나밖엔 남지 않았다. 무슨 일이 있으면 뛰쳐나오기로 했던 약속이 떠올라, 설란은 속으로나마 그에게 사과했다.

'미안. 뛰쳐나가지 못할 것 같아요.'

그 아연한 낯을 어찌 해석했는지 혜조는 무척이나 신경질적인 목소리로 말을 이었다.

"신? 네가 무언가 단단히 착각을 하는 모양이야. 신이라니. 그런 것은 이 땅 위에서 사라진 지 오래라는 것을 아직도 모르겠느냐? 하나부터 열까지, 전부 지어낸 헛것이란 말이다!"

"그리 생각하시는 분께서, 신력을 믿어 백여우를 잡으라는 할마마마의 명에 그저 침묵하셨습니까."

아득. 이 가는 소리가 선연했다. 혜조는 이미 반쯤 흘러내린 머리칼을 거칠게 쓸어 올리며 한숨을 뱉었다.

"어디까지, 알고 있는 게냐."

물기라고는 없는 목소리는 쩍쩍 갈라진 논바닥을 닮아 있었다. 애당초 각오한 일이었다. 모든 것을 입 밖으로 내야만 시작할 수 있는 일이니 돌아갈 수도, 돌아갈 곳도 없었다.

"백여우라 답하면 답이 되옵니까."

"그 요망한 계집이 말해준 것이겠군."

"그리 표현하지 마세요. 지고한 지신(地神)이십니다."

하―

뱉어내는 숨이 길었다. 혜조는 거뭇한 눈으로 제 딸아이를 응시했다. 곧은 등이나, 생기가 도는 얼굴 따위를. 그리고 동시에 며칠 동안이나 저를 괴롭히고 있는 그 간악한 괴물을 떠올렸다.

"믿는 게냐. 제가 신이라 주장하는 그 삿된 계집을! 시퍼런 여우불을 눈앞에 들이밀며, 감히 자하국의 왕을 협박하는 그 천인공노할 년을?"

이를 가는 혜조의 모습에 설란은 낮은 침음을 흘렸다. 수많은 각오를 하며 들어선 걸음이 무색할 정도로 제 아비의 평정심은 아슬아슬할 수준까지 무너져 있었다.

붉게 흐드러진 란꽃숭아

"린은, 가장 자비로운 방법을 제안했을 뿐입니다."

"자비롭다? 무엇이? 자하국의 왕으로서 머리 숙여 사죄하라는 것이?

그리 말하는 혜조의 목소리가 거칠었다.

"지신(地神)의 피를 취한 죄, 그것으로 갚을 수 있다면 다행이라 여겨야 하지 않습니까."

"네 모르는 것 같구나. 이 세상에 신은 없다."

천신(天神)인 봉황의 후손이 제 입으로 신을 부정하는 순간이었다. 자신의 피를 부정하는 혜조에게 어디서부터 잘못되었다 말한단 말인가. 설란은 눈앞이 아득해짐을 느꼈다. 그리고 동시에 깨달았다. 무엇을 말하건 제 아비는 귀를 막고 눈을 가린 채 현실을 외면할 것이라는 사실을.

"……못 하시겠다면, 저라도 하겠습니다."

"란아, 네가 그 요망한 계집에게 홀리기라도 한 모양이로구나. 하하! 왕후의 말이 맞다 생각하는 날이 올 줄이야."

기울어진 상체는 경상 위를 반쯤 넘어섰다. 팔로 몸을 받친 채 혜조는 낮게 읊조렸다.

"너를 내보내지 말았어야 했다."

핏발이 선 두 눈은 그동안 감추어둔 감정을 날것 그대로 내보이며 설란을 응시했다.

"쓸 수 있는 패는 쓰는 것이 답이라 여겼거늘, 내 실수를 했느니라."

"……그럼, 제 패는 어찌 생각하십니까."

"무어?"

"아바마마께서 그리 말씀하시니, 저 역시 쓸 수 있는 패는 전부 써봐야지 않겠습니까."

"그 무슨……!"

"가장 먼저 성도청으로 하지요. 왕실이 외면해도 왕족들이 봉황의 후손이라는 이유 하나만으로 충성을 바치던 이들에게 가 말하겠습니다. 자하국 왕실에 더는 봉황의 피가 흐르지 않으며, 지신(地神)의 죽음으로 생을 이어가니, 더는 묵과할 수 없다고. 아바마마, 신을 믿는 이들이 과연 무어라 답할 것 같습니까?"

혜조는 잠시 머리가 멍해지는 기분을 느끼며 털썩, 자리에 주저앉았다. 그가 익히 알던 딸이라고는 믿기지 않을 이가 눈앞에 앉아 있었다. 허리를 꼿꼿이 세운 채 내뱉는 말 하나하나가 독이라 생각됐다. 웃음기 없는 입과 차갑게 굳어 있는 두 눈은 누구의 것이란 말인가.

"네가 지금…… 무슨 말을 하고 있는지 알고 있는 것이야."

"그다음은 종친들로 하겠습니다. 은근히 말을 흘리지요. 지난 세월 동안 누가 세자를 대신했는지, 왜 그래야만 했는지 말입니다. 홍봉포를 입은 채 찾아가는 것도 나쁘지 않을 것 같지 않습니까."

"그만 하지 못할까–!"

"외면하지 마시라 말하는 겁니다!"

양손에 얼굴을 파묻은 혜조의 두 눈이 간헐적으로 떨렸다. 일평생 바라온 것은 오직 하나였다. 그 누구도 뒤흔들지 못할 강력한 왕권. 외척에 휘어 잡힌 채 큰소리 한 번 내보지 못한 제 아비를 보며 키워온 열망이었다. 그 외척의 중심에 서 있던 모후의 힘을 등에 업고 그것 하나만 바라본 채 걸어온 세월이 길었다.

이제 곧이었다. 최가를 손에 넣었으니 남은 것은 동파의 수장. 그뿐일 터인데.

고개를 드니 제게 낮게 경고를 읊조리던 구미호가 보이는 것 같았다. 혜조는 신경질적으로 이를 악물었다. 돌아가기에는 걸어온 길이 너무 길었다. 고개 숙이기에는 버려야 할 것이 너무도 많아, 그는 마지막 기회를 제 손으로 구겨 버렸다.

"잘못하지 않았다."

"아바마마."

"세자를 위한 죽음이라면 자부심을 가져야 마땅할 일. 모든 것은 이⋯⋯."

그의 떨리는 손이 제 머리 위에 얹은 관을 끌어 내렸다.

"⋯⋯이 자리를 위함이야. 어찌 그것을 모른단 말이냐!"

커다란 바위를 주먹으로 내려쳐도 이보다는 나을 것이다. 설란은 직감했다. 실패했다. 자신은 실패해 버리고 말았다. 제 아비는 어떤 상황에 처하더라도 고개 숙여 사과하지 않으리라.

왕이라는 이름 아래에 행해진 그 잔혹한 침묵에 설란은 질끈 눈을 감았다. 다시 눈을 떴을 때 그녀는 자리에서 일어난 뒤였다.

"모르겠습니다."

누구보다 잘 안다 생각했던 적도 있었다. 왕이 강건해야 이 나라 역시 흔들리지 않는다 믿으며 자신이 하는 일이 그 초석이라 생각했던 적도 있었다. 그러나 이제는 모르겠다. 설란은 조금 지친 목소리로 말을 이었다.

"그러나 하나만큼은 알겠습니다. 아바마마께서 걷는 길이 제

길과 다르다는 것."

다시는 뵐 일이 없길 바란다 말하는 목소리에 미련은 없었다. 미처 지워내지 못한 홀가분함이 그 자리를 대신했다. 눈앞에서 사라지려는 제 딸아이를 붙잡는 목소리는 물기를 잔뜩 머금은 양 낮았다.

"왕가의 비밀을 누설할 셈이냐."

"그저 제 얘기를 할 뿐입니다."

왕이 고개를 들었다. 그는 찰나의 순간 가장 잔인한 선택을 했다. 벽에 걸려 있는 검을 빼내는 소리가 저 홀로 스산했다.

검 집에서 날이 빠져나오는 낯익은 소리.

설란은 상정해 두었던 최악의 상황이 현실이 되었음에 침음을 삼켰다. 문 쪽으로 향하던 걸음이 멈췄다. 오른쪽 다리를 축으로 삼은 그녀는, 그대로 곧장 몸을 틀었다. 허공에서 휘둘러지는 검 날은 대중없었다. 심장이나 목을 노리는 것도 아니었다. 그저 어디든 베어내겠다는 목적만 가진 검이 코앞에서 번뜩였다.

"그것을 누설하겠다면, 차라리 죽거라."

그래서일 것이다.

조금이라도 덜 치명적인 손을 앞으로 뻗어 횡으로 베어 들어오는 날을 막으려 한 것이. 어리석은 선택이라는 것을 알고 있음에도 먼저 앞으로 튀어나가는 몸을 막을 도리는 없었다. 눈앞에서 피가 튀었다. 화끈거리는 통증이 연달아 그녀를 덮쳐 왔다. 피를 보자 정신이 돌아오는지 뒷걸음질 치는 혜조의 두 눈은, 수많은 감정들이 서로 뒤엉켜 엉망이었다.

채앵―

피를 머금은 검 날이 마루와 부딪치는 소리가 홀로 요란했다. 검 손잡이를 쥔 혜조의 팔이 아래로 축 늘어졌다. 힘을 줄 생각조차 못 하는 듯, 그는 피가 튄 손으로 제 얼굴을 쓸어내리며 중얼거렸다.

"네 잘못이니라."

그 말이 지독히도 헛헛해서, 설란은 치밀어 오르는 화를 더는 참지 않았다. 평생을 인내하고 참았다. 하나같이 입을 모아 그것이 옳다 말했기에 걸어온 길이었다. 왕가에 보탬이 되는 선택이었고, 동시에 자신을 죽이는 선택이었다.

그 결과 남은 것은 무엇인가.

설란은 알싸한 고통이 올라오는 제 손을 내려다봤다. 깊게 베인 살갖에서 흐르는 피가 상당했다. 근육을 다친 것일지도 몰랐다. 소리 없이 흐르는 피는 치맛자락을 타고 흘러 자신의 분신이나 마찬가지인 난꽃을 붉게 물들였다.

설란은 그대로 몸을 숙였다. 스란치마의 끝부분을 움켜쥐는 그 순간만큼은 고통조차 느껴지지 않았다. 새하얀 실로 수놓은 난꽃이 피로 인해 붉게 물들었다. 수방나인들이 정성 들여 박아 넣었을 스란-치마의 끝에 금박·은박으로 자수를 놓아 장식한 치맛단-을 뜯어내는 손속에 머뭇거림은 없었다. 뚜두둑, 실들이 뭉텅이로 끊어지는 소리와 함께 핏자국이 선연한 스란이 허공에 흩날렸다.

허공에서 나풀나풀 떨어지는 스란을 따라, 붉게 물들은 난꽃 송이가 온갖 곳에 만발해 시선을 잡아끌었다.

혜조는 눈앞에서 천천히 떨어지는 난꽃을 보았다. 그저 연약해 보이는 새하얀 난꽃과는 달리 피로 붉게 물들은 그것은 섬찟해,

그는 자신도 모르게 검을 쥔 손에 바짝 힘을 주었다.

"어마마마께서 어째서 제 이름을 설란이라 지었는지 말해주신 적이 있습니다. 한겨울, 첫눈이 소복이 내렸을 때, 방 안에 홀로 펴 있는 난꽃을 보며 지으셨다더군요. 눈 내리는 밖에서는 하루도 견디지 못하고 그저 따스한 방 안에 놓인 뒤에야 꽃을 피울 수 있는, 그런 연약한 계집아이로 자라라며 지어주셨다고."

세상에 알려진 것과는 정반대의 얘기를 입에 담는 설란의 표정에는 별다른 변화가 없었다. 비통함도, 원망도 상대방에 대한 기대가 있어야 가능한 법이다.

스란이 툭, 소리 없이 바닥에 떨어지자 그제야 혜조는 고개를 들어 제 딸아이를 바라봤다. 가장 먼저 눈에 들어온 것은 깊게 베어 살점이 쩍 벌어진 손이었다. 본래 희었을 손은 피로 범벅되어 본디 색을 알아볼 수 없을 정도로 엉망진창이었다. 보는 것만으로도 아픈 상처를 그대로 내어 보인 채, 제 딸아이는 그토록 낯선 눈으로 자신을 바라보고 있었다.

"모친께서 주신 이름대로 살지 못하니, 지금 이 자리에서, 내어 놓겠습니다. 왕실 족보에서 파기하셔도 좋습니다. 그러니 아바마마."

뚝, 뚝.

힘을 줘 벌어진 상처에서 흐르는 피는 소매를 흠뻑 적셨다. 흘린 피가 상당했는지 눈앞이 어지러웠다. 비틀거리지 않기 위해 설란은 있는 힘껏 입안 살을 물어뜯었다. 입안에서마저 비릿한 피맛이 진동했지만 적어도 목소리가 떨리는 일은 없었다.

"아바마마께서도 딸 하나쯤, 본디 없다 생각하소서."

천륜을 끊어내겠다는 목소리가 그리 차가웠다. 머뭇거림 없이 말을 끝마친 그녀는 그대로 몸을 돌렸다. 억지로 잡아 뜯겨진 치맛단이 엉망이었다. 수방나인들이 이걸 본다면 비명을 지를지도 모른다 생각하며, 설란은 비식 웃었다. 이 와중에도 그런 생각을 하는 스스로가 참 대단하다 싶었기 때문이었다.

쿵, 콰앙-!

뒤돌아 나가려는 그 순간. 요란스러운 소리가 고요하던 허공에 웅웅 울렸다. 무슨 일이 터진 것이다. 설란은 방금 전까지의 기분도 모두 잊은 채 다급히 문을 열어젖히며 밖으로, 밖으로 나아갔다. 부디 청월이 무사하길 빌며.

✳

설란이 대호궁으로 향한 그 시각, 지환은 길을 안내하는 상궁이 갑작스레 튼 방향을 확인하고는 눈살을 찌푸렸다.

"전양궁으로 간다 하지 않았나."

그런데 어찌하여 동궁으로 향하냐는 질문에 상궁은 침묵으로 일관했다. 대답하지 않는다는 것보다는 대답하지 못한다는 느낌이 더 강했다. 주변을 살핀 지환은 소리 없이 혀를 찼다. 지나치다 싶을 정도로 사람이 적었다.

병사들로 바글거리던 궁벽 주변과는 전혀 다른 분위기였다.

'부리는 이들도 믿지 못하고 있거나, 무언가를 꾸미고 있는 것일 테지.'

역시 억지를 부려서라도 설란과 같이 행동할 것을 잘못했나 싶었다. 저 멀리 보이는 대호궁을 슬쩍 뒤돌아본 지환은 고개를 드는 불안감을 애써 눌렀다. 그사이에 상궁은 도착했음을 알리며 뒷걸음질 쳤다.

텅 빈 동궁. 낯익은 곳이라 느껴지는 간극은 더욱 컸다.

"이게, 대체……."

궁에 침입자가 있었다는 것은 알겠다. 그 사실이 외부로 전혀 새어 나가지 않았다는 것이 의아하긴 했지만, 혜조가 마음만 먹는다면 불가능한 일도 아니었다. 당장에 궁녀들의 출궁을 막고 입단속을 철저히 하면 어느 정도 얘기가 새는 것을 막을 수 있을 테니 말이다.

그러나 이렇게 휑한 궁이라니. 지환은 눈살을 찌푸렸다. 무슨 짓을 한 것인지는 모르겠으나, 린이 그저 가볍게 경고만 하고 간 것이 아니라는 것쯤은 쉽게 짐작할 수 있었다.

'따로 행동하자 그리 말하더니, 이런 의미였나.'

그는 낮게 혀를 차며 동궁 안쪽으로 걸어갔다. 후원을 스쳐 가는 걸음이 느렸다. 그럴 수밖에 없었다.

'일을 벌였으면 끝을 내고 갈 것이지. 저렇게 해놓으면 어찌하라는 건지.'

동궁을, 정확히는 기와 장식의 끝을 바라보는 시선이 복잡했다. 다른 이들의 눈에는 보이지 않을 것이 보인다는 건 축복일까, 불운일까. 지환은 그것이 꽤나 큰 불운이라 생각했다.

그도 그럴 것이…….

'최악이었던 나보다도 더 상태가 나빠지다니.'

보고 싶지 않은 것을 보는데 그것이 행운이라 말할 이가 어디에 있단 말인가. 혜조가 궁 안의 사람들을 최소로 줄이지 않았더라도 인간이라면 본능적으로 동궁에 발을 들이길 꺼렸을 것이다. 검게 일렁이는 저주의 흔적을, 지환은 꽤나 착잡한 표정으로 바라봤다.

강연을 할 때는 설호에게서 아무것도 느끼지 못했었다. 그저 학문을 좋아하고 머리도 꽤나 좋은 세자이거니, 라는 생각만 했을 정도였다. 그랬는데.

'숨긴 것인가, 아니면 구미호의 복수인가.'

이제는 감추고 싶어도 감추지 못할 정도로 상태는 심각해 보였다.

지환의 뒤를 따르던 상궁이 머뭇거리더니 이내 멈춰 섰다. 상궁이란 본디 발소리 없이 움직이는 데 이골이 난 이들이었으나 지환은 곧장 고개를 돌렸다. 왜 그러느냐는 시선에 상궁은 고개를 숙이며 대답했다.

"여기서부터는 혼자 가셔야 합니다."

"홀로? 저 안에 세자저하를 뫼시는 이가 하나도 없다는 소리냐."

"어명(御命)이십니다."

지환은 눈살을 찌푸렸다. 그 어명, 참으로 편리하다는 생각을 하며, 그는 더는 묻지 않고 고개를 돌렸다. 제게 향했던 시선이 거둬지자 상궁은 떨리는 목소리로 가보겠다 말하더니 한시라도 빨리 동궁에서 벗어나고 싶다는 듯 빠른 걸음으로 사라졌다.

그 마음, 이해하지 못하는 건 아니었다. 지환은 그리 생각하며 천천히 궁 쪽으로 걸음을 옮겼다. 걸음 하나에 거렇게 물들어 버린, 이제는 제 것이 되어버린 신력이 뚝뚝 떨어지는 기분이었다. 무겁게 내려앉은 공기와 살갗이 따끔거리는 이 감각은 너무도 익숙해 놀라기보다는 헛웃음이 튀어나올 정도였다.

찰나의 시간 동안 누렸던 것들이 한낱 꿈이라 말하는 것만 같아, 지환은 느릿하게 눈을 감았다 떴다. 들이마시는 숨이 뜨거웠다. 마치 펄펄 끓는 물처럼.

"무엇을 하고 갔기에."

일을 이 지경으로 만들어놓아.

어떤 이유에서건 이 문제만큼은 따져 물어야겠다 생각하며, 그는 장지문을 열어젖혔다. 그리고 동시에 후회했다.

"하하…… 스승께서, 오셨군요."

지독할 정도로 멀쩡해 보이는 자설호의 모습에.

고통은 아직 몸이 건강하다는 반증이다. 아프니 어서 치료해 다시 살아가겠다는 의지인 것이다. 그러니 식은땀 하나 흘리지 않은 채 멀쩡히 앉아 있는 자설호의 모습은 그의 몸 상태가 정상이 아니라는 것을 의미했다.

"……전양궁으로 간다던 이가 이리 오기에, 잠시 세자저하께 인사를 올리러 들렀나이다."

"아아. 전양궁이라. 그곳으로 가셨어도 어마마마는 뵙지 못했을 겁니다. 궁문을 걸어 잠근 채 두문불출한 지 벌써 이틀째라. 어찌 되었건 스승께서는 제대로 오셨습니다. 내가 그대를 이리 불렀으니."

"연유를, 물어도 되겠습니까."

"연유라……."

금침에 비스듬히 몸을 기대고 있던 설호는 천천히 자리에서 일어났다. 제대로 갈무리되지 않은 용봉포가 바닥에 엉망으로 끌렸다. 그의 의복을 손봐주는 이마저 없었던 것이 분명한 옷차림이었다.

"묻고 싶은 것이 있는데, 내 누이에게는 차마 묻질 못하겠으니 스승께 묻는 것밖에는 달리 도리가 없질 않겠습니까."

"하문하시지요."

"……여우가."

"……?"

"내 방문하였을 때 온몸이 새까만 여우가 있었는데, 글쎄 내 그 여우를 어디에서 또 본 줄 아십니까."

지환은 그 답을 짐작하고는 입을 닫았다. 제가 아는 한 그런 여우는 하나뿐이었다. 아마 전 대륙을 탈탈 털어도 백호, 하나뿐일 것이다. 설호는 곤란하다는 빛을 띠는 지환의 표정에 하하하! 소리 내어 웃었다.

"알고 계실 줄 알았습니다. 그래, 맞습니다. 내 궁에서 그 여우를 또다시 봤지요. 그것도 꼬리 아홉이 달린 여인의 품에 안겨 있더이다. 어려운 부탁은 아닙니다. 그저, 스승께서 내게 그 여우를 좀 데려와 줘야겠습니다."

"……무슨 일이 있었습니까."

"일?"

설호가 멈춰 섰다. 엉망으로 망가진 용봉포가 어깨에서 팔꿈치께로 스르르 미끄러져 내렸다. 버선조차 신지 않아 드러난 발은 희다 못해 창백해서 보는 이가 다 안쓰러울 정도였다. 그러나 정작 설호 자신은 그런 것들은 전혀 신경 쓰이지 않는다는 태도로 고개를 기울였다.

"일이라. ……그들이 스승께 아무런 얘기도 해주지 않았나 보지요."

그건 또 예상외인데. 참으로 단결이 되지 않는다며, 그리해서는 될 일도 안 된다는 설교 아닌 설교를 늘어놓은 설호는 이내 지환의 코앞에서 털썩 주저앉았다.

"그럼 내 얘기해 드리지요. 처음 나타난 것은 이틀 전, 축시(丑時)였습니다. 무척이나 아름다운 여인이 다짜고짜 내 눈앞에 나타났는데, 사실 처음에는 내 누이인 줄로만 알았지 뭡니까. 누이가 안고 있던 여우를, 그 여인이 안고 있었으니까요."

하기야 내 누이는 그리 아름답진 않다며 터뜨리는 웃음이 허공을 가득 채웠다가 무의미하게 흩어졌다. 그러나 설호는 민망해하는 대신 작은 목소리로 중얼거렸다.

정말 제 누이인 줄로만 알았다고. 그보다는 누이의 꿈을 꾼 것이라 생각했다. 가시 박힌 모진 말을 하고 돌아온 날이었으니 꿈에 나와도 이상하진 않지, 그런 태평한 생각을 하며 여인을 바라봤더랬다.

"구미호더군요. 신이라는 그 여인을 보았을 때, 내가 무슨 생각을 했을 것 같습니까."

이번에도 지환은 침묵으로 대답을 대신했다. 그는 술에 취한 것처럼 앞으로 몸을 기울인 채 허공에 검지를 흔드는 설호의 시선을 피하지 않았다. 실제로 술을 마신 것인지 가까워지자 훅 풍기는 향이 독했다. 건장한 사내도 채 한 병을 다 마시지 못한다는 화주(火酒)라도 마신 것이 아닐까 싶을 정도였다.

설호는 저를 뚫어져라 응시하는 시선으로부터 도망치고 싶다는 듯 천천히 눈을 감았다가, 그보다 배는 더 천천히 떴다.

"최가가, 숨기고 있는 것이 있구나."

그리 말하는 이의 두 눈은, 술에 취했다 하기에는 지독히도 맑았다.

"어려운 얘기도 아니었지. 누이가 여우를 선물 받은 것이 아니라면 그 여우는 어디에서 나온 것일까. 최가구나. 그중에서도 최지환, 내 스승이었던 자겠구나. 그렇다면 답은 하나밖에 남질 않아, 내 그것을 확인하고자 스승을 보고자 했습니다."

"말하십시오."

"그 여우는 날 선 목소리로 이리 말하더군요. 저주를 피해 갔다 하여 안심했냐고. 죽는 그 순간 까맣게 물들어 버린 신력이 정녕 인간에게 아무런 해도 없을 것이라 그리 여겼느냐고."

"저하."

"그 말을 들었는데, 머릿속이 맑아지더이다. 이상하다 생각했던 모든 게 그제야 정리가 되었으니 어찌 안 그렇겠습니까. 언제 죽을지 모른다던 아이가, 아홉 살 적에 영약이라던 탕약을 마시자마자 그리 건강해졌는데 이상하다는 걸 느끼지 않았을 것 같습니까? 완벽하게 나은 것도 아니라, 달에 네댓 번은 온몸을 찢어발기는 고통에 잠식되어 가며 무언가 잘못되었다는 것을 몰랐을 것 같냔 말입니다."

설호의 눈에 핏발이 섰다. 누구에게 물어도 제대로 된 답을 얻지 못한 채 그렇게 스스로를 죽여온 삶이 길었다.

"그러니 답하세요."

그는 손을 뻗어 지환의 팔을 덥석 붙잡았다.

"내가, 백여우를, 먹었습니까."

차마 뱉어낼 수 없는 잔혹한 진실에 지환의 눈가에 그늘이 드리웠다. 꼭 제가 열한 살 때 무명을 향해 던졌던 질문이었다. 나는 무엇을 먹었느냐고, 왜 몸이 이리 아파야 하느냐고, 답을 구하던 그 어린 시절의 자신을 보는 기분에, 절로 이가 악물렸다. 그러나 그에게 대답할 시간이 주어지는 일은 없었다.

"아."

순간이었다. 분위기가 반전된 것은. 손바닥을 뒤집듯 바닥까지 가라앉아 있던 공기가 일순 부유했다. 뒤로 젖혀진 설호의 고개가 모로 기울었다. 그는 마치 의문을 품은 아이처럼 중얼거렸다.

"향이 무척 좋은데…… 너무 옅어 무슨 맛인지 알 도리가 없구나."

지환이 그 수수께끼 같은 말을 이해한 것은 자설호가 자리를 박차고 일어난 뒤였다. 본디 날 때부터 병약했다던 말이 믿기지 않을 정도로, 장지문을 박차고 뛰쳐나가는 몸이 날렵했다. 지환은 속으로 욕을 짙게 뇌까리며 그 뒤를 쫓았다.

"아, 그건 마마께서 그 신력들을 담고 있던 그릇이라 그래, 도령. 왜, 꿀단지가 가득 담긴 단지에서 꿀을 비워내도 여전히 단향이나 단지에 묻은 꿀들이 남아 있잖아? 속에 담긴 건 없어도 단내가 풀풀 풍기니 그 새끼 여우가 환장을 하는 거지."

설란이 가지고 있는, 봉황의 잔재. 자신이 그것에 홀리지 않은 이유는 단순했다. 미미할 정도로 조금밖에 남지 않은 신력에 홀릴 만큼 약하지 않기 때문이다.

그러나 자설호는 어떠한가.

'빌어먹을!'

신경이 극도로 날카로워진 뒤에야 바람을 타고 흘러온 비릿한 쇠 맛에, 지환의 걸음이 빨라졌다. 아니, 숫제 내달리고 있었다. 대호궁으로 향하는 길목에서 마주친 몇몇 궁인들이 기겁하는 것도 보이지 않을 정도로 그의 정신은 온통 설란에게 쏠려 있었다.

그녀의 목소리가 들리길, 그녀의 모습이 보이길, 제발 이 신력이라는 것이 한 번만이라도 좋으니 쓸모가 있길, 그리 빌며 그는 설호의 뒤를 쫓아 뛰었다.

손을 뻗으면 뒷덜미가 잡힐 정도로 설호와 가까워지자, 지환이 그대로 몸을 날렸다. 두 사람이 함께 넘어지며 요란스러운 소리가 났다.

이미 대호궁 안이었다.

콰앙―!

꼬리도 무엇도 아닌, 그저 덩어리에 불과한 저주의 찌꺼기들이 저를 막아선 이에게 분노를 드러내며 땅을 내리쳤다.

얼굴이 희게 질린 박 내관이 그 자리에 주저앉았다. 그는 제 눈을 의심했다. 분명 자설호의 모습이었건만, 눈앞에 있는 것은 인간이라 부르기 어려운 몰골이었다. 어떤 일에 직면하건 흔들림 없던 그의 평정심이 무너져 내렸다.

지환이 그토록 열리지 않길 바랐던 대호궁의 문이 열린 것은 바로 그때였다. 열었다기보다는 힘으로 밀어 젖혔다는 표현이 더 맞을 것이다. 나무로 만든 경첩이 뒤틀리는 요란스러운 소리와 함께 문밖으로 모습을 드러낸 설란은 시야에 한가득 들어찬 아비규환에 할 말을 잃었다.

아비규환. 그것 외에는 이 상황을 설명할 말이 있을 리 만무하다. 가장 먼저 설란이 가진 것은 의문이었다. 백여우의 저주인 신벌을 받은 것은 최지환이었다. 그것 하나만큼은 확신할 수 있었다.

그런데 어째서…….

"저게, 대체, 무엇이란 말이야."

지환에게서 봤던 것과 흡사한 검은 덩어리가 설호의 몸을 뒤덮고 있단 말인가. 설란은 답 없는 질문을 던지며 다급히 돌계단을 디뎠다. 다급함에 헛디딘 발이 허공에서 꼬였다.

'어?'

찰나였다. 계단이 아닌 아무것도 없는 허공을 디딘 것은. 설란의 얼굴이 일순 창백해졌다.

설란이 문을 열고 뛰쳐나올 때부터 그녀에게서 눈을 떼지 않던 지환이 몸을 일으켰다. 방금 전까지만 하더라도 설호를 묶어두는 데 온 힘을 다하던 것이 무색하리만치, 그는 앞으로 발을 뻗는 데 머뭇거림이 없었다. 돌계단 위에서 아래로 나풀나풀 떨어지는 다홍빛 치맛자락을 따라 점점이 수놓아진 핏방울이 선연했다.

앞섶을 물들인 피의 양이 상당했다. 단순히 찢어진 수준이 아니었다. 잘 든 날로 베어 내린 상처는, 심지어 깊었다. 벌겋게 벌어진 살갗에 화로 눈이 뒤집힐 뻔한 지환은 돌계단 위에서 검을 쥔 채 넋을 놓아버린 혜조를 무섭게 노려봤다. 설란이 품 안에서 가늘게 떨고 있지만 않았더라도 당장 뛰어 올라가 멱살을 잡아챘을 것이다. 그 정도로 화가 났다.

"내게는 어디 가서 다치면 때린다 그리 말을 하더니."

조용한 목소리 속에 감춰진 격렬한 감정이 설란에게도 가 닿았다. 그녀는 귓가에서 나직하게 속삭이는 지환의 목소리에 꾹 감았던 눈을 떴다. 그러나 그것이 그리 훌륭한 선택이 아니라는 걸 깨닫는 데 필요한 시간은 그리 길지 않았다. 흉흉한 표정으로 저를, 보다 정확히는 검에 베여 아직도 피가 멎질 않은 상처를 보고 있는 지환의 모습에 그녀는 자신이 했던 말을 떠올렸다.

지환은 변명조차 못 하는 그녀의 모습에 한숨을 뱉으며 제가 입은 옷의 팔을 뜯어냈다. 그대로 놔둔다 하여 피가 멈출 만한 상처가 아니었다. 그는 설란을 추켜올려 그녀의 얼굴을 제 어깨 쪽으로 향하게 하고는 말했다.

"아플 겁니다. 턱에 힘을 많이 주면 이가 상하니, 어깨를 무십시오."

"참을게요."

"부인. 내가 화를 내야겠습니까."

그리 말하는 이의 표정이 엄했다. 자신 역시 지환에게 화를 낸 전적이 있기에, 설란은 결국 그의 어깨를 살짝 물었다. 바짝 힘을 준 턱이 결연해 보이기까지 했다. 그 비장함이 또 못내 어여뻐, 지환은 아이를 달래듯 설란의 머리칼을 살살 쓸었다.

상처를 동여맨 것은 그 직후였다.

"크…… 아흑……!"

눈앞에서 별이 튀었다. 절대 물지 않겠다 다짐했던 것도 잊고, 어깨를 물어뜯으면서도 제가 무엇을 물고 있는지조차 모를 정도로 고통이 밀물처럼 몰아쳤다. 눈살을 찌푸릴 법도 했건만, 지환은 아무렇지도 않다는 표정으로 매듭을 마무리 지었다.

어깨 통증은 전혀 느끼지 못한다는 듯 설란의 상처에 온 신경을 쏟는 모습은 놀라울 정도였다. 그는 천천히 피가 배어나는 천 위를 한숨 섞인 시선으로 바라보며 중얼거렸다.

"무슨 일이 있으면."

고통으로 한껏 예민해진 감각이다. 근처를 쓸어내리는 손길에 설란은 몸을 가늘게 떨며 고개를 들었다.

"도망치기로 하지 않았습니까, 부인."

책임은 내가 지겠다 했는데. 그리 미덥지 못했던 겁니까.

그리 정중한 나무람도 없을 것이다. 설란은 야단맞은 아이처럼 목을 움츠리고는 중얼거렸다.

"아니, 그게, 그러려던 건 아닌데…… 그보다 어깨, 괜찮아요?"

"아무렇지도 않습니다. 대체 누가 이리 만든 겁니까. 지금 내가 생각하는 그 사람이 맞습니까."

웃는데 웃는 게 아니라는 말을, 이제는 알 것 같다. 바로 최지환이 지금 그러했다. 입가에 잔잔히 번져 있는 웃음이 되레 무섭게 느껴지니 이보다 더 큰 간극은 없을 것이다. 그러나 대화를 이어갈 만한 여유는 그리 길지 않았다.

이마를 짚은 설호가 비척이며 자리에서 일어났기 때문이다. 가쁘게 뱉어내는 기침에는 피가 섞여 있었다. 며칠 전까지만 해도 건강하기 그지없던 오라비의 갑작스러운 변화에, 설란은 다급히 지환의 품에서 내려왔다.

"무슨 일이 일어난 거예요?"

"……부인의 피 때문에 그렇습니다."

"내 피라니…… 아니, 잠시만……."

설란의 두 눈이 경악으로 물들었다. 피를 너무 많이 흘려 머리
가 어지러웠으나 그럼에도 이 말도 안 되는 상황을 이해하는 것
은 그리 어려운 일이 아니었다.

"그럴 리가……."

"직접적이진 않더라도, 백여우의 저주에서 완전히 자유롭지는
못했다는 뜻입니다."

"무슨 말이에요?"

"저는 고작 육포 한 점이었습니다. 저하께서는 어떠셨을 것 같
습니까."

오래전 끊어졌어야 할 숨을 이어 붙인 것이 바로 백여우의 신
력이었다. 실상 백여우는 지환을 저주했으나 죽임당하는 순간 새
까맣게 물들어 버린 신력이 스민 심장을, 살점을 입에 댄 인간이
멀쩡할 리 만무했다. 그러나 설란이 답하기도 전에 혜조의 고함
이 먼저였다.

"세자!"

허공을 찢어 내리는 고함에 박 내관이 허겁지겁 몸을 일으켜
돌계단을 구르듯 내려오는 혜조를 지탱했다. 그런 박 내관을 옆
으로 밀쳐 낸 혜조의 얼굴은 자비롭고 인자한 왕이라는 평가가
떠오르지 않을 정도로 엉망이었다.

"대체 어찌 된 일이야!"

콰앙!

그의 고함 소리에 맞춰 땅이 울렸다.

모든 일이 너무 빨라서, 설란은 엉망으로 어그러진 머리를 부여잡은 채 무엇을 보고 있는지 모르겠다는 생각을 했다.

지환이 그녀를 조심스레 땅에 내려놓았다. 그런 그를 말리려 앞으로 뻗었던 손은 미처 옷자락에 닿지 못한 채 그대로 툭, 떨어졌다. 자신의 앞을 막아서고 있는 그 등이 너무 넓어서, 설란은 잠시 멍한 기분을 느껴야만 했다.

피를 너무 많이 흘렸다. 무엇이 되었건 설호는 자신을 노리고 있었다. 그러니 저 앞에는 자신이 서 있어야만 했다. 그날처럼 검을 들고……. 그런 생각을 하던 설란은 힐끔, 저를 살피는 걱정스러운 시선에 무너지듯 다시 제자리에 주저앉았다.

모든 걸 혼자서 해야만 한다 생각했던 것이 그 시선 한 번에 무너져 내렸다. 그가 있었다. 더는 혼자가 아니었다. 의무감도, 책임감도 아닌, 그저 순수하게 서로가 서로를 지켜주고 싶다 말할 수 있는 존재.

자신의 반쪽이 거기에 있었다.

그사이에 새까만 덩어리가 허공으로 치솟았다. 이미 소진되어 버린 봉황의 피가 남긴 잔향이라도 좇는 모습이 처절하기까지 했다. 위에서부터 자신을 향해 쇄도해 오는 까만 덩어리가 우는 것 같다, 그런 생각을 했을 때였다.

카아앙-!

귓가를 스쳐 가는 소리가 매서웠다. 혹, 불어온 바람에 엉망으로 헝클어진 머리칼이 일순 부유했다가, 그대로 뒤쪽으로 밀려났다. 바람이 가르는 소리에 정신을 빼앗기기 전, 다른 곳을 보지 말라 주장하듯 날카로운 쇳소리가 허공을 가득 채웠다.

찰나였으나, 영겁이 흐른 듯 제 주변의 시간만 느렸다. 천천히 뒤쪽을 향해 돌리는 고개가 무겁다 느껴진 것은 그 끝에 무엇이 있을지 알기 때문일 것이다.

"이게 대체 무엇이란 말이야―!"

지환이 받고 있는 신벌이, 그의 삶을 좀먹은 저주가 바닥이지 않을까 생각했던 적이 있다. 신을 노하게 해 받을 수 있는 가장 최악의 벌일 것이라고. 그 생각을 비웃듯 바닥보다 더 깊은 무저갱에서 자아마저 잃어버린 저주가 그녀에게 인사를 건넸다.

모든 것이 끝이라 생각했느냐 물으며.

"게 아무도 없느냐! 어서 이것들을 치우지 못할까!"

혜조는 검을 양손으로 쥔 채 가까스로 저주를 막아내고 있었다.

"전하!"

박 내관의 목소리가 처절했다. 병사들이 달려오는 소리로 사위는 온통 시끄러웠다. 주위가 점차 소란스러워지기 시작하자, 혜조는 핏발이 선 눈으로 외쳤다.

"과인은 되었느니라! 세자를 살피거라! 어서!"

그 벼락같은 어명에, 박 내관은 다급히 제 옷을 벗었다. 병사들이 세자의 모습을 봐서는 안 된다는 생각이 그제야 든 것이다. 녹색 예복이 그대로 펄럭이며 설호의 모습을 감추었다.

"향이……."

너무 달다며, 공기가 달다 중얼거리는 설호의 입을 틀어막는 박 내관의 손길에는 대중이 없었다.

그 사이에도 혜조는 가까스로 버티고 있었다. 버틴다, 라는 표현은 맞지 않을지도 모른다. 새까만 덩어리에 불과한 그것들은 그저 검 날을 타고 흐르는 설란의 피에 들러붙어 있을 뿐이었으니 말이다.

뚝, 뚝.

봉황의 피를 탐하던 그것들은 마치 사람이 고개를 갸웃거리듯 옆으로 기울더니 서서히 혜조에게서 떨어졌다. 서서히 뒤로 물러서는 모습은 마치 다음 공격을 위해 자세를 가다듬는 그것을 닮아 있었다.

눈을 깜빡이면 안 된다.

설란은 본능적으로 그렇게 생각했다. 살 수 있다고. 수없이 대련하고 사냥감을 눈앞에 둔 채 활시위를 당기며 쌓아온 감각들이 말했다. 살 수 있다. 팔 하나쯤 잃게 되더라도 산다면 나쁘지 않은 거래이지 않겠는가.

그러나.

"청월─!"

제게 내리꽂히는 새까만 덩어리 앞을 막아서는 이의 뒷모습엔 그녀의 평정심도 무너질 수밖에 없었다. 허공을 찢어 내리는 외침은 차라리 비명을 닮아 있었다.

목소리에는 감정이 담긴다고들 한다. 무너져 내린 설호를 일으키던 박 내관과 막 대호궁에 도착한 병사들은, 난생처음 보는 설란의 모습에 하나같이 약속이라도 한 듯 말문을 잃었다. 시야를 가득 메우는 피가 붉어서가 아니라, 비틀거리며 어깨를 움켜쥐는 지환을 향해 손을 뻗는 설란의 그 선연한 감정에 압도되어서.

개중에서도 어린 병사 몇이 꿀꺽, 마른침을 삼켰다. 궁에 들어온 지 얼마 되지 않아 설란을 그저 소문으로만 접해본 그들은 눈앞에서 펼쳐지고 있는 이해 못 할 저주의 흔적보다 자설란의 모습에 더 충격을 받고 있었다.

병약하고 아름답다던 공주는 없었다. 그 자리를 대신한 것은 현실을 마주한 채 두 발로 선 자설란이었다.

"잠시, 잠시만 있어요. 피가……."

그의 상태를 살피는 손이 대중없었다. 덜덜 떨리던 목소리는 상처의 크기를 보자 아예 자취를 감춰 버렸다. 목에 커다란 돌이라도 틀어박힌 것 같다. 검에 깔끔히 베인 상처가 차라리 나았다. 이렇게 엉망진창으로 들쑤셔 놓는 것보다야, 그것이 차라리 낫다 생각할 정도로 지환의 어깨는 엉망이었다.

왈칵, 쏟아지는 피에 설란의 얼굴이 백지장보다도 더 희게 질렸다. 그녀는 다급히 고개를 돌렸다. 그 자리에 굳어 있는 사람들을 향해 외치는 도움이 다급했다.

"어의! 어의는 어디에 있나! 박 내관!"

설란의 목소리를 가르고, 혜조가 노성을 내질렀다.

"누구 하나 움직이지 말라─!"

중심을 잡지 못하는 설호를 살피던 박 내관의 어깨가 움찔 떨렸다. 병사들 몇은 놀란 눈을 하며 발을 떼려는 듯 몸을 들썩이기까지 했다. 그러나 개중에서 다급히 움직이는 이는 아무도 없었다. 흉흉한 기색을 띤 혜조의 명령 아래에, 어느 하나 손을 내미는 이가 없었다.

눈을 뜬 채 모두 눈이 멀어버린 것 같은 모습에 설란은 비통함을 누르기 위해 이를 악물었다.

"저택, 저택으로 가요. 거기에 린이, 아니면 소하라도…… 무명이라도…… 누구라도 있을 테니까……!"

"부인."

"가만히 있어요! 지금 피가 얼마나 많이 나는지 아는 거예요?"

"괜찮습니다."

설란의 입술이 떨렸다. 투둑, 떨어지는 눈물에 눈앞이 흐린 지는 오래되었다.

"안 괜찮아요! 지금, 당신은, 안 괜찮다고요."

하하. 지환은 금방이라도 울음을 터뜨릴 것 같은 설란의 모습에 작게 웃었다. 제가 웃자 병사들이 질린 표정을 짓는 게 보였다. 그들의 심정도 이해 못 할 바는 아니었다. 그가 생각하기에도 상황은 최악을 향해 달려가고 있었으니 말이다.

지환은 멀쩡한 오른팔을 들어 설란의 머리칼을 찬찬히 쓸었다. 피와 먼지로 엉망이 된 머리칼이 마음 쓰여서, 매만지는 손길 하나에 한숨이 한번 담겼다.

"일전에 대련했던 때를, 기억합니까."

말을 하는 와중에도 지환은 몇 번이나 숨을 멈춰야 했다. 왼쪽 어깨는 이미 감각이 반쯤 없었다. 불에 타는 듯한 화끈거림을 견디자 어깨에서는 이제 아무것도 느껴지지 않았다. 지환은 수없이 시도한 자해와, 저주로 인해 받았던 고통으로 인해 잘 알고 있었다.

무감각은, 한계를 의미한다는 것을.

왼쪽 어깻죽지가 서서히 마비되고 있었으니 아마 지금 자신은 한계일 것이다. 한 뼘만 더 움직여도 정신을 잃고 쓰러질 것이다. 얼마 전이었다면 욕을 짓씹으며 자리에 주저앉았을 터다. 앞으로 나아가지도, 완전히 멈춰 서지도 못한 채 주변을 빙빙 맴돌며 제 처지를 한탄했을 것이다.

이전에 그랬던 것처럼.

"기억해요. 기억하니까 그만 움직여요."

"신력을 쓰면, 가능할 것 같습니다."

"지금…… 뭐라고……."

그러나 설란의 눈가를 쓸어내리는 사내는 전과 다른 선택을 하며 웃었다.

"그러니 부인."

지환의 목소리가 지독히도 낮았다.

"부디 내게 검을 가져다주지 않겠습니까."

저기까지 가지는 못할 것 같다는 말을 뱉는 지환의 낯은 아무렇지도 않게 보여, 오히려 제가 더 아팠다. 설란의 눈 밑이 붉어졌다. 그러나 이번엔 땅에 떨어지는 눈물은 없었다.

"할 수 있을 것 같아요?"

"제 검 실력을 보지 않았습니까."

안 믿깁니까? 그럼 조금 섭섭할 것 같다 말하며 지환은 개구지게 웃었다. 그런 그와 시선을 맞추며 설란 역시 입술을 휘어 올렸다.

"믿으니까 물어본 거예요."

안 믿었으면 기절시켜서라도 데려갔을 것이라 말하는 설란에게 지환은 그럼 자신의 체면은 뭐가 되냐며 맞받아쳤다. 혼돈만 가득한 대호궁 앞에서 설란은 그렇게 제 마음을 진정시켰다. 깊게 들이마시는 숨에 쇠 맛이 느껴졌다. 저주는 신력이 담긴 지환의 피에 의아함을 느꼈는지 잠시 머뭇거리고 있었으나 설란은 확신할 수 있었다.

저것은 다시 제 피를 노리고 달려들 것이라고.

혜조에게 가는 길 위는 결코 깨끗하지 않았다. 부서진 잔해들과 점점이 떨어진 피, 그리고 엉망으로 뒤엎어진 땅이 자하국의 왕이자 제 아비에게 가는 길이었다.

"네게 줄 것은 없다."

그 길 끝에서, 아비는 다시금 아무렇지도 않게 비정한 말을 뱉어냈다. 속이 쓰렸다. 그동안의 관계는 전부 무엇이었나 싶을 정도로 매정한 태도에 설란의 입술이 비틀렸다.

"괜찮습니다."

"무어?"

"아니 주셔도 괜찮다, 그리 말하고 있는 겁니다. 모르시겠습니까? 청월이 이 상황을 수습하지 않는다면 해를 입는 것은 누구일지. 그러니 차라리 주지 마십시오. 저는 제 부군과 함께 이 궁을 나가면 그만이니 말입니다."

혜조의 시선이 설호에게 향했다. 박 내관이 억지로 누르고 있으나, 들썩이는 그의 모습은 아무리 좋게 봐줘도 정상적으로는 보이지 않았다. 그의 생각을 읽은 설란의 눈이 차게 가라앉았다.

"또한, 저는 전하께 청하러 온 것이 아닙니다."

"……무슨 소리냐."

"거래를 하지요. 저것을 치워 드릴 테니, 더는 손대지 마십시오. 저도, 청월도, 최가도, 자하국 왕의 이름을 걸고 맹세하셔야할 겁니다."

"네 이년-!"

"싫으시다면 만백성에게 알리시겠습니까? 자하국의 세자는 저주에 좀먹히고 있다고. 이미 본 이들이 많습니다. 전하, 저들을다 죽인다 하여 입을 막을 수 있으리라 보십니까?"

혜조의 눈이 부릅떠졌다. 검을 쥔 손이 분노로 파들파들 떨렸다.

"어찌하시겠습니까."

끼이이이-

새까만 덩어리들이 다시 움직이려는 듯 기괴한 소리를 내며 허공으로 서서히 솟구치기 시작했다. 혜조는 제 등 뒤에서 곧게 뻗어가는 저주를 알고 있으면서도 눈 하나 꿈쩍하지 않는 설란의모습에 질린 낯을 했다.

챙강-

검이 바닥으로 떨어졌다.

"가져가거라."

"약속하세요."

"네가 기어이……!"

"전하, 이 모든 것을 제게 가르친 것은 전하이십니다."

혜조는 이를 아득 물었다. 그녀의 말이 맞았다. 설란이 하는행동 하나하나, 그녀의 머릿속에서 움직이고 있을 수많은 계산들마저도, 모두 자신이 가르치라 명한 것들이었다.

하! 내 고양이 새끼를 키우는 줄 알았더니 범이었구나.

혜조는 비틀거리며 몸을 숙여 검을 주웠다. 그것을 설란에게
내밀며, 그는 억눌린 목소리로 맹세했다.

"약조하마."

"……믿겠습니다."

검을 받아 든 설란은 미련 없이 뒤돌았다. 오던 걸음과는 달리
지환에게 돌아가는 걸음은 다급했다. 내달리는 걸음 하나에 그에
대한 걱정이 한 움큼씩 떨어졌다.

그런 설란을 맞이한 지환은 달려오는 그녀를 향해 그대로 팔을
뻗었다. 가느다란 목을 끌어당기는 손이 다급했다. 그녀를 품 안
에 안은 뒤에야 그는 참았던 숨을 뱉으며 뼈마디가 도드라진 어
깨 위로 고개를 내렸다.

"괜찮습니까."

"괜찮아요. 당신은……."

"괜찮습니다."

지환은 고개를 들었다. 미처 지워내지 못한 걱정이 가득 담긴
눈을 마주한 채 웃어 보인 그는, 동그란 이마 위에 입을 맞췄다.

"금방 끝내겠습니다."

"……다치지 마요. 이번엔 내가 막아설지도 모르니까."

"하하…… 조심해야겠네."

설란에게서 검을 건네받는 그 순간까지, 그는 그녀를 끌어안은
채 잘게 웃었다. 저주가 날을 세운 것은 그때였다. 설란을 제 등
뒤로 보내는 손이 다급했다.

카앙-!

설란을 노리고 덤벼들었던 새까만 덩어리는 자신을 쳐 낸 것에
분노를 드러내며 곧장 목표를 바꿨다.

검 날을 타고 흐르는, 아직 채 굳지 않은 피가 붉었다.

카가각-!

쇳덩어리를 억지로 잘라내는 고음이 허공을 가득 메웠다. 제대
로 움직이지 않는 왼팔을 억지로 끌어당기며 지환은 뒤로 몇 걸
음 물러섰다. 신력을 사용하기 시작한 지 보름도 채 되지 않았다.
몸 상태가 최상일 때도 쉽지 않았던 일이다.

지금은 어떠한가. 핏방울과 땀방울이 어지러이 뒤섞여 흐르는
것이 피인지 땀인지 구분조차 가지 않았다. 몸 상태는 가히 최악
이었다.

"언제나 벼랑 끝이로군."

지환은 몸속에서 뒤틀리는 신력을 느끼며 턱에 바짝 힘을 줬
다. 뒤로 물러나는 걸음이 신중했다.

끼이이이-

기괴한 소리를 내며 여러 갈래로 갈라지는 저주의 잔흔은, 마
치 구미호의 꼬리를 닮아 있었다. 제 형체를 오래 유지하지 못하
고 끝없이 무너지는 그것들을 바라보는 설란의 시선이 복잡했다.

수많은 감정을 담은 눈은 저주와 지환 사이를 바쁘게 오갔다.
비틀거리다 한 발로 중심을 잡는 지환의 뒷모습은 금방이라도 무
너져 내릴 듯 아슬아슬해 보였다.

'방법을…… 무엇이라도 좋으니 방법을 생각해야…….'

얼싸한 고통이 느껴지기 전까지는 제가 주먹을 쥐고 있다는 것
조차 눈치채지 못했다. 피로 물들은 천. 설란의 시선이 거기에 가

닿았다. 커다란 망치로 누가 머리를 후려친 것만 같았다. 어째서 이 당연한 것을 생각하지 못했나 싶을 정도였다.

"ㅡ청월!"

언젠가, 스스로를 상처 입히고자 검을 치켜들었던 그를 보며 내질렀던 비명을 닮아 있었다. 허공을 가르는 외침에 방금 전까지만 해도 지환에게서 시선을 떼지 못하던 이들의 시선이 설란 쪽으로 쏠아졌다.

지환의 고개가 천천히 제 쪽으로 향하자, 설란은 입술을 달싹였다.

미안해요.

그리 말하는 것 같다. 지환은 반쯤 정신이 몽롱해진 와중에도 그런 생각을 했다. 흔들리던 시선이 일순간 안개가 걷힌 듯 또렷해진 것은 충격 때문이었다.

"부인ㅡ!"

"마마!"

박 내관과 지환의 외침이 허공에서 엉망으로 뒤섞였다. 병사 몇은 제가 무엇을 보고 있는지 모르겠다는 생각을 하며 넋을 놓았다. 그 정도의 충격이었다.

손을 휘감고 있던 천을 뜯어내는 손놀림이 잽쌌다. 천은 이미 오래전 피에 엉겨 진득하게 눌어붙어 있었지만 억지로 잡아 뜯는 힘에 당할 바가 아니었다.

후두둑.

한차례 피가 바닥으로 떨어져 내렸다. 아물지도 않았던 상처가 벌어지자 몰아치는 고통은 상상 이상이었다. 불이라도 지른 양

손바닥에서 시작된 열기는 이내 온몸을 덮쳤다.

"자, 여기다."

향이란, 열이 모이는 곳에서 강해진다고들 한다. 귀 아래에서부터 목 끝까지 쓸어내리는 그 모습에 흔들림이란 없었다. 올곧게 저주를 응시하는 시선에 가득 담긴 것은 오로지 열기였다. 어서 내게 그 이를 드러내 보라는.

뚝, 뚝, 흐르는 피를 따라 퍼지는 설란의 피 냄새가 허공을 메우기 시작했다. 지환이 들고 있는 검에 묻은 피로는 덮을 수도 없을 정도로 짙은 향이었다.

하늘로 곧추선 가닥들이 일순 지환에게서 고개를 돌려 설란을 향해 뾰족이 날을 세웠다. 그제야 설란의 시선이 지환에게로 향했다. 그와 그녀의 시선이 허공에서 만났다.

지환은 다시금 입술을 달싹이는 그녀를 보며 생각했다. 이건 참으로 지독한 기시감이라고.

'지금.'

저주를 풀던 날, 제 배에 검을 쑤셔 넣던 모습을 그대로 봤던 설란의 기분을 이제야 이해할 수 있었다. 눈앞에서 안개가 걷혔다. 그래. 자신은 언제나 벼랑 끝에 서 있었다. 저주를 풀 때도, 지금도.

머릿속이 맑았다. 한계에 처했다 생각하자 오히려 잡생각이 사라졌다. 서서히 검 날을 감싸고 도는 신력은 전보다 더 짙어서, 지환은 저도 모르게 비식 웃었다.

눈을 들어 저주를 보자 제 신력과는 달리 짙은 밤하늘처럼 새까만 덩어리가 보였다. 저것은 아마 오랫동안 저 상태 그대로일 것이다. 자신의 반려처럼 가진 모든 것을 희생할 이가 나타나지 않는다면 말이다.

지환은 오른손만으로 검을 들어 올렸다. 묵직함이 느껴졌다. 검의 무게인지, 아니면 제가 베어낼 것의 무게가 더해졌는지 알 수 없었으나 그 묵직함이 오히려 좋았다. 설란에게 달려드는 저주를 향해 뻗어지는 검이 저주의 일부를 베어냈다. 소름 끼치는 소리가 허공에 울려 퍼지자 병사들이 주춤주춤 뒷걸음질 쳤다.

고통에 분노하기라도 했는지 허공을 가르며 제게 쇄도해 오는 저주가 느린 것 같다 느낀다면 소하는 그건 네가 미쳐서 그렇다 답할 것이다. 검이 저주를 쳐 냈다. 쇠붙이가 부딪치는 소리는 없었다. 그저 깊게 베인 검은 덩어리들이 본래의 모습으로 돌아가지 못한 채 소리 없는 비명을 내지르며 뒤틀렸을 뿐이다.

한 번, 두 번. 지환은 직감했다. 이번이 마지막이라고. 이를 악문 채 왼손으로 검을 받쳤다. 위에서 아래로 내리긋는 검에 힘이 더해지자 깔끔하게 반으로 베인 저주가 기괴한 소리를 내며 울부짖었다.

바로 코앞에서 원통하다는 듯 허공에 흩어지는 그것을 바라보던 설란은 생각했다.

더는 한계다.

그녀의 몸이 그대로 무너져 내렸다. 지환이 검을 놓친 것도 그때였다.

"하아……."

희게 질린 낯빛이 창백했다. 가쁘게 내뱉는 숨이 그의 몸 상태를 대변하는 듯했다. 이 모든 상황을 지켜본 병사들은 하나같이 꿀 먹은 벙어리가 되었다. 검을 들고, 몸을 단련하기에 알 수 있다. 지금 최지환은 움직이는 것만으로도 기적과 다름없다는 것을. 그들은 약속이라도 한 듯 같은 생각을 했다.

저자에 대한 경외와, 두려움을.

무려 왕의 검이다. 그러나 흙먼지를 뒤집어쓴 검을 걱정하는 이는 아무도 없었다. 그들의 시선은 비척이며 설란을 향해 다가가는 지환에게서 떨어지지 않았다. 의식을 잃은 설란을 안아 드는 모습이 위태로웠다.

"……도와줘야 하는 거 아닙니까."

개중 가장 어린 병사가 안절부절못하다 결국 중얼거렸다. 무려 자하국의 공주에, 그 공주의 부마였다. 설란의 손은 이미 피에 물들어 있어, 당장 치료가 시급해 보였다. 그러나 그녀보다 더 시급한 것은 지환이었다. 살점이 뜯겨져 나간 어깨는 험한 꼴을 꽤나 봤다 자부하는 노병사들도 눈살을 찌푸릴 정도로 엉망이었다.

"그래도……."

자하국의 공주님이시지 않습니까.

병사의 뒷말은 혜조의 고함에 묻혀 사라졌다.

"당장 저 둘을 포박하라―!"

믿기 힘든 명령에 병사들이 멍한 표정으로 혜조를 바라봤다. 그러나 같은 명이 토씨 하나 틀리지 않고 혜조의 입에서 뱉어지자, 그들은 혼란스러운 와중에도 지환을 빙 둘러쌌다.

"하."

혜조가 하고 있을 생각이 너무 빤해, 화도 나지 않았다.

"전하."

평이한 목소리는 조용했다. 조용했으나 그의 목소리가 혜조에게 가 닿을 수 있었던 것은 누구 하나 숨소리조차 내지 않았기 때문이었다.

"지신(地神)의 분노를 사신 것으로도 모자라, 천신(天神)과 충신(忠臣)의 분노마저 사려 하심입니까."

최가가 적으로 돌아설 것이라는 암시를 담은 지환의 말에 혜조의 눈에 핏발이 섰다.

요란스러워진 상황에 놀란 린과 소하가 달려와서 본 장면이 바로 그것이었다.

"이게 전부……."

경악에 찬 린의 목소리가 들리자, 혜조의 시선이 그녀에게로 향했다. 린의 얼굴을 알아본 혜조의 낯이 파랗게 질렸다.

"허억-!"

갑작스럽게 터져 나온 소리는 설호의 것이었다. 심장께를 부여잡은 그의 낯은 금방이라도 숨이 넘어갈 듯 파랗게 질려 있었다. 그에게 달려가는 병사들의 걸음이 다급했다. 어의를 불러오라 외치는 박 내관의 목소리가 허공을 찢으며 혜조의 정신을 분산시켰다.

"비켜라."

지환의 말에, 남아 있던 병사 몇이 주춤거리며 뒷걸음질 쳤다. 방금 전까지 들썩이던 소란은 비키라는 그 낮은 목소리 하나에 썰물에 쓸려 나가듯 숨을 죽였다. 모든 이들이 혜조와 최지환, 둘의 눈치를 보는 묘한 상황이 아닐 수 없었다.

"커헉-!"

설호가 피를 토하자 혜조의 두 눈이 떨렸다.

"전하. 전하께서 제 내자에게 하신 약조를 하나하나 읊어드려야 병사들을 물리시겠습니까."

비틀. 혜조는 더는 견디지 못하고 몸을 휘청였다. 허공에 뱉어지는 그의 목소리가 지나치게 탁했다.

"……길을…… 터주어라."

명이 떨어지자 병사들이 화급히 길을 터주었다. 지환은 뒤돌아보지 않은 채 그대로 대호궁을 빠져나갔다. 저를 붙드는 린의 손마저 뿌리친 채로.

"대체……."

어쩌다 이 지경까지 된 거냐 물으려던 린의 얼굴이 구겨졌다. 피 냄새에 연하게 섞여 있는 단 향을 맡은 탓이었다.

단검.

단검이 없구나. 지환은 놀란 표정을 한 린의 옆을 그대로 스쳐 갔다. 온몸으로 풍겨대는 기세가 어찌나 흉흉한지 차마 잡을 수도 없었다. 소하는 엉망이 되어버린 설란의 손을 보고는 눈살을 찌푸렸다.

저택에 도착한 뒤에야 지환은 무너져 내렸다. 의원을 찾는 소리와 비명 소리, 백호의 기겁한 목소리가 한데 뒤섞여 엉망이었다. 어떤 정신으로 저택에 돌아왔는지 모르겠다. 그러나 하나만큼은 확실했다.

존재하는지도 몰랐던, 그녀를, 그리고 자신을 옭아매고 있던 족쇄에서 벗어났다는 것.

"으……."

머리가 아팠다. 설란은 지끈거리는 두통에 신음을 흘리며 눈을 떴다. 잠결에 헤매는 것은 찰나였다. 이불을 젖히고 몸을 일으키기까지가 잽쌌다. 그러나 이불을 움켜쥐자마자 알싸하게 번지는 통증에 그녀는 눈살을 찌푸렸다.

"부인!"

손을 움켜쥔 채 상체를 동그랗게 마는 설란의 모습에 놀란 지환이 달려왔다. 등허리를 매만지는 손길이 조심스러웠다. 터진 상처에서 흘러나오는 피를 본 그는 미간을 좁히며 손을 뻗어 붕대를 집어 들었다. 천천히 붕대를 갈아주는 손길이 진통제나 다름없어서, 설란은 가늘게 숨을 뱉으며 그에게 몸을 기댔다.

붕대를 가는 소리만 방 안에 울렸다. 누구 하나 먼저 말하지 않는 묘한 고요함이 마음에 들어, 설란은 천천히 눈을 감았다. 부드럽게 서로의 체온을 공유하는 이 순간이 너무 좋았다. 재거나 따지지 않아도 되는 관계. 그렇게 한동안 지환에게 기대 휴식을 취한 설란은 처치가 끝난 뒤에야 천천히 눈을 떴다.

손이 마비된 것처럼 아무런 감각도 느껴지지 않았다. 무슨 약을 쓴 것인지는 몰라도 탁월한 선택이 아닐 수 없었다. 그런 생각을 하던 설란의 머릿속에 스쳐 간 것은 엉망이 된 지환의 왼쪽 어깨였다. 얼굴이 희게 질린 설란이 미리 준비해 둔 미음을 죽 끌어오는 지환의 팔을 붙잡았다.

"상처! 괜찮은 거예요? 어깨, 어깨는! 어디 봐 봐요!"

옷을 끌어 내리는 손이 대중없었다. 엉망으로 흐트러지는 옷에도 지환은 설란을 말리기는커녕 부드럽게 웃으며 말했다.

"아아. 괜찮습니다."

"괜찮을 리가 없잖……."

바락, 화를 내던 설란은 말문을 잃었다. 어깨가 완전히 날아갔다고 해도 과언이 아닐 정도인 상처였다. 아직까지 자리보전을 해도 이상하지 않을 정도로 큰 상처였다. 그런데 그의 어깨엔 오래전 상처가 아문 흔적만 있을 뿐이었다.

"괜찮…… 네?"

"그렇다 했잖습니까."

"어째서……."

"린 말로는 신력이 상처를 빨리 낫게 했을 것이라 하더군요. 그래도 전처럼 아예 흔적까지 사라지진 않지만."

그제야 마음을 놓은 설란이 참았던 숨을 뱉었다. 지환의 어깨를 쓸어내리는 손에는 말로 다 표현할 수 없는 감정이 녹아 있었다. 걱정, 안도, 그리고 애정이.

"부인은 안정을 취해야 한다 했으니 미음만 먹고 다시 누워 좀더 자야 할 겁니다."

"……어떻게 됐어요?"

고요한 물음이었다. 격한 감정도, 속 깊은 걱정도 더는 존재하지 않는, 그저 전후 사정을 궁금해하는 어투였다. 지환은 그녀의 물음에 잠시 멈칫했다. 다 낫기 전까지는 잠시 잊으면 좋을 것이라 생각했었다. 그러나 그녀가 먼저 물었으니 답을 해줘야 했다. 어디서부터 얘기를 시작해야 할까. 그 고민이 죽을 뜨는 숟가락을 몇 번이고 고쳐 쥐게 했다.

"세자저하께서는 괜찮으십니다. 부인께서 정신을 잃은 뒤 도착한 린이 잘 처리했다 들었습니다."

물론 까맣게 물들어 버린 신력으로 인한 고통이 완전히 사라진 것은 아니었으나, 지환은 그것에 대해서만큼은 말을 아꼈다. 안 그래도 상처로 인해 열이 들끓을 정도로 앓아누운 그녀였다. 더 마음 쓸 일은 없었으면 했다.

"그날 일에 대해서는 아는 이가 적은 데다, 입단속을 단단히 시킨 탓에 말이 퍼지진 않았으니 그 역시 걱정하지 않아도 됩니다."

"……다행이네요."

가슴께를 쓸어내리는 설란의 모습에, 지환은 잠시 고민했다. 이 역시 몸이 다 나은 뒤에 말해도 되지 않을까 싶은 생각에. 그러나 이 문제만큼은 뒤로 미룰 수 없는 것이었다. 결국 그는 새어 나오려는 한숨을 삼키며 말을 이었다.

"부인께 사과할 것이 있습니다."

갑작스런 사과에, 설란의 눈이 동그래졌다.

"뭐가요?"

"제가, 전하께 해서는 안 될 말을 해버렸습니다."

설란은 재촉하는 대신 지환이 건네주는 대로 죽을 받아먹었다. 그녀가 다 삼키는 것까지 확인한 후에야 지환은 말을 이었다.

"다시는 입궐하지 않겠노라, 그리 단언했습니다."

설란 역시 다시는 궁 안으로 불러들일 생각도 하지 말라며 협박 아닌 협박까지 했다. 그 자리에서 목이 베였어도 누구 하나 억울하다 말하지 못할 정도의 불충이었다.

"제가, 멋대로 그리 말하였습니다."

당시에는 화가 머리끝까지 나 자신이 무슨 말을 하는지도 몰랐다. 화가 났다기보다는 눈이 뒤집혔다는 표현이 더 맞을 것이다. 혹여나 생채기라도 날까, 고뿔이라도 들까 걱정에 걱정을 덧댈 정도로 소중한 이가 피를 흘리는 모습에, 그는 그 어느 때보다도 크게 분노했다.

"부인이 정신을 잃자……."

너무 화가 나서.

지환은 뒷말을 삼키며 설란의 안색을 살폈다. 지금에야 흙먼지를 말끔히 닦아내고 옷도 갈아입었다지만 당시 설란의 몰골은 그야말로 엉망이었다. 스란을 억지로 잡아 뜯어 엉망이 된 치맛단은 심지어 여기저기 울고 있었고, 그 위에 흩뿌려진 피는 기괴해 보이기까지 했다. 장지문 안쪽에서 칼부림이 나지 않고서야 불가능한 모양새였던 것이다.

마지막 남은 이성이 그래도 그를 붙잡아 그 정도로 끝난 것이지, 그렇지 않았다면 아마 지금쯤 최가는 왕에게 검을 휘둘렀다는 이유로 반역죄를 뒤집어썼을지도 몰랐다.

그러나 어떤 이유를 갖다 대건 제멋대로 부녀간의 인연을 끊어 버렸다는 것에는 이견이 없었다. 설란이 화를 내도 할 말이 없는 상황인 것이다. 풀이 죽은 채 제 눈치를 살피면서도 죽을 뜨는 걸 멈추지 않는 지환의 모습에, 설란은 잠시 고민했다.

어쩌면 자신은 이 남자를 만나는 데 평생 나눠 써야 할 운을 다 써버린지도 모르겠다고.

"잘했어요."

수많은 상황을 예상하면서도 칭찬이 돌아올 것이라는 건 생각조차 못했는지, 의아한 기색이 지환의 얼굴을 스쳐 갔다. 그런 그의 표정에 설란이 쓴웃음을 지었다.

"청월, 당신이 말하기 전에 이미 내 손으로 천륜을 끊었으니. 한 번도 아니고 두 번이나 말하였으니 전하께서도 못 들은 것으로 하진 못하시겠죠."

아바마마가 아니라 전하라 뱉어내는 입술이 가늘게 떨렸다.

"그거 알아요?"

짐짓 가라앉은 분위기를 반전시키고자, 설란은 괜히 더 밝은 목소리로 말했다.

"이제 내가 무얼 하건 아니 된다 말할 사람이 없다는 거. 그러니 이곳을 떠나 여기저기 다니며 산도 보고, 바다도 보는 건 어때요?"

"부인."

"바다에만 사는 새가 있다던데, 그것도 보고 싶고, 백호가 살았던 곳에도 가보고 싶고……."

수저를 내려놓는 소리가 홀로 요란스러웠다. 지환은 그릇을 옆으로 미뤄둔 채 일그러진 얼굴을 감출 수 있게 그녀를 품 안에 끌어안았다. 어깻죽지를 붙드는 손이 가늘게 떨렸다. 그녀가 느끼고 있을 감정에 통감하며, 그는 그녀를 좀 더 힘껏 당겨 안았다.

"부인."

괜찮습니다. 전부. 전부, 괜찮아요.

귓가에 속삭이는 목소리가 듣기 좋았다. 아이를 달래듯 조곤조곤한 말투도 좋았다. 그럼에도 들끓는 감정을 어찌해야 할지 알 수가 없어, 그녀는 입술을 물어뜯었다. 아무도 남지 않았다. 태어난 그 순간부터 자신을 원한 이가 한 명도 없다는 사실은 그녀에게 얼음장처럼 차디찬 현실을 일깨워 주었다.

"나는……."

결국 모든 것은 왕좌를 위해 만들어진 거대한 연극과도 같았다. 설란은 더는 자신을 돌아보지 않는 왕을, 왕비를, 그리고 대비를 향해 공허히 외쳤다. 결국 자설란은 필요하지 않았던 것이냐고. 태어나서는 안 될 아이였느냐고.

등을 쓸어주던 손이 우뚝 멈춰 섰다. 저를 달래주던 온기마저 사라지자 설란의 울음이 서서히 잦아들었다. 그녀는 그의 어깨에 파묻었던 고개를 들었다. 시선을 올리자 조금 슬픈 표정으로 자신을 보고 있는 지환이 두 눈 한가득 들어찼다. 눈이 마주친 뒤에야 그는 입술을 달싹였다.

"내게 자설란은 만난 것만으로도 기적이었고,"

굳은살이 박인 손이 이마에 엉겨 붙은 머리카락을 떼어냈다.

"같은 때, 이리 가까운 곳에 태어났다는 건 기적이라는 단어로도 미처 다 표현할 수 없을 정도로 경이롭습니다."

이마를 한 번 쓸어내린 손은 마치 점토를 빚듯 천천히 그녀의 콧잔등을, 붉어진 눈가를 매만졌다. 그의 손이 닿는 곳마다 따뜻한 차를 마신 것처럼 온기가 퍼져 나갔다.

지환의 고개가 서서히 아래로 향했다. 제 앞에 앉아 있는 여인이 사랑스러워 견딜 수가 없었다. 제 마음은 이렇게나 벅찬데, 누구에게도 사랑받지 못했다며 오열하는 여인에게 어떻게 말해야 할지 도무지 알 수가 없었다.

내가 당신을 사랑한다고. 연모한다고. 은애한다고. 수많은 시구에 나온 온갖 표현을 갖다 대도 다 표현할 수 없는 마음에 그는 어찌할 줄을 몰라 했다.

"앞으로는, 제가 곁에 있겠습니다."

눈물 자국을 따라 움직이는 손은 따뜻하다 못해 뜨거워지기 시작했다. 그의 손이 닿는 곳마다 열꽃이 피어나는 듯했다. 지환은 눈 한 번 깜빡이지 않은 채 저를 바라보고 있는 그녀의 콧잔등에 조심스럽게 입 맞추며 말을 이었다.

"부인이 다리가 아프다 하면 업고 안아 바다를 구경하러 가고, 산 공기를 마시러 가겠습니다."

그러니 부디 울지 말아.

그 애절한 고백에 설란의 입가에 미소가 번졌다. 정신을 잃기 전 보았던 너른 등을 그사이에 어찌 잊었나 싶었다. 자신은 혼자가 아니었다.

지환의 목을 둘러 감는 팔이 홀로 다급했다. 이렇게까지 눈치를 줬는데도 멀뚱히 자신을 바라보고 있는 지환의 모습에, 설란의 눈이 가늘어졌다. 정말이지, 못 말린다 중얼거린 그녀는 언제고 그랬던 것처럼 그의 입술에 쪽, 입 맞추었다.

"손이 다 낫는 대로 떠나요."

어디든. 산도 좋고, 바다도 좋고.

"멀리멀리, 우리 둘만 있을 수 있는 곳으로."

그보다 더 달콤한 말은 없을 것이다. 지환은 마주 웃으며 그녀를 향해 손을 뻗었다. 상처 입은 손을 쓸어내리는 온기가 조심스러웠다. 손등을, 손목을 지나쳐 그녀의 팔을 당기는 것은 오히려 물음이었다. 이리 와도 괜찮냐는 정중한 물음.

설란은 기꺼이 그 초대에 응했다. 무릎으로 바닥을 짚자 앉아 있는 그보다 시선이 더 위로 올라갔다.

"백호는 데려가야죠."

"……잠시만이라도 잊고 싶었을 뿐입니다."

찰나라도 좋으니 그러고 싶었다는 지환의 목소리는 풀이 죽은 것도 같았다. 그 모습이 못내 귀여워, 설란은 쪽, 쪽, 잘게 입 맞췄다. 아이가 하는 것 같은 입맞춤에 지환의 눈이 가늘어졌다. 그걸로 끝낼 것이냐 타박하는 것도 같았다. 투정하는 시선에 설란이 소리 내어 웃었다.

"백호를 데려간다 하였으니 상을 줘야겠네요."

그대로 저를 집어삼키는 온기에 지환이 손을 뻗어 그녀의 가는 목을 감쌌다. 뜨거운 열기 속에서 서로의 혀가 얽혔다. 천천히 옷고름으로 향하는 손이 매듭을 잡아당겼을 때,

우당탕탕!

"잡아!"

"저기로 몰라니까! 어마!"

다급한 시비들의 목소리가 들려오는 순간 지환은 직감했다.

콰앙!

그의 직감은 틀리지 않았다. 장지문이 엉망으로 찢어지고 그 사이로 새까만 여우, 백호가 당당히 들이닥쳤다.

[이, 이, 이…… 대낮부터 무엇하는 게야!]

여우의 우렁찬 고함 소리와 함께 설란이 더는 참지 못하겠다는 듯 웃음을 터뜨렸다. 지환은 그런 그녀를 보며 어쩔 수 없다는 표정으로 피식, 웃었다.

또다시 하루의 시작이었다.

✳

그런 말이 있다. 부부 싸움은 칼로 물 베기라는.

"고집부리지 말아요. 그걸 어떻게 다 들고 가요?"

그러나 때로는 물러설 수 없는 부부 싸움이 있는 법이다. 허리에 양손을 얹은 설란의 표정이 무시무시했다. 찌푸려진 미간과 뾰족하게 선 두 눈은 그녀가 진심이라 말하고 있었다. 어찌나 매섭던지 설란의 곁에서 떨어질 생각을 않던 백호마저 슬슬 눈치를 보며 자리를 피할 정도였다.

아무리 작은 다툼이라도 평소대로라면 이쯤에서 소강상태로 들어가곤 했었다. 하지만 지환도 이번만큼은 물러설 수 없었다.

그 이유인즉슨……

"부인께 전부 어울리니 가져가야 합니다."

"아니 그러니까 그렇게 많이 가져가도 다 못 입는다니까요!"

자설란의 옷을 몇 벌 가져갈 것인가에 대한 논쟁이었으니 말이다. 설란의 상처가 완전히 아물기까지 꼬박 석 달이 걸렸다. 마침내 의원이 긴 여정에도 큰 무리가 없다는 진단을 내린 날, 설란이 가장 먼저 한 것은 린을 찾아가는 일이었다.

막 천랑국으로 돌아갈 채비를 하던 린과 소하의 옷자락을 붙든 설란은 비장한 표정으로 외쳤더랬다. '같이 가요!'라고. 새로운 땅에서 새로운 삶을 시작하고 싶다는 굳은 의지의 표현이었다.

거기까지는 큰 문제가 되지 않았다.

"청월, 몇 번째 말하는 거지만 원하는 걸 전부 들고 갈 수는 없어요."

문제는 긴 여정을 대비한 짐을 꾸리기 시작하면서부터 서서히
드러났다. 보다 정확히는 홀홀 몸만 떠나고 싶어 하는 설란과, 여
행 내내 그녀를 편안하게 할 수 있는 모든 것들을 이고지고 가려
는 지환의 의견 충돌이었다.

"이 정도는 충분히 가져갈 수 있습니다."

"옷은 두 벌이면 충분하대두요!"

"안 됩니다."

저 고집쟁이! 설란은 약이 올라 발을 동동 굴렀다. 가례를 올리
기 전에는 미처 몰랐던 것들이 하나하나 눈에 보이기 시작했다.
그중 대표적인 것은 지환이 꽤나 고집이 세다는 것이었다. 그것도
하필이면 자신에 대한 문제에서만.

"그럼 서책을 두고 가요. 그건 정말 필요 없으니까."

"부인께서 즐겨 읽는 것들이지 않습니까. 천랑국에서는 구하기
어렵다 들었습니다."

"알았어요! 그럼 장신구라도 좀 빼요! 난 당신이 사준 노리개랑
머리꽂이면 충분하니까 다른 건 다 두고 가자고요!"

"하나같이 부인께 어울리니 놓고 가기가 아쉽습니다."

"……정말 이럴 거예요?"

"충분히 가져갈 수 있으니 하는 말입니다."

지금까지 챙긴 짐만으로도 짐수레 두 개는 거뜬히 넘었다. 질
색하는 소하의 표정을 보고도 괜찮다 말하는 건 대체 무슨 자신
감인가 싶었다. 설란의 눈에서 불이 튀었다. 지금까지는 치마 하
나를 더 넣으며 '부인께 잘 어울리는 색입니다'라는 꿀 발린 말에

넘어갔다지만, 더는 안 된다. 출발이 코앞이었다.

"좋아요. 당신이 이렇게 나오면 나도 다 생각이 있다고요. 당장 밖으로 나와요."

말로 설득이 안 된다면, 실력으로 굴복시키고야 말겠다는 설란의 표정이 비장했다. 설란이 장지문을 벌컥 열고 나오자 귀를 바짝 갖다 대고 있던 무명이 어, 어, 하며 뒷걸음질 쳤다. 그 옆에는 어느새 사이가 꽤나 좋아진 백호가 바짝 붙어 있었다.

불길이 튀는 것 같은 설란과 시선이 마주치자, 무명이 어색하게 웃으며 변명했다.

"아하하…… 거, 백호가 하도 뛰어들어서 이 부분만 너무 새것 같지 않나 싶어 살피던 중이었는데……."

"마침 잘됐네요. 무명, 당신도 따라와요."

공정하게 심판을 봐줄 사람이 필요했다는 설란의 말에 무명의 얼굴에 물음표가 떠올랐다. 그러나 더 이상의 설명은 생략한 설란은 성큼성큼 앞서 걸어갈 뿐이었다. 그 뒤를 따라 닫힌 문을 다시 열며 뛰쳐나온 것은 지환이었다.

"부인!"

다급한 목소리에는 대중도 없었다. 무명과 백호는 보이지도 않는지 곧장 설란을 향해 내달리는 걸음이 급했다. 그녀의 옆에서 무어라 열심히 말을 건네는 지환을 멀거니 바라보던 무명은 고개를 저었다.

"쯔쯔…… 결국엔 저럴 거, 처음부터 얌전히 말을 들음 좀 좋아."

[그러게 말입니다.]

결국 누가 이길 것인가로 내기를 하던 무명과 백호는 설란의 걸음이 향하는 곳을 알아차리고는 서로 시선을 마주쳤다. 그 의미심장한 표정을 알 리 없는 설란은 활 두 개를 집어 들었다.

"몰기(沒技)-1순(다섯 발)을 모두 홍심에 명중시키는 것로 결론을 내죠."

"부인……."

"봐주는 건 없어요. 둘 다 몰기에 성공하면 누가 더 홍심에 가까운지로 승부를 보는 거예요. 이긴 사람이 하자는 대로 짐을 싸는 걸로. 어때요?"

지환은 착잡한 표정으로 백이십 보 너머에 있는 과녁을 바라봤다. 자신은 신력으로 인해 모든 감각이 극도로 예민하다는 것을 알고 있으면서 이런 내기를 제안하는 이유를 알 수가 없었다. 백이십 보 정도는 제게 그리 멀지 않다는 것을 말해줘야 하나.

복잡한 지환의 표정에 설란은 활 하나를 그의 품에 밀어 넣었다.

"너무 자신만만해하지 마요. 활은 눈이 잘 보인다고 잘 쏘는 게 아니니까."

"그건 맞는 말이지. 암, 암."

"무명."

"응?"

"저기 가서 심판이나 봐요."

괜히 말 더하지 말고.

오늘도 설란에게 편승하려다 실패한 무명은 어깨를 축 늘어뜨린 채 터덜터덜 옆으로 비켜섰다.

아무리 봐도 상황이 그리 좋게 돌아가고 있질 않았다. 이미 제 몫의 활시위를 확인하는 설란의 모습은 전혀 물러설 것처럼 보이지 않아, 지환은 결국 한숨을 삼키며 활을 잡았다.

설란의 말이 어느 정도 맞긴 했다. 검이야 밤에 달빛을 벗 삼아 잡아왔기 때문에 꽤 능숙했으나 활은 아니었다. 밤에 횃불도 없이 쏠 수 있을 것도 아니었고, 그 정도로 활을 좋아하지도 않았다. 경험이 적으니 시위를 당기는 데 있어 내리는 판단도 그리 정확하진 않을 터였다.

"먼저 쏠래요?"

"부인 먼저 쏘십시오."

"후회할 텐데?"

"얼마든지."

흐응. 설란은 신중을 기해 집어 든 화살을 시위에 걸었다. 시위를 당기는 어깨와 발에 중심이 단단히 잡혀 있어 전혀 흔들림 없는 그녀를 바라보며 지환은 속으로 작게 감탄했다. 그런 그의 시선을 받으며, 설란은 활시위를 뒤로 팽팽하게 당겼다. 쏘기 전 찰나에는 잠시 숨조차 멈춘 듯했다.

피잉-

시위를 놓는 소리가 유달리 크게 들린 것을 보면 온 신경이 그녀에게, 혹은 그녀가 쥔 활에 쏠려 있었던 모양이다. 지환의 시선이 설란에게서 과녁 쪽으로 빠르게 움직였다.

홍심, 그중에서도 정중앙에 박힌 화살이 눈에 들어왔다.

"홍심이오!"

[신궁(神弓)이로다!]

언제 풀이 죽었냐는 듯 신명 난 무명과 백호의 목소리가 연달
아 흥을 돋웠다.

사대(射臺)-활을 쏘는 곳-에서 과녁을 살피던 지환은 생각했다.
어쩌면 제 부인은 가장 이길 확률이 높은 종목을 고른 것일지도
모르겠다고.

"청월, 당신 차례예요."

제 쪽으로 향하는 고개를 따라 머리칼이 나풀거렸다. 자신감
에 가득 찬 두 눈이 반짝였다. 그 눈이 너무 사랑스러워, 지환은
자신도 모르게 손을 뻗었다.

"안 돼요."

제가 무얼 할지 다 안다는 표정으로 뒤로 물러서는 발짓이 야속
했다. 시선으로 호소해 봤으나 좌우로 저어지는 고개는 단호했다.

"내기잖아요. 진지하게 해야죠, 진지하게."

한 번 더 바라봤으나 굳게 닫힌 입매는 여전히 단호했다. 결국
지환은 인정할 수밖에 없었다. 이 내키지 않는 내기에 참여해야
한다는 사실을.

"……알겠습니다."

그는 풀 죽은 표정을 굳이 감추지 않은 채 활을 잡았다. 화살
을 고르는 손에 한숨이 한 번, 과녁을 가늠하는 시선에 한숨이
또 한 번 담겼다.

그런 그의 어깨가 왠지 축 처진 것처럼 보여서, 설란은 괜스레
술렁거리는 마음을 꾹 눌렀다.

'아무리 그래도 그렇게 많이 들고 갈 수는 없지.'

다 자신을 위한 것이라지만 과했다. 바람을 맞고 풀을 헤치러

떠나는 여행에 비단옷이 다 무엇이며 서로를 볼 시간도 부족하거늘 서책이 다 무엇이냔 말이다. 마음 같아서는 그의 손만 잡아끈 채 모든 걸 훌훌 떨쳐 버리고 저 먼 곳으로 달려가고 싶은데 그걸 몰라주는 것 같아 야속했다.

"저거 저거, 딱 기본만 배운 자세인데."

무명은 품속에서 꺼내 든 육포를 잘근잘근 씹으며 지환의 자세를 평했다. 설란이 바람을 이용할 줄 알았다면 지환은 바람이 거슬린다는 듯 미간마저 좁히고 있었다.

[쯔쯔…… 저리 서툴러서야. 뭐 나중에 한 수 가르쳐 줘야겠습니다.]

당겨진 시위가 팽팽했다.

피잉―

화살이 시위를 벗어나고, 그리고…….

"으하하하! 아니, 도령은 어째 내게 매번 새로운 걸 보여주는 것 같아. 화살이 그렇게 고꾸라질 수 있다는 건 내 처음 알았다니까!"

배꼽을 잡고 뒹구는 무명의 곁에서 린이 그만하라며 뒤통수를 한 대 후려쳤다. 그러나 정작 당사자인 지환은 무명의 놀림은 전혀 듣질 못하고 있었다.

"부인…… 그건……."

"빼야죠. 아, 저것도, 저것도 빼고. 이것도!"

그동안 지지부진했던 짐 싸기가 일사천리로 진행되는, 그야말로 기적 같은 순간이 아닐 수 없었다. 출발을 겨우 글피 앞두고 있었으니 다행인 일이었다.

린은 까맣게 어둠이 내려앉은 하늘을 잠시 보다 무명의 뒷덜미를 잡아챘다.

"이제 그만 가자."

"응? 어딜? 잠시만 누님…… 난 좀 더 보고 싶은데…… 누님? 누님!"

옷 늘어난다며 울상을 짓는 무명이 린의 손에 붙잡혀 사라지자, 지환은 기다렸다는 듯 설란의 손에서 서책을 뺏어 들었다.

"그것도 뺄 거예요! 내가 이겼다는 거 잊지 말아요!"

서책 하나를 기어코 손에 넣겠다며 깡총거리며 뛰는 모습이 절로 웃음을 자아냈다. 이 귀여운 여인을 어떡하면 좋을까. 지환은 정말이지 심장에 나쁘다 생각하며 상체를 낮춰 설란의 귓가에 속삭였다.

"밤입니다, 부인."

"……네?"

"주변을 보십시오."

그의 말에 충실히 따르듯 설란의 고개가 좌에서 우로, 우에서 좌로 움직였다. 방금 전까지만 해도 요란스럽게 짐을 챙기던 시비들이 어디 갔는지 보이질 않았다. 횅한 안채 마당에는 여기저기 널린 짐들과 설란과 지환, 단둘뿐이었다.

"어……?"

"아랫사람들이 눈치가 빠르니 참 좋지 않습니까."

눈치라니? 깜빡, 깜빡, 설란이 눈을 천천히 깜빡였다. 마치 그의 말을 미처 이해하지 못했다는 듯이 위아래로 움직이는 눈꺼풀이 못내 얄미워, 지환은 그 위에 입술을 눌렀다.

"슬슬 잠에 들 시간이라 생각하지 않습니까?"

"그건, 그렇지만……."

이렇게 대놓고 자리를 깔아주니 기분이 참 묘하다. 그런 모습도 참으로 어여뻐서, 지환은 설란의 손끝을 잡아 하나하나 입을 맞췄다.

"들어가죠."

끄덕끄덕. 위아래로 움직이는 고개마저 그리 예쁠 수가 없다. 지환은 그녀의 이마에 쪽 소리가 나도록 입 맞추며 그대로 설란의 머리꽂이를 빼냈다. 하나로 말끔하게 올려놓았던 머리칼이 아래로 와르르 쏟아져 내렸다.

"정말이지…… 누가 보고 있으면 어쩌려고."

저를 번쩍 안아 드는 지환의 가슴팍을 밉지 않게 두드리는 설란의 말에, 지환이 쿡쿡 웃었다. 이미 궁인들이 다 보는 곳에서 대놓고 입을 맞추었으면서 이 정도로 무얼 그리 창피해하냐며 그녀를 놀리던 지환은 머뭇거림 없이 방으로 들어섰다.

"……이건 조금 창피한 것도 같고."

"……하하."

두툼한 예단 이불 위에는 원앙 한 쌍이 서로 부리를 맞댄 채 놓여 있었다. 그 위에 흩뿌려진 꽃잎에서는 은은한 향이 올라왔다. 설란은 지환의 목에 팔을 두른 채 생각했다. 아마 이 모든 건 도아의 주도 아래에 이뤄졌을 것이라고. 발갛게 달아오른 설란의 얼굴에 지환이 푸스스 웃었다.

"상을 줘야겠습니다."

"네?"

"이리 눈치가 빠르니 말입니다."

자리를 깔아놨다고 상을 주자니. 그보다 더 창피한 일은 없을 것 같아 설란은 얼굴을 양손으로 가렸다. 그러나 가린 손등 위에도 천천히 내려앉는 입술이 너무 뜨거워, 결국 그녀는 손가락을 살짝 벌린 채 눈을 흘겼다. 설란의 시선을 눈치챈 지환이 사륵 눈만 올려 떴다. 손끝을 간질이는 입술과 새까맣게 가라앉은 두 눈 중 어디에 시선을 둬야 할지 알 수가 없어서, 결국 설란은 그 중간 부근을 빤히 바라보며 항의했다.

"정말이지. 싸야 할 짐이 한가득이라고요."

"제가 다 알아서 하겠습니다."

그러니 부인은 걱정하지 마십시오. 희고 가는 손에서 떨어질 줄 모르던 입술이 이번에는 그녀의 귓가를 간질였다. 귀 바로 옆에서 뱉어지는 숨에 설란의 몸이 파르르 떨렸다. 귓불을 살짝 물자 옷자락을 붙드는 손에 바짝 힘이 들어갔다.

"아…… 거기 말고……."

귀에서 시작된 입술은 서서히 가는 선을 타고 내려왔다. 힘이 바짝 들어가 경직된 목을 스치고, 동그랗게 도드라진 어깨를 장난스레 물며 아래로, 아래로 내려오는 그것은 마치 화인(火印) 같았다. 그의 입술이 닿는 곳마다 불길이 이는 것만 같아, 등허리가 오싹했다. 지환은 얇은 피부 위에 끊임없이 붉은 꽃을 피우며 한 손으로는 옷고름을 천천히 풀어 내렸다.

사락, 사락, 옷감이 스치는 소리에 발이 절로 굽었다. 더는 견딜 수가 없어, 설란은 손을 뻗어 그의 얼굴을 위로 죽 끌어 올렸다. 버틸 것이라 생각했던 것과는 달리 그는 그녀가 잡아끄는 대로 순순히 올라왔다. 갈 길을 잃은 시선과, 일렁이는 시선이 허공에서 만났다. 뭐가 됐건 한마디 해주려던 설란은 제가 무슨 말을 하려 했는지 잊어버렸다. 그럴 수밖에 없었다. 사륵 접히며 제게 다가오는 그를 보느라 온 신경을 집중해야 했으니 말이다. 머릿속은 희게 질렸건만 새까맣게 가라앉은 두 눈은 이미 오래전부터 열기에 집어삼켜진 듯 뜨거웠다.

"하아……."

달궈진 쇳덩이처럼 뜨거운 숨을, 설란은 한 치의 망설임도 없이 집어삼켰다. 허리를 휘어감은 팔과 목뒤를 받치고 있는 손이 단단해 그녀는 거기에 매달리듯 몸을 기댔다. 입천장을 쓸어내리는 감각에 온몸에서 힘이 빠져, 흘러내리는 그녀를 그가 받쳤다는 게 더 맞는 표현일 것이다.

입 맞춘 것이 어디 한두 번이던가. 익숙해졌다 생각했던 입술이 내려앉자 설란은 자신도 모르게 지환의 옷자락을 붙잡았다. 숫제 본능이었다. 정신이 혼미했다.

"쉬……."

저를 달래는 것 같은 목소리에 왜 그러느냐 묻자 작은 웃음소리가 되돌아왔다. 톡톡, 제 손등을 두드리는 손길에 그제야 그가 하려는 말을 알아차렸다. 옷자락을 붙든 손을 좀 놓아달라는 뜻이리라. 놓으면 안 될 것 같아 고집스럽게 고개를 젓자 웃음소리가 좀 더 커졌다.

"부인, 부디."

아. 정말이지. 설란은 차마 거절할 수 없는 목소리로 제게 부탁하는 사내를, 믿지 않게 흘겼다. 마치 제게 애원이라도 하듯 쪽

쪽, 온 얼굴을 가득 채우는 입맞춤에 결국 설란이 백기를 내걸었다. 그녀가 손을 치우자 지환은 세상 그 어느 때보다 환히 웃으며 설란을 꽉 끌어안았다.

사모합니다, 부인.

그리 귓가에 속삭이는 목소리가 낮았다.

아아. 설란은 저를 똑바로 바라보며 휘어지는 지환의 두 눈을 사랑스럽다는 표정으로 응시했다. 그리 생각하며 손을 뻗었다. 이 밤이 세상 모든 부부는 당연하게 가졌을 초야라는 사실이 믿기지가 않았다.

끝난 것이다. 정말로 모든 저주가 끝이 난 것이다.

그리 생각하자 그의 옷섶을 푸는 손길이 다급했다. 자신의 마음 역시 같다며 속삭이는 목소리에 지환은 설란이 제 옷옷을 벗기는 것을 도우며 다시 웃음소리를 흘렸다.

길게 물결치는 머리칼에, 동그란 이마에, 언제고 저를 바라봐 주는 두 눈에 입 맞추며 지환은 잊지 않고 손을 뻗었다. 등잔불을 끄는 손길이 다급했다. 훅, 불이 꺼지고 한참 이어지던 서로의 웃음은 낮은 신음으로 변했다.

초야였다.

외전

수년 동안 고통받았던 지환이다. 겨우 저주를 푼 아들이 떠난다 말하자 최재원은 아쉬움을 감추지 못했으나 말리지도 못했다. 조금만 더 있다 가라 말하려던 입은 채 한마디를 떼기도 전에 굳게 다물렸다. 제 부인과 함께 살 평온한 땅을 찾아가겠다며 웃는 지환의 낯이, 너무도 행복해 보여서.

결국 최재원은 말리는 대신 양팔을 걷어붙이고는 여러 가지를 앞서 도왔다. 자하국에서 가장 명망 높은 최가가 나섰으니 안 되는 일이 있을 리 만무하다. 모든 것들은 일사천리로 진행되었다.

짐 싸기로 활쏘기 내기를 하기 전 벌어진 일들이 그러했다. 사가를 정리하고 사람들의 입을 단속해 안팎으로 얘기가 샐 곳이 없었다.

설란을 골치 아프게 한 것은 딱 두 가지뿐이었다. 지환과 밀고 당기기를 했던 짐 싸기와,

"저도 따라가게 해주셔요!"

두 주먹을 불끈 쥔 도아의 주장이었다. 데려가 주지 않는다면 몰래라도 따라가겠다는 도아의 말에, 설란은 이마를 짚어야만 했다.

"가까운 곳에 나들이 가는 것이 아니래도."

"저도 다아 알아요! 어디든 마마님을 따르겠어요."

"……다시는 자하국으로 돌아오지 못할지도 몰라. 네 가족들은 전부 이 나라에 있는데 어찌하겠다는 말이야."

냉철하게 현실을 짚어내는 말에 도아의 기세가 한풀 꺾였다. 그러나 오랜 세월 설란을 옆에서 모셔온 도아로서는 그녀가 없는 삶을 상상하는 것이 더 어려웠다. 하루의 절반을 설란과 함께 보내왔다.

고민은 짧았고 결정은 빨랐다. 도아는 비장한 표정으로 외쳤다.

"가겠어요! 가족들은 저 없이도 잘 살지만, 제가 없음 누가 마마님 옷을 준비하고 머리를 단장해 드리겠어요. 대신!"

그 비장함에, 설란은 조금 놀라며 뒷말을 기다렸다.

"멋진 사내와 중매를 서주셔요!"

자신도 반드시 부마도위 같은 멋진 사내와 결혼을 하고 싶노라는 도아의 말에, 설란은 백기를 내걸었다. 원하면 언제든 돌아가고 싶다 말하는 것을 전제로 도아 역시 여행길에 합류하게 되었다.

그리하여 출발 날이 도래했다.

아무리 혜조에게 선언을 했다지만 보는 눈이 많은 대낮에 대놓고 떠날 수 있을 리가 없었다. 덕분에 출발 시각은 자정이 넘어선 새벽녘이었다.

지환과 같은 말에 올라탄 설란은 꾸벅꾸벅 조는 백호의 모습에 숨죽여 웃었다.

"역시 아직 어리다니까요. 그렇죠?"

"……부인, 그놈을 꼭 품에 안고 있어야 합니까."

자고 있으니 마차에 대충 던져 놓으라는 지환의 표정은 불만이 가득했다. 그도 그럴 것이…….

"하지만 말을 타보고 싶다고 그렇게 졸랐는걸요. 깼을 때 마차에 있는 걸 알면 엉엉 울 게 분명해요."

같이 탄 말 위에서 속닥이고 싶었던 수많은 말들이 그대로 펑 소리를 내며 터져 버렸으니 말이다. 모두 설란이 품 안에 꼭 안고 있는 백호 때문이었다.

처음부터 말을 같이 탄 것은 아니었다. 마차를 타고 수도를 벗어나자마자 빼꼼히 창을 연 설란이 먼저 제안했다. 안에만 있기 답답하니 같이 얘기나 두런두런 나누며 가자고.

그것도 나쁘지 않을 것 같아 수락했지만, 새벽이슬에 혹여나 추울까 등에 커다란 담요를 둘러주었더랬다. 그랬더니 설란은 작게 웃으며 이내 그 담요를 커다랗게 펴 지환의 등과 제 어깨를 전부 덮어버렸다. 그것으로도 모자라 작은 담요를 하나 더 받아 무릎을 가리니 새벽이슬이 내려앉을 틈도 없었다.

지환의 가슴팍에 등을 기댄 채 고개만 뒤로 젖힌 설란은 생긋 웃으며 말을 이었다.

"그리고 해가 뜨면 깨워주기로 약속했거든요. 한 번도 본 적이 없다지 뭐예요."

지환은 속으로 곧장 대답했다. 백 년도 더 넘게 살았으면서 뜨는 해 한 번 본 적 없다고 말한 것은 분명 거짓일 것이라고. 물론 설란에게 그리 말하지는 않았지만 말이다.

"부인은 백호에게 너무 무릅니다."

"아직 어린걸요."

"어린 척하는 겁니다. 백 년은 더 넘게 산 반신(半神)인 것을요."

그러니 부인은 연기에 속고 있다는 진지한 충고에 설란의 눈이 가늘어졌다.

"정말 그렇게 생각해요?"

"물론입니다. 겉보기에만 저렇게 조그맣지, 그 속은 백 살 넘게 먹은 여우라는 것을 잊지 마십시오."

"청월은 아직 못 봤구나. 백호가 아무도 안 보는 것 같으면 자기 꼬리를 물려고 뱅뱅 도는 거 모르죠? 저번에 숨어서 보다 들켰는데 꼬리에 벌레가 있었다면서 왁! 소리를 지르는 게 얼마나 귀여웠는지 몰라요."

지환은 믿기 어렵다는 표정으로 고롱고롱 잠에 빠진 백호를 내려다봤다. 매일 아침 설란에게 빗어달라 조르는 덕에 반지르르한 털은 달빛 아래에서도 도드라졌다. 곰곰이 생각해 보니 하나부터 열까지 설란의 손이 안 닿은 곳이 없었다.

요 근래 설란이 바쁘다 생각했던 게 착각이 아니었다. 지환은 당장에라도 저 가증스러운 여우를 던져 버리고 싶다 생각하며 설란에게 다 들리도록 푹 한숨을 내쉬었다.

"왜 그래요?"

그의 예상대로 설란의 반응은 즉각적이었다. 곧장 고개를 들어 저를 바라보는 두 눈이 사랑스러워 지환의 입꼬리가 씰룩거렸다.

그러나 그는 수많은 경험을 통해 아직은 때가 아님을 알았다. 여기서 좋다고 웃어버리면 설란의 관심이 금세 주변 풍경들로 옮겨갈 것이 뻔했다. 그래서 지환은 무척이나 상심한 낯으로 고개를 저었다.

"아무것도 아닙니다."

"아니긴요! 왜 그래요? 어디 아파요?"

설란의 눈이 곧장 지환의 어깨를 흘깃했다. 설란은 지환의 어깨가 엉망으로 망가진 후로, 다 나았다는 것을 알면서도 그의 어깨를 항상 먼저 신경 썼다.

하루 걸러 뜨겁게 적신 천으로 손수 찜질해 주는 것은 물론이거니와 뼈에 좋다는 건 전부 구해다 먹였으니 더 말해 무엇할까. 지환이 괜찮다 만류했으면 좀 나았겠으나, 그럴 리 있겠는가.

"고뿔 기운이 좀 있나…… 좀 춥지 않습니까?"

"고뿔이요? 어머! 좀 봐요, 이마, 여기다 대봐요!"

"아닙니다. 고뿔이 든 것이 아니라, 새벽녘이라 좀 추워서 그렇습니다. 저나 부인은 몰라도, 저 자그마한 여우에게는 꽤 춥지 않겠습니까?"

그리 말하는 지환의 표정이 세상 진지했다. 그는 설란의 손을 죽 끌어와 쪽, 입을 맞추더니 화들짝 놀라며 다시 말했다.

"이것 보십시오. 부인의 손끝도 이리 찹니다. 이건 어떻겠습니까. 백호를 잠시 마차에 두었다가 해가 뜨기 시작하면 다시 데려오는 거지요. 이 녀석도 마차에서 자는 것이 더 편할 테고, 혹여나 이 작은 몸으로 고뿔이라도 들면 위험하지 않겠습니까."

조곤조곤 설득하는 목소리가 듣기 좋았다. 설란은 그 속에 들어 있는 조바심을 눈치채고는 터지려는 웃음을 꾹 눌러 참았다. 그녀는 아무것도 모른다는 표정으로 대꾸했다.

"그런가? 그럼 나도 들어가는 게……."

"안……!"

다급히 말리려던 지환이 안절부절못하는 표정으로 입을 꾹 닫았다. 말을 뱉고 보니 설란의 손이 차긴 찬 것 같고, 이렇게 있으면 고뿔이 들 것도 같은데 들여보내기는 싫어, 그의 두 눈이 가늘게 떨렸다.

"안? 청월, 못 들었어요. 안 다음에 뭐라고 했어요?"

설란의 재촉에는 당해낼 재간이 없었다. 달빛이 훤해서 그런가, 붉게 달아오른 지환의 낯이 참으로 선연했다.

동그랗게 뜬 설란의 두 눈을 견디지 못한 지환은 결국 푸스스 고개를 숙이며 작은 목소리로 중얼거렸다.

"……안 들어가면 안 됩니까. 담요를 더 가져오라 할 테니……."

설란의 어깨에 닿을 듯 말 듯 한 턱이 저 홀로 애처로움과 다급함을 다 드러냈다. 설란은 담요 너머에서 느껴지는 간질거림에 잘게 웃으며 진지하게 걱정했다. 세상 다른 여자들이 이렇게 귀여운 서방님에게 반하면 어쩌나, 하고.

설란은 어깨 너머로 손을 뻗어 지환의 얼굴을 감쌌다. 제 손도 살짝 차가웠으나 새벽 공기를 정면으로 맞고 있던 지환의 얼굴에 비할 바가 못 되었다. 방금 전까지 그를 놀리고 있었다는 것도 잊은 채, 설란은 화들짝 놀라며 그대로 몸을 뒤로 틀었다.

"얼굴이 왜 이렇게 차가워요!"

정말 고뿔이라도 들 것 같다는 말에, 지환은 기회를 놓치지 않앉다.

"그러니 백호는 잠시 들여보내고, 담요를 좀 더……."

그 말이 끝나기도 전에 설란은 손짓으로 무명을 불렀다. 슬쩍 시선을 돌리며 모른 척하려던 무명은 흉흉해지는 설란의 시선에 백기를 치켜들었다. 물론 말을 바짝 붙이는 과정에서 투덜거리는 것은 잊지 않았지만 말이다.

"거 부부간의 문제는 부부들끼리 알아서 좀 합시다."

"그게 아니라 무명이 백호를 좀 안고 있어요."

"……에?"

"애 감기 걸리지 않게 품에 꼭 안고 있다가 해가 뜨기 시작하면 꼭 깨워요. 알겠죠?"

아직 맡겠다 답하지도 않았건만 이미 백호는 얇은 담요에 안전하게 감싸져 무명에게 들이밀어지고 있었다. 무명은 싫다는 말보다 '어, 어, 어?' 하면서 얼결에 백호를 받았다. 그러자 기다리고 있었다는 듯 지환이 고삐를 당기며 저 멀리 앞서가 버렸다.

"아니, 이게 무슨……."

무명은 황망한 표정으로 안장에 곱게 놓인 백호를 내려다봤다. 저를 안고 있는 품이 달라졌음을 알 리 없는 백호는 잠시 몸을 뒤척이고는 다시 잠에 빠져들었다. 또르르 말린 꼬리가 그 와중에도 참으로 탐스러웠다.

무명은 뒷모습만 봐도 신나 보이는 지환과, 깨우자마자 울어젖힐 백호를 번갈아 바라봤다.

세상 이럴 수는 없었다. 제가 무엇을 그리 잘못했단 말인가!

"저, 저, 저……!"

이 여우 데려가라! 외치려던 무명은 백호의 귀가 쫑긋하자 다급히 입을 닫았다. 수년간 수레째 금을 받아 챙기던 벌을 이제 와 받는 것인가, 그리 중얼거리는 목소리가 저 홀로 힘없었다.

✳

천랑국으로 가는 여정은 생각보다 더 길어졌다. 바다를 본 적 없다는 설란과 지환에게 린이 바다를 보여주겠다며 호언장담한 탓이었다. 그리하여 자하국에서 출발한 지 딱 칠 일째 되던 날, 일행은 바다를 앞둔 채 주막에서 여독을 풀었다.

그리고 칠 일 만에 지환은 설란이 맞았음을 인정할 수밖에 없었다. 여행에 있어 산더미 같은 짐은 독이었다. 속도가 느려질 뿐만 아니라 주막을 잡기도 어려웠으니 말이다.

게다가 설란의 말대로…….

"왜 그렇게 봐요?"

화려한 장신구는 필요치 않았다.

고개를 기울이며 묻는 설란의 말에 지환은 아무것도 아니라며 고개를 저었다.

"어여뻐서 봤습니다."

곧장 뱉어지는 대답은 너무 빨라 미리 준비라도 하고 있었나 싶을 정도였다. 그 재빠름에 눈을 동그랗게 떴던 설란은 이내 푸스스 웃음을 흘렸다.

남들은 혼인하면 어여쁘다는 말을 점점 안 하게 된다고 하던데, 어찌 된 것이 제 서방님은 날이 갈수록 점점 더 표현이 다채로워지는지 모를 일이었다.

"흐흥. 자하국에 있을 때보다 관리도 못 하고, 옷도 몇 벌뿐이라 매일 번갈아 입어서 덜 예쁠 텐데, 너무 띄워주는 거 아니에요?"

"그러니 참으로 이상하지요. 어째서 하루가 갈수록 부인은 어여뻐지는 겁니까."

지환을 놀리려던 설란은 예상과는 다르게 흘러가는 대화에 턱 말문이 막히고 말았다. 남자로도 살아보았고, 여자로도 살아보았지만, 최지환은 제게 언제나 예상외였다. 설마 최지환이라는 언어가 따로 있는 것은 아닐까 싶을 정도였으니.

설란은 얼굴에 열이 오르는 것 같다고 생각하며 열심히 손부채질을 했다. 지환은 즐거이 웃으며 설란의 손을 끌어당겼다.

요 며칠 동안 들른 주막마다 문전성시라 이리 단둘이 방 하나를 차지하게 된 것은 꽤나 오랜만이었다. 남자와 여자로 나뉘어 방을 쓴 탓에 며칠간 백호와 무명, 그리고 소하와 뒤섞여 지낸 밤이 참으로 길었다. 그리하여 오늘, 지환은 완벽하게 사전 준비를 마친 채였다.

저녁 식사를 마치자마자 린의 품에 백호를 던져 주었고, 문고리도 단단히 걸어 잠갔다. 주모에게 웃돈을 얹어주고는 새 이불도 받아왔으니 이 이상 완벽할 수는 없었다.

"부인."

품 안에서 속닥이는 목소리가 달았다. 슬쩍 고개를 든 설란의 이마 위로 점점이 내리는 입술에 열기가 가득해, 절로 발끝이 곱았다. 이마에서 시작된 입맞춤은 천천히 코끝을 지나 그녀의 입술을 찾았다.

"후우……."

잇새로 새어 나오는 숨소리가 뜨거워 지환은 이러다 머릿속이 녹아버릴지도 모른다 생각했다. 천천히, 혹여나 그녀가 다치지 않도록, 조심스레 이불로 내려가는 몸짓이 조심스러웠다.

이불이 등에 닿자 설란의 눈이 사륵 감겼다. 자연스럽게 벌어지는 입술 사이로 지환의 것이 맞닿았다. 치열을 훑어 내리는 혀끝이 자연스러웠다.

평소라면 간간이 숨 쉴 틈을 주던 그였으나, 며칠 동안 마음껏 닿지 못했던 것이 그대로 한이 되었는지 잠시간의 틈도 주지 않아, 설란은 그의 옷자락에 반쯤 매달렸다. 옷 끝을 붙든 손마디가 희게 도드라졌다. 입천장을 쓸어내리고 그대로 혀를 휘감는 것은 너무 뜨거워, 절로 잇새로 신음이 흘러나왔다.

입술을 떼지 않으면서 옷고름을 풀어 내리는 손이 무척이나 능숙했다. 설란이 무언가 느끼기도 전에 이미 저고리는 저 멀리 던져진 뒤였다. 그 뒤에야 설란은 어깨가 휑한 것을 깨닫고는 슬쩍 눈을 떴다.

가늘게 뜨인 실눈 사이로 일렁이는 지환의 두 눈이 가득 들어찼다. 설란은 왜 그러냐는 듯 눈을 깜빡이는 지환을 바라보다 손을 뻗었다. 그의 옷을 풀어 헤치는 손이 느릿했다. 천천히 옷깃을 젖히고, 소매를 당기는 손끝이 외려 견딜 수 없었다.

그의 미간에 잔주름이 졌다. 옷깃을 따라 팔을, 어깨를 두드리는 손끝이 의도적이라는 것을 눈치채자 온몸에 열기가 오르는 기분이었다.

손가락 두 개가 경중경중, 지환의 등을 연신 걷고, 쓸어내리기를 반복했다. 결국 웃옷 하나를 벗기기도 전에 인내심이 바닥난 지환의 입술이 떨어졌다.

"후…… 부인, 제발……."

견디기 어렵다며 끙끙거리는 목소리가 낮았다. 거친 목소리에 가느다란 손가락이 점점 더 느리게 움직였다. 신경이 곤두선 목 뒤를 서서히 쓸어내리는 손길에 지환의 고개가 젖혀졌다. 뜨겁게 달궈진 숨이 더는 견디기 힘들다는 듯 잇새로 터져 나왔다.

남들 앞에서는 그저 정중하고 또 다정하기만 한 사람이 밤이 깊어지면 이리 일렁이는 눈으로 자신을 본다는 걸 또 누가 알 것이란 말인가. 까맣게 가라앉은 그의 두 눈을 바라보고 있자니 절로 배 속이 간질거려, 설란의 목소리마저 들뜨기 시작했다.

"내일은 바닷가에 도착한다는데……."

그의 귓가를 살짝 무는 잇새로 속닥임이 천천히 이어졌다.

"린 말로는…… 그 근처 주막은 언제나 사람들로 붐빈다지 뭐예요?"

그러니 또다시 한동안 이럴 시간이 없을 것이라는 말은, 남아 있던 지환의 이성마저 잘라냈다. 가는 목덜미를 덮치는 그의 몸짓이 다급했다. 호롱불을 끌 시간도 아까워, 그대로 손을 뻗어 불을 잡아챘다. 단단히 박인 굳은살 사이로 불이 훅, 꺼지자 둘의 밤도 그렇게 깊어갔다.

운우지정(雲雨之情)을 나누었으니 깊었던 밤이 길게 느껴질 리 만무하다. 지환은 꿈결 같았던 순간들을 느끼며 느릿하게 눈을 떴다. 당연히 설란의 잠든 얼굴이 보일 것이라 생각하며. 하지만 예상 못 한 인영에 그는 제 눈을 의심하며 눈을 끔뻑였다. 그러나 여전히 변하는 것은 없었다.

한 번, 두 번. 지환은 아득, 이를 갈며 손을 뻗었다.

"대체…… 여긴 어떻게 들어온 거냐."

그 와중에도 혹여나 설란이 깰까 한껏 낮춘 목소리였으나, 백호를 깨우는 데는 충분했다. 푸르르 몸을 떨며 잠에서 깨어난 백호는 늘어져라 하품을 하는 걸로도 모자라 앞발로 눈가를 실컷 비빈 뒤에야 대답했다.

[*언 미러를 위한 훈련이라 하시던데. 어찌 되었든 들여보내 주시기에 내 잤느니라. 아직 해도 다 뜨지 아니하였거늘, 어찌 이리 깨우느냐! 반신의 위엄을……!*]

다시금 시작되려는 반신 타령에 지환은 굳이 더 들을 생각조차 하지 않았다. 한 손으로 백호의 뾰족한 입을 꾹 누른 그는 문을 벌컥 열고는 백호를 냅다 집어 던졌다.

아무리 힘껏 던져 봤자 다치지 않을 것을 알고 있으니 손길에 배려가 있을 리 만무했다. 캥! 캥! 화를 내는 백호의 노성에 선잠에서 깨어난 몇몇 이들이 욕설을 내뱉었지만 말이다.

문을 닫고 걸쇠까지 건 뒤에야 지환은 낮게 혀를 찼다.

누가 백호를 들이밀었는지 따져 묻지 않아도 뻔했다. 무명이나, 린이겠지. 지환은 이 소란은 전혀 모른 채 색색 숨까지 고르며 자는 설란이 혹여나 추울까 이불을 끌어 올려주며 생각했다. 자식은 역시 좀 천천히 갖는 것이 좋지 않을까, 하고.

갓난아이와 거리가 먼 삶이었으나 대략적인 것들은 여기저기서 본 것들이 있어 알고 있었다. 아이에게 얼마나 많은 부모의 사랑과 관심이 필요한지는 직접 겪었기에 더 절절히 알았다. 지환은 눈을 감고 있는 설란을 바라보며 생각했다.

'……아이는, 나중에.'

그런 그의 굳은 다짐을 알 리 없는 설란은 그 뒤로도 한참의 시간이 흐른 뒤에야 잠에서 깨어났다. 세상 행복함을 느끼며 잠에서 깨어난 설란은, 세상 진지한 표정의 지환을 보고는 의아함을 느끼며 몸을 일으켰다.

"왜 그래요? 무슨 문제라도 있어요?"

"아…… 아무것도 아닙니다. 몸은 괜찮습니까, 부인."

그 물음에 설란의 눈에 장난기가 맴돌았다. 그녀의 눈가가 가늘어졌다. 상체를 앞으로 숙인 설란은 그대로 지환의 입술에 짧게 입을 맞추며 투덜거렸다.

"그걸 아는 사람이 그렇게 해요?"

생각지도 못한 타박에, 지환의 귓가가 붉게 달아올랐다. 당황한 지환이 어떻게든 변명의 말을 뱉으려 했으나 어쩌겠는가. 이미 불타오르던 밤은 지나갔고, 제가 했던 것들은 되돌릴 수 없는 것을.

고개를 푹 숙인 채 슬슬 제 등허리를 쓸어주는 손길에 설란은 결국 참지 못하고 와르르 웃음을 터뜨렸다.

"끄흡! 큽, 푸흐…… 아, 정말이지. 어찌 이리 밤낮이 다른 남자일까."

"……?"

"그런 게 있어요, 그런 게."

자신만 아는 게 있다며 설란은 자리에서 일어났다. 재빠르게 옷을 갈아입고는 흥흥 콧노래를 부르며 밖으로 나서는 설란을 멍하니 바라보던 지환은, 문이 닫힌 뒤에야 다급히 자리를 박차고 일어났다. 밖엔 그 얄미운 백호가 있었다.

간밤에 벗어두었던 옷을 향해 뻗는 손이 다급했다. 팔을 꿰어 넣으려던 지환은 실밥이 터져 있는 것을 보고는 잠시 황망한 표정을 지었다가, 얼굴이 시뻘게져선 봇짐 사이에서 새 옷을 꺼내 입었다.

그러나 문을 열었을 때, 이미 설란의 주위는 인산인해였다. 그녀의 품 안에 안겨 있는 백호와, 옆에서 즐거이 웃고 있는 무명을 보며 지환은 다시금 다짐했다.

아이는 나중에.

머지않은 훗날 자신이 딸 바보가 된다는 것을 알지 못하기에 할 수 있는 다짐이었다.

지환은 한 치의 망설임도 없이 한 걸음을 내디뎠다. 삶의 절반을 세상과 거리를 둔 채 살아오던 것이 무색하리만치 머뭇거림이라고는 찾아볼 수 없는 걸음이었다.

"……도령은 사람이 참 일관됐어."

멀리 갈 것도 없었다. 이른 아침부터 방 안에 백호를 밀어 넣은 것은 무명이었다. 가장 먼저 린의 손에 호되게 혼이 난 무명은 곧장 지환과 심도 깊은 대화를 나누어야만 했다.

몸으로 된 대화를.

상처가 없다 한들 마음이 만신창이라며 무명은 우는 소리를 멈추지 않았다. 잠에 빠져 있느라 백호가 들어왔다는 걸 눈치조차 채지 못한 설란만이 무명의 어깨를 툭툭 쳐 줄 뿐이었다. 물론 딱히 안쓰러워하는 기색은 없었지만 말이다. 결국 누구에게도 위로받지 못한 무명은 두 주먹을 불끈 쥐며 제 행동의 당위성을 주장했다.

"모든 건 준비가 필요……!"

"아우야."

"네, 누님."

"닥치거라."

"……예."

채 한마디도 끝내지 못했지만 말이다. 시끌벅적한 주막의 아침을 한껏 활기 넘치게 만드는 이들을 바라보며 설란은 행복하게 웃었다.

평화로운 하루였다. 날은 맑았고 다들 하나같이 평소와 같았으며, 설란의 무릎에서 채 깨지 못한 잠에 빠져 있는 백호마저도 완벽했다.

넘어설 수 있을까, 언제나 의문이었던 궁벽은 더 이상 눈에 보이지도 않았다. 평생을 다 바쳐도 저 너머로는 가지 못할 것이라 생각했던 도성의 높다란 성벽 역시 보이지 않았다. 이미 자신은 그 너머에 있었다.

사랑하는 이들과 함께.

"……거, 들었는가? 수도가 들썩이고 있다던데."

"허허! 들었지, 그럼. 공주마마께서 사라지셨다지, 아마?"

옆자리에서 국밥과 술 몇 잔을 기울이던 사내들의 숙덕임이 들린 것은 그때였다. 순간순간이 너무 반짝여 혹여나 꿈은 아닐까 싶던 시간 속에 현실이 다시금 끼어들었다. 설란만 들은 것은 아닌지 다른 이들도 낯빛이 변하며 그들의 대화에 귀를 기울였다.

"난리도 아니었다네! 거 상감께서는 공주를 찾아야 한다며 병사들을 전부 풀려 했다지 뭔가."

"아니, 공주님이 대체 어떻게 됐기에? 불한당들이 납치라도 했단 말인가? 부마도위는 무엇하고?"

"아 거…… 그, 부마도위도 같이 사라졌다지 뭔가!"

"무어?!"

린과 소하가 서로 의미심장한 시선을 주고받았다. 지환은 자연스럽게 제 옆에 앉아 있는 설란의 어깨를 감쌌다.

"그런데? 그래서 어찌 되었는데?"

"……최가가 나섰다네."

이번에는 지환의 어깨가 움찔했다. 설란은 재빨리 그런 그의 표정을 살피며 제 어깨를 감싸고 있는 손을 조심스럽게 맞잡았다.

"최가가?"

"그래. 무슨 얘기가 오갔는지 아는 이는 없다는데, 상감마마와 독대를 하고 난 뒤에 글쎄, 공주마마를 찾자는 말이 쏙 들어갔다지 뭔가!"

"허어! 그럼 나쁜 일이 생긴 건 아닌 모양이로구만."

"그렇지! 두 분이서 유랑이라도 떠난 것이 아니겠는가, 사람들이 그리 숙덕이고 있다네. 혹 아는가? 여기에 계실지."

오오! 기대에 찬 눈빛이 주막을 죽 훑었다. 벽 뒤에 앉아 있는 지환과 설란을 미처 보지 못한 채 시커먼 사내들만 잔뜩 보고는 실망을 감추지 못했지만 말이다.

"그런데 그건 또 뭔가? 수도에 검은 기둥이 치솟아 올랐다던데?"

"아, 그건······."

끝없이 이어지는 사내들의 말을 잘라낸 것은 주모였다. 따끈한 국밥 다섯 그릇을 상 위에 놓으며 주모는 사내들 쪽으로 빽 고함을 쳤다.

"헛소리할 거면 얼렁 먹고 나가! 하늘이 노할 소리를 하고 앉았어, 재수 없게!"

신을 입에 올렸다가 장사 망하면 책임질 것이냐며 버럭 화를 내는 주모의 역성에 못 이겨 사내들은 알았다며 조용히 입을 달았다. 그러나 이미 들어야 할 내용은 다 들은 것이나 다름없었다.

일평생 조용한 적 없었던 수도는 그녀가 떠난 뒤에도 여전히 소란스러웠다. 앞으로도 쭉 그럴 것이다.

"걱정 마십시오, 부인. 별문제 없을 겁니다."

그런 그녀를 도닥인 것은 지환이었다. 그의 말에 잇따라 린의 말이 이어졌다. 그 뒤에는 언제나 그랬듯 무명의 투덜거림과 소하의 한마디가 더해졌다. 뱉는 말은 달랐으나 다들 자신을 위로하려 노력하고 있다는 게 느껴져, 설란은 연신 고개를 끄덕였다. 끊어낸 인연이건만 이토록 등 뒤에 남아 때로 돌아보게 만든다. 지금처럼.

설란은 괜찮다며 웃어 보이고는 수저를 들었다. 그렇게 시끌벅적했던 아침과는 달리 무척이나 조용한 식사가 시작되었다.

✵

가마는 수도를 벗어나기가 무섭게 헐값에 넘겼다. 세상을 보고자 떠나온 여행에 사방이 막힌 가마가 말이 되느냐는 설란의 강한 주장 아래에 이뤄진 일이었다. 그 대신 그녀는 지환과 함께 말 위에서 구름을, 하늘을, 그리고 풍경을 보며 속닥이는 재미에 폭 빠졌다. 기쁠 때도 그러했지만, 우울할 때면 말없이 저를 안아주는 너른 품에 몸을 기대고 있는 것이 참으로 좋았다.

오늘 아침이 그러했다. 지환은 기분이 가라앉은 설란에게 많은 것을 묻지 않았다. 사람이건 짐승이건 혼자 골몰할 시간이 필요한 법이다. 그래서 그는 해가 높이 걸릴 때까지 그저 조용히 설란을 안아주었다. 설란에게 건네는 첫 마디는 곧 바다가 보일 것이라는 무명의 고함이 있고 난 뒤였다.

"바다에 가면 그곳에서만 사는 새가 보고 싶다 하였지요. 그 외에 또 무엇을 보고 싶습니까?"

그 부드러운 물음에 설란은 푸스스 웃었다. 잠시간의 시간은 찰나를 잠식했던 우울함을 떨쳐 내기에 충분했다. 그녀는 상체를 틀어 지환을 마주 보며 답했다.

"물이요."

"물, 말입니까?"

"듣자 하니 새파란 물이 끝도 없이 펼쳐져 있다던데, 물이 그리 많다니 쉬이 믿어지지 않아 그것을 보고 싶고, 또 바닷물은 짜다 하잖아요? 맛본 적이 없어 그걸 콕 찍어 먹어보고 싶어요."

어떻게 물이 짤 수 있는지 잘 모르겠다는 설란의 말에, 지환 역시 해사하게 웃었다.

"전 바다에서 산다는 물고기를 보고 싶습니다."

"물고기요? 그건 수도에도 많잖아요."

"수도에서는 죽은 것만 볼 수 있지 않습니까. 그 짠물에서 어찌 살 수 있는지, 그걸 보고 싶습니다."

그 뒤로도 서로 무엇을 보고 싶은지 조곤조곤 이어지는 대화에 오늘 역시 백호를 떠맡은 무명은 생각했다.

'하이고. 고래를 보면 뒤로 넘어가겠구만.'

진지한 낯으로 그 커다란 놈을 한번 잡아다 보여줄까, 라고 중얼거리면서. 한참을 이어지던 설란과 지환의 '뭐 보고 싶어?'는 바다가 눈에 들어온 뒤에야 멈췄다.

아니, 멈출 수밖에 없었다.

솨아아-

코끝을 찌르던 비릿한 향의 정체를 알게 되었으니 말이다. 물소리와 바람 소리가 뒤섞여 가장 먼저 귓가를 사로잡았다. 의식하기도 전에 움직인 고개는 하얗게 부서지는 무언가를 눈에 담게 만들었다.

"저게 바다랍니다."

예쁘지요? 몇 번을 봐도 어여쁘다며 웃는 린의 말에 설란은 고개를 끄덕였다. 끄트머리만 보고 있음에도 어여쁘다는 것을 알겠다. 그러나 모퉁이를 돌자 시야를 가득 메우는 물의 향연은, 그야말로 장관이라 설란은 자신도 모르게 지환의 팔을 덥석 붙잡았다.

"하-!"

설란은 탄성을 닮은 숨을 뱉어냈다. 너무 놀라 소리조차 제대로 나오지 않았다. 새까만 두 눈을 가득 채운 것은 오로지 푸른 빛, 새파란 하늘을 닮은 그것들이 지평선 너머로 끝없이 펼쳐져 있었다.

"물, 물이⋯⋯."

설란보다야 덜했으나 지환 역시 놀라움을 쉬이 감추지 못했다. 둘 다 태어나서 지금껏 수도 밖으로는 한 걸음도 나가보지 못한 탓이었다. 차마 말을 잇지 못하는 둘을 보고 무명은 머뭇거림 없이 일갈했다.

"쯔쯔. 이리들 식견이 좁아서야!"

바다를 어찌 즐겨야 하는지 직접 보여주겠다며 말에서 훌쩍 뛰어내린 무명은 곧장 앞으로 내달렸다. 아니, 내달리려 했다.

[⋯⋯흐아암⋯⋯ 도착했⋯⋯? 반신(半神) 살려어어어! 아이고! 린녀이임! 무명님이 저를 물에 빠뜨리려 합니다아아! 아이고오오!]

무명의 품에서 낮잠을 즐기던 백호가 깨어나 기겁하지만 않았으면 말이다. 일평생 깊숙한 산속에서 수련하던 백여우가 바다를 봤을 리 만무하다.

눈을 뜨자 온통 새파랗게 변해 버린 세상에 백호는 경기를 일으키며 무명의 품 안에서 냅다 도망쳤다. 졸지에 여우의 뒷발에 채인 무명이 황망하게 설란에게 가 안기는 백호를 바라봤다.

"아니, 내가, 뭘⋯⋯."

[어찌 제게 이러십니까! 매번, 변하지도 않으시고! 이제는 저를 죽이려 하시고오오!]

자신이 대체 무얼 그리 잘못했냐며 설란의 품 안에 파고드는 백호의 코끝에서 눈물이 쉼 없이 떨어졌다. 어찌나 놀랐는지 쿵쿵쿵 뛰는 심장이 너무 빨라 걱정스러울 정도였다. 허공에서 파닥거리는 백호의 뒷다리를 바라보던 지환이 가만히 그 뒷발을 설란의 팔 안으로 밀어 넣어줄 정도였으니 더 말해 무엇할까.

결국 희대의 악인이 되어버린 무명은 어깨를 축 늘어뜨린 채 터덜터덜 바다 쪽으로 가버렸다. 그 뒷모습이 참으로 힘없어 보였으나 그다지 안쓰럽지 않을 수 있다는 것도 재주라면 재주였다. 그런 무명의 뒤를 도아가 쫓아가고, 린마저 어깨를 으쓱이고는 냅다 소하를 이끌고는 산보 좀 하고 온다고 가버렸다.

"많이 놀랐나 봐요."

설란이 부르르 떠는 등을 가만가만 쓸어주며 속삭였다. 지환이 보기에도 백호는 놀라다 못해 기절할 지경인 듯했다.

그렇게 한동안 설란의 품에 코를 박고 있던 백호는, 모래사장에 발을 들인 설란이 감탄을 내뱉자 귀를 쫑긋 세웠다. 처음에야 놀라 경기를 일으켰다지만 끝없이 들려오는 쏴아아- 소리가 궁금해 몸이 들썩일 나이인 것이다.

"청월, 이것 봐요. 모래가……!"

익히 보던 것들과는 확연히 다른 모래에 설란은 기쁜 마음으로 신을 벗어 던졌다. 백호가 쏙, 고개를 내민 것은 그때였다. 도저히 궁금해 못 견디겠다는 듯 앞발로 설란의 팔을 짚으며 쭉 빼는 고개가 앙증맞았다.

[모래가 어떻기에 그러…….]

여우는 훗날 이 순간을 추억할 때마다 이리 말하곤 했다.

새로운 세상을 본 순간이었노라고.

새하얀 모래가 끝이 보이지 않을 정도로 넓게 펼쳐져 있었다. 그 끝에서 부서지는 파도는 새하얀 거품을 내고 있어 절로 심장이 두근거렸다.

백호는 무언가에 홀리듯 설란의 품에서 휙 뛰어내렸다. 단단하게 네 발을 받쳐 주던 산과는 달리 스르르 빠지는 발에 놀란 백호가 펄쩍 뛰었다. 그러길 한참. 백호는 조심스레 앞발로 모래사장을 툭툭 두드렸다. 발 사이로 빠져나가는 모래들이 간질거려, 여우는 흥분 섞인 목소리로 탄성을 뱉어냈다.

[오오오오! 부드럽도다! 오오오!]

반짝이는 두 눈이 말하는 감정이 어찌나 명확한지, 설란은 작게 웃음을 터뜨렸다. 그 웃음소리에 백호는 꼬리를 세차게 흔들며 외쳤다.

[마마께서는 멀리 가지 마시오! 내 잠시 주위를 좀 둘러보고 올 터이니!]

그리고는 대답도 듣지 않고 저 멀리 뛰어가는 걸음이 다급했다. 발밑이 단단하지 않아 몇 번이나 엎어졌으나, 그것마저도 좋다며 헐레벌떡 내달리는 백호의 뒷모습에 설란은 배를 잡고 한참이나 웃어야 했다.

지환은 그런 그녀가 사랑스러워 어쩔 줄 모르겠다는 낯으로 바라보았다. 그렇게 한참을 웃던 설란은, 백호의 꼬리가 잘 보이지 않을 정도로 멀어지자 가쁜 숨을 뱉어내며 속삭였다.

"봤어요?"

설란은 지환이 전혀 모르겠다는 표정을 짓자 발갛게 달아오른 얼굴을 한 채 발을 굴렀다.

"백호의 꼬리 끝 색이 아주 조금, 요만큼 더 옅어진 걸요!"

엄지와 검지로 만든, 종이 한 장이 겨우 들어갈 법한 틈을 바라보며 지환은 생각에 잠겼다.

그랬던가?

기억이 나질 않는다. 아니, 애당초 백호의 꼬리를 그리 자세히 본 역사가 없었다. 그가 백호에게 관심을 갖는 이유는 몇 가지로 좁혀진다. 백호가 설란에게 꼬리칠 때, 백호가 설란의 품에서 바르작거릴 때, 백호가 설란 몰래 방 안으로 뛰어들 때.

그러나 저 기대 가득한 낯을 보자니 차마 모르겠다는 말이 입 밖으로 나오지 않아, 지환은 고개를 끄덕이며 맞장구쳤다.

"그런 것 같습니다."

"그렇죠? 저주가 생각보다 빨리 풀리려나 봐요! 아, 다행이다. 청월도, 백호도, 내 오라비도 머지않아 조금이나마 편안해질 수 있을 것이라 생각하니⋯⋯."

"오라비라니, 세자저하께서 이 일과 관련이 있습니까?"

아아! 설란은 그제야 이 얘기를 지환에게 해주지 않았다는 것을 깨달았다. 그녀는 지환의 손을 잡았다. 천천히 걷기 시작하며 그녀는 슬쩍 린에게 물었던 것을 입에 담았다.

"출발하기 전날, 린에게 오라버니의 고통을 덜어낼 방법이 정녕 없는지 물었어요. 그때 린이 그러더군요. 그 저주, 백호의 원한이니 훗날 백호가 본래 모습을 되찾거든 간곡히 부탁을 해보라고."

지환은 그녀의 말에 놀라움을 감추지 못했다. 언제고 설호의 저주를 베어낼 때 제가 했던 생각이 떠오른 탓이다. 제 반려처럼, 가진 모든 것을 희생할 이가 나타나지 않는다면 자설호의 저주는 풀리지 않을 것이라 생각했던가.

눈앞에 있었다. 제 하나뿐인 오라비를 위해, 몇 년이 걸릴지 모를 일을 하려는 여인이.

"그럼⋯⋯."

"확실한 건 없어요. 그래도, 희망이 있잖아요?"

그리 말하며 함박웃음을 짓는 설란의 머리 위로, 새하얀 새 한 마리가 끼룩끼룩 소리를 내며 날아들었다. 그 날램보다 지환이 설란을 제 품 안으로 끌어당기는 것이 더 빨랐다.

새가 머리칼을 스치고 간 감각이 너무 선연해 설란은 눈을 동그랗게 뜬 채 저 홀로 유유히 멀어져 가는 새를 멍하니 바라봤다.

"저게……."

"바닷새입니다. 부인, 괜찮습니까."

"바닷새요? 그 서책에서만 보던, 그?"

"예. 날개 끝이 검다 했으니 아마 맞을 겁니다. 그보다 부인, 어디 다친 곳은……."

연신 제 목이나 어깨에 생채기라도 났나 싶어 어찌할 줄 몰라 하는 지환의 모습에 설란의 눈이 가늘어졌다. 잠시 잠들어 있던 장난기가 다시 슬금슬금 고개를 내밀었다.

"다친 곳은 없고, 쑤시는 곳은 있는데……."

주위를 휘 살핀 설란은 한껏 목소리를 낮추었다.

"허리가 그리 쑤셔요, 청월."

"허리가…… 허…… 리……."

그 말에 다급히 의원이라도 찾으려던 지환은 머지않아 속뜻을 눈치챘다. 더듬더듬, 허리만 반복하는 그의 두 눈이 지진이라도 난 듯 떨렸다.

요란스레 이어지는 헛기침에 설란은 다시금 웃음을 쏟아냈다. 그 와르르 쏟아지는 웃음소리에 그제야 설란이 장난쳤음을 알아차린 지환의 얼굴에서 뻣뻣함이 사라졌다.

그는 불퉁한 표정으로 설란을 바짝 당겼다.

"정말 놀랐잖습니까."

"흐응, 좀 쑤시긴 했으니 전부 거짓은 아니에요."

그리 말하는 설란의 낯에 선연한 것이 웃음이라, 지환은 더는 속지 않는다 답하며 몸을 숙였다. 동그란 이마에 내려앉는 입술이 부드러우면서도 정중했다.

"매번 나아지고 있으니 후한 점수를 줘도 되지 않습니까."

코끝에 내려앉는 입술이 간질거려 설란은 키득거리며 웃었다. 반달로 휘어지는 눈가가 너무 어여뻐 그 위에도 한 번, 웃느라 살짝 올라간 볼에도 한 번, 쉬지도 않고 여기저기에 내리는 온기가 참으로 따스했다. 마지막으로 입술에 내려앉았던 입술을 달싹이며, 지환은 설란에게 속삭였다.

"아이는, 천천히 가졌으면 합니다."

제 굳은 다짐을.

앞뒤 맥락을 알 리 없는 설란이 의아함을 감추지 못하며 고개를 들었다. 고개를 갸웃하는 설란을 바라보며 지환은 다시 말했다. 여전히 진지한 표정으로.

"한 오 년쯤 후가 어떻습니까."

참으로 구체적인 계획이 아닐 수 없었다. 어찌나 단호하고 구체적인지, 설란은 무슨 소리냐고 묻기 전에 연수를 먼저 헤아렸다.

오 년. 제 나이는 둘째로 치더라도 지환은 스물다섯이다. 오! 설란은 이를 악물고는 단호하게 외쳤다.

"절대 안 돼요!"

"하지만……."

"이미 애가 있어도 이상하지 않을 나이라고요! 그런데 오 년 뒤라니! 절대, 절대 안 되니까 꿈도 꾸지 말아요!"

반대에 부딪칠 것이라고는 생각조차 못했다. 지환은 솨아아— 파도 소리를 배경 삼아 오 년의 당위성을 설명하기 시작했다.

"생각해 보십시오, 부인. 바다도, 산도, 들도, 여기저기 많은 것들을 보러 다니자 하지 않았습니까."

"그랬죠."

"오 년도 부족할 겁니다."

대륙 크기가 어찌나 큰지 모른다며 지환은 무척이나 열성적으로 목소리를 높였다. 잠시 여기 좀 앉아보라며 모래사장 위에 설란을 앉힌 그는, 나뭇가지로 무언가를 열심히 쓰기 시작했다.

모래사장 위에 적힌 글귀는 연인들이 바다에 오면 익히 하는 '사랑해'도, 설란의 이름도 아니었다.

"동쪽으로 최소 이 년, 동쪽 끝에서 남쪽으로 쭉 내려가면 그게 일 년, 거기서 다시 북쪽 끝까지 올라가는 데 이 년은 걸립니다. 그리고……."

거대한 대륙 지도를 빙 휘도는 나뭇가지에 설란은 멍하니 모래사장에 그려진 것들을 바라봤다. 아니, 말이 그렇다는 소리였는데 정말 대륙 일주를 할 생각이었나 싶었다. 지환의 입에서 술술 흘러나오는 얘기는 서서히 엉뚱한 방향으로 흐르기 시작했다.

"아이가 태어나면 자신이 없습니다."

"무슨 자신이요?"

"밉다는 생각을 안 할 자신이, 없습니다."

이건 또 무슨 말인가. 의아해하던 설란은 그제야 이 대화의 맥락을 잡아내고는 무릎을 쳤다.

"백호 때문이죠?"

지환은 조용히 고개를 돌렸다. 사선으로 비낀 시선은 조용히 바다만 담았다. 차마 맞다고도, 아니라고도 말하지 못하는 남자의 뒷모습은 참으로 굳건해 보였다.

콕콕, 설란이 어깨를 찌르자 지환은 푹 한숨을 쉬며 투덜거렸다.

"질투가 나 못 견디겠습니다."

"아이가 우릴 꼭 닮을 텐데요?"

참으로 어려운 질문이다. 지환은 그리 생각했다. 얼마 전까지만 하더라도 설란을 닮은 딸이 태어나면 얼마나 어여쁠까, 그리 생각을 했던 그는 백호의 등장과 함께 생각을 바꿔먹었다. 여우도 저리 귀여워하며 품 안에서 놓지 못하는데 아이는 또 얼마나 어여뻐 할 것인가.

그리 머지않은 미래에 자그마한 아기가 어여뻐 제가 어찌할 줄 모르게 된다는 건 상상도 못 한 채 무척이나 진지한 표정으로 설란을 설득했다.

"그래도 아이는 천천히 갖는 것이……."

아니, 설득하려 했다.

"픕……!"

"부인?"

"크…… 크흡…… 아니, 그게 아니라…… 아하하하! 정말이지, 못 말린다니까."

지환의 가슴팍에 몸을 기댄 채, 그렇게 설란은 한참을 웃었다.

※

천랑국 도착을 며칠 앞두고, 지환은 이상한 꿈을 꾸었다.

꿈이라는 것을 알았으니 자각몽이라 할 수 있을 터다. 너른 초원이 펼쳐진 꿈속에서, 설란이 화사한 꽃밭에 둘러싸인 채 행복하게 웃고 있었다. 환한 웃음과는 달리 아무런 소리도 들리지 않아, 그는 의아함을 느끼며 그녀에게 다가갔다. 부인, 하고 부르려던 입에서 아무 소리도 나오지 않자 그는 자신도 모르게 목을 움켜쥐었다.

혹여나 악몽인가 싶었으나 악몽이 이리 아름다울 리가 없다. 꽃밭 한가운데 제 부인이 앉아 있는 꿈이 악몽이라니. 말이 되지 않는다.

어찌 되었든 그녀에게 다가가기 위해 그는 끝없이 펼쳐진 초원을 참 열심히도 걸었다. 걸어도 걸어도 가까워지는 기색이 없어 종국엔 뜀박질하는 발걸음이 바빴다. 그러나 여전히 그녀는 저 멀리 앉은 채, 제게는 눈길조차 주지 않고 그저 즐겁게 웃을 뿐이었다.

이게 대체 무슨 꿈이지? 지환은 당혹감을 감추지 않으며 이마에 흐르는 땀을 닦아냈다. 숨이 가빠와 심장이 터질 것처럼 뛰었다.

설란이 고개를 든 것은 그때였다. 눈이 마주치자 전과는 비교할 수 없을 정도로 환해지는 얼굴이 그저 사랑스러웠다. 저를 향해 흔들어주는 손에 화답하듯 그 역시 번쩍 손을 들어 올렸다.

그녀의 품 안에서 무언가가 버둥거리다 튀어나온 것은 바로 그 때였다.

'……저게, 뭐지?'

새빨간 털 뭉치 같은 것이 설란의 주변에서 빙빙 맴돌았다. 그 것을 보며 와르르 웃음을 터뜨린 설란이 가볍게 등을 밀어주며 무어라 속삭이는 것이 보였다. 손으로 입을 가리며 속닥속닥하는 것이 소꿉장난을 하는 것도 같았다. 설란의 속삭임에 털 뭉치는 용기를 얻었는지 힘차게 앞발을 내디뎠다.

'……앞발?'

지환이 멍하니 그리 생각했을 땐 이미 털 뭉치가 무엇인지 식 별될 정도로 가까워진 뒤였다. 쫑긋 솟은 두 귀와, 풍성한 꼬리, 그리고 앙증맞은 네 발까지.

털이 온통 붉은 새끼 여우였다.

이젠 꿈에서까지 여우라니! 질겁하려던 지환은 저를 반짝이는 눈으로 바라보며 달려오는 여우에게서 시선을 떼지 못했다. 왜일 까. 여우라면 지긋지긋했다. 백여우도 그랬고, 구미호도 그랬다. 여우의 '여' 자만 나와도 소름이 돋을 정도였으니 더 말해 무엇할 까.

그런데, 그럴 텐데.

'어째서……?'

저 여우는 이리도 귀여워 보일까.

백호보다도 더 어려 보이는 여우는 뼈가 약해서인지 달려오다 고꾸라지고는 푸르르 몸을 떨며 일어나기를 반복했다. 발밑이 푹 신한 풀밭이라는 걸 알고 있음에도 여우가 풀숲에 고개를 처박을 때마다 안쓰러워, 지환은 자신도 모르게 여우를 향해 다가갔다.

허공을 헛디디는 발이 눈에 밟혔다. 코끝이 아픈지 앞발로 연신 그곳을 어루만지는 모습에 심장이 아려 그의 걸음이 점차 빨라졌다. 설란에게 가려 할 때는 좁혀지지 않던 거리가, 여우에게 가고자 마음먹으니 단숨에 좁혀졌다.

"하아……."

고작해야 제 주먹만 할까.

"끼우?"

몸을 낮추자 여우의 고개가 옆으로 기울었다. 고갯짓을 따라 흔들리는 털은 마치 불꽃을 닮아 있었다. 그럼에도 생김새는 여우의 그것이라, 지환은 무의식중에 손을 내밀었다.

"착하지."

그 자그마한 몸을 안아주고 싶어서.

잠시 머뭇거리던 여우는 작고 까만 코로 슬쩍 지환의 손을 살폈다. 안전한지 확인이라도 하려는 것인지 한참을 킁킁거리던 여우는 조심스레 앞발을 그의 손 위에 올렸다. 손끝에 닿아오는 털이 부드러웠다. 그 온기가 너무 따스해 그는 자신도 모르게 코끝이 찡해짐을 느꼈다. 혹여나 놀랠까 안아 드는 손이 느렸다.

품에 안고 일어서자 여우의 귀가 바짝 섰다가, 설란 쪽으로 쫑긋거렸다. 지환은 제 옷자락을 물고 당기는 여우의 모습에, 작게 웃었다.

"그래, 그래. 부인께 가자꾸나."

백호가 본다면 기가 막혀 뒤로 넘어갈 정도의 다정함이었다. 지환 스스로도 제가 왜 이러는지 알지 못했다. 그저 품 안의 여우를 보고 있자면 마냥 웃음만 나올 뿐이었다.

한 걸음, 두 걸음, 설란에게 다가가는 걸음이 바빴다. 방금 전까지 좁혀지지 않던 거리는 신기하리만치 금세 좁혀져, 지환은 오래지 않아 설란의 앞에 설 수 있었다.

"왔어요? ……는 청월이 무척이나 좋은가 봐요."

"여우를 말함입니까? 부인, 잘 들리지 않습니다."

"어머. 여우라니, 백호를 말하는 거예요? 백호는 저기서 뛰어놀고 있잖아요. 당신도 참."

백호가 보고 싶으면 품에 안은 그 아이는 제게 주고 가서 데려오라며 설란이 팔을 뻗었다. 의식하기도 전에 품 안의 여우를 건네려던 지환은, 묵직해진 무게에 놀라며 시선을 내렸다.

여우가, 사라졌다.

"……그런 꿈을 꾸었습니다."

아침부터 심각한 표정으로 모두를 불러 모은 지환이 구구절절 늘어놓은 것은 꿈 얘기였다. 어찌나 진지한지 고작 꿈이라는 걸 알면서도 설란마저 같이 진지해져, 린을 바라봤다. 혹여나 아는 것이 있나 싶은 시선으로.

부부의 시선에 당혹스러운 것은 린이었다. 꿈이라니. 게다가 새빨간 털을 가진 여우라니. 그런 건 들은 적도, 본 적도 없었다. 그러나 정작 이에 대답한 이는 무명이었다.

"개꿈이네. 빨간 여우가 세상에 어디 있남? 도령이 여우에 너무 심취한 거 아냐?"

"……아니. 꿈이라기보다는 진짜 같았다. 마치…….'

지환은 멍하니 제 손안을 내려다보았다.

"마치 내게 무어라 말을 하려는 듯했어. 꽃밭에, 들판에, 거기에……."

"붉은 여우가 있었단 말이잖아. 아이고, 도령. 세상에 불꽃처럼 새빨간 여우는 없어."

무명은 한심하다는 표정으로 고개를 저었다. 소하 역시 말을 더했다.

"붉은 여우라. 글쎄, 갈색을 착각했는지도 모르지."

"확실히 붉은 여우였습니다."

꿈이 진짜 같았다니. 설란의 표정도 사뭇 심각해졌다.

도아가 간식거리를 내온 것은 지환이 한참 붉은 여우에 대해 자세히 설명하고 있을 때였다. 소복이 담긴 떡과 차를 내온 도아가 나가자, 잠시 끊어졌던 말이 다시 이어졌다.

"털은 마치 불꽃이 이는 것 같고, 두 눈은……."

"우욱……!"

"부인?"

그때였다. 설란이 갑자기 입을 틀어막은 것은. 입가에 가져가던 떡이 툭, 치마 위로 떨어졌다. 콩고물로 푸른 치마가 엉망이 되었으나 그것을 신경 쓰는 이는 아무도 없었다.

"부인, 왜 그럽니까. 속이 안 좋습니까? 부인?"

당황해 어찌할 줄을 몰라 하는 지환을 밀친 설란이 자리를 박차고 일어났다. 곧장 장지문을 열어젖히고 뛰쳐나가는 설란의 뒤에 남겨진 지환의 낯이 멍했다. 밀쳐졌다는 충격과 제 말이 그리도 이상했나 싶은 생각이 뒤섞여 그대로 얼음이 되어버린 지환을, 린이 안쓰럽게 바라봐 주었다.

"아무래도."

린은 저 멀리 뛰어가는 설란의 뒷모습을 바라보며 말을 이었다.

"그 꿈, 태몽인 듯하네요."

사내 셋이 동시에 린을 바라봤다. 세 남자의 얼굴에 똑같이 거대한 물음표가 새겨져 있었다. 그 얼빠진 시선들에 린은 쯔쯔 혀를 찼다.

이래서 남자들이란.

"태몽을 모른다 하진 않을 테고. 어서 뒤따라가지 않고 무엇합니까!"

그 노성에 지환은 그제야 정신을 수습하고는 자리를 박찼다. 새하얗게 질렸던 머릿속이 바깥 공기를 마시자 서서히 여러 가지로 차오르기 시작했다.

태몽, 여우, 몇몇 밤들, 그리고…….

"아이라니."

입 밖으로 내니 성큼 현실로 다가오는 단어에 지환은 심장이 점차 빨리 뛰기 시작함을 느꼈다. 걸음이 빨라서가 아니다.

꿈에서 본 것을 굳이 모든 이들을 불러 앉혀 입에 올렸다. 혹여나 그 붉은 여우가 실재한다면, 정말 자신을 기다리고 있을 것만 같았기에 한 일이었다. 수백 년을 산 신이라 하니 아는 것이 있나 싶어서.

그랬는데.

아이라니.

"어머, 어디 가셔요?"

빨랫감을 들고 가던 도아가 화들짝 놀라며 지환을 불러 세웠다. 설란이 간 방향을 찾던 중이었기에, 지환은 다급히 도아에게 물었다.

"부인은, 어디로 갔는지 아느냐."

"마마요? 방에 같이 계시지 않으셨나요?"

자신은 보지 못했다며, 무슨 문제가 있느냐는 도아의 물음에 아무 일도 없다 답해준 지환은 곧장 도아가 왔던 방향과 반대쪽으로 몸을 틀었다. 그렇게 얼마나 설란을 찾아 헤매었을까.

지환은 설란이 짚고 있는 나무를 눈에 담았다. 그 너머로 넓게 펼쳐진 초원과 그 위를 가득 메운 들꽃이 눈에 익었다.

꿈속에서 본, 그곳이었다.

아이를 천천히 갖자 했던가. 그런 헛소리를 해 어젯밤 그 아이가 그리 조심스러웠나 보다.

지환은 설란을 향해 걸어갔다. 꿈속과는 달리 그녀에게 가는 길은 그리 멀지 않았다. 걸음 하나에 수많은 감정들이 녹아내렸다.

고마움, 기쁨, 흥분, 그리고…… 사랑스러움이.

"부인."

부름에 고개를 돌린 설란의 낯이 맑았다. 잠시 속이 안 좋았다며 고개를 갸웃하는 그녀가 너무 사랑스러워, 지환은 자신도 모르게 그녀를 번쩍 안아 들었다.

"꺄악! 왜 이래요!"

발을 동동 구르던 설란은,

"제가, 태몽을 꾼 것 같습니다."

지환이 속닥이는 말에 설란은 양손으로 입을 막았다. 동그랗게 뜨인 두 눈이 커다랬다.

"꿈속에서 부인이 이 사랑스러운 아이를, 제게 보내주었습니다."

지환은 눈물이 글썽거리는 설란과 두 눈을 맞추며 웃었다. 그보다 더 행복할 순 없다는 듯이, 환하게.

✳

혜조 십구년.

검은 기둥이 왕실에 치솟은 날, 셀 수 없이 많은 소문들이 천 리를 날아 널리 널리 퍼져 자하국을 휘감았다. 개중에서 가장 널리 날아오른 소문은 이것이었다.

자하국 왕실이 저주받았다.

백성들의 입에서 입으로 퍼지던 그 소문은 양반에게 이어지고 궁녀에게 전달되어 왕의 귀에까지 들어갔다. 그리하여 자하국 역 사상 가장 강력한 왕권을 만들고자 한 왕, 혜조는 까맣게 죽은 눈으로 서 내관을 바라봤다.

풀어 헤쳐진 옷자락과 손질되지 않아 엉망으로 헝클어진 머리 칼은 그날의 것 그대로였다. 심지어 찢겨 나간 옷깃과 딱딱히 굳 어버린 핏자국마저 그대로였으니 더 말해 무엇하겠는가.

혜조는, 그렇게 그날에 멈춰 있었다.

그러나 세상은 그 잠시도 기다려 주지 않고 내달리며 혜조의 목덜미를 서서히 조여오고 있었다.

"······저주라."

"송구하옵니다."

이미 퍼지기 시작한 소문이다. 본 눈이 수백이고 들은 귀는 수만을 넘어섰다. 설란의 말이 맞다. 사람 한둘의 입을 막아 해결될 일이 아니었다.

어떻게 한단 말인가.

앞이 보이지 않아, 혜조는 저 홀로 헛헛이 웃으며 술병을 기울였다. 술잔에서 넘쳐흐르는 술에, 서 내관은 어찌할 줄 몰라 하며 고개를 조아렸다. 그러나 왕은 화내고 있는 것이 아니었다.

"저주······ 라."

그는 그저 저 혼자 그 단어를 곱씹을 뿐이었다. 술잔을 매만지는 손이 가늘게 떨렸다. 이틀간 돌보지 않아 엉망이 되어버린 몸은, 그 와중에도 그 단어에 반응했다.

저주.

무엇이 잘못된 것일까. 혜조는 손가락 사이로 흐르는 술을 멍하니 바라보았다.

대체, 어디에서부터 잘못된 것일까. 이해할 수가 없었다. 자신이 걸어온 길은 옳다 배워온 것들이었다. 공주건, 세자건, 왕후마저도, 모두 왕을 위해 존재하는 이가 아니던가.

바라는 것이 너무 강해 두 눈이 멀어버린 왕은 총기가 사라진 눈으로 중얼거렸다.

"쌍생아가······."

입안에서 맴돌던 말은 채 뱉어지지 못하고 그대로 사그라졌다. 이틀간 대신들도 세자도 만나지 않은 채 홀로 틀어박혀 되뇌는 말들은 대개 그런 것들이었다.

문제의 시작이 대체 무엇이었을지 제게 묻는.

쌍생아의 저주가 문제였을까, 백여우의 저주가 문제였을까.

그리 의미 없는 문답을 계속하며 혜조는 술잔을 기울였다. 서 내관을 제외하고는 궁인조차 들이지 말라 엄명을 내린 탓에 대호궁에는 설란의 핏자국이 그대로 굳어 남아 있을 정도였다. 서 내관은 검붉게 얼룩진 핏자국에서 애써 시선을 돌렸다.

"전하……."

어렵사리 떼는 입이 무거웠다.

"세자저하께옵서 위독하다 하십니다. 가보시는 것이……."

"세자가, 위독하다?"

"예."

혜조의 고개가 처음으로 들렸다. 비스듬히 들린 얼굴엔, 무척이나 이상한 말을 들었다는 기색이 역력했다.

"그럴 리가 없지 않으냐. 누가 그러더냐. 왕후가? 하하하! 그 말을 믿는단 말이냐? 그 아이는 죽을 리가 없다."

무척이나 우스운 소리를 들었다는 듯 허공을 울리는 웃음소리가 기괴했다. 세자가 죽을 리 없다 말하는 낯은 묘하게 뒤틀려 있어 보는 사람으로 하여금 오싹함을 자아냈다. 반쯤 빈 술잔을 단숨에 들이켠 혜조는 탕! 잔을 내려놓고는 말을 이었다.

"쌍생아가 태어나자 죽지 말라 내 모후가 반신마저 죽였거늘, 죽을 리가 없지 않으냐."

서늘하게 가라앉은 목소리보다 그 속에 든 내용이 더 섬찟했다. 서 내관은 저도 모르게 움찔 몸을 떨었다가, 고개를 조아렸다.

왕가의 비밀을 너무 많이 알고 있는 그도 직접 그것들을 왕의
입에서 들으니 낯빛이 희게 질릴 수밖에 없었다. 그러나 이미 혜
조는 서 내관에게는 시선조차 주지 않고 있었다.

"……쌍생아가…… 그, 빌어먹을 백여우……."

의미 없는 단어들이 뚝뚝 끊어져 허공에 흩어졌다.

"그래. 내 눈을 감았다. 어찌하겠느냐. 모후께서 산실에서 아이
를 바꿔 공표한 것을. 웃기지도 않지. 아니 그러냐. 그래도 눈을
감았다. 지긋지긋한 외척을 모두 물리고 누구보다 강한 왕권을
위해서라면 그 정도 희생은 괜찮다 생각했다. 그랬는데……!"

"아바마마께서도 딸 하나쯤, 본디 없다 생각하소서."

서늘한 설란의 목소리가 귓가를 울린다. 혜조는 양손으로 얼굴
을 감쌌다. 그 상태로 깊게 내쉬는 숨이 가빴다.

"왕후는. 왕후는 무엇을 하고 있느냐."

속삭이는 것보다도 작은 목소리에, 서 내관이 재빨리 답했다.

"침묵하고 계십니다."

"최가는."

"……역시, 침묵하고 있나이다."

"하. 하하. 하하하…… 그래, 다른 이들은, 무어라 하더냐. 무어
라 지껄이고 있느냐."

"그것이……."

"고하라. 하나도, 빠뜨리지 말고, 사실대로."

서 내관의 눈이 질끈 감겼다. 사실은 혜조가 알고 있는 것보다

더 진흙탕이었다. 가장 먼저 분을 내며 일어선 것은, 그동안 조용히 인내하던 성도청이었다. 대무녀는 이마에 핏발을 세우며 목청 높여 왕실에 항의했다. 검게 물든 신력에 오열하는 무녀들도 있었다.

성도청이 들썩이자 그들을 믿는 백성들이 불안해하며 왕실 근처로는 걸음조차 하지 않았다. 궁에서 일하던 이들이 슬금슬금 눈치를 보며 최대한 대호궁에서 먼 곳으로 가고 싶어 하는 것도 같은 맥락이었다.

서 내관은 눈을 감은 채 고개를 깊게 조아리고는 어렵사리 입을 뗐다.

"성도청에서…… 상소를 올렸나이다."

"하! 무어라?"

"송구하옵니다!"

"상소라. 하하하! 성도청이, 상소라!"

서 내관은 미처 하지 못한 말을 삼켰다. 상소가 한 건이 아니라는, 말을. 무녀들이 전부 팔을 걷어붙여 상소는 끝없이 쌓이고 있었다.

"대신들은. 무엇을 하고 있느냐."

"……혼란스러워하고 있나이다. 고관대작들은 모두 궁 근처에서 기거하는 터라 모두 그날의 일을 목격했나이다."

술병을 밀어뜨리는 손이 매서웠다. 모든 것이 엉망이다. 하나부터 열까지, 공을 들여온 것들이 엎어지고 나뒹굴어 엉망이 되어 버렸다. 한참을 허망하게 웃던 혜조의 눈에 일순 이채가 돌았다. 이대로 끝낼 수 없다는 발악과 함께.

설란과 지환이 수도를 떠난 날, 발 없는 말은 천 리를 넘어 멀리멀리 퍼져 나갔다. 검은 기둥을 본 이와, 보지 못한 이들의 말들이 허공에서 격렬하게 충돌했다.

혜조가 공주를 핍박했다는 말들이 입에서 입으로, 귀에서 귀로 끝없이 이어져 시작점을 잡을 수 없을 정도였다. 소문이 돌기도 전, 혜조는 설란이 사라졌음을 알아차리고는 곧장 재원을 불러들였다.

"……무어라 했느냐."

혜조의 낯이 일그러졌다. 제 앞에 있는 이가 누구인지 믿기지 않아 몇 번이고 눈을 비벼야만 했다. 그러나 깊숙이 고개를 숙인 채 서 있는 이는 제가 아는 이가 맞았다.

최재원, 자신의 친우이자 단 한 번도 왕실을 배반한 적 없던 최가의 수장이.

"지금…… 무어라 하였어!"

그 노성에 박 내관과 서 내관의 어깨가 움찔 떨렸다. 오래지 않은 어느 봄날, 즐거이 딸 자랑을 하던 왕과 극구 거부하던 신하의 보기 좋은 밀고 당기기는 다신 돌아오지 못할 순간이 되어 산산이 부서지고 있었다.

"서풍! 내 묻고 있지 않느냐! 답하지 못할까!"

팔걸이를 있는 힘껏 내리치며 자리를 박차는 혜조의 분노는 상당했다. 설란의 부재가 가져오는 파장이 그만큼 컸다. 혼란스러움으로 들썩이는 입들이 채 조용해지기도 전에 다시금 들쑤셔졌으니, 그 소란스러움이 얼마나 크겠는가.

그러나 언제고 장난스러운 왕의 분노에도 어찌할 바를 모르던 충신은 사라진 지 오래였다. 그 자리를 대신한 것은 오직 한 아이의 아비이자, 왕의 어리석음에 비통해하는 신하였다.

"거짓으로 신의(信義)가 깨어졌으니, 지금부터 최가(家)는 또 다른 역할을 수행하겠다 고하였나이다."

왕을 견제하겠다는 말에 혜조의 손끝이 떨렸다. 거짓. 혜조는 그가 말하고자 하는 것이 무엇인지 단숨에 눈치챘다. 애당초 재원에게 한 거짓이라고는 하나밖에 없었으니 눈치채고 말고 할 것도 없었다.

알아차린 것이다. 자설란을 자설호로 위장했다는 사실을. 또한 몸이 약했던 자설호를 위해 백여우를 잡았고, 그것을 숨겼다는 것을.

"……아직도 모르겠나. 서풍, 왕가를 위한 일이었다. 강한 왕을 위한……!"

제 뜻을 관철시키려던 혜조는, 고개를 들어 자신을 보는 재원의 시선에 말문이 막히고 말았다. 무언가가 목을 틀어막아 아무 말도 할 수 없었다. 어떠한 말도, 변명도 필요치 않다 말하는 제 오랜 친우의 그 단호한 두 눈이, 혜조의 목구멍을 그리 틀어막았다.

서풍이 제게 등을 돌린다는, 일평생 단 한 번도 의심해 본 적 없는 일이 지금 눈앞에서 벌어지고 있었다.

혜조의 목소리가 가늘게 떨렸다.

"……서풍, 네가 지금 무슨 말을 하고 있는지 아느냐."

"예, 전하."

다시 고개를 숙인 그는 말끝을 강조했다.

"잘 알고 있나이다. 하여 소신은 마마를 찾는 일이 옳지 않다 전하께 고하려 하나이다. 마마께옵서는…… 신변의 위협을 느끼시어 멀리 피하셨으니, 전하께서는 걱정하지 마소서."

"위협? 하. 하하! 하하하하! 네가, 감히…… 감히……!"

"통촉하여 주시옵소서!"

서풍의 허리가 더 깊게 숙여졌다. 통촉을 입에 담고 있었으나 저 말이 협박에 가깝다는 것을 모르는 이는 이 자리에 없을 것이다. 서풍, 그가 작정하고 자신과 대립하고자 한다면 이쪽 역시 무사하지는 못할 테니 말이다.

혜조의 낯이 분노로 물들었다. 이 상황이 믿기지가 않았다. 화가 목 끝까지 차올라 숨이 턱 막히고, 머릿속이 온통 빙글빙글 돌아, 혜조는 잇새로 겨우 그 분노를 토해낼 수 있었다.

"서풍. 마지막 기회다. 지금이라도……."

"저어언하아!"

이어지던 말을 자른 것은 낯이 하얗게 질린 한 내관이었다. 겁도 없이 무작정 뛰어 들어온 그를, 박 내관이 매섭게 노려보았으나 그는 이미 아무것도 보이지 않는 상태였다. 그는 그저 비틀거리며 반쯤 쓰러지듯 바닥에 바짝 엎드려 제 왕에게 고했다.

"성도청, 서, 성도청……!"

숨 가쁘게 넘어가는 그 말에 혜조가 참지 못하고 일갈했다.

"제대로 고하지 못할까!"

"성도청에서 무녀들이 이곳으로 오고 있다 합니다!"

"……무어?"

"대무녀를 필두로 신력이 강한 무녀들이, 신께 제를 지내지 않는다면 자하국이 저주받는다며 궁문 앞에 모이고 있나이다! 그 뒤를 백성들이 따르고 있어, 사람으로 만들어진 긴 띠가 수도를 휘감고 있다 하옵니다!"

저를 지탱하던 기둥이 하나하나 제게서 등을 돌리기 시작했다. 왕은 혼자서는 서 있을 수 없는 존재였기에, 기둥이 사라지자 혜조도 같이 흔들렸다.

서풍에, 무녀들까지. 웃어넘길 수 없는 이유는, 이것이 끝이 아닌 시작임을 짐작한 탓이리라.

혜조는 그 충격에 비틀거리며 왕좌 위에 쓰러지듯 앉았다. 양쪽 다 쉽사리 건드릴 수 없는 이들이다. 서풍의 뒤에는 그를 따르는 수많은 무리가 있고, 수백 년간 쌓아온 최가(家)가 버티고 있었다.

성도청은 두말할 것도 없다. 아무리 신을 믿지 않는 세상이라 하나 신력으로서 저들의 존재를 증명하고 있는 것이 바로 성도청의 무녀들이 아닌가.

없앨 수 없어 제 편으로 만들고자 했던 이가 고개를 돌린다. 백성들의 믿음이 두터워지면 골치가 아파 저 멀리 밀어놓았던 이들이 제 발로 걸어와 목청을 높인다. 그들의 뒤를, 백성들이 따르고 있다.

하하.

혜조는 허탈한 웃음을 흘렸다. 헛것이 보이는 듯했다. 서풍과 성도청을 이끌고 걷고 있는, 제 딸아이의 모습이 보이는 것만 같아, 그는 멀거니 그것을 바라보았다.

"서풍."

"예, 전하. 하문하소서."

"……나와, 싸우자는 것이냐."

"천부당만부당하옵니다. 어찌 신하 된 도리로 주군과 싸우겠나이까."

재원의 고개가 들렸다. 언제고 제 아들이 백여우의 저주로 고통받을 때도 그저 왕을 위한 일이었다, 그리 생각했다. 고통받는 아들을 보며 장남이 아니라 다행이라며 위안 삼던 나날이 길어, 깊은 상처 위에 생채기가 덧씌워져 낫지 않는 상처가 되어버렸다.

그렇게 지키고자 했던 왕이 정도(正道)에서 벗어났음을 깨달았을 때, 재원은 다짐했다.

"그저 전하를 올곧은 길로 인도하는 것이, 신하의 도리일 뿐."

미련으로 놓지 못하던 저 손을, 놓겠노라고.

＊

자설호가 자리를 털고 일어난 것은 적지 않은 시간이 흐른 뒤였다. 망가진 그의 몸을 조금이나마 잡아준 것은 어의가 아닌 대무녀였다.

그리하여 공주와 부마가 사라졌다는 소문이 저잣거리를 휩쓴 것으로도 모자라 궁마저 들썩이던 그때. 설호는 자리를 털고 일어났다. 동궁을 나서기까지 만류하는 이들이 한둘이 아니었다. 그 이유를 모르지 않기에, 설호는 쓸쓸하게 웃으며 모든 만류를 떨치고 궁 밖으로 나섰다.

들썩인 소문은 쉽게 가라앉지 않는다. 그러나 태어날 때부터

붉게 흐드러진 란꽃송이

누군가의 관심 속에서 살아왔던 설호는, 두려움 섞인 시선과 소리 없는 웅성임을 다룰 줄 알았다. 그는 아무것도 보이지 않는 것마냥 오직 앞만 보았다.

어의의 만류도, 박 내관의 걱정도 모두 물린 채 그가 향하고 있는 곳은 모후가 있는 곳. 전양궁이었다.

단순한 아름다움을 넘어선 기품이 돋보이는 궁이라 평가받는 전양궁의 공기는 주인의 기분을 반영하듯 고요히 가라앉아 있었다. 주위를 지나다니는 궁인들은 숨소리마저 죽인 채 왕후의 기분을 살폈고, 내관들은 속으로 입조심을 되새기며 종종걸음 쳤다.

그들을 가로지르는 설호만이 홀로 선연해서, 모두의 시선이 그에게 쏠렸다. 그리하여 전양궁의 가장 안쪽.

"저, 전하!"

미리 말을 전해 듣지 못한 상궁 하나가 화급히 설호를 맞았다. 그녀는 당혹스러움이 가득 담긴 낯으로 입을 열었다.

"송구하오나……."

"어마마마께 가 전하라. 세상 모두를 등져도 나는 보셔야 할 것이라고."

그리 말하는 시선이 매서웠다. 슬쩍 시선을 들었던 상궁은 화드득 놀라며 재빨리 고개를 깊게 숙였다. 그의 말이 맞았다. 효연왕후가 결코 피할 수도, 피해서도 안 되는 이가 있다면 그것은 자설호일 것이다. 아무것도 모른 채 저주의 굴레를 뒤집어쓴, 불운의 세자.

다급히 효연왕후에게 설호의 방문을 알린 상궁은 가슴께를 쓸어내렸다.

"들라십니다."

혹여나 그녀가 설호를 물렸다면, 대호궁에서 벌어졌던 일이 이곳에서 다시금 되풀이되었을 것이라 생각하면서. 그러나 그에겐 상궁의 걱정도 내관의 시선도 모두 보이지 않았다. 보이는 것이라고는 그저 굳게 닫힌 장지문뿐이었다.

섬돌을 딛고 올라서자 기다렸다는 듯 궁녀 둘이 양쪽에서 문을 열었다. 중문 너머에, 효연왕후가 있었다. 조금의 흐트러짐도 없는 모습이었다. 완벽하게 손질된 머리와 구김 하나 없는 옷은 그녀의 성품을 짐작케 했다.

설호는 그 완벽함이 오히려 소름끼친다 생각하며 성큼 방 안쪽으로 걸어들어 갔다.

"어마마마."

작은 부름에 바닥을 응시하던 시선이 천천히 들렸다. 하나뿐인 아들을 바라보는 시선에는 안도보다 앞선 비통함이 자리 잡고 있었다.

"이리 될 줄 알았습니다."

무어라 말을 꺼내기도 전, 원망의 목소리가 먼저였다.

"내 세자에게 무어라 했습니까. 어찌 다들……!"

"오늘은 물을 것이 있어 찾아왔습니다."

"물어요? 이제 와? 무엇을 묻는단 말입니까, 세자!"

분을 참지 못하는 효연왕후의 앞에 설호는 천천히 앉았다. 앉아도 괜찮겠느냐는 물음도 없었으나 둘 중 누구도 그런 사사로운 일에 신경 쓸 정신이 있을 리 만무했다.

"……소자가 백여우의 살과 거죽을 입에 댔다더군요. 어마마마께서는, 알고 계셨습니까."

지신(地神)을 취하는 그 천인공노할 짓을 저질렀다는 사실을 알고 있었느냐 묻는 설호의 표정엔 격한 감정이나 분노는 없었다. 그는 그저 이미 알고 있는 사실을 다시금 확인받고자 할 뿐이었다.

백여우.

효연왕후는 그 단어 하나에 아랫입술을 사리물었다. 부릅뜬 두 눈과 감추려 애를 써도 감출 수 없는 파르스름한 낯에 설호는 제가 던진 물음에 대한 답을 얻어낼 수 있었다.

모두가 알고 있었다. 자신만 제외하고, 이 일에 관련된 모든 이들이 이 끔찍한 사실을 알고 있었다.

"모르겠습니까, 세자. 모든 것은 세자를 위한 일이요, 공주의 잘못입니다."

"어마마마!"

더는 들을 수가 없었다. 부지불식간에 양 어깨에 얹어진 죄의 무게가 너무 무거워, 그는 비틀거리며 자리에서 일어났다. 그래도 부모라 버리지 못했던 미련이 잘려나갔다. 이유도 모른 채 고통받던 시간들은 그저 억울하고 원통하기만 했다면, 이제는 그것마저 할 수 없게 되었다. 이리 명확한 죄를 어찌 용서받겠는가.

"오늘이 마지막입니다. 다시는, 찾아오지 않을 것이니 그리 알고 계십시오."

그리 말하는 목소리가 서늘하기 그지없었다. 효연왕후는 아득 이를 물며 고개를 위로 치켜들었다. 중문을 열려는 제 아들이, 자하국을 이끌어갈 미래의 왕의 뒷모습이 두 눈에 그대로 와 박혔다. 움켜쥔 손안으로 손톱이 파고들었다. 살갗을 찢어 내리는 고통과는 달리 문고리를 잡는 설호에게 향하는 목소리는 낮게 가라앉아있었다.

"……어째서 이 내가, 왕후가 될 수 있었는지 압니까."

그녀가 악을 쓰고 분노를 토해냈다면 돌아보지 않았을 것이다. 그러나 바싹 마른 목소리에는 아무런 감정도 느껴지지 않아, 설호는 자신도 모르는 사이 고개를 돌렸다.

"이리 몸이 약해 내명부도 제대로 다루지 못하는 여인이 어찌 삼간택을 지내고 왕후가 되었는지 세자는 알고 있습니까."

"무슨 말씀을……."

"그래, 이 어미에게도 백여우가 찾아왔지요. 찾아와 내 딸아이가 얼마나 대단한지 신이 나 읊조리더이다. 세자, 그 아이의 힘이, 정녕 아무런 대가도 없이 얻어낸 것일 듯싶습니까?"

"무슨 말씀이십니까. 설란이는……."

"세자. 나는 무녀가 되어야 했을 몸입니다."

문고리를 잡았던 그의 손이 툭, 떨어졌다. 완전히 왕후 쪽으로 돌린 몸이 경악에 가득 차올라 반쯤 굳었다. 무녀가 무엇인가. 날 때부터 적건 많건 신력을 타고나 성도청의 부름을 받아야 하는, 신의 인도자들이 아니던가. 자하국 전역에서 무녀들이 태어났으나 양반가 중에서도 신력을 타고난 아이가 태어났다는 말은 들은 적이 없었다.

설호의 손끝이 가늘게 떨렸다.

"어마마마. 대체 그 무슨……."

"양반가에서 신력을 타고난 아이가 태어나면 어찌할 것 같습니까. 성도청에 그 귀한 아이를 보낼 성싶습니까? 나 역시 몸이 약하여 성도청에게서 숨겨진……."

"소자에게 대체 무슨 말을 하시는 겁니까!"

콰앙!

반상을 내리치는 손이 매서웠다. 왕후의 두 눈이 표독스러워지고 아랫입술에서는 피가 비쳤다.

"계획대로라면, 세자가 봉황의 피를 짙게 이어 그 누구보다 강한 왕권을 손에 쥔 왕이 되어야 했다 말하고 있는 겝니다!"

약했던 몸. 어중간한 가문. 신력을 타고 나 혼사를 치를 수 있을지도 걱정하던 부모.

효연왕후는 그러한 환경에서 자라났다. 누구하나 자신의 미래를 기대하지 않는 환경 속에서, 그녀 자신마저 제 미래를 기대하지 않으며 자라났다.

정명대비가 자신을 찾아왔을 때, 그 무엇보다 강한, 봉황의 재림이라는 달콤한 말에 내밀어진 손을 머뭇거림 없이 잡은 이유이기도 했다. 정명대비의 계획은 참으로 타당해 보였다. 오랜 시간이 흘러 잠들어 버린 봉황의 피를 깨우기 위해서는, 자신의 신력이 필요하다는 말에 그녀는 태어나서 처음으로 희망을 가졌다.

자하국 역사를 통틀어 가장 강한 왕의 모후가 될 것이라는 희망.

안 그래도 약한 몸으로 아이를 가졌을 때 그녀는 온 힘을 다해 신께 기도했다.

세자여라. 부디, 제가 가진 신력과 왕가의 피에 흐르는 봉황의 힘을 모두 받은, 세자여라.

그리하여 이 대륙을 떨치는 왕이, 더 나아가 황제가 되어라.

"그리되어야 했을 운명입니다! 세자는, 세자는……!"

절반만 이루어진 기도.

효연왕후는 악을 참지 못한 채 가쁜 숨을 뱉어냈다.

"어마마마를 빛낼 장신구였군요."

그 숨이 턱 틀어막힌 것은 허탈함에 가득 찬 설호의 낯을 본 뒤였다. 그는 자신을 응시하는 모후의 시선을 견딜 수가 없어 질끈 눈을 감았다. 지금에서야 그리 사이가 좋지 않지만, 설호는 양친에 대한 설렘 가득한 얘기를 어느 정도는 믿고 있었다. 혹은 그러길 바랐을지도 모른다. 그러나 차라리 모르는 것이 나았을 사실은 그대로 비수가 되었다.

"어마마마."

그리 말하는 목소리가 차가웠다.

"소자, 병상에 누워 오랫동안 생각했나이다. 아바마마와 소자는 사는 것이 죗값이라, 그렇다면 어마마마의 죗값은 무엇일까."

"무어……? 세자, 지금 무슨 말을……."

왕후의 두 눈이 크게 뜨였다. 제 귀를 믿지 못하겠는지 반상의 끝을 움켜쥔 손끝이 파르라니 도드라졌다. 반쯤 일으켜진 상체를 바라보던 설호는 천천히 걸어가 그녀의 앞에 섰다.

"그리 바라셨던 것을 드리지 않겠나이다."

왕후이자 제 어미였던 이의 어깨를 내리누르는 손은, 그 자체로 부드러운 강제였다.

"어마마마께서는 다시는 온화한 왕후도, 그 무엇보다 강한 왕의 어미도 되지 못할 것입니다."

"……세자?"

"예. 소자 여기 있나이다."

어깨를 누르는 힘을 따라, 효연왕후의 몸이 바닥으로 훅 꺼졌다. 단 한 번도 보지 못한 아들의 모습이다. 언제고 몸이 약해 품 안에 안았던 자식이, 외면했던 몇 년 사이 훌쩍 자라 저를 내려다보고 있었다.

"다시는 소자에게 무엇 하나 바라지 마십시오."

그리 말하는 목소리는 얼음장처럼 차가웠다. 그럴 리 없는데도, 찬물이 정수리에서부터 부어진 것만 같아 왕후는 부르르 몸을 떨었다.

그러나 오랜 세월 머뭇거렸던 끈을 잘라내는 손속에 더 이상의 머뭇거림은 없었다.

"소자 역시, 어마마마께 더는 아무것도 바라지 않을 터이니."

그리 말하고 뒤도는 설호의 등을, 효연왕후는 멀거니 바라보았다. 그녀의 고함이 전양궁을 찢어 내린 것은 설호가 중문을 닫고 밖으로 나선 뒤였다.

✳

혜조 이십일년.

대무녀를 필두로 한 수많은 무녀들과 백성들이 왕에게 읍소하다. 혜조, 이를 견디지 못하고 천신께 올리는 제를 허하다.

해가 갈수록 소문에 소문이 더해지니, 삿된 소문을 퍼뜨리는 이를 모두 엄히 벌하라는 명을 내리다.

혜조 이십이년.

세자, 세자빈 들이는 것을 거부하다. 최재원이 이를 두둔하다.

혜조 이십삼년.

"……사는 것이 벌이라 하였나."

이 년 사이 혜조가 마시는 술 양이 배로 늘었다. 제가 잃은 것이 그저 강한 왕권을 만들 초석이라 생각했던 스스로가 어리석기 그지없어, 혜조는 킬킬거리며 웃었다.

그가 잃은 것은 고작 초석이 아니었다. 그는 머리를 맞대고 의논할 친우를, 술잔을 기울일 동무를 잃어버렸다. 또한 매해 제 복을 기원해 주고 때로 기대어야 할 신을 잃어버렸다. 언제고 어느 때고 부족함을 메워주던 딸아이를 잃었다. 그는 그렇게 모든 것을 손안에서 놓아버리고야 만 것이다.

그 사실을 깨닫는 데만 사 년이 걸렸다.

고개만 돌리면 서 있었던 제 사람들은 보이지 않고 남은 것이라고는 오직 술병뿐이라니.

"그래. 사는 것이 벌이로구나."

침묵만 가득했던 대호궁에 혜조의 웃음만이 짧게 울렸다. 쥐어짜내는 듯한 그것은 웃음이라기보다는 절망을 닮아 있었다.

그리고 이어진 긴 침묵.

"끝났다."

제가 가진 모든 것을 걸고서 얻으려 했던 왕권은, 너무도 눈부셔 그럴 만한 가치가 있다 생각했었다. 자식을, 친우를, 신하를, 제가 가진 것들이 너무 많아 그 빛나는 것을 쥘 수 없다 여겼다.

하나하나 버려가며 손을 뻗었을 때, 손안이 텅 빈 뒤에야 깨달았다.

이것이 얼마나 어리석은 짓인지.

최후의 최후에서야, 혜조는 인정할 수밖에 없었다. 눈앞에 놓인 답이 너무도 명확해 외면할 수도 없었다. 그의 말이 내리치듯 떨어졌다.

"잘못 살았구나."

누가 대신해 줄 수도, 억지로 이해시킬 수도 없는 깨달음은, 그렇게 아무도 없는 거대한 궁 안에서 홀로 이뤄졌다.

혜조 이십사년.

병약해진 혜조가 서거하고 세자 자설호가 보위에 오르다. 후세에 혜조와 효연왕후를 이리 평가하다.

술독에 빠져 산 왕과 세상을 등진 왕후.

자하국의 세자, 자설호가 즉위한 첫 해, 엉망으로 망가진 자하국 왕실을 돌보다.

모든 일에 신중을 기하고 말 한마디에 조심을 더하니 세자 자설호는 후에 경(警)조라 불리다.

❋

경조 이년.

"전하. 옥체에 무리가 갈까 염려스럽나이다."

설호는 어찌할 바를 몰라 하는 내관의 말에 허허로이 웃었다.

내관이 된 지 얼마 되지 않아 왕실의 비밀에 대해 알지 못하는 이라 그런지 걱정이 더 심했다. 차마 그런 그에게 몸 상태는 십년도 더 전부터 이러했다 말하지 못한 설호는 그저 괜찮다 말하며 술병을 기울일 뿐이었다.

잠시 자리를 비웠던 박 내관이 다급히 달려와 어린 내관을 데려간 뒤에야 저를 걱정하는 시선에서 벗어난 그는, 고개를 돌려 안학정을 휘 둘러보았다. 언젠가 제 누이와 스승이 함께했던 곳이건만, 새로운 주인이 나타나지 않아 퍽 쓸쓸했다. 맑은 물을 가만히 바라보며 설호는 중얼거렸다.

"네가, 온다고."

설란에게서 온 급작스러운 편지 한 통은 그러한 내용을 담고 있었다. 흥분과 기쁨으로 가득 담긴 편지 속 글귀는, 기억 너머에서 흐릿해지던 누이의 모습을 다시금 눈앞으로 끌고 왔다.

참으로 대단한 누이였더랬다. 이 궁 안에서 기어코 자신의 자리를 만들어내는 것으로도 모자라, 그것을 제 손으로 잘라내 버렸다는 말을 전해 들었을 땐 믿기지 않아 되물었더랬다.

그런 그녀가 다시 돌아온다. 자신의 가족들을 꾸렸다는 흥분이 그대로 녹아 있어서, 이것을 썼을 설란의 모습이 떠오르는 듯했다. 그 속에 그리움은 또 어찌나 깊이 녹아 있던지.

─오라버니, 여아는 척란, 남아는 자운이라 지었답니다. 제 이름과 청월의 이름을 한 자씩 따서 지었지요.

최재원에게 슬쩍 귀띔해 주었을 때 어찌나 좋아하던지 감추지 못한 웃음에 저마저 따라 웃을 정도였다.

과연 얼마나 변했을 것인가. 설호는 짐작조차 가지 않아 술잔에 제 얼굴을 비춰보았다. 여아였던 설란과 구분하기 어려울 정도였던 모습은 자취를 감춘 채였다. 그보다 조금 더 굵어진 선과 굳게 다물린 입, 그리고 꽤나 단단해진 몸은 농담으로라도 치마가 어울린다 말하긴 어려웠다.

"하하."

수많은 걱정과 의심을 딛고 자신은 살아남았다. 대무녀의 도움을 받아 발작을 조금 더 수월하게 넘길 수 있게 되었고, 무너지는 정신을 잡기 위해 육체부터 단련했다. 그리 바삐 살아온 날들이 참으로 길었다.

그는 품 안에서 서찰을 꺼내 들었다. 지난 세월을 따라잡기 위함인지 그 두께가 꽤나 두툼했다.

"이 저주를 풀어주겠다는 약조를 받았다니."

대체 누구에게 받아낸 약조인지는 몰라도 설호는 그것을 믿지 않았다. 반신의 저주를 그 누가 풀어줄 수 있단 말인가. 그러나 거짓일지라도 그 약조가 제 누이를 다시 데려오고 있으니 그것으로 족했다.

기꺼운 마음으로 설호는 술잔을 가득 채웠다. 이런 날에는 좀 마셔도 된다 중얼거리면서.

✳

흐르는 술에 담긴 그리움은 흐르고 흘러 자하국 성문 앞으로

이어졌다. 설란은 긴 여행에 지칠 법도 하건만 지치기는커녕 신이
나 팔짝팔짝 뛰는 제 딸아이를 바라보았다.

"누굴 닮아 저리 기운이 좋은지."

말을 타는 것도 지겹다 우겨 결국 멀쩡한 말을 끌며 걷게 되었
으니 한숨이 폭 새어 나왔다.

제 이름에 걸맞게 새하얘진 백호를 품에 안고 저 앞에 뛰어가
는 적란의 모습에 지환은 기분 좋게 웃으며 답했다.

"부인을 꼭 닮았습니다."

"청월!"

"하하하하."

"정말이지. 잊었어요? 천랑국에서 적란이 궁 안을 온통 휘젓고
다니면 다들 최지환의 딸이로구나, 했던 거?"

그러니 청월을 빼닮았다며 그녀는 단호히 주장했다.

"청월이 몰라 그렇지, 내가 어릴 때 얼마나 얌전했는데요."

가부(可否)를 알려줄 이가 없으니 그녀는 저를 멍하니 바라보
는 무명의 시선에도 아랑곳하지 않고 당당히 주장했다.

"이래 봬도 내가 어릴 적에는……."

"거, 자하국의 세자가 그리 기운이 좋아 호랑이도 때려잡았다
는 소문은 들은 적이 있지. 아, 그러고 보니 누가 세자 역할을 했
다 했지 않았남?"

"……무명……."

"내 틀린 말 했소?"

세상 밝힐 건 밝히고 들어가자는 무명의 주장에 설란은 조용
히 웃었다. 물론 무명의 발등을 있는 힘껏 밟아주었지만 말이다.

아프다며 펄쩍펄쩍 뛰는 무명을 뒤로한 채 설란은 지환의 팔을 잡아끌었다.

"지운이는, 아직도 자요?"

"아아. 예. 긴 여정이 꽤나 피로했나 봅니다."

무명은 아예 없었던 사람인 양 이어지는 대화가 퍽 자연스러웠다. 등 뒤에서 억울하다 외치는 무명의 목소리는 전혀 들리지 않는다는 듯, 설란은 지환의 품에 폭 안겨 있는 지운을 가만히 바라보았다.

첫딸은 아비를 닮고 아들은 어미를 닮는다던가.

그저 재미 삼아 떠도는 얘기인 줄로만 알았는데, 낳고 보니 그 말대로였다. 적란을 처음 낳았을 때 얼마나 놀랐던가. 지환의 눈, 코, 입을 빼다 박아서.

반대로 지운은 저를 똑 닮았다. 설란은 색색 숨을 뱉으며 자는 제 아이를 사랑스레 바라보다 고개를 들었다. 아이를 품에 안고 있는, 제 반려를 보기 위해서.

"그거 알아요?"

"무엇을 말입니까?"

"내가 단 한 번도 이런 날이 올 거라고 생각해 본 적이 없다는 거?"

가능할 것이라 생각한 적 없으니 기대한 적도 없었다. 처음 가례 얘기가 나왔을 때 도아와 어떤 말을 주고받았던가.

"나는, 내가 그저 기방에 가지 않는 사내면 만족하고 살게 될 줄 알았어요. 이 정도면 나쁘지 않다 스스로를 위안하며 그렇게 살 줄 알았는데, 그랬는데."

이렇게 파란만장하게 살게 될 줄이야. 설란은 정말이지 모든 순간이 제 상상력을 뛰어넘었다며 푸스스 웃었다.

몇 년 전이었다면 그런 그녀의 말에 진지한 낯으로 미안하다 말했을 지환이다. 그러나 저주를 푸는 것보다 어떤 의미에서는 더 많은 노력이 필요했던 두 아이를 키우며 지환 역시 꽤나 변했다. 그는 가늘게 눈을 뜬 채 설란의 이마에 슬쩍 입술을 찍어 누르고는 속삭였다.

"그래서, 제게 시집온 것을 후회한다 말하는 겁니까."

"어쩔까나?"

"이리 미운 말을 하니 지운이 동생을 만들어줘야지 않겠습니까."

웃음기가 가득 담긴 낯으로 귓가에 속삭이는 말뜻을 쉬이 이해할 수 없어, 설란의 눈이 의아한 기색으로 깜빡였다. 몇 번이고 되짚은 뒤에야 그가 한 말의 의미를 알아들은 설란의 얼굴이 사과처럼 새빨갛게 달아올랐다.

"애 듣겠어요!"

"쉬- 정말 깹니다, 부인."

그러니 어서 목소리를 낮추라며 속닥이는 지환의 얼굴에 장난기가 한가득이다. 그런 그의 팔을 찰싹찰싹 내리치는 소리가 참으로 찰져, 저 앞서가던 적란이 뒤돌아볼 정도였다.

잠깐 고개를 돌려 제 부모를 확인한 적란은 별다른 일이 없는 것 같아 보이자 어깨를 으쓱였다. 그런 적란의 품에 가둬진 백호는 불편한 몸을 뒤척이며 끝없이 입을 종알거렸다.

[그러니까, 이 몸이 어찌나 위대하시냐면, 앞으로 수백 년만 더 수련

을 해 몸과 마음을 갈고닦으면 지신(地神)이 되는데 말이지…….]

"지신? 지신이 무어야?"

[벼 일전에도 말해주지 않았더냐! 아이고, 대체 누굴 닮은 게야. 마마
도, 하물며 네 아비도 한 번 말하면 찰떡같이 알아들었거늘!]

찰떡이라는 단어에 적란의 두 눈이 반짝였다. 아직 어린아이에
겐 지신이니 반신이니 하는 것들보다야 찰떡 얘기가 더 진정성 있
는 법이다. 아이는 뼈가 덜 자란 팔로 잘도 백호를 번쩍 들어 올
렸다.

"찰떡! 백호야, 나 찰떡 먹고 싶다!"

축 늘어진 뱃살만큼이나 백호의 열정은 축 늘어졌다. 어릴 적
부터 제 위엄을 알려주려 했건만 어째서인지 생각대로 되는 일이
없다. 결국 백호는 온통 새하얀 앞발로 적란의 손을 도닥여 주었
다.

[……그래. 찰떡이 먹고프냐. 벼 수도에 들어서면 마마께 사주라 말
하마.]

"꺄아! 찰떡! 찰떡!"

[이리된 것, 지운이라도 지신의 위엄을 알아야 할 터인데.]

"백호야! 자하국 찰떡은 맛있어?"

[기, 당과는 맛나 보이디만.]

별생각 없이 답한 말은 어마무시한 반응으로 되돌아왔다. 적란
의 두 눈이 방금 전과는 비교할 수 없을 만큼 열정적으로 빛나기
시작했으니 말이다. 아이는 흥분으로 가득 차 백호를 번쩍 든 채
제자리에서 빙빙 돌기 시작했다.

"당과! 당과도 사주는 게지?"

[그, 그만, 그만 돌기라! 사줄 러이너 그만 돌아아!]

위엄을 알려주기는커녕, 적란의 손 위에 있는 것 같은 백호의 모습에 뒤따르던 설란이 작게 웃었다. 그녀는 언제 까맸냐는 듯 갓 내린 눈처럼 새하얀 백호를 적란의 손에서 받아 들었다.

반신의 위엄은 어디로 갔는지 곧장 제 품 안으로 파고들며 우는소리를 하는 백호의 등을 살살 쓸어주는 손길이 능숙했다.

무명 역시 이런 상황을 한두 번 겪은 것이 아니라는 듯 놀라지도 않고 손을 뻗어 적란을 안아 들었다.

"무명!"

무명은 어서 목말을 태워달라며 어깨로 기어오르는 적란이 혹여나 떨어질까 재빨리 등을 받쳤다. 결국 원하는 대로 목말을 탄 적란이 신이 나 까르르 웃었다.

"내 마마님을 어릴 적에 만나지 않아 참으로 다행이라 매일 생각하고 있소."

"……내가 어찌나 얌전했다고."

무명이 말없이 고개를 돌려 적란과 설란을 번갈아 바라보았다. 얌전히 제 아비의 품에 안겨 색색 자고 있는 지운과 지환도 바라보았다.

더 할 말은 없다는 표정으로 푹 한숨을 내쉬는 무명의 어깨 위에서 적란이 까르르 웃음을 쏟아냈다.

"무명 좋아!"

이러니저러니 말해도 무명의 어깨를 들썩이게 만들 말과 함께. 그 적절한 외침에 설란과 지환마저도 못 이기겠다는 듯 웃음을 쏟아냈다.

결국 저도 같이 신이 나 저 멀리 달려가는 무명의 어깨 위에서, 햇빛을 받은 적란의 머리칼이 언뜻 붉은빛을 띤 것도 같았다.

모든 것이 이어져 있었던, 모든 이들의 이야기였던 순간들도 그렇게 끝을 향해 나아가고 있었다.

〈完〉